NO ES AMOR

ALI HAZELWOOD

Traducido del inglés por Nerea Gilabert Giménez

Título original: *Not in Love*

Esta edición ha sido publicada mediante acuerdo con Berkley, un sello de Penguin Random House Publishing Group, una división de Penguin Random House LLC.

Primera edición en TuBolsillo: junio de 2025
Tercera reimpresión: febrero de 2026

Diseño de cubierta: Estudio de Sandra Dios a partir de un diseño original de Vikki Chu.
Ilustración de cubierta: lilithsaur
Adaptación para esta edición: REGA

PAPEL DE FIBRA
CERTIFICADA

ISBN: 979-13-87739-03-4
Depósito legal: M. 6540-2025
Printed in Spain

Para Jen. A veces me pregunto qué haría sin ti
y me entra muchísimo miedo.
P. D.: La verdad es que el chocolate blanco está bueno.
P. P. D.: Cuando leas esto, dale una galleta a Stella
de parte de su tía Ali

NOTA DE LA AUTORA

Querido lector:

Solo quería dejar una breve nota para que supieras que *No es amor* tiene un tono un poco diferente al de las obras que he publicado hasta ahora. Rue y Eli se han enfrentado —y se siguen enfrentando— a secuelas por problemas relacionados con el duelo, la inseguridad alimentaria y el abandono infantil. Tienen ganas de establecer una conexión, pero no saben muy bien cómo hacerlo si no es mediante una relación física. A mi parecer, el resultado es una historia que, más que una comedia romántica, se podría considerar un romance erótico.

La historia de Rue y Eli, por supuesto, tiene un final feliz, pero quería avisarte de que también trata algunos temas serios para que sepas lo que te vas a encontrar.

Con cariño,

Ali

1

BASTANTE SIMPLE

RUE

—Chicas, necesito haceros una pregunta no retórica: ¿cómo os apañáis para sobrevivir en el mundo real?

Me quedé mirando la cara de desprecio de Nyota, reflexionando sobre la sin igual humillación que suponía que la hermana pequeña de tu mejor amiga (a la que habíais rechazado una y otra vez cuando intentaba entrar en la casa del árbol del patio trasero, la que se había comido un moco en público en las Navidades de 2009 y a la que habían pillado morreando a una mandarina en el cuarto de la plancha unos meses después) cuestionara tu capacidad para ser una adulta funcional.

Hay que tener en cuenta que Tisha y yo éramos tres años mayores que ella y albergábamos un complejo de superioridad claramente fuera de lugar. Pero la cosa había cambiado ahora que la pequeña Nyota tenía veinticuatro años, había demostrado ser un prodigio en la Facultad de Derecho, se acababa de graduar como abogada concursal y cobraba más por hora de lo que yo pagaba por el seguro del coche. Para colmo, la seguía en Instagram, y por eso sabía que era capaz de levantar pesas que pesaban más que ella, que los monokinis le quedaban de infarto y que tenía por costumbre preparar *focaccias* de cebolla y romero caseras.

En un gran alarde de poder cuya magnitud no me dejaba dormir por las noches, Nyota nunca me había seguido a mí.

—Ya nos conoces —le contesté. Preferí la sinceridad al orgullo. Tisha y yo estábamos encerradas en mi despacho de Kline, que era del tamaño de una ratonera, hablando por FaceTime con alguien que probablemente ni siquiera tenía guardados nuestros números de teléfono. La dignidad era la menor de nuestras preocupaciones—. Sobrevivimos a duras penas.

—¿Puedes simplemente responder a lo que te hemos preguntado? —Tisha se estaba empezando a cabrear.

Si para mí esto era una lección de humildad, para ella ni me lo imagino. Al fin y al cabo, Nyota era su hermana.

—¿En serio? ¿Me llamáis en plena jornada laboral para preguntarme qué es una cesión de crédito? ¿No podíais buscarlo en Google?

—Lo hemos buscado —respondí, omitiendo que habíamos añadido «para *dummies*» a la búsqueda. Y aun así…—. Creo que hemos pillado la idea general.

—Genial, pues ya estaría. Voy a colgar, os veo a las dos en Acción de Gracias y…

—Sin embargo —la interrumpí. Estábamos a finales de mayo—, la reacción de los otros trabajadores de Kline parece sugerir que quizá no estamos entendiendo del todo lo que implica una cesión de crédito.

Mi umbral de tolerancia ante los sucesos raros era alto y había sido capaz de ignorar al representante de Recursos Humanos que estaba navegando por una web de búsqueda de empleo desde su mesa de forma descarada, a los químicos que habían chocado conmigo de bruces y habían huido sin siquiera pedir perdón y la mirada ausente de mi jefe, Matt, quien solía ser bastante dictatorial, cuando le había dicho que el informe que estaba esperando me llevaría al menos tres horas más. Luego, mientras vaciaba mi botella de agua en una maceta que llevaba en la sala de descanso más tiempo del que yo llevaba trabajando ahí, un técnico se había puesto a llorar y me había dicho: «Debería llevarse a Christofern a casa, doctora Siebert. No es justo que muera por culpa de lo que está a punto de pasarle a Kline».

Yo no tenía ni idea de lo que estaba pasando. Lo único que sabía era que me encantaba mi trabajo actual en Kline, que el proyecto más importante de mi vida estaba en un momento crucial y que tenía demasiados problemas a la hora de socializar como para cambiar de trabajo así como así. Lo de ese día no presagiaba nada bueno.

—Va a haber una asamblea dentro de quince minutos —le expliqué— y nos encantaría ir teniendo una idea más clara sobre lo que…

—Ny, deja de quejarte y haz el favor de explicárnoslo como si tuviéramos cinco años, venga —le ordenó Tisha.

—Tías, sois las dos doctoras —señaló Nyota, y no como un cumplido.

—Vale, escucha con atención, Ny, porque esto va a hacer que te explote la cabeza y puede que tengamos que denunciarlo ante la ONU y celebrar un juicio en La Haya: el tema de las empresas de capital inversión y las cesiones de créditos no se dio en ninguna de nuestras clases del doctorado en Ingeniería Química. Un hecho imperdonable, lo sé, y estoy segura de que la OTAN querrá tomar medidas, pero…

—Cállate, Tish. No te pongas sarcástica cuando me estás pidiendo un favor. Rue, ¿cómo os habéis enterado de la cesión de crédito?

—Florence ha mandado un correo electrónico a toda la empresa —respondí—. Ha sido esta mañana.

—¿Florence es la CEO de Kline?

—Sí. —Me pareció una respuesta muy pobre, así que añadí—: Y la fundadora. —Seguía sin ser una explicación exhaustiva, pero había un momento y un lugar adecuados para *fangirlear*, y este no era uno de ellos.

—¿Ponía algo acerca de qué empresa de capital inversión ha comprado el crédito?

Eché un vistazo al correo.

—El Grupo Harkness.

—Mmm… Me suena. —Nyota tecleó en silencio, con las vistas de Nueva York resplandeciendo a sus espaldas. Su oficina estaba en un rascacielos, a miles de kilómetros de North Austin. Aquello era un universo completamente distinto. Al igual que Tisha y yo, Nyota siempre quiso irse de Texas. A diferencia de nosotras, ella nunca había vuelto—. Ah, sí. *Esos* tipos —dijo al fin con los ojos entrecerrados delante de la pantalla del ordenador.

—¿Los conoces? —le preguntó Tisha—. ¿Son famosos o algo?

—Es una empresa de capital inversión, no un grupo de K-pop. Pero sí, son muy conocidos en el sector tecnológico. —Se mordió el labio. De repente, su expresión era de todo menos tranquilizadora, y sentí como Tisha se tensaba a mi lado.

—No es la primera vez que ocurre algo así —dije negándome a ceder ante el pánico. Me había graduado en la Universidad de Texas hacía un año, pero había estado trabajando para Florence Kline desde antes de terminar el doctorado. Nada de esto era nuevo para mí—. Hay movidas administrativas y problemas con los inversores cada dos por tres. Al final siempre se queda en nada.

—No estoy segura de que esta vez sea igual, Rue. —Nyota frunció el ceño—. A ver, lo que pasa es que Harkness es una empresa de capital inversión.

—Todavía no sé lo que significa eso —soltó Tisha.

—Como iba diciendo, es una empresa de capital inversión, es decir, es… un grupo de personas con muchísimo dinero y demasiado tiempo libre. Y en lugar de ser como el Tío Gilito y retozar en la pasta que han ganado con gran esfuerzo o dejarla en cuentas de ahorro como vosotras dos…

—Muy osado por tu parte dar por hecho que tengo ahorros —murmuró Tisha.

—… la usan para comprar otras empresas.

—¿Y han comprado Kline? —pregunté.

—No. Kline no ha salido a bolsa; no se pueden comprar acciones de la empresa. Pero, cuando se fundó, se necesitó dinero para poder desarrollar… ¿raviolis? ¿Es eso lo que hacéis?

—Nanotecnología alimentaria.

—Claro. Vamos a fingir que eso significa algo. En fin, el caso es que, cuando Florence fundó Kline, pidió un gran préstamo. Y, ahora, quien le proporcionó el dinero ha decidido vender ese préstamo a Harkness.

—¿Y eso significa que ahora Kline le debe el dinero a Harkness?

—Correcto. Ves, Rue, sabía que no eras del todo inútil. Mi hermana, en cambio, nunca deja de… —La voz de Nyota se fue apagando mientras fruncía el ceño frente al ordenador.

—¿Qué? —preguntó Tisha alarmada. Nyota no era de las que se callaban en mitad de un insulto—. ¿Qué pasa?

—Nada. Estoy leyendo sobre Harkness. Tienen una gran reputación. Se han centrado en *startups* tecnológicas de tamaño medio. Creo que tienen a un par de científicos en plantilla. Adquieren empresas prometedoras, proporcionan capital y apoyo para hacerlas crecer, y luego las venden para obtener beneficios. Comprar un préstamo no parece ser su *modus operandi* habitual.

Tisha me puso la mano en el muslo y yo apoyé la mía encima. Eso de dar consuelo físico no era muy de mi estilo, pero hacer excepciones con Tisha no me suponía ningún problema.

—¿Así que lo único que tiene que hacer Florence es devolverle el préstamo a Harkness y entonces se esfumarán? —pregunté. Parecía bastante simple. No había necesidad de involucrar a ningún portal de búsqueda de empleo.

—Bueno… En el mundo de yupi en el que vives, tal vez. Diviértete paseando con los unicornios, Rue. Es imposible que Florence tenga el dinero.

Tisha me apretó un poco más el muslo.

—Ny, ¿qué significa en la práctica? ¿Quiere decir que van a tomar el control de la empresa?

—Puede ser. Dependerá de lo que ponga en el contrato del préstamo.

Negué con la cabeza.

—Florence jamás les permitiría hacerlo.

—Puede que Florence no tenga elección. —El tono de Nyota se había suavizado de repente, y ahí *sí* que me asusté de verdad—. Según los términos del acuerdo, Harkness podría tener derecho a nombrar un nuevo CTO e interferir en el funcionamiento diario de la empresa.

Preguntar qué era un CTO no me iba a hacer ganar puntos de cara a ese «Seguir también» en Instagram, así que me limité a decir:

—Vale. ¿Cuál es la conclusión?

—Harkness podría no traeros ningún problema o ser el motivo de que necesitéis buscar otro trabajo. Ahora mismo, es imposible saberlo.

El «joder» de Tisha fue solo un suave murmullo. *Florence,* pensé, y se me secó la boca. *¿Dónde está Florence ahora mismo? ¿Cómo está Florence ahora mismo?*

—Gracias, Nyota —dije—. Has sido de gran ayuda.

—Llamadme después de la asamblea de hoy, para entonces tendremos una idea más clara. —Fue muy amable por su parte utilizar el plural—. Pero no estaría de más empezar a desempolvar vuestro currículum por si acaso.

En Austin hay un montón de *startups* tecnológicas. Buscad en internet, preguntad a vuestros amigos empollones si os pueden pasar algún contacto. Bueno, ¿tenéis más amigos aparte de vosotras dos?

—Tengo a Bruce.

—Bruce es un gato, Tish.

—¿Y…?

Empezaron a discutir y yo desconecté mientras trataba de calcular la probabilidad de que Tisha y yo encontrásemos otro trabajo en la misma empresa. Uno que pagara bien y nos diera la libertad científica que teníamos ahora. Florence incluso me había permitido…

Me asaltó un pensamiento horrible.

—¿Y nuestros proyectos personales? ¿Qué pasa con las patentes de los empleados?

—¿Eh? —Nyota ladeó la cabeza—. ¿Patentes de los empleados? ¿Para qué?

—En mi caso, se trata de un bionanocompuesto que…

—Ajá, en cristiano, por favor.

—Es una cosa que hace que los productos se mantengan más frescos. Y durante más tiempo.

—Ya veo. —Asintió en señal de comprensión. Su mirada de repente era más cálida y me pregunté hasta dónde sabía. Era imposible que Tisha le hubiese contado mi historia, pero Nyota siempre había sido observadora y quizá lo había averiguado sola. Al fin y al cabo, durante años, había pasado todos mis ratos libres en su casa solo para evitar volver a la mía—. ¿Es tu proyecto? ¿Tu patente? ¿Tienes algún acuerdo que ratifique que *tú* eres la propietaria de esta tecnología?

—Sí. Pero si Kline cambia de manos…

—Mientras el acuerdo esté por escrito, tú tranquila.

Recordé haber recibido un correo electrónico de Florence. Palabras largas, fuente pequeña, firmas electrónicas. Sentí un gran alivio. *Gracias, Florence.*

—Tías, intentad no comeros mucho el coco, ¿vale? Id a la asamblea a la que probablemente ya estéis llegando tarde. Averiguad todo lo que podáis y después me contáis. Y por el amor de la jueza Brown Jackson, actualizad vuestros malditos currículums. En el tuyo, Tish, sigue poniendo que eres peluquera canina, y eso fue cuando te estabas sacando la carrera.

—Sal de mi LinkedIn —murmuró Tisha, pero su hermana ya había colgado. Se recostó en la silla y soltó otro «joder».

Me quedé mirando al frente y asentí.

—Coincido.

—Ninguna de las dos tiene suficiente estabilidad emocional como para gestionar la incertidumbre laboral.

—No.

—A ver, nos irá bien. Nos dedicamos al sector tecnológico. Lo único que…

Asentí una vez más. Estábamos contentas en Kline. Juntas. Con Florence.

Florence.

—Anoche Florence me envió un mensaje —le conté a Tisha—. Me preguntó si quería ir a su casa.

Se dio la vuelta.

—¿Te dijo por qué?

Negué con la cabeza. Me sentía un poco avergonzada y culpable. *Qué bien eso de pasar de tus amigas cuando te necesitan, Rue.*

—Le dije que tenía planes.

—¿Qué planes te…? Ah, claro. Tu sesión de sexo trimestral. La Rue Desmelenada. Dios mío, ¿por qué no hemos comentado todavía lo del tío ese?

—¿Qué tío?

—¿En serio? ¿Me mandas una foto del carné de conducir de un tío y luego preguntas que «qué tío»? No te hagas la tonta.

—En fin, había que intentarlo.

Me puse de pie tratando de evitar el recuerdo de aquellos profundos ojos azules, de ese perfil de escultura griega que había hecho que me quedara mirándolo embobada, de esos rizos castaños casi demasiado despeinados… Él había mantenido la mirada al frente al llevarme a casa, como si se empeñara en no mirar en mi dirección.

—¿Has sabido algo más de él? Porque supongo que habrás hecho la locura de… —ahogó un grito y se llevó la mano al pecho— darle tu número.

—No he mirado el teléfono. —Ahora ese dispositivo permanecía en el fondo de mi mochila, presionado bajo una sudadera, una botella de agua y una pila de libros que debía devolver a la biblioteca en dos días. Y ahí se iba a quedar, al menos mientras siguiera preguntándome sin querer cada diez minutos si me habría enviado un mensaje.

Me gustaba obligarme a mantener un cierto distanciamiento cuando se trataba de hombres.

—Debería haber ido a casa de Florence —dije mientras me daban punzadas de remordimiento en el estómago.

—No. Si hubiese tenido que elegir entre que echaras un polvo o que te enteraras un poco antes de todo este lío, creo que habría elegido que tuvieras unos orgasmos. Soy así de generosa. —Tisha bajó la voz mientras nos dirigíamos al espacio abierto de la primera planta, andando una junto a otra por los pasillos ultramodernos de color azul marino de Kline y cruzándonos con varios trabajadores. Todos sonreían a Tisha y conmigo se limitaban a asentir con la cabeza, educados pero mucho más sombríos.

Kline había empezado como una pequeña empresa tecnológica y había crecido rápidamente hasta tener varios centenares de empleados. Yo ya había dejado de llevar la cuenta de las nuevas contrataciones. Además, la naturaleza solitaria de mi proyecto me convertía en una desconocida. La chica alta, seria y distante que siempre salía con la otra chica alta, la divertida y encantadora a la que todo el mundo adoraba. En Kline, el nivel de popularidad de Tisha y el mío eran tan dispares como lo habían sido siempre. Llevaba siendo así desde que íbamos a primaria. Por suerte, había aprendido a pasar del tema.

—Por desgracia, no hubo ningún orgasmo —murmuré.

—¿¡Qué!? No tenía pinta de que se le diera mal follar, la verdad.

—No sabría decirte.

Frunció el ceño.

—¿No quedaste con él para eso?

—En un principio, sí.

—¿Y?

—Apareció Vincent.

—Venga ya, puto Vincent. ¿Cómo coño te...? En realidad, no quiero ni saberlo. ¿La próxima vez, entonces?

«Ya que nunca tienes segundas citas...», fue lo que me había dicho él, y al escuchar ese tono de voz melancólico me había subido la temperatura corporal.

—No lo sé —susurré con sinceridad. Yo también me sentí algo melancólica mientras Tisha y yo nos sentábamos en un sofá al fondo de la sala—. Creo que...

—Aquí es imposible aburrirse —dijo una voz aguda, y noté que se hundía el cojín de mi izquierda. Jay era nuestro técnico de laboratorio favorito. O, para ser más exactos, el favorito de Tisha, de quien se había hecho amigo en un santiamén. A fuerza de estar siempre con ella, yo me había visto envuelta en esa relación. Ese era un buen resumen de en qué consistía mi vida social—. Os juro por Dios que, si nos despiden a todos y no me conceden el visado y tengo que volver a Portugal y Sana me deja y...

—Cuánto optimismo, hijo mío. —Desde mi otro lado, Tisha se inclinó hacia delante con una sonrisa—. Por cierto, hemos investigado todo este embrollo. Si quieres, podemos explicarte lo que es una cesión de crédito.

Jay arqueó una ceja y los piercings que la atravesaban destellaron.

—¿No lo sabíais antes?

Tisha se enderezó y desapareció detrás de mí.

—Venga, venga... —Le di unas palmaditas reconfortantes en la pierna—. Al menos podemos decir que nunca hemos fingido ser algo que no somos.

—¿Personas inteligentes?

—Eso parece.

Una cascada de rizos rojos apareció entre la multitud y el nudo de pánico en mi pecho se aflojó al instante. Florence. La brillante e ingeniosa Florence. Ella era Kline. Había luchado con uñas y dientes por este proyecto y no iba a permitir que nadie se lo arrebatara. Desde luego, no una...

—¿Quiénes son esos cuatro? —susurró Tisha.

De repente, toda la sala se había quedado en silencio. Mi amiga no estaba mirando a Florence, sino a las personas que estaban a su lado.

—¿Gente de Harkness? —supuso Jay.

Me esperaba que llevaran el pelo repeinado hacia atrás, vistieran con traje y tuvieran ese estilo tan desagradable de los machotes que se dedican a las finanzas. Sin embargo, la gente de Harkness tenía pinta de que, en otra línea temporal, podría haber trabajado en Kline. Quizá lo de vestirse de manera informal no era más que una estrategia, pero parecían... normales. Accesibles. A la mujer de pelo largo se la veía cómoda con sus vaqueros y parecía complacida, al igual que el hombre de espalda ancha que estaba un pelín demasiado cerca de ella. Una figura alta con la barba bien cuidada observaba la sala con un poco de altanería, pero ¿quién era yo para juzgar? Ya me habían comentado varias veces que mi cara tampoco inspi-

21

raba cordialidad, precisamente. Y el cuarto hombre, el que había llegado último, con paso tranquilo y una sonrisa de tener confianza en sí mismo, parecía...

Se me heló la sangre.

—Ya me caen mal —murmuró Jay, lo cual hizo reír a Tisha.

—A ti todo el mundo te cae mal.

—No es cierto.

—Sí que lo es. ¿Verdad, Rue?

Asentí distraída, con la mirada clavada en el cuarto hombre de Harkness, atrapada como un pájaro en una marea negra. La cabeza me empezó a dar vueltas y sentí que me faltaba el aire. Y es que, a diferencia de los demás, esa cara me resultaba familiar.

A diferencia de los demás, sabía exactamente quién era él.

2

MUY DISPUESTO A DEJARLA CONTINUAR

ELI

LA NOCHE ANTERIOR

Era aún más guapa que en la foto.

Y eso que en la foto también estaba guapa de cojones, de pie frente a un letrero de la Universidad de Austin que a él le resultaba dolorosamente familiar. No era un selfi, sino una foto normal de las de toda la vida que había recortado para eliminar a su acompañante. Lo único que se veía era un brazo delgado, de piel oscura, colgado alrededor de un hombro. Y, por supuesto, a ella. Sonriendo, pero no mucho. Presente pero lejana.

Y preciosa.

No es que importara mucho. Eli se había acostado con suficiente gente como para saber que, a la hora de buscar a alguien con quien tener sexo sin compromiso, el aspecto de las personas no era tan determinante como el hecho de que estuviesen buscando lo mismo que tú. Aun así, cuando llegó al vestíbulo del hotel y la vio en el bar, sentada en ese taburete, se detuvo en seco. Vaciló, a pesar de que su reunión con Hark y los demás se había alargado y pasar por casa para ver cómo estaba Tiny le había hecho llegar unos minutos tarde.

Estaba bebiendo Sanpellegrino, lo cual era un alivio, ya que, dados sus planes para esa noche, cualquier otra cosa le habría hecho dudar. Llevaba unos vaqueros y un jersey sencillos, y su postura era pura belleza. Relajada pero regia. Sin encorvar la espalda, pero sin que pareciera forzada. No parecía nerviosa y tenía el aire tranquilo de quienes hacen esto con la suficiente frecuencia como para saber exactamente qué esperar.

Recordó las preguntas, siempre pertinentes, que ella le había hecho, y también las respuestas, siempre directas, que le había dado cuando era Eli el que preguntaba. Ella le había mandado el primer mensaje el día anterior. Y cuando él le preguntó: ¿Dónde te gustaría que nos viéramos?, su respuesta fue:

En mi piso no.

En mi casa tampoco. Puedo
reservar un hotel, invito yo.

Me parece bien pagarlo
entre los dos.

No hace falta.

De acuerdo. Para tu información,
compartiré ubicación con una amiga
que tiene mis datos de acceso a
la aplicación.

Haces bien.

¿Quieres que te dé mi
número de teléfono?

Podemos seguir hablando
por aquí.

Perfecto.

Si eso la hacía sentir más segura, le parecía bien. Las aplicaciones de citas podían ser peligrosas. Aunque lo cierto es que la aplicación que ellos utilizaban no era para tener citas; no en el sentido estricto de la palabra.

Eli miró a la mujer una última vez y algo parecido a la expectación que hacía años que no sentía surgió en su interior. *Bien,* se dijo a sí mismo. *Esto va a salir bien.* Echó a andar de nuevo, pero se detuvo a unos pocos metros.

Otro hombre se había acercado.

Al principio, Eli pensó que era algún pobre imbécil que se le estaba insinuado, pero enseguida se dio cuenta de que ella lo conocía. Había abierto los ojos de par en par y luego los había entrecerrado. Se le había tensado la espalda y se había echado hacia atrás, buscando poner más distancia.

Debe de ser un ex o algo así, pensó Eli mientras el hombre hablaba con apremio. Estaban manteniendo una conversación en voz baja y, aunque la música ambiente estaba demasiado alta para que Eli captara las palabras, la tensión en los hombros de ella no era una buena señal. La vio negar con la cabeza y pasarse una mano por sus rizos oscuros y brillantes. Al apartárselos hacia un lado, Eli captó la línea de su nuca: rígida. Y se puso aún más rígida cuando el hombre empezó a hablar más rápido. A acercarse. A gesticular con mayor intensidad.

Entonces le agarró la parte superior del brazo, y ahí fue cuando Eli intervino.

Llegó a la barra en cuestión de segundos, pero la mujer ya estaba intentando zafarse. Se detuvo detrás de su taburete y ordenó:

—Suéltala.

El hombre levantó la vista con los ojos vidriosos. Borracho, tal vez.

—Esto no es asunto tuyo, tío.

Eli se acercó más y sus bíceps rozaron la espalda de la mujer.

—He dicho que la sueltes.

El hombre lo miró con detenimiento. Tuvo un breve momento de sentido común en el que calculó, correctamente, que no tenía ninguna posibilidad contra Eli. Soltó a la mujer a regañadientes y levantó los brazos en un gesto de paz, pero al hacerlo derribó el vaso que ella tenía sobre la barra.

—Esto es un malentendido…

—Ah, ¿sí? —Eli miró a la mujer, que estaba rescatando su móvil de un charco de Sanpellegrino. Su silencio fue respuesta suficiente—. Me parece que no. Fuera —ordenó en un tono cordial y a la vez amenazante. Toda su vida profesional se basaba en encontrar algo que motivara a la gente a hacer bien su trabajo, y, según su experta opinión, a este gilipollas le hacía falta que lo asustaran un poco.

Funcionó: el gilipollas lo miró mal, apretó la mandíbula y echó un vistazo a su alrededor, como si buscara testigos que se unieran a él para denunciar la injusticia de la que estaba siendo víctima. Como nadie dio un paso al frente, se escabulló furioso hacia la entrada del hotel, y Eli se puso frente a la mujer.

Notó como una descarga eléctrica le recorría la espalda. Tenía los ojos grandes y de un color azul oscuro que no estaba seguro de haber visto antes. Eli se los quedó mirando embobado y, por un momento, perdió el hilo de lo que iba a decir.

Ah. Sí. Es que era muy complejo, algo así como:

—¿Estás bien?

En lugar de responder, ella le preguntó:

—¿Esto de ponerte en modo guardaespaldas justiciero lo haces muy a menudo? ¿Es una táctica para compensar tus deficiencias? —Su tono era calmado, pero su mirada echaba chispas. Eli se fijó en que tenía el labio superior ligeramente más grueso que el inferior. Ambos eran de un color rosa oscuro—. Porque igual te saldría más a cuenta comprarte un tanque y ya.

Él enarcó una ceja.

—Y a ti quizá te saldría más a cuenta elegir mejor a los hombres con los que pasar un rato.

—Desde luego, teniendo en cuenta que he venido aquí a pasar el rato *contigo*.

Vaya. Así que sí lo había reconocido. Y no parecía muy contenta.

Eli no la culpó por considerarlo un imbécil impetuoso e impulsivo, y lo último que quería era incomodarla. Estaba claro que a ella no le apetecía seguir con la cita, y eso lo decepcionó un poco. Más aún cuando volvió a mirarle los labios, pero decidió no darle importancia.

Una pena, pero tampoco era el fin del mundo. Asintió una única vez con la cabeza, se dio la vuelta y...

Una mano lo agarró de la muñeca.

La miró por encima del hombro.

—Lo siento —dijo ella, y cerró los ojos con fuerza. Luego respiró hondo y esbozó la sonrisa más leve que él había visto nunca, lo que hizo que una nueva y acalorada oleada de interés le recorriera el cuerpo.

Eli no era un esteta. No tenía ni idea de si aquella mujer era científicamente bella desde un punto de vista objetivo o si lo que sucedía era que su rostro encajaba a la perfección con él y sus preferencias. Fuese como fuese, el resultado era el mismo.

Le ponía *mucho*.

—Eli, ¿verdad? —le preguntó.

Él asintió. Terminó de girarse hacia ella.

—Lo siento. Estaba un poco a la defensiva. Normalmente no me reboto tanto cuando alguien... —hizo un gesto vago. Tenía las uñas rojas y las manos gráciles pero temblorosas— me ayuda. Gracias por lo que has hecho. —Le soltó la muñeca, cerró la mano y dejó el puño apoyado en su regazo, y él siguió cada movimiento con atención, hipnotizado.

—No me has dicho cuál es tu nombre —dijo Eli en lugar de un «de nada». En la aplicación solo constaba una inicial: R.

—No, no te lo he dicho. —No dio más detalles, y a él ese tono inflexible le resultó excitante.

¿Rachel? Rose. Ruby se giró para observar la puerta del hotel. El hombre seguía merodeando por ahí, lanzándoles miradas cargadas de resentimiento. Cuando Eli vio que ella tragaba saliva, dijo como si nada:

—Puedo ir a meterle miedo. —Sus días de buscar pelea habían quedado muy atrás, en el instituto, cuando su vida consistía en ir a los entrenamientos de hockey, aguantar castigos y tener mucha rabia. Aun así, sabía cómo lidiar con los imbéciles.

—No, da igual —respondió ella negando con la cabeza.

—O llamar a la policía.

Volvió a indicarme que no con la cabeza. Luego, tras un momento de reticencia, añadió:

—Pero quizá sí que me gustaría que…

—No voy a dejarte sola —dijo él, y la postura de ella se relajó en señal de alivio.

Teniendo en cuenta cómo se estaba comportando ese imbécil, Eli tenía pensado vigilarla de todos modos, lo que probablemente era bastante espeluznante por su parte, pero no podía evitarlo. Ahí estaba, convirtiendo en asunto suyo a una chica cualquiera cuyo nombre ni siquiera sabía. Se apoyó en la barra con los brazos cruzados sobre el pecho. Un grupo numeroso se acercó y tomó asiento junto a ellos, lo que le obligó a acercarse un poco más a ella.

R.

Rebecca.

Rowan.

—Sé que se supone que íbamos a… —La mujer hizo un leve gesto señalando hacia arriba, y un millón de cosas pasaron por la cabeza de Eli al observar el movimiento de su dedo índice.

El tono pragmático del primer mensaje que ella le había mandado: **¿Todavía estás por Austin? ¿Te apetece quedar?**

La frase «Solo sexo sin compromiso, nada de relaciones serias ni de segundas citas» en su biografía.

Su respuesta a la pregunta «¿Fetiches?» de la encuesta abierta.

La lista de cosas que no estaba dispuesta a hacer. La lista de las que sí.

A esas alturas dudaba que llegara a pasar algo entre ellos esa noche, pero, aun así, iba a recrearse en esa última lista. Mucho.

—Ya no quiero —continuó ella con voz firme. A él le gustó que no dijera que no podía, sino que no quería. Y ese tono sin un ápice de disculpa. Y su expresión seria y calmada.

—¿Quieres decir que no quieres subir a follarte a un hombre al que no conoces minutos después de que un hombre al que sí conoces te haya agredido? —Eli le lanzó una mirada de sorpresa fingida y ella asintió pensativa.

—Es una buena manera de resumirlo. Supongo que es demasiado tarde para cancelar la reserva de la habitación y que te devuelvan el dinero, así que, si necesitas hacer planes con otra persona para esta noche, por mí no hay problema.

Eli curvó la comisura de los labios.

—Sobreviviré —se limitó a responder.

—Como prefieras —dijo ella con indiferencia. Estaba claro que no le importaba lo más mínimo si él sacaba el móvil y llamaba a media ciudad o si se arrodillaba y le juraba lealtad eterna, y Eli tuvo que reprimir una sonrisa. La mujer ladeó la cabeza—. ¿Haces esto a menudo? —le preguntó.

—¿El qué? ¿Follar?

—Salvar a damiselas en apuros.

—No.

—¿Porque no te encuentras con muchas o porque dejas que se las apañen solitas? —Su tono de voz era suave, y en labios de cualquier otra persona esas palabras habrían sonado a flirteo. Pero en los suyos no—. En cualquier caso, me siento halagada —añadió.

—Deberías. —Eli miró al hombre, que seguía fuera, fulminándolos con la mirada—. ¿Vives sola?

Ella alzó las cejas y él se fijó en una leve cicatriz que le atravesaba la ceja derecha. Dio un golpecito con el índice contra la barra, deseoso de trazarla.

—¿Intentas averiguar si estoy soltera?

—Intento averiguar qué posibilidades hay de que ese imbécil vaya a esperarte a la puerta de tu casa, quién podría ayudarte si eso pasa o si tu mascota podría protegerte.

—Ah. —No parecía turbada por haberlo malinterpretado. Fascinante—. Sí que vivo sola. Y, en principio, él no sabe la dirección.

—¿En principio?

—No estoy segura de cómo ha dado conmigo. La única explicación lógica es que haya averiguado dónde vivo, que el portero no le haya permitido entrar, que me haya visto subir al Uber y me haya seguido. —Había estado agitada hasta hacía un minuto, pero ahora sonaba tan práctica que resultaba desconcertante. *Igual que en sus mensajes,* pensó Eli. Sus mensajes no llevaban emojis. Ni «jajaja» ni «xd». Escribía con la puntuación correcta y las mayúsculas adecuadas. Él había supuesto que era una manía sin más, pero ahora veía que su comportamiento era la encarnación de su escritura.

Serio. Un poco impenetrable. Complicado.

Y a Eli nunca le habían gustado las cosas fáciles.

—¿Cómo vas a volver a casa? —le preguntó.

—Uber. O Lyft. Lo que sea más rápido. —Cogió el teléfono, pero, cuando pulsó el botón para desbloquearlo, este se negó a encenderse. Eli recordó el agua que se había derramado—. Bueno, esto no estaba previsto —suspiró—. Pediré un taxi.

Ni de coña, estuvo a punto de decir él, pero se detuvo con la boca entreabierta. Esta mujer no era su amiga ni su hermana ni su compañera de trabajo. Era alguien con quien había planeado tener un encuentro sexual que iba a durar parte de la noche y a la que nunca más volvería a ver. No tenía ningún derecho a decirle lo que tenía que hacer.

Aunque podría intentar convencerla.

—Sigue ahí fuera —dijo él con serenidad, y señaló al hombre con la barbilla. Estaba paseándose de un lado a otro cerca de la puerta giratoria, con la piel reluciente de sudor—, esperando a que salgas.

—Ya. —Ella se rascó su largo cuello. Eli se la quedó mirando mucho más tiempo del que debía—. ¿Podrías salir conmigo?

—Sí, pero ¿y si sabe dónde vives y te espera allí? ¿Y si te sigue? —La observó reflexionar sobre la situación—. ¿Tienes algún vecino de confianza? ¿Un amigo? ¿Un hermano?

A ella se le escapó la risa durante un segundo y luego se quedó en silencio y con el semblante melancólico, cosa que Eli no entendió.

—Digamos que no.

—De acuerdo. —Asintió, experimentando el sentimiento contrario del fastidio al pensar en lo que tendría que pasar—. En ese caso, te llevaré a casa.

Ella le dedicó una mirada larga y cautelosa. Eli se preguntó por qué esos ojos grandes y límpidos lo hacían sentir como si le estuvieran dando un puñetazo en el estómago.

—¿Estás sugiriendo que me suba al coche de un hombre al que no conozco para evitar que me acose un hombre al que sí conozco?

Él se encogió de hombros.

—Más o menos.

Ella se mordió el labio inferior. De repente, Eli era físicamente más consciente de la presencia de otro ser humano de lo que recordaba haber sido en muchísimo tiempo.

—Gracias, pero voy a tener que decir que no. El potencial de que acabe en una ironía situacional es demasiado alto incluso para mí.

—No creo que esto se pueda clasificar como ironía situacional.

—Lo sería si resultaras ser un asesino en serie.

Eli sabía que sonreír no le iba a hacer ganar puntos, pero no pudo evitarlo.

—Ibas a subir a una habitación de hotel reservada a mi nombre para pasar varias horas a solas conmigo.

—¿Varias horas?

Por cómo se sentía él en ese momento, sí.

—Varias horas —repitió Eli. Ella le sostuvo la mirada con cada letra—. Me parece que es un poco tarde para preocuparte de si planeo asesinarte.

—Una amiga sabe dónde estoy y se habría asegurado de que todo fuese bien —replicó—. Cambiar de ubicación lo complica todo.

—¿Eso crees? —No tenía motivos para estar tan complacido porque ella manifestase ese instinto de supervivencia.

—Vincent es un idiota, sí, pero, por lo que sé, tú podrías ser perfectamente el Unabomber.

Vincent. Sabía el nombre de ese gilipollas y Eli seguía sin saber cómo se llamaba ella. Manda huevos.

—El Unabomber está muerto.

—Eso es lo que diría el Unabomber si quisiera despistarme —contestó ella con una expresión inescrutable.

Eli no sabía si estaba tonteando, burlándose de él o hablando en serio.

Resultaba estimulante.

—Fabricaba bombas y resolvía teoremas matemáticos. No secuestraba a mujeres jóvenes.

—Sabes mucho sobre el Unabomber para ser alguien que supuestamente no es él.

Eli miró al techo para ocultar lo bien que se lo estaba pasando y exhaló despacio. Luego se enderezó. Sacó la cartera del bolsillo trasero de los vaqueros y cogió el carné de conducir. Lo dejó caer sobre la barra, junto a la mano de ella.

—¿Qué es esto?

Él se apoyó también en la barra, sin responder. Ella cogió el trozo de plástico con destreza. Su mirada se fue alternando entre él y la foto del carné, como si estuviera buscando las cinco diferencias.

—Eli Killgore —leyó—. Tu nombre no es que inspire mucha confianza, Eli.

Él frunció el ceño.

—Es escocés.

—Suena como el nombre de alguien que se dedica a recortar vello púbico femenino para cosérselo a muñecas. No tienes pinta de tener treinta y cuatro años; pareces más joven. ¿Y de verdad eres tan alto? —Él soltó un largo suspiro y ella le devolvió el carné de conducir con cara seria—. Bueno, ahora ya puedo afirmar que tu apellido está estrechamente relacionado con el concepto de derramar sangre, pero sigo sin estar segura de si es un carné falso que has hecho para atraer a las mujeres a tu guarida llena de polillas.

—Apuesto a que te crees muy graciosa.

—En realidad, *sé* que no lo soy. Nací sin sentido del humor.

Él resopló divertido. Le estaba tomando el pelo, no podía ser de otra forma. Y, al parecer, él estaba muy dispuesto a dejarla continuar, porque empujó la cartera entera hacia ella.

—Adelante.

Observó con impaciencia cómo sus delgados dedos la abrían, preguntándose por qué esos movimientos tan elegantes parecían estar desbloqueando una especie de faceta fetichista oculta en su cerebro. Se la llevó a la nariz para oler el cuero (un movimiento extraño e inexplicablemente atractivo), sacó una tarjeta de crédito al azar y luego otra.

—Eli Asesinoenserie —dijo ella.

—Casi, pero ese no es mi nombre.

—Tienes un carné de la biblioteca —añadió con tono de sorpresa, y él chasqueó la lengua.

—Hay que ver, yo aquí intentando ayudarte en una situación difícil y me lo pagas sorprendiéndote de que sepa leer.

La mujer esbozó una sonrisa pequeña y misteriosa que a él no debería haberle provocado un escalofrío.

—Pensaba que más bien eras de los que tienen tarjetas de acceso al gimnasio.

—Eso no ha sonado para nada condescendiente. —Eli intentó no sonreír y no lo consiguió. Pero daba igual porque ella seguía rebuscando en su vida de forma metódica, revisando la cartera, deteniéndose a examinar las piezas más interesantes, incluso tarareando en voz alta. Él lo sentía como si fuera algo físico, un zumbido a través del aire que le calaba hasta los huesos. Como si esos delgados dedos estuvieran pelándole las diferentes capas lenta e inexorablemente.

3

HABRÍA ESTADO BIEN

ELI

El corazón le dio un vuelco y luego empezó a latir con fuerza. Le entraron unas ganas tontas de dar una vuelta triunfal alrededor del bar. Frenó el impulso y dijo tan secamente como pudo:

—Será un honor.

—De nada. —Otro asentimiento sin sonrisa. Esa mujer tenía una naturalidad asombrosa. Como si no estuviera interesada en ser nada más que ella misma.

—¿Se me permite saber tu nombre ahora?

—No.

—Me lo imaginaba. —Eli suspiró, desbloqueó el móvil y se lo dio—. Sácale una foto a mi carné de conducir, mándasela por mensaje o correo electrónico a una amiga y luego vámonos. Comparte también mi ubicación con ella.

—¿Es una orden?

Sí, y además una fuera de lugar, pero a ella no parecía haberle molestado mucho. Fuera quien fuera su amiga, estaban tan unidas que se sabía su número de memoria.

—Bueno, tienes seguro médico. Espero que cubra la terapia de prevención de asesinatos —dijo en tono neutro antes de cerrar la cartera y devolvérsela con un solemne asentimiento. Echó un último vistazo a la puerta, donde Vincent se estaba fumando un cigarrillo con aspecto nervioso. Todavía al acecho.

—Desde luego, es una cartera consistente. A pesar de que tu apellido sea literalmente Traficantedeórganos.

—Literalmente no. Y figuradamente tampoco.

—En cualquier caso —sus labios se curvaron para dibujar la sombra de una sonrisa. Eli la sintió en el miembro, envolviéndole las pelotas—, señor Killgore, tiene permiso para llevarme a casa.

Envió una foto del carné, tecleó una breve explicación que Eli se obligó a no mirar y le devolvió el móvil. Luego se bajó del taburete con elegancia.

Joder, era alta. Incluso llevando zapatos planos, sus ojos estaban solo unos centímetros por debajo de los de Eli. A él —de nada servía negarlo a estas alturas— le parecían espectaculares. Se obligó a apartar la mirada.

—Estás lo bastante sobrio para conducir, ¿no? —preguntó ella.

—Sí. Suelo preferir llevar a cabo mis planes sin estar borracho.

—Perfecto. —Esa palabra sonaba al visto bueno de una reina, y la sonrisa de Eli se ensanchó.

—Sabes que no eres tú la que me está haciendo un favor a mí, ¿verdad? —le preguntó a pesar de que sí era así. Con Vincent merodeando por ahí, si la hubiese dejado volver a casa sola, habría perdido la paz que le quedaba, que de por sí era muy poca.

Ella parpadeó con serenidad y él tuvo la breve certeza de que podía leerle la mente. Aquellos sucios pensamientos que no era capaz de refrenar. La forma en que su dulce aroma parecía instalarse en su cerebro.

No. No podía leérsela, porque era evidente que se sentía cómoda a su lado. Confiaba lo suficiente en él como para permitirle ganar esa batalla de poder. Seguía siendo difícil de descifrar, pero su instinto le decía que a ella tampoco le importaba prolongar su tiempo juntos.

—Vamos. Mi coche está en el aparcamiento.

Evitaron la entrada principal, donde Vincent estaba esperando, y llamaron al ascensor manteniendo un có-

modo silencio. Un hombre de mediana edad se subió antes de que se cerraran las puertas, y a Eli no le gustó la mirada larga y lasciva que le dirigió a...

Todavía no sabía su puto nombre, lo que significaba que no tenía derecho a fruncir el ceño porque un imbécil asqueroso le estuviese mirando las tetas. Aun así, lo hizo, y el hombre debió de sentir la rabia que Eli desprendía en oleadas, porque bajó la mirada avergonzado. Eli se sintió como un primate, medio enzarzado en una ridícula batalla por ver quién dominaba, como si los últimos veinte minutos le hubieran hecho retroceder unos cincuenta mil años de evolución y...

Por Dios. Necesitaba... echar un polvo, seguramente. O dormir. O unas vacaciones. Tiempo, eso era lo que necesitaba. Los últimos seis meses habían consistido en trabajar y estar agotado, sin margen para pensar en nada más. Y, de repente, el día anterior, ella le había enviado un mensaje en una aplicación que él no había abierto desde hacía casi un año, y había sentido que aquello era como un regalo cósmico.

Una forma de celebrar lo que él, Hark y Minami habían logrado. Un preludio de lo que pasaría al día siguiente.

Se había hecho demasiadas ilusiones. Un puto descanso, eso era lo que necesitaba.

—¿Dónde vives? —le preguntó mientras la dirigía con un movimiento de la mano hacia donde estaba su coche. Estaba intentando tocarla lo menos posible, pero era difícil teniendo en cuenta que era ella la que se acercaba. El hombro de la mujer le rozó el brazo y sintió la electrici-

dad a través de la ropa. El aire fresco del aparcamiento subterráneo era una distracción más que bienvenida.

—Puedo poner la dirección en tu GPS y...

—¿¡Puedes escucharme aunque sea solo un minuto, por favor!? —gritó alguien. Al girarse, vieron a Vincent corriendo hacia ellos a través del aparcamiento vacío—. No puedes tomar esta decisión por los dos, lo único que necesito es que...

—Vete a casa, Vince —dijo ella.

Vince se detuvo. Luego echó a andar de nuevo en su dirección, esta vez con unos movimientos más amenazantes.

—No, no hasta que me escuches y...

—Te he escuchado. Y te he pedido unos días para poder pensarlo.

—Te estás comportando como una hija de puta, como siempre...

Eli ya había oído suficiente y se puso delante de la mujer.

—Eh. Discúlpate y vete a tomar por el culo.

—Venga ya, por el amor de Dios. —Vince frunció el ceño—. Esto no tiene nada que ver contigo.

Eli no estaba tan seguro. Abrió el coche con el mando a distancia y le lanzó las llaves a la mujer. Ella las cogió al vuelo sin titubear.

—Sube al asiento del copiloto. Yo iré en un segundo.

Ella no se movió, sino que se quedó mirando a Eli con una expresión que él solo podía definir como cariacontecida. Tras un momento largo, abrió la boca. «No le hagas daño», gesticuló moviendo los labios.

Eli rechinó los dientes y se preguntó cómo ese pringado podía tener tanto poder sobre ella. Cómo había conseguido conquistar a una mujer como ella siquiera. Pero asintió, vio como se metía en el coche y se dio la vuelta hacia Vincent.

También era alto y ancho de hombros, aunque no tanto como Eli. Aun así, debió de ver algo en su mirada, porque su primera reacción fue dar un paso atrás. Y cuando su espalda se encontró con una columna, se apretó contra ella.

—Tienes que dejar de molestar a las mujeres que te mandan a tomar por culo, Vincent —dijo Eli. En tono amistoso, según su parecer. Estaba siendo todo un caballero.

—No tienes ni idea de lo que ella…

Eli se acercó lo suficiente como para sentir el hedor a alcohol de Vincent.

—No me importa —dijo con calma. «No le hagas daño», le había pedido la mujer, pero, uf, Eli estaba tentado—. Puedes irte por tu propio pie o esperar a que sea yo quien te obligue. Tú eliges.

Vincent no tardó en decidirse. Soltó un par de palabrotas y se alejó corriendo. Se iba dando la vuelta cada pocos pasos, pero siempre se encontraba a Eli mirándolo fijamente. Una vez hubo desaparecido, Eli fue hacia el coche, donde ella esperaba en el asiento del copiloto con las manos apoyadas en el regazo.

Rosie, tal vez. Rosamund también le quedaría bien.

—¿Dónde dices que vives?

Ella levantó la mirada, pero no contestó.

—Estoy sorprendida —dijo echando un vistazo a su alrededor, y él notó su aroma de una forma tan intensa que tuvo que concentrarse en estarse quietecito. Piel, flores y suavizante. Sobrepasaba el límite de lo bueno y se adentraba directamente en territorio peligroso—. No te tenía por alguien que conduce un híbrido.

Eli resopló y arrancó el motor.

—No quiero saber qué coche creías que me pegaba más.

—Un Mustang, tal vez.

—Santo cielo. —Se pasó una mano por el rostro.

—O un Tesla.

—Vete a la mierda. Te vas andando a casa.

Ella se rio una única vez, en voz baja, y a él ese sonido lo hizo sentir mareado, poderoso y satisfecho. Ella se sentía segura en su coche, haciendo bromas. No estaba en estado de alerta como antes. Estaba dejando que él se ocupara de ella.

Lo único que tenía que hacer Eli ahora era dejar de ser tan consciente de lo cerca que la tenía.

—Toma. —Le dio su móvil—. Pon tu dirección.

—Está bloqueado. Necesitaré tu contraseña.

Él se giró para decírsela, pero se le olvidó cómo se hablaba. Se dio cuenta de que la mujer llevaba un corte de pelo más elaborado de lo que le había parecido en un principio. Llevaba una franja de unos cinco centímetros de cabello muy corto alrededor de la oreja izquierda. Era bonito. Tendría que preguntarle a Minami cómo se llamaba ese estilo.

—¿Te da vergüenza decirla porque son tres sesenta y nueves?

La mente de Eli dio un giro brusco, inapropiado, sexual. Inevitable, también. Llevaba un buen rato al borde del precipicio y cada vez le costaba más aguantar.

—Dos, siete, uno, ocho, dos, ocho.

—¿Tu contraseña es el número de Euler?

Intercambiaron una mirada de sorpresa, como si acabaran de conocerse en ese preciso instante.

—¿Eres científico? —preguntó ella, curiosa de repente, y era la primera vez que él percibía ese tipo de interés por su parte.

Esa mujer le había pedido usar su cuerpo y le había ofrecido el suyo a cambio, había revisado sus documentos con la eficiencia de un funcionario del registro nacional de vehículos, pero no había pensado en él más allá del aquí y el ahora.

Hasta ese momento.

—Si digo que sí, ¿lo considerarás una prueba más de que soy el Unabomber? —Ella esbozó una sonrisa. Un poco más amplia que la de antes—. No soy científico —admitió Eli a pesar de ser reacio a decepcionarla. Dolía decirlo, pero era la respuesta más honesta—. Solo estudié ciencias durante un tiempo.

—¿Cursaste un par de asignaturas en la universidad?

—Algo así. —No tenía sentido dar más detalles.

—¿A qué te dedicas entonces?

—A cosas aburridas relacionadas con el dinero.

—Entiendo. —No parecía decepcionada. Seguía mirándolo, buscando algo. Era embriagador tener esos ojos puestos en él. Su atención valía más que el oro, que las acciones en bolsa, que las predicciones de quiebra.

—¿Tú sí eres científica?

Ella asintió.

—¿De qué tipo?

—Ingeniera.

Salió del aparcamiento y la volvió a mirar cuando el suave peso de la mano de ella se posó en el antebrazo de Eli; una repentina descarga de calor en medio del frescor del aire acondicionado.

Joder. Es que… *joder*.

—Gracias —se limitó a decir ella. Sonaba seria, como siempre. Y sincera.

—¿Por no ser propietario de un Tesla?

Negó con la cabeza.

—Por ser amable.

Él no era amable. Nadie amable se levantaría al día siguiente y disfrutaría haciendo lo que Eli tenía planeado hacer. Pero era agradable que ella pensara así.

—Y por preocuparte por mí, supongo.

Había algo en su tono. Algo que hizo que la voz de Eli se volviera áspera cuando le respondió:

—Deberías llamar a la policía, contar lo que ha pasado esta noche. Pide una orden de alejamiento.

Ella cerró los ojos y se recostó contra el reposacabezas. Si eso no era una clara señal de que se sentía segura… Eli estudió su esbelto cuello, se imaginó hundiendo el rostro en él y luego se recordó a sí mismo que estaba a punto de incorporarse al tráfico.

Atento. A. La. Carretera.

—Es por tu seguridad —añadió.

—Es complicado.

—No lo dudo, pero, aunque tengáis hijos en común o estéis casados, eso no cambia el hecho de que puede ser muy peligroso y…

—Es mi hermano —lo interrumpió ella.

Eli hizo una mueca.

—Mierda.

—Sí. —La mujer giró la cara hacia las farolas que iban pasando—. Mierda.

Había un cierto parecido, ahora que sabía buscarlo. La altura. El pelo casi negro. El color de los ojos era diferente, pero la forma era la misma.

—Mierda —repitió.

—No siempre es así. Pero cuando bebe…, bueno, ya lo has visto.

—Sí.

—No creo que llegue a hacerme daño.

—¿No *crees?* No me parece suficiente.

—No. —Ella se mordió el interior de la mejilla—. Mi…, nuestro padre, que desapareció del mapa hace tiempo, murió hace unos meses. Nos dejó una pequeña cabaña en Indiana. Ni siquiera sabíamos que vivía allí. Y no nos ponemos de acuerdo sobre qué hacer con ella. —Volteó la cabeza para mirar a Eli. Estaban solos y era desconcertante lo tranquila que parecía—. ¿Te estoy aburriendo?

—No.

Su sonrisa era leve.

—No es fácil decirle que no a alguien que comparte el cincuenta por ciento de tus genes.

—Lo sé.

—Ah, ¿sí?

Asintió una única vez.

—¿Hermano?

—Hermana. No le va el acoso público, pero siempre ha encontrado formas muy creativas de tocarme las pelotas.

—¿Como qué?

Eli pensó en Maya de adolescente, gritándole que le estaba arruinando la vida y que ojalá se hubiera muerto él. Agarrándole la camisa con fuerza y empapando el algodón de lágrimas después de que la dejaran plantada en el baile del instituto. Revolviendo sus cosas porque estaba «buscando pilas», y luego siguiéndolo por la cocina para criticar su elección de condones y lubricante. Reprochándole por teléfono que siempre la dejaba sola, que le habría salido más a cuenta meterla en un orfanato, y luego arremetiendo contra él cada vez que intentaba pasar tiempo con ella.

—Los hermanos pueden ser complicados.

—Estoy segura de que Vincent estaría de acuerdo.

—No estoy seguro de que Vincent tenga derecho a estar de acuerdo.

Ella guardó silencio durante un buen rato. Cuando Eli pensaba que ya se había terminado la conversación, ella volvió a hablar en tono desganado:

—Un día, cuando aún éramos pequeños, llegó tarde de casa de un amigo. Lo esperé preocupadísima durante una, dos, tres horas. Pensaba que quizá lo habían atropellado o algo así. Al final volvió, pero, en vez de sentirme aliviada, cuando lo vi en la entrada, pensé: «Mi vida sería mucho más fácil si no existieras».

Eli giró la cabeza para mirarla a los ojos. Encontró en ellos una expresión de desconcierto, como si se hubiera sorprendido a sí misma compartiendo algo que claramente le provocaba mucha vergüenza. Y entonces él se sorprendió a sí mismo también diciendo:

—Cuando nació mi hermana, mis padres no paraban de decir lo perfecta que era, y eso me provocó tal resentimiento que me negué a mirarla durante semanas.

Ella no dijo nada; no hubo perogrulladas ni cejas elevadas ni intentos de suavizar lo que acababa de decir. Se limitó a estudiarlo con la misma ausencia de juicio que él le había dedicado a ella, como si no acabara de compartir una historia muy jodida. Hasta que él apartó la mirada. Ni siquiera sabía su nombre y le había contado algo que nunca antes había reconocido en voz alta, ni tan solo delante de sus amigos más íntimos.

Quizá era *precisamente* porque no sabía su nombre.

—¿Cómo crees que tu hermano logró averiguar dónde vives? —preguntó, más que nada para cerrar lo que quiera que hubiese sido aquella conversación. Un capricho del destino. No podía ser otra cosa.

—¿Por internet?

—Bueno, pues menuda mierda. —Giró a la derecha, en dirección a North Austin, la misma carretera que tenía que tomar al día siguiente. Iba a conducir pensando en ella y no en el día que le esperaba, lo tenía clarísimo. Esta chica había llegado para quedarse, aunque solo fuera dentro de su cabeza.

—Sí, menuda mierda —coincidió ella, y volvió a hacerlo: se recostó en el asiento y cerró los ojos.

Esta vez él aprovechó y la recorrió con la mirada. Aquellas piernas tan largas. Los pechos voluminosos. La hermosa curva de su oreja. Su personalidad era un poco afilada, pero su cuerpo era suave. En realidad, así era como le gustaban a él, si es que se podía decir que tenía un tipo.

Si no hubiera sido por el hermano, lo habría sabido con certeza. Qué puta pena.

—¿Cuántos años tienes? —le preguntó para distraerse.

—Soy seis años, dos meses y cinco días más joven que tú —respondió ella como si nada.

—Vaya. ¿También has memorizado mi número de la seguridad social?

—Deberías invertir en algún tipo de protección contra el robo de identidad por si acaso.

—Lo haré si pides una orden de alejamiento contra tu hermano. —Ahí estaba otra vez. Extralimitándose—. Si de verdad piensas que no es capaz de hacerte daño para conseguir lo que quiere, me parece que eres demasiado confiada.

—Creo que *tú* eres demasiado confiado.

—¿Yo?

—Sí. ¿Se te ha pasado por la cabeza que la asesina en serie podría ser yo? Y me habrías subido aquí, a tu coche.

Eli volvió a mirarla. Su sonrisa era débil y seguía teniendo los ojos cerrados. Le entraron ganas de acariciarle la mejilla con los nudillos.

—Me arriesgaré.

—Con una chica que te lleva a un lugar desconocido y ni siquiera te ha dicho cómo se llama.

¿Robin? No, no le pegaba. Eli empezó a preguntarse si no era mejor seguir en la ignorancia. Cuanto menos supiera, cuanto más vaga y borrosa fuera en su imaginación, más rápido dejaría de pensar en ella. Y, sin embargo:

—Pues dímelo.

—Es la tercera vez que lo preguntas.

—Es la tercera vez que no contestas. ¿Crees que las dos cosas podrían estar relacionadas?

Ella sonrió levemente apretando los labios. Lo cierto es que eran tan perfectos que parecían creados a imagen y semejanza de algunos de los sueños morbosos que Eli tenía cuando era muy joven y sus hormonas estaban revolucionadas.

—Creo que habría estado bien —dijo ella un poco melancólica.

—¿El qué?

—Esta noche. Tú y yo.

A Eli le empezó a retumbar la sangre en las venas con fuerza y violencia. Cuando miró el GPS, el destino estaba a tres minutos. Redujo la velocidad por debajo del límite, convirtiéndose de repente un conductor prudente.

—¿Sí?

—Tienes pinta de saber lo que haces.

Bueno, no te haces una idea. Todavía tenemos tiempo. Puedo ser delicado. O no. Podría ser muchas cosas si me...

Joder. La chica acababa de tener un episodio desagradable con su hermano. Estaba siendo un asqueroso.

—Es posible que me estés sobreestimando. —Aunque no. Se habría asegurado de que ella se lo pasara bien. Y él también habría disfrutado en el proceso.

—Creo que me estoy estimando a mí misma correctamente. —Una pequeña sonrisa—. Al fin y al cabo, fui yo quien te envió el mensaje.

Empezaba a desear que no lo hubiera hecho. Todo aquello era desestabilizador, y más en un momento en que lo que necesitaba era tener los pies firmes en la tierra.

—Ahora que lo mencionas, ¿por qué lo hiciste?

—Agradecí el hecho de que tu foto de perfil no fuera un selfi en el gimnasio, o tú haciendo el signo de la paz junto a un tigre sedado.

—Veo que el listón está en el subsuelo. —Intentó recordar qué foto tenía. Alguna que le habría hecho Minami, lo más seguro. Siempre estaba sacándoles fotos a Hark y a él. «Son para la página web. Mucho mejor así que esa mierda de fotos con traje y corbata que tenemos ahora.»

—Tu perfil decía que llevabas inactivo un tiempo. Supuse que o bien habías sentado la cabeza y encontrado a alguien, o bien habías dejado de pagar la suscripción. ¿Era así?

—¿El qué?

—¿Encontraste a alguien? —Sonaba... curiosa quizá no, pero interesada, como mínimo, sí, y Eli tuvo que recordarse a sí mismo que no debía hacerse ilusiones. ¿Ilusiones sobre qué? Tampoco es que él estuviese buscando novia. Había fracasado estrepitosamente en eso.

«No todo el mundo tiene la capacidad de amar, Eli.»

—No. ¿Y tú qué? En tu perfil ponía que nada de segundas citas.

—Así es —confirmó ella, y maldita sea por esa costumbre suya de no dar explicaciones. Maldita sea por no vivir más lejos. Ahí estaba, su bloque de pisos.

Eli se aferró al volante, consciente de que no podía ir más despacio sin detenerse.

—¿Es una regla que te impones a ti misma?

Ella asintió, imperturbable.

—Parece arbitrario —añadió él mientras aparcaba, como quien no quiere la cosa. *Parece lo que se interpone entre que tú y yo pasemos un rato de puta madre.*

—Todas las reglas existen por un motivo.

Eli apagó el coche y se ordenó a sí mismo dejarlo estar. No era bueno para ninguno de los dos hablar de algo que no iba a suceder.

—Vamos. Te acompaño dentro. Por si tu hermano está esperando.

Aunque estaba claro que Vincent había desistido, al menos por esa noche. No les había seguido ningún coche.

Era finales de mayo y estaban en Texas, lo que significaba que afuera hacía un calor agobiante, incluso por la noche. Se alegró de ver a un portero en el vestíbulo, que no solo parecía fornido y alerta sino también muy receloso de Eli. *Esa es la actitud,* pensó mientras asentía hacia él y se anotaba mentalmente que le pondría al corriente de la situación cuando regresase al coche.

—Sabes que no voy a invitarte a entrar, ¿no? —preguntó ella cuando se detuvieron frente a la puerta del piso.

Eli había tenido un sinfín de pensamientos muy inapropiados en los últimos veinte minutos, pero ese en concreto ni siquiera le había rozado el cerebro.

—Me iré en cuanto estés dentro y te oiga cerrar con llave. Y deberías meter el teléfono en arroz —añadió mientras se preguntaba qué coño le estaba pasando. De su grupo de amigos, él era famoso por ser el despreocupado. El más relajado. Nunca así: intrusivo, autoritario. Ni siquiera con su hermana. Probablemente porque Maya lo habría guillotinado.

Sin embargo, esa mujer parecía incluso divertirse un poco con aquello. Lo miró con esa expresión plácida, como de esfinge, a la que él ya se estaba acostumbrando, y dio un paso para acercarse un poco más a él. Ese paso hizo que el corazón de Eli bombeara más fuerte y rápido sin razón, ya que lo único que dijo fue:

—Gracias. Te agradezco mucho lo que has hecho por mí esta noche.

—Ha sido lo mínimo que podía hacer. —No era un buen momento para hacerle saber que estaba considerando la opción de dormir en el coche solo para interceptar al idiota de su hermano en caso de ser necesario.

Se le estaba yendo la puta olla. ¿Es que se estaba encaprichando? Ni siquiera sabía que era capaz de tal cosa.

—No es cierto. —Los llaveros le tintinearon en la palma de la mano. Una reluciente bota de patinaje sobre hielo, una de esas cosas que combina linterna y bolígrafo y una tarjeta de fidelidad del supermercado. Él tenía la misma—. Eres amable. Y me pareces muy atractivo.

El cerebro de Eli se quedó en blanco durante una fracción de segundo. No era tímido, ni mucho menos, pero no recordaba la última vez que alguien le había hecho un cumplido tan directo. Ella tenía una mirada seria, sin astucia alguna, y él se quedó medio prendado.

Necesitaba irse a casa. Ya.

—Lástima que no sirva de nada —dijo él, y le dio un poco de rabia notar que le salía la voz ronca.

—Ah, ¿no?

—Nunca tienes segundas citas. ¿No es esa tu regla?

Ella se quedó pensativa un momento.

—Tienes razón. Entonces toca despedirse.

Pues sí. Inevitablemente. Pero antes de que Eli pudiera recordarle una vez más que fuera con cuidado, ella hizo algo tan sencillo como inesperado: dio otro paso hacia él, se puso de puntillas y le dio un suave beso en la mejilla.

Por voluntad propia, la mano de Eli se alzó para agarrarla por la cintura, y aquel contacto casi imperceptible floreció hasta convertirse en algo exponencial.

Posibilidades.

Intensidad.

Calor.

Su olor lo envolvió. El mundo se redujo a ellos y nada más. Eli inclinó la cabeza, curioso por ver qué encontraría en el rostro de ella en respuesta a toda aquella electricidad. Ella lo miró brevemente a los ojos y luego cerró la distancia entre sus bocas.

Apenas se le podía llamar beso a aquello. Sus labios se apretaron contra los de él en el más leve de los contactos, pero el cuerpo de Eli se prendió en llamas. Una oleada de calor lo recorrió, violenta y repentina. Trató de recordar la última vez que había sentido algo parecido y no pudo encontrar nada. Aunque no importaba, porque los dedos de ella encontraron los suyos. Se mareó, aturdido por todo lo que estaba pasando en su imaginación.

Podría llevársela. Huir con ella. O empujarla contra la puerta del piso y presionarla contra su cuerpo. Podía mostrarle lo hermosa que le parecía y…

—Aunque se me ocurre —murmuró ella contra su boca, rompiendo la espiral de sus pensamientos— que las reglas existen por un motivo.

Dio un paso atrás. Eli estaba en trance. A sus pies. Hechizado. Se planteó rogarle que le dejara tocarla. Que le dejara comérsela ahí mismo, en el pasillo. Iría a comprar cuatro cosas y le prepararía una cena con la receta de YouTube que ella eligiera. Le lavaría el coche, le leería un libro, se sentaría frente a su puerta y se aseguraría de que estuviera segura y protegida. Podrían cogerse de la mano toda la noche. Podrían jugar al Scrabble. Estaba a punto de implorar algo, todo, cualquier cosa, cuando ella añadió:

—Y a veces ese motivo es que deben romperse.

Los dedos de ella seguían agarrados a los de él, con el pulgar acariciándole la palma, y Eli era incapaz de apartar la mirada y romper el contacto visual con esos ojos de un azul tan intenso. Notaba que tenía las manos frías. *Su piel… joder,* pensó. Era suave. Podía hacerle muchas cosas a su piel. Y su piel podía hacerle muchas cosas a él. Quería verla sonrojarse y amoratarse por un millón de razones distintas. Quería corromperla.

—Buenas noches, Eli. —Sus labios preciosos, carnosos y obscenos se curvaron en una última sonrisa y, antes de que la sangre oxigenada lograra volver al cerebro de Eli, ya se había ido.

La puerta de color gris se cerró y lo único que quedó en ese pasillo mal iluminado fue su aroma, el calorcito en el lugar que habían tocado sus labios y una erección salvaje.

Oyó el clic de la cerradura y dio un paso atrás vacilante, desorientado, preguntándose qué cojones le había hecho aquella mujer. Entonces el aire fresco de la noche le golpeó la mano y por fin bajó la mirada.

Mientras él se ahogaba en ella, ocupado con los pensamientos más sucios del mundo, ella había hecho de las suyas, porque tenía diez dígitos escritos en la palma de la mano, los suficientes para formar un número de teléfono.

Y, debajo, tres letras que lo dejaron sin aliento.

«Rue.»

4

NO SON ENEMIGOS

RUE

—Hay dos razones principales por las que he convocado esta reunión —dijo Florence Kline, y si tenía una décima parte del pánico que parecían sentir sus empleados, nadie habría podido adivinarlo.

Pero Florence era así. Dura como el acero. Indomable. Una «puedo con todo». Una marea creciente. Nunca la había visto dudar de sí misma, y ninguna empresa de capital inversión iba a ser capaz de obligarla a hacer tal cosa.

—Lo primero es aseguraros a todos que vuestros puestos de trabajo no corren peligro.

Murmullos de alivio recorrieron la sala como si fueran hormigas que acababan de descubrir un terrón de azúcar, pero muchos seguían reticentes.

—No hay planes de reestructuración. Sigo siendo la directora general de esta empresa, la junta administrativa no ha cambiado y tampoco vuestra situación laboral. A no ser que alguien esté robando tinta de impresora a hurtadillas, todos podéis estar tranquilos, ya que eso va a seguir igual.

Ese comentario hizo reír a la mayoría. Aquella era, en pocas palabras, la razón por la que Florence Kline había creado una empresa de éxito en pocos años. Ser la inventora de un biocombustible prometedor la convertía en una científica excepcional, pero Florence era más que eso. Florence era una líder.

Además de una de mis mejores amigas. Lo que significaba que la conocía lo suficiente como para dudar de casi todo lo que estaba saliendo por su boca.

—Segundo: los representantes de Harkness, nuestros nuevos prestamistas, *no* son enemigos. Harkness tiene un largo historial de apoyo a empresas tecnológicas y sanitarias, y por eso están aquí. Su objetivo es, por supuesto, realizar la auditoría pertinente y asegurarse de que se cumplan sus intereses financieros, pero nuestro trabajo, *vuestro* trabajo, siempre ha sido impecable. Concertarán reuniones con algunos de vosotros y deberéis darles prioridad. También quiero asegurarme de que los reconocéis si los veis por aquí: son la doctora Minami Oka, el doctor Sullivan Jensen, el señor Eli Killgore y el señor Conor...

—¿Rue? —preguntó Tisha en un susurro.

No respondí, pero ella continuó de todos modos:

—Ese carné de conducir que me enviaste anoche...

Asentí. El suelo bajo mis pies había desaparecido, había caído hasta el núcleo de la Tierra. Me estaba deslizando por ese agujero y nada iba a detener mi caída.

—La foto de ese tío, su cara...

Asentí de nuevo. Era innegable que tenía una cara memorable. Llamativa. Le había dicho que era «atractivo», e iba en serio. Pelo corto y ondulado. Bueno, no, rizado. Casi demasiado asalvajado. Mandíbula marcada. Nariz prominente y aguileña, a medio camino entre las civilizaciones romana y griega, en las profundidades del Adriático. Vocales largas y alguna consonante suelta.

—Y su nombre. Killgore.

Me había burlado de él por eso, y quizá era la primera vez que hacía algo así. Bromear con la gente requería un grado de soltura que normalmente me llevaba décadas alcanzar, pero con Eli había sido sencillo, sin ninguna razón que pudiera comprender.

Era un hombre normal y corriente, y la noche anterior había destilado la misma energía que desprendía ahora: buen tío, radicalmente carente de miedo, fundamentalmente cómodo consigo mismo y con los demás. Había mantenido esa calma tan inquietante durante el trayecto en coche. Mientras tanto, yo apenas había podido apartar los ojos de él. Me habían temblado las manos al entrar en su espacio personal y me había invadido su cálido aroma a madera mientras le escribía mi número en la mano.

—Ese hombre del escenario… es él, ¿verdad?

Asentí una última vez, incapaz de articular palabra.

—Vale. Guau. O sea… guau. —Tisha fue a restregarse los ojos, pero entonces recordó el elaborado maquillaje que llevaba—. Esto es bastante… Creo que la terminología científica para describirlo es «una coincidencia de las de mear y no echar gota».

¿Lo es? ¿Es posible que lo sea?

Se me subió la bilis a la garganta porque no estaba segura de que existieran coincidencias de aquella magnitud. ¿Eli ya sabía quién era yo? ¿Dónde trabajaba? Me lo quedé mirando, esperando ver una respuesta en su cara. Se había puesto gafas. De montura oscura. Un disfraz de Clark Kent bastante ridículo, en mi opinión.

—No me puedo creer que los prestamistas hayan enviado a *cuatro* representantes —dijo Jay, lo cual me hizo salir de mi ensimismamiento.

Me giré hacia él, aturdida.

—¿No es lo habitual?

—Ni siquiera son los dueños todavía, ¿no? Me parece raro que inviertan tantos recursos en una empresa que no han adquirido, pero... —se encogió de hombros— ¿qué sabré yo? Solo soy un humilde técnico de laboratorio de origen rural.

—Naciste en Lisboa y tienes un máster en la Universidad de Nueva York —señaló Tisha—. A lo mejor es que les gusta viajar juntos, en comitiva. Compartir un chef de tortillas y tener una única tarjeta cliente para conseguir descuentos en productos de droguería.

—¿Los cuatro están...? ¿Todos ellos trabajan para la empresa de capital inversión? —pregunté.

—Acabo de mirar la página web de Harkness: son los socios fundadores. Tenía entendido que su intención era enviar a alguien para comprobar si se cumplen las ententes de...

—¿Las qué? —A juzgar por su voz, Tisha parecía estar hasta los ovarios de ese día de mierda. Y, desde luego, no era la única.

—Las promesas que haces cuando firmas un contrato, quiero decir. En plan, ya sabes: tú me das el dinero

60

y, a cambio, yo te entrego a mi primogénito. Pero mi duda es: ¿por qué han venido los socios? ¿Por qué no enviar a un vicepresidente del consejo o algo así? ¿Tan importante es Kline para ellos? Me parece un poco sospechoso.

Tisha y yo intercambiamos una larga mirada cargada de significado.

—Tenemos que hablar con Florence —susurré—. En privado.

—¿Todavía tienes las llaves de su despacho? ¿De cuando lo llenamos con esos globos en los que ponía «Eres una viejales» por su cumpleaños?

Me puse de pie.

—Sí.

—Genial. Jay, nos vemos luego.

—Eso si no me despiden, pierdo el visado y acaban deportándome del país.

—Ya. —Tisha le dijo adiós con la mano—. Espera un poco antes de cortarte las venas, ¿vale?

Salimos de la sala justo cuando Florence invitaba a todos a mantener la calma y volver a sus puestos de trabajo.

***

Todo había empezado con la fermentación. Lo cual, hay que reconocerlo, era un tema poco emocionante, incluso para alguien como yo, con una pasión implacable por la ingeniería química y un interés desmesurado por la producción de etanol. Aun así, un par de reacciones químicas aburridas habían cambiado la trayectoria de la microbiología alimentaria, y el mérito era de Florence Kline.

Menos de una década atrás, Florence era profesora en la Universidad de Texas, en Austin, y tenía una idea muy buena sobre cómo perfeccionar un proceso que podría convertir los residuos alimentarios en biocombustibles a gran escala y con un bajo coste. Como era miembro del claustro, tenía a su disposición los laboratorios de la universidad. Sin embargo, ella sabía que, si hacía cualquier descubrimiento en las instalaciones y con los recursos del campus, sería la universidad la que acabaría constando como propietaria de la patente. Y eso a Florence no le hacía mucha gracia.

Así pues, alquiló un laboratorio en un centro cercano. Trabajó por su cuenta. Presentó su propia patente y fundó su propia empresa. Más tarde llegaron otras cosas: subvenciones privadas, ángeles inversores, capitalistas de riesgo. Primero eran unos pocos empleados, luego pasaron a ser docenas y después cientos. La empresa se había expandido, había perfeccionado la revolucionaria tecnología de Florence y la había lanzado al mercado.

Y hacía unos cuatro años, yo me había subido a bordo.

Florence y yo vivíamos las dos en Austin por aquel entonces, pero, por una casualidad del destino, nos conocimos en Chicago, en la conferencia anual de la Asociación de Tecnologías Alimentarias. Yo estaba junto a mi cartel, con una chaqueta de punto pasada de moda y unos pantalones de Tisha que me apretaban demasiado la cintura, y me aburría como una ostra.

Estaba sola.

El juego de hacer contactos en el sector académico requería un buen número de habilidades interpersonales; habilidades de las que yo carecía. De hecho, cuando empecé el doctorado, llevaba más de una década aferrada a mis costumbres, que consistían en ocultar mi timidez, mi inseguridad y mi incapacidad general para proporcionar interacciones sociales gratificantes a otro ser humano. Casi siempre me escondía detrás de una fachada de persona distante, y es que la gente me resultaba difícil de leer, de entender y de complacer. En algún momento de mi juventud, no sé ni cómo, pasé de ser incapaz de mantener una conversación a dar la impresión de que no quería que nadie, nunca, bajo ningún concepto, se acercara a mí para charlar. Aún recuerdo el día, estando en el instituto, en que me di cuenta: si la gente me percibía como alguien distante, optarían por mantener las distancias. Y, si mantenían las distancias, no se darían cuenta de lo nerviosa, torpe e insuficiente que era.

Una victoria clara, en mi humilde opinión. Una forma de esconderme, en la opinión profesional de mi psicóloga. Ella consideraba que estaba ocultando mi verdadero yo y aplastando mis sentimientos como si fueran malvaviscos gigantes, pero hacía tanto tiempo que me comportaba así que ya no estaba segura de si realmente había algo que ocultar dentro de mí. La desconexión que sentía hacia el resto del mundo no tenía pinta de que fuera a desaparecer y, fuera real o no, me procuraba una reconfortante sensación de seguridad.

Sin embargo, tenía algunos inconvenientes. Por ejemplo, digamos que la gente no hacía cola exactamente para pasar un rato conmigo, lo cual se tradujo en que mi ponencia en Chicago estuviera bastante vacía y fuera tediosa. Tampoco ayudó que me negara rotundamente a cambiar el título de la presentación («Investigación mediante la cromatografía de gases y la espectrometría de masas sobre cómo afecta un recubrimiento de tres capas hechas a base de polisacáridos a la minimización de la pérdida poscosecha de cultivos hortícolas») por el que prefería mi tutor: «Vaya tres capas para un mango: el uso de los polisacáridos para conservar las cosechas más frescas y durante más tiempo», o la propuesta de mi coautora: «Ponte tres capas para estar más fresco», o el espantoso: «Dale a tu cosecha alegría, Macarena, que tu frescura es pa' darle polisacáridos y cosa buena» de Tisha.

Sabía que la divulgación científica era una labor importante, algo crucial si quería generar confianza entre el público, pero no era *mi* labor. Yo no tenía talento para convencer a la gente de que se interesara por mi trabajo: o veían el valor que tenía o estaban ciegos.

Por desgracia, la inmensa mayoría parecía estar ciega. Estaba muriéndome de aburrimiento y pensando en irme antes de tiempo cuando una mujer se detuvo junto a mi cartel. Era mucho más bajita que yo, pero imponía. Era por su aire asertivo, o quizá solo por la melena de rizos rojos.

—Cuéntame más cosas sobre este revestimiento microbiano —me pidió.

Su voz era grave, sonaba más mayor de lo que aparentaba. Hizo muchas preguntas pertinentes, se mostró impresionada en todos los puntos en que debía mostrarse impresionada y, cuando terminé mi perorata, dijo:

—Es un estudio fascinante.

Yo ya lo sabía, así que no me sentí especialmente halagada, pero le di las gracias de todos modos.

—De nada. Mi nombre es...

—Florence Kline.

Florence sonrió.

—Cierto. Se me olvida todo el rato que llevamos etiquetas con nuestros nombres y... —Se miró el pecho y vio que no llevaba identificación. Ni placa. Ni nombre. Luego me volvió a mirar a mí—. ¿Cómo lo has sabido?

—He leído sobre ti. Bueno, sobre la guerra de tus patentes.

—La guerra de mis patentes.

No tenía ni idea de si el caso de Florence había sido realmente muy sonado o solo me lo parecía por los círculos en los que me movía, pero los hechos eran simples: a pesar de las pruebas irrefutables de que había desarrollado la tecnología del biocombustible de forma independiente, la Universidad de Texas seguía reclamando la propiedad de su (muy lucrativa) patente. Habían llegado a intervenir abogados, lo que había inclinado mucho la balanza a favor de la universidad, pero Florence había conseguido darle la vuelta a la situación llevando el asunto a los medios de comunicación.

Yo no era una experta en relaciones públicas, pero era evidente que el enfoque había sido magnífico: una mujer, además científica, estaba siendo despojada del trabajo de toda su vida y de su propiedad intelectual por unos codiciosos burócratas de Texas. La noticia fue cobrando fuerza y la universidad acabó recogiendo cable más rápido que un yoyó.

—Fuiste capaz de conservar la propiedad de algo que habías creado tú —le dije con sinceridad—. Me pareció impresionante.

—Cierto. Bueno, te lo agradezco.

Tenía pinta de no estar del todo segura de si una estudiante don nadie que claramente llevaba unos pantalones de otra persona que le quedaban demasiado pequeños la estaba tratando con condescendencia, así que no mencioné que habría sabido quién era incluso sin el escándalo de las patentes, ya que su nombre se mencionaba a menudo en el Departamento de Ingeniería Química de la Universidad de Texas, normalmente entre susurros y por parte de gente resentida. Les daba rabia que ella hubiese conseguido liberarse de las despiadadas garras académicas que te fuerzan a enseñar Biofísica Inicial cada tercer semestre.

—Tienes pinta de ser una gran científica —dijo Florence—. Si estás buscando trabajo, ten en cuenta a Kline.

Me lo planteé durante unos pocos segundos, pero descarté la idea.

—El biocombustible no forma parte de mi área de interés.

—¿Y cuál es tu área de interés?

—Extensión de la vida útil.

—Bueno, está bastante relacionado.

—No tanto como me gustaría. —Estaba siendo inflexible y cabezota, y lo sabía. Pero también sabía cuál era mi objetivo final y no le veía sentido a fingir que las condiciones no negociables estaban sujetas a debate.

El compromiso nunca ha sido mi fuerte.

—Ya veo. ¿Quieres seguir en el mundo académico?

—No. Me gustaría hacer algo que sea útil de verdad —dije con solemnidad y una prepotencia de la que no conseguí desprenderme hasta pasados los veinticinco años, pero cuyo recuerdo me hará estremecer hasta bien entrados los ochenta.

Florence, sin embargo, se rio y me dio una tarjeta.

—Si algún día te interesa hacer unas prácticas remuneradas, envíame un correo electrónico. Estaré abierta a escuchar qué proyectos tienes en mente.

Yo había crecido siendo pobre, y con pobre me refiero a tener que poner cinta aislante en las rodillas peladas, desayunar tostadas con kétchup y rezar para dejar de crecer porque la ropa que había heredado de otros familiares y conocidos empezaba a quedarme justa. Gracias a las becas y a la prestación del doctorado, hacía poco que había pasado de ser pobre a «solo» estar sin blanca, lo cual era francamente un alivio, pero seguía sin estar en condiciones de rechazar dinero.

Ese verano le envié un correo electrónico a Florence. Empecé unas prácticas en Kline, y luego otras, y luego unas cuantas más. Trabajé en investigación y desarrollo, producción, control de calidad e incluso logística. Pero, sobre todo, trabajé con Florence, lo que me cambió la vida de la mejor manera posible.

Antes de ella, todos mis mentores habían sido hombres. Algunos de ellos eran buenos, comprensivos e inteligentes, y me ayudaron a convertirme en la científica que soy. Sin embargo, Florence era diferente. Algo más parecido a una amiga o a una hermana mayor prodigio que sabía responder a mis preguntas sobre cinética de reacción, me daba palmaditas en la espalda cuando mis experimentos no salían bien y, más tarde, después de graduarme, me proporcionaba los medios para hacer el tipo de trabajo que yo quería. Las emociones no eran lo mío y las evitaba en la medida de lo posible, pero no hizo falta un psicólogo y meses de mirarme el ombligo para descubrir lo que sentía por Florence: gratitud, admiración, amor y bastante instinto de protección.

Por eso odié ver las profundas arrugas que le surcaban la frente cuando entró al despacho.

—¡Dios mío de mi vida! —Florence se llevó la mano al pecho sobresaltada. Después de recuperar el aliento, nos miró con expresión indulgente. Yo me había acomodado en su silla ortopédica y Tisha estaba sentada en el escritorio comiéndose unos minipretzels de mantequilla de cacahuete que había encontrado en un cajón—. Por supuesto, no os cortéis. Estáis en vuestra casa. ¿Os traigo algo de beber?

—Ni siquiera están buenos —dijo Tisha mientras engullía dos más.

Florence cerró la puerta y sonrió con ironía.

—Gracias por hacer el sacrificio de acabártelos, entonces.

—Cualquier cosa por usted, mi señora.

—En ese caso, ¿podría pedirte que rayes el coche de un par de personas? —Dejó caer la tableta sobre el escritorio y se masajeó los ojos inyectados en sangre. Era joven para tener el éxito que tenía, apenas pasaba de los cuarenta, y solía parecer incluso más joven. Aunque hoy no—. ¿A qué debo el placer? —Era evidente que se alegraba mucho de vernos.

—Nos ha dado la impresión de que estabas teniendo un día de mierda, así que nos hemos tomado la libertad de venir a visitarte. —La sonrisa cegadora de Tisha no mostraba ni un ápice de vergüenza.

—Me encantan las visitas por compasión.

—¿Y las visitas de reconocimiento? —Tisha apoyó la barbilla en las manos—. ¿También te gustan?

Florence suspiró.

—¿Qué queréis saber?

—Muchísimas cosas. Por ejemplo, ¿quiénes coño son esos de Harkness y qué cojones quieren?

Florence miró hacia atrás para asegurarse de que la puerta estaba bien cerrada. Luego exhaló despacio.

—Ojalá lo supiera.

—Una respuesta un poco más vaga de lo que deseaba. Espera, conozco esa mirada. Ojalá lo supieras, ¿pero…?

—Lo que voy a decir no puede salir de este despacho.

—Por supuesto.

—Lo digo en serio. Si alguien se entera, todos entrarán en pánico y…

—Florence —la interrumpí—, ¿a quién se lo íbamos a contar?

Ella pareció considerar durante un segundo nuestra ausencia de vínculos amistosos significativos y luego asintió a regañadientes.

—Como sabéis, han comprado nuestro préstamo. Ni la junta ni yo hemos tenido nada que ver con esa venta, y Harkness solo se ha relacionado con el prestamista. Entre nosotros solo nos hemos comunicado través de los abogados. —Suspiró—. Según los abogados, lo más probable es que Harkness haya comprado el préstamo porque quiere tener el control total de la tecnología de fermentación.

—Pero esa tecnología es tuya. —Fruncí el ceño—. Podrían quedarse con la empresa, pero no con la patente, ¿no?

—Por desgracia, Rue, la tecnología *es* la empresa. Más concretamente, la patente es parte de la garantía del préstamo. —Cogió una de las sillas y se sentó—. El problema es que, siempre que pedimos un préstamo para ampliar nuestras investigaciones, tenemos que hacer ciertas promesas.

—Por supuesto. Las ententes —dijo Tisha con la voz de alguien que había llegado a este nuestro mundo con un conocimiento innato sobre los innumerables aspectos que envuelven la legislación sobre quiebras, y no la de alguien que había aprendido la palabra hacía cinco minutos gracias a un técnico de laboratorio de veintitrés años. Florence le hizo un gesto de aprobación y Tisha fingió sacudirse el polvo.

Yo negué con la cabeza.

—Algunas de estas ententes son sencillas: presentar informes financieros, aceptar las cláusulas de no competencia, ese tipo de cosas. Pero otras son… más difíciles de interpretar.

Me rasqué la sien, sospechando a dónde quería llegar a pesar de mi ignorancia en la materia. Si ambas partes tenían buena fe, esas ententes difusas podían resolverse con una simple conversación. Pero si una de las partes tenía intenciones ocultas...

—Ahora que los de Harkness poseen el préstamo, todavía no son dueños de la empresa, pero tienen potestad para hacer cumplir esas ententes. Lo que les da derecho a entrar, husmear y buscar algo de lo que quejarse. Si les preguntas, te contestarán que solo se están asegurando de que utilizamos su capital de manera apropiada, como buenos prestatarios. —Florence se hundió en la silla. Estaba exasperada, pero no derrotada—. Este proceso lleva varias semanas en marcha.

—¿Semanas? —Tisha se quedó boquiabierta—. Florence, deberías habérnoslo dicho. Podríamos haber...

—No podríais haber hecho nada, y por eso no os lo dije. Los del departamento legal han estado luchando, pero... —Se encogió de hombros.

—Están intentando quitarte la tecnología que has inventado. —Me incliné hacia delante y sentí un escalofrío de emociones intensas que no sabía cómo definir.

Estaba preocupada. O enfadada. O indignada. O todo a la vez.

—Ese parece ser el caso, sí.

—¿Por qué? ¿Por qué la tuya y no otra de las miles que hay?

Florence abrió las manos.

—Me encantaría contaros una detallada historia sobre que una vez secuestré al perro de Conor Harkness para traficar con él a cambio de abrigos de piel y que su repentino interés por Kline no es más que la guinda de su plan maestro para vengarse. Pero creo que simplemente es por el potencial que tiene el biocombustible de aportarles grandes beneficios económicos.

Tisha se volvió hacia mí.

—Rue, ¿Eli mencionó algo sobre Kline ayer por la noche?

—Espera... ¿Eli? —Los ojos de Florence se abrieron de par en par—. ¿Conociste a Eli Killgore anoche?

Si hubiera sido una persona normal, este habría sido el momento de encogerme sobre mí misma y morirme de vergüenza. Por suerte, llevaba tiempo entrenando para no hacer ese tipo de cosas. «Androide», había oído susurrar a un estudiante de posgrado después de que me entrara una llamada en medio de una clase de bionanotecnología y mi cara no mostrara la cantidad adecuada de angustia. «Una zorra de sangre fría», opinaron un día mis compañeras de patinaje sobre hielo después de que nuestro equipo perdiera el podio por unas pocas décimas y yo fuera la única que no había llorado.

—Sí.

—¿Cómo? —Florence frunció el ceño—. ¿Fue una cita?

—¡Ja! Sí, una «cita»... —Tish agitó la mano e ignoró mi mirada asesina—. Eso implicaría un grado de disponibilidad emocional al que nuestra querida Rue solo podría aspirar después de un trasplante de corazón.

Era bastante cierto. No estaba segura de haber tenido nunca una cita; de hecho, estaba segura de *no* haberla tenido.

—Hicimos *match* en una aplicación y quedamos anoche. No pasó nada entre nosotros. —*Aunque no sé por qué siento como que sí.*

Mis encuentros con hombres eran placenteros, pero, en última instancia, constituían una parte insignificante de mi vida y, a excepción de Tisha, que era la persona a quien llamar en caso de necesitar salir por patas —«Si alguna vez te secuestran, pasaré la polla del tío por un rallador y te rescataré en un santiamén»—, nunca hablaba de ese tema con nadie. Lo poco que Florence sabía sobre mi vida sexual provenía de las bromas que Tisha hacía de vez en cuando. Aun así, debía de tener una idea bastante bien formada, porque parecía perpleja ante la idea de que hubiese salido con un tío y no me lo hubiese tirado.

—¿Por qué no?

—Es una larga historia que involucra a Vince.

—Ya veo. —A diferencia de otros hombres, Vince era un tema de conversación recurrente entre nosotras.

—Menudo imbécil —soltó Tisha—. Durante años, he pasado por alto que te use como si fueras su figura materna y que te culpe por el desastre que era vuestra madre, pero ¿esto? Mientras yo siga viva, no pienso permitir que se interponga entre tú y un pene.

—Supongo que en algún punto tenías que poner el límite —murmuré.

—Ya lo creo.

—¿Dijo algo sobre mí? —preguntó Florence alarmada.

—¿Quién? —Ladeé la cabeza—. ¿Vince?

—No, Eli. ¿Dijo algo sobre Kline?

—No. No creo que supiera que trabajo aquí. —¿*O sí?*

Florence entrecerró los ojos. Abrió la boca para añadir algo, pero Tisha fue más rápida.

—Escucha, Rue, la próxima vez que lo veas…

—Eso no va a pasar. —Recordé el calorcito que se me extendió por el pecho esa mañana al preguntarme por primera vez en décadas (puede que en la vida) si un hombre me llamaría. Recordé también la forma en que me había estudiado la noche anterior, como si le divirtiera su propia incapacidad para desentrañarme. Y su piel cálida cuando le di un beso en la mejilla, recién afeitada y ya con una barba incipiente—. Ahora que sé a qué se dedica, ni hablar.

—Puede que sea lo mejor —dijo Florence hablando despacio—, pero también es posible que no sea tan fácil como imaginas.

—¿Por qué?

—Harkness va a estar por aquí un tiempo. Por contrato, están en su derecho de pedir que les informe el jefe de cada proyecto de investigación y desarrollo. Y así lo han solicitado. —Florence cogió la tableta, le dio varios golpecitos y me la tendió. En ella había una lista. Y en la lista estaba mi nombre.

Cuando levanté la mirada, la boca de Florence era una fina línea. No pude identificar ninguna emoción clara en su tono de voz cuando dijo:

—Eli Killgore hará algunas de las entrevistas.

5

UNA GRAN ACUSACIÓN

RUE

Llegué justo a tiempo para ver salir de la sala de conferencias a Arjun, el hombre que yo deseaba con todas mis fuerzas que ocupara el lugar de Matt como supervisor. Se acercó a mí con una sonrisa y se inclinó hacia mi oído para decirme en voz baja:

—Estaba nerviosísimo antes de entrar ahí, pero son gente decente.

—¿Quiénes están?

—Lo cierto es que me he olvidado de sus nombres. Son dos hombres.

Un sesenta y seis por ciento de posibilidades de que estuviera Eli, entonces.

—Se puede hablar con ellos —continuó Arjun—. Estaba seguro de que buscarían razones para decir que la mayoría de las funciones que hacemos son innecesarias, pero parecen realmente interesados en la parte científica. Me han hecho un montón de preguntas.

—¿Sobre qué?

—Sobre mi último proyecto. He podido quejarme de todo el drama que tuvimos con el pH el trimestre pasado. Y sobre el paso inicial de hidrólisis. Han entendido mi sufrimiento.

—¿Saben lo que es la hidrólisis? —Sabía lo arrogante que sonaba esa pregunta, pero no lograba imaginarme a un ser humano de a pie con conocimientos prácticos sobre el tema. Si bien es cierto que apenas hablaba con otros humanos que no fueran Tisha, así que, en realidad, ¿yo qué sabía?

—Ah, sí. Empecé a explicárselo bien mascadito, pero enseguida me han dejado claro que no hacía falta. Deben de tener algún tipo de formación sobre química, porque saben de lo que hablan. Quizá...

—¿Es usted la doctora Siebert?

Miré por encima del hombro de Arjun, a la persona que estaba de brazos cruzados en la sala de conferencias.

—Sí, soy yo.

—Mi nombre es Sul Jensen. Adelante.

Era un hombre cuadrado y fornido que parecía haber sonreído por última vez a principios de la década de los 2000. Tampoco es que pareciera borde, pero tenía un rostro inexpresivo y era evidente que no le interesaban las típicas cortesías. Mi primera impresión de él era probablemente muy similar a la primera impresión que otros tenían de mí, con la salvedad de que los hombres serios y poco sonrientes tienden a ser considerados profesionales consumados, mientras que a las mujeres serias y poco sonrientes se las suele tachar de arpías altivas.

En fin.

La frialdad de Sul Jensen encajaba perfectamente con mi incapacidad para la extraversión. Me hizo un gesto hacia la sala. Sus movimientos eran espasmódicos, casi robóticos, pero le seguí y me preparé para el impacto.

Encontrarme a Eli Killgore dentro no me sorprendió, no tanto como la oleada de calor que sentí en las entrañas. Llevaba puestos unos vaqueros negros y una camisa con las mangas remangadas hasta la parte superior de sus fuertes antebrazos, y, ahora que lo veía de cerca, no podía conciliarlo: ¿cómo era posible que el hombre al que había conocido la noche anterior y este fueran el mismo? Me parecía alguien completamente antagónico a él. Tenía un aire de elegancia desaliñada mientras rebuscaba en una pila de papeles que contrastaba con el hombre rudo capaz de darle una paliza a cualquiera que había visto unas horas antes.

Las gafas eran sin duda interesantes. Su rostro ya era complejo de por sí, una combinación disonante de tosquedad y refinamiento, pero, con ese complemento añadido, de repente había demasiados elementos que analizar. Sin embargo, había algo indiscutiblemente magnético en él, algo que te atrapaba. El hecho de que su atención estuviera demasiado centrada en los papeles como para mirarme me pareció una pequeña misericordia temporal.

—¿Quiere sentarse? —Sul cerró la puerta y señaló la silla más cercana, como si esta fuera su casa en lugar de la sala de conferencias donde Tisha y yo celebrábamos los encuentros del club de debate y bebíamos cerveza una vez al mes. El resentimiento se asentó en mi estómago.

—No, gracias —respondí, y Eli… debió de reconocer mi voz. Su cuello se enderezó y sus ojos se clavaron en los míos, ensanchándose tras las gafas.

Yo estaba preparada. Me encontré con su mirada, observé la conmoción en sus rasgos, saboreé la desorientación en sus labios entreabiertos.

Sí. Eso es exactamente lo que he sentido al verte ahí arriba.

Sin apresurarme, me volví hacia Sul.

—Florence me ha comentado que queríais hablar con todos los jefes de equipo, pero probablemente yo no debería estar incluida. Mi puesto es un poco raro. Dedico el veinte por ciento de mi tiempo, un día entero a la semana, a trabajar para Matt Sanders y gestionar el tema del cumplimiento de normativas.

—¿Rue? —preguntó Eli. Sul lo miró confundido, pero yo seguí.

—El resto del tiempo dirijo mi propio proyecto, pero no está relacionado con los biocombustibles.

—Rue.

—Tengo un par de técnicos de laboratorio que me ayudan, pero aparte de eso solo soy líder de equipo sobre el papel y…

—*Rue.* —La voz de Eli retumbó en la sala, rompió el hilo de mi discurso y me obligó a girarme. Me estaba mirando fijamente con una mezcla entre incredulidad y un millón de cosas más.

—¿Sí? —respondí. Lo dije casi con dulzura, y Eli pareció tan sorprendido como yo.

No le dedicó ni una sola mirada a Sul. En lugar de eso, se quitó las gafas despacio, como si fueran el medio a través del cual me estaba conjurando. El sonido sordo al dejarlas sobre la mesa de conferencias reverberó por todo mi cuerpo, al igual que las suaves palabras de Eli:

—Danos un momento, Sul.

Sul se nos quedó mirando a ambos, tentado de protestar, pero al cabo de unos instantes se marchó tan rígido como había entrado, dejando la puerta abierta tras de sí.

La sala se sumió en un largo y desagradable silencio que no terminó hasta que Eli dijo, una vez más:

—Rue. —No «¿Qué haces aquí?». No «¿Por qué no me lo dijiste?». No «¿Lo sabías?». Y menos mal, ya que habrían sido preguntas tontas, y dudaba que ninguno de los dos fuera muy fan de ellas—. Pareces menos sorprendida de verme que yo de verte a ti.

—He tenido la ventaja de estar entre la multitud ante la que has comparecido —admití.

Asintió lentamente. Recomponiéndose, o tal vez ganando tiempo para poder aprovechar y mirarme con ojos hambrientos, ansiosos y calculadores. Observar mi figura a la luz de este nuevo día.

Dudaba que me favoreciese mucho.

—Rue Siebert —dijo. Parecía haber recuperado un poco el control. Luego repitió—: Doctora Rue Siebert.

—Habló con el tono de quien ha encontrado la respuesta a un crucigrama.

En algún lugar de su cabeza, o al menos en su móvil, este hombre tenía una lista de mis preferencias sexuales. Sabía que no me gustaba el sexo con penetración, pero que no me importaba que me sujetaran. Que no me interesaban los tríos ni el lenguaje humillante, pero que estaba abierta a incorporar juguetes.

Me negaba a avergonzarme de mis gustos, pero seguía sintiéndome incómoda. Como si me hubiesen abierto en canal.

—¿Sabías quién era cuando contactaste conmigo a través de la aplicación? —me preguntó, y me habría gustado burlarme o decirle que no fuera tan paranoico, pero mi mente también había barajado esa idea sobre él en un principio.

Esto no puede ser una coincidencia.

No obstante, claro que podía serlo. Tenía que serlo, porque había sido yo quien le había mandado el primer mensaje. Había sido yo quien había decidido no revelar mi verdadero nombre. Había sido yo quien le había dado mi número de teléfono. Aquello ponía un amortiguador en todas las teorías conspiranoicas que mi mente quería elaborar.

—No. No sabía que Harkness existía hasta esta mañana. Y... —Dudé—. No llegué a buscar tu nombre completo en Google. Ni siquiera anoche, después de... todo aquello. —Me pareció que estaba mal, teniendo en cuenta que él no sabía el mío. Además, no estaba acostumbrada a querer saber *cosas* sobre un hombre.

—Vale —murmuró mientras se pasaba una mano por el pelo y lo dejaba tan bien peinado como estaba. No se puede mejorar lo inmejorable, supongo—. Yo tampoco lo sabía —confesó. Era evidente que sabía que yo había contemplado esa posibilidad, por ridícula que fuera. Si Eli se hubiera dedicado a lo del espionaje corporativo, yo habría sido una elección nefasta, dado que era absoluta y fantásticamente irrelevante en Kline.

Y, sin embargo, ahí estaba. Mirándome como si no existiera nada más en el mundo.

—Está bien. Da igual. —Hizo un gesto con la mano y me fijé en que aún llevaba el número que le había escrito la noche anterior en la palma. Era solo una sombra tenue e ilegible, como si se hubiera lavado las manos varias veces desde entonces, evitando a propósito restregarse con fuerza para borrarlo del todo—. No cambia nada —añadió.

—¿Nada?

—Entre nosotros. —Sonrió. Aquella sonrisa de chico bueno, de persona adulta que vive rodeada de amor y tiene confianza y seguridad en sí misma—. Hablaré con Recursos Humanos, pero no creo que esto cause ningún conflicto de intereses. Lo nuestro...

Hizo una pausa, así que ladeé la cabeza y di un curioso paso hacia él, entrando en un nuevo campo gravitatorio. Su cuerpo no era la razón por la que había elegido enviarle aquel primer mensaje, pero no podía negar que era atractivo. Un cuerpo grande. Con bíceps marcados. Uno que más bien asociaría con un atleta profesional y no con alguien que se gana la vida sentado delante de un escritorio.

—¿Lo nuestro? —le pregunté.

Me miró pestañeando.

—Anoche parecías interesada en que hubiera algo más entre nosotros.

—Sí, lo estaba. —Me mordí el interior de la mejilla—. Pero ayer por la noche no tenía ni idea de que querías robar la empresa para la que trabajo.

De repente, la temperatura de la sala se desplomó. Se respiraba tensión y percibí una hostilidad inmediata.

La mandíbula de Eli se tensó y dio un paso adelante. Su expresión era aparentemente afable, pero sus músculos estaban rígidos.

—Robar la empresa. —Asintió y fingió considerar mis palabras con detenimiento—. Esa es una acusación muy fuerte.

—Blanco y en botella...

—Hay más líquidos que cumplen esas características además de la leche. —Me sostuvo la mirada—. ¿Acaso Harkness ha entrado aquí con un pasamontañas puesto? Porque eso es lo que hacen los ladrones.

No respondí.

—¿Nos hemos apoderado de la propiedad de alguien sin ofrecer una compensación a cambio? ¿Hemos usurpado algo mediante subterfugios? —Se encogió de hombros—. No creo. Pero si sospechas que hay algo turbio, no dudes en denunciarnos ante las autoridades.

Me consideraba una persona racional, y racionalmente sabía que tenía razón. Sin embargo, que Eli formara parte de Harkness me hacía sentir que era una especie de traición hacia mí. Y eso que apenas habíamos pasado una hora juntos. Tal vez el problema era que había compartido lo de Vince con él, que le había contado más de lo debido porque..., porque me había gustado. Me había *gustado* Eli, y ese era el quid de la cuestión. Ahora que finalmente lo había admitido, podía dejarlo ir y alejarme. Alejarme de él.

Qué liberador.

—No hemos robado nada, Rue —me dijo con voz grave—. Lo que hemos hecho ha sido comprar un préstamo. Y lo que estamos haciendo ahora es asegurarnos de que nuestra inversión da sus frutos. Nada más.

—Comprendo. Y dime, ¿es normal que los miembros de más alto rango de una empresa de capital inversión estén *in situ* entrevistando a los empleados?

Apretó la mandíbula.

—¿Es usted una experta en derecho financiero, doctora Siebert?

—Me parece que ya sabe la respuesta.

—Igual que usted.

Nos quedamos mirándonos en silencio. Cuando no pude soportarlo más, asentí una única vez sin mediar palabra y me di la vuelta para…

Su mano me agarró por la muñeca, y detesté, *odié,* la sensación de ardor que me invadió ante aquel contacto, cuando noté la electricidad recorriéndome las terminaciones nerviosas. Y odié aún más que me soltara al instante, como si él también se hubiera quemado.

Lo que yo sentía ya era lo bastante malo. La idea de que Eli estuviese experimentando lo mismo solo podía ser sinónimo de desastre.

—Rue. Deberíamos hablar —dijo con seriedad, dejando de lado cualquier pretensión u hostilidad—. No aquí.

—¿Hablar de qué?

—De lo que pasó anoche.

—Ni siquiera nos cogimos de la mano. No hay mucho de que hablar.

—Venga, Rue, sabes perfectamente que entre nosotros…

—¿Eli?

Ambos nos giramos. Conor Harkness estaba inclinado, con las palmas de las manos apoyadas en el marco de la puerta, observándonos con el aspecto de un tiburón capaz de oler la sangre a kilómetros de distancia. Su mirada se centró en nuestra cercanía, en la forma en que los ojos de Eli parecían incapaces de dejarme ir, en su mano, que volvía a sujetarme la muñeca.

—Dame un momento —le dijo Eli.

—Te necesito en el…

—Un *momento* —repitió impaciente, y, después de arquear de nuevo una ceja y vacilar durante un nanosegundo, Conor Harkness desapareció y yo volví a tomar consciencia de mí misma.

Me aparté de Eli observando la firmeza de su frente, sus hermosos ojos azules, su mandíbula tensa. Alguien tenía que ponerle fin a esto. Yo, *yo* tenía que ponerle fin a esto, porque estaba claro que él no lo iba a hacer.

—Adiós, Eli.

—Rue, espera. ¿Podemos…?

—Mi número. —Al llegar a la puerta, me di la vuelta—. ¿Todavía lo tienes?

Él asintió. Ansioso. Esperanzado.

—Será mejor que te deshagas de él.

Eli bajó la cabeza y exhaló para dejar escapar una carcajada silenciosa. Salí de la sala sin saber muy bien dónde terminaba su decepción y empezaba la mía.

6

UN ATAJO QUE SU CEREBRO NO NECESITABA

ELI

Después de la escena que Hark había presenciado antes, a Eli no le extrañó lo más mínimo que lo primero que le preguntase nada más poner un pie en su casa, ubicada en pleno centro de Austin, fuera:

—¿Qué coño pasa con esa chica?

—Mujer —lo corrigió Minami con aire distraído.

Ella estaba en el sofá de Hark, con los pies en el regazo de Sul, pulsando frenéticamente los botones del mando de la PlayStation. Eli miró la pantalla, preguntándose a quién estaba matando a tiros.

Para su desconcierto, el juego parecía consistir en decorar pasteles.

—En fin. Eso. —Hark puso los ojos en blanco—. ¿Qué coño pasa con esa mujer?

Eli se metió en la cocina. La superficie de acero estaba tan impecable que se notaba que nunca se había usado. Se sirvió un botellín de la cerveza importada de Hark y volvió al salón.

—Solo por saber: si mi respuesta fuera «¿Qué mujer?», entonces…

—Perdería todo el respeto que siento por ti.

—Creo que podría soportarlo. —Se sentó junto a Hark con una sonrisa.

Esa era su rutina cuando coincidía que todos estaban en Austin, lo cual, a medida que Harkness se expandía, era cada vez menos habitual. Minami y Sul en una mitad del enorme sofá, asquerosamente enamorados, y Eli y Hark en la otra… «Asquerosamente enamorados también, pero de esa manera varonil y gruñona tan propia de vosotros», había dicho una vez Minami. Y lo más seguro era que tuviera razón.

—Se llama doctora Rue Siebert —aportó Sul.

Eli enarcó una ceja.

—Tío, teniendo un presupuesto de cincuenta palabras al día, ¿en serio vas a utilizar cinco para echarme mierda?

Sul sonrió, satisfecho por el trabajo bien hecho, y volvió a masajear los pies de Minami como el traidor que era.

—¿Qué pasa con Rue Siebert, Eli? —preguntó Hark con el tono de voz de alguien que quería una respuesta para ayer. Eli no vio ninguna razón en particular para no darle una.

—Hicimos *match* en una aplicación. Y quedamos ayer por la noche.

Minami pausó el juego con tanta fuerza que su pulgar estuvo a punto de necesitar una radiografía.

—¿Para…?

—Follar.

—En realidad ya lo sabía. Solo quería oírtelo decir.

—Santo cielo, Eli. ¿Te la pasaste por la piedra? —preguntó Hark, y Minami se rio.

—Da gusto comprobar que, tras quince años en Estados Unidos, Hark no pierde el encanto ni la finura de sus raíces irlandesas.

—Cierra el pico, Minami.

Eli se aguantó la risa.

—Nadie se pasó por la piedra a nadie. Anoche ella se vio envuelta en una situación complicada. Pero...

Yo quería.

He estado pensando en ella sin parar durante las últimas veinticuatro horas.

He estado distraído, irritable y cachondo, y quise mandarle un mensaje a primera hora de la mañana, pero decidí que era mejor esperar, ya que su móvil tenía pinta de haber dejado de funcionar y quizá necesitaba comprarse otro, y... Joder, no debería haber dudado.

Eli no recordaba haberle dado tantas vueltas a una interacción con una mujer en la vida. Y eso que había estado prometido.

—¿Pero?

—No hay ningún pero, en realidad. Está enfadada porque cree que intentamos hacernos con Kline.

Minami ahogó un grito y se llevó la mano al pecho.

—¿Nosotros? No puede ser.

Esta vez Eli no pudo ocultar su sonrisa. Hasta que Hark preguntó con sequedad:

—¿Va a ser una distracción?

—No lo sé. —Eli se inclinó hacia delante con los codos apoyados en las rodillas y miró fijamente a Hark con un atisbo de desafío—. ¿Alguna vez me distraigo, Hark?

Hark entrecerró los ojos. Se creó una fuerte tensión entre los dos, y entonces todos estallaron en carcajadas. Incluso los hombros de Sul temblaron en silencio.

—¡Acabo de acordarme! —Minami dio una palmada—. ¿Qué me decís de aquella vez que Eli se quedó dormido mientras montaba en moto?

—¿Y cuando estábamos con el trato Semper? —Hark habló como si Eli no estuviera presente—. Se enfrascó tanto en la negociación que se olvidó de recoger a Maya del campamento nocturno… Menuda manera de traumatizarla, hay que ser imbécil.

—Lo de la moto fue a las tres de la madrugada, después de un experimento de cuarenta y ocho horas, y todos sabemos que el noventa por ciento de los traumas de Maya ya venían de antes. —Dio otro trago de cerveza. Luego, centrándose en Minami, dijo—: Además, si nos ponemos a hablar de percances al volante, hablemos de aquella feria de Missouri en la que te multaron por conducir ebria en los coches de choque.

—¡Desestimaron el caso en el juicio!

—O —señaló con el dedo a Hark— de aquella vez que alguien envió a toda la lista de correo de Harkness un mensaje sobre los fondos de la administración *púbica*.

—Aquello fue vergonzoso —reconoció Hark—, pero no tiene nada que ver con la conducción.

—O —Eli desvió la mirada hacia Sul— sobre el tío que se olvidó de cuáles eran sus votos matrimoniales en mitad de la ceremonia de su boda.

—Me gustaría ser excluido de esta narración —pidió Sul.

—Eso díselo a tu mujer. Si es que se puede considerar que este matrimonio sea legal.

—Uy, te aseguro que lo es. —Minami sonrió y, con el dedo del pie, le dio un golpecito en la mejilla a Sul.

Hay quien se habría sentido cohibido y habría evitado exhibir tales muestras de afecto delante de su ex, pero Hark le había asegurado una y otra vez a Minami que no le importaba para nada. Eli era el único que sabía hasta qué punto aquello era mentira.

Se hizo el silencio, cómodo, familiar, producto de años de estar juntos en una misma habitación, incansables y obstinados, siempre tras el mismo objetivo.

—Hoy ha ido bien —dijo finalmente Hark—. No me lo había imaginado así.

—¿Y eso? —preguntó Eli.

Hark se encogió de hombros, lo que significaba que sabía perfectamente la respuesta pero que no estaba preparado para expresarla con palabras.

Seguro que pronto lo haría. Era el más enfadado de todos, y el más propenso a dejar que su rabia se concentrara y agudizara.

Nueve años atrás, Eli se estaba ahogando en deudas por haber tenido que pedir préstamos para poder estudiar mientras fracasaba estrepitosamente en el cuidado de una preadolescente, y Minami se estaba ahogando en otra cosa, en algo que implicaba tener que luchar a diario para conseguir salir de la cama y lavarse los dientes por las mañanas. Hark había sido quien les había sacado de su letargo y les había dicho que quería ir a ver al padre al que tanto despreciaba para pedirle —suplicarle— que le diera el capital inicial para crear la empresa.

«Así nos vengaremos», había insistido, y tenía razón.

«Deberíamos llamar a la empresa "Harkness"», había sugerido Eli una semana antes de firmar el papeleo, sentado ante una mesa llena de deberes de su hermana, preguntándose por qué la muy cabrona era capaz de resolver problemas matemáticos de nivel universitario pero no de escribir «buhardilla» bien ni aunque le fuera la vida en ello, y sopesando qué cojones debía hacer al respecto.

«Menuda mierda de nombre», había soltado Hark.

«No es una mierda, solo es el nombre de tu padre», había contestado Minami con un tono compasivo. «Creo que tiene el toque sofisticado de supervillano que buscamos. Además, ¿cuál es la alternativa? ¿Killgore? Sería demasiado obvio.»

Eli le había hecho una peineta como respuesta.

Había pasado casi una década y ahí seguían, haciéndose peinetas los unos a los otros a diario.

—Doctora Florence Kline —dijo Hark como si las palabras le dejaran mal sabor de boca—. ¿Alguno de vosotros ha hablado ya con ella? ¿En privado?

—Sul. Para unos asuntos logísticos de poca importancia. Y los abogados, claro —añadió Minami.

—¿Ni tú ni Eli?

Ella negó con la cabeza. Y, un segundo después, añadió:

—Bueno, conmigo se puso en contacto por correo electrónico.

—¿Y?

—Me preguntó si podíamos hablar. A solas. Fuera de Kline. —Hizo una mueca con los labios—. Me apuesto algo a que piensa que soy el eslabón más débil.

—Está claro que no te ha visto abrir un tarro de pepinillos —murmuró Eli, y ella sonrió.

—¿Verdad? Teniendo en cuenta que, de los cuatro, soy la persona con más posibilidades de acabar en la cárcel por haber empujado a alguien por un puente, tiene su gracia.

—¿Le contestaste? —preguntó Hark.

—No. Preferiría beber ácido de batería, pero gracias. ¿Por qué? ¿Crees que debería hacerlo?

Hark miró a Eli.

—¿Se te ocurre algún beneficio de que Minami tenga un cara a cara con ella?

Eli lo meditó.

—Quizá en el futuro. Por ahora, que Florence se lo curre un poco.

Minami asintió.

—Se nota que está muy asustada. A pesar del discurso de mierda que ha dado hoy, creo que oculta algo.

—Yo, por mi parte, aprecio de corazón el ambiente colaborativo que está tratando de fomentar —dijo Eli secamente, lo que hizo que Minami soltara una risita y Sul resoplara.

—Sabéis lo que significa, ¿no? —preguntó Hark—. Que, si está ocultando algo, no es solo a nosotros, sino también a la junta. Y está muy segura de que no lo vamos a descubrir.

—Genial. —Eli se acabó lo que le quedaba de cerveza—. No tengo ningún inconveniente en demostrarle que se equivoca. —La tecnología de biocombustible era tan buena como la que habían inventado ellos. Eso era lo único que importaba.

—Mañana me reuniré con el equipo de investigación y desarrollo —dijo Hark—. Les aseguraré que no deben preocuparse porque no van a verse en medio de un fuego cruzado.

—Sí. No son ellos los que deberían estar preocupados. —Eli se levantó para marcharse—. Tengo que irme, Tiny me espera. Nos vemos…

—Espera —lo interrumpió Minami sin levantar la vista del móvil—. Sobre lo que hablábamos de Rue Siebert…

Eli se detuvo.

Saber su nombre era un problema. Le permitía evocar su imagen mucho más fácilmente, un atajo que su cerebro no necesitaba.

—Pensaba que ya habíamos dejado ese tema.

—Bueno, la acabo de buscar en Google. Solo para saber cuál es tu tipo ahora.

Eli suspiró.

—Al parecer, ella también fue atleta durante su época de estudiante, igual que tú, lo cual resulta interesante. Pero lo es aún más este artículo que he encontrado, del

Austin Chronicle. —Le tendió el móvil y él leyó el título en voz alta.

—«Mentora de la industria ofrece nuevas oportunidades para las mujeres en CTIM que...» ¿Habla de Florence?

—Sí. Está claro que se ha convertido en una heroína para la clase baja. —Minami resopló—. Fue ella quien contrató a Rue Siebert y Tisha Fuli hace un año. Tu novia no tiene redes sociales, así que he buscado a Tisha, que, por cierto, es la puta ama. *Summa cum laude* en Harvard, becas, premios... Sabe de qué va y, a juzgar por su cuenta de Instagram, ella y Rue deben de ser mejores amigas. Mira esta foto de cuando eran pequeñas. No pueden tener más de diez años.

Eli miró la imagen. A Rue se la veía delgada y desgarbada, con los ojos y la boca demasiado grandes para su cara. Iba cogida de la mano de su amiga mientras patinaban codo con codo en medio de una pista de hielo. El contraste con la adulta que había llegado a ser, alta, fuerte y exuberante, hizo que Eli se inclinara para inspeccionarla más de cerca, pero entonces Minami apartó el teléfono.

—Por cierto, me encanta la bio de Tisha: «No, no estoy buscando un *sugar daddy,* y dejad de mandarme mensajes intentando convencerme de que sois Keanu Reeves». Igual se la copio. De todos modos, lo importante es esto. —Esta vez le dio el móvil. Era una foto de tres mujeres abrazadas frente a una pared de ladrillos con los colores del arcoíris. La pelirroja del centro era mucho más bajita, un poco mayor y le resultaba muy familiar.

Como mi hermanita @nyotafuli TODAVÍA no me sigue, la sustituyo oficialmente por Florence Kline. Mejor amiga, mejor jefa y ahora mejor hermana del mundo. Tkm, ¡feliz cumpleaños!

Volvió a mirar la foto. Florence y Tisha tenían una sonrisa deslumbrante. La de Rue era más apagada, menos abierta, como si sintiera la necesidad de contenerse. Eli tuvo que obligarse a apartar los ojos de su cara.

—Ya veo. —Estaba claro que había una relación personal entre ellas. Las palabras de Rue esa mañana y su hostilidad de repente tenían mucho más sentido.

¿Qué sabía ella? ¿Qué le había contado Florence Kline sobre Harkness? ¿Sobre Eli?

—Hay más. Adivina dónde se sacó el doctorado tu futura esposa —dijo Minami.

—No digas que en la Facultad de Ingeniería de la Universidad de Texas, por favor.

—Vale. Entonces no te lo digo.

—Joder. —Eli se giró hacia Hark. Intercambiaron una mirada de inquietud.

—Es posible que Tisha y Rue tengan más acceso a Florence que la mayoría de la gente en Kline —continuó Minami—. Quizá deberíamos vigilarlas. A ver si saben algo.

Eli se pellizcó el puente de la nariz.

—Déjame adivinar. ¿Cuando dices «deberíamos» te refieres a mí?

—Bueno, yo solo digo que tú ya la conoces.

—A juzgar por la escenita que me he encontrado hoy, no estoy seguro de que eso sea una ventaja —señaló Hark.

Minami se limitó a sonreír con aire curioso y reservado.

—¿Por qué no vas mañana a su laboratorio, Eli? A ver en qué está trabajando. Así fisgoneas un poco.

Eli soltó un «hay que joderse» en voz baja.

—¿Estás intentando encontrarme novia a la desesperada?

—¿Quién? ¿Yo? —Se llevó una mano al pecho—. Nunca.

—Minami, su trabajo ni siquiera está relacionado con los biocombustibles. Es una figura totalmente irrelevante para lo que nos interesa a nosotros.

—¿Acaso tenemos algo que perder?

Eli abrió la boca para protestar, pero la cerró cuando se dio cuenta de lo desquiciada que iba a sonar su respuesta. No podía decir en voz alta que sentía que ya había perdido algo, o al menos la posibilidad de un algo. Que necesitaba distanciarse de Rue. Era una gilipollez, dado que ya estaban distanciados de por sí. A cientos de miles de kilómetros el uno del otro. E introducirse en su vida no iba a acercarlos más.

—Muy tierno por tu parte creer que tengo tiempo para estas cosas.

—Dale dos días y acabará pidiéndote que te acuestes con ella para sonsacarte información —murmuró Hark. La mano de Eli, que se había estado palpando los bolsillos en busca de las llaves del coche, se congeló durante un segundo.

—Pobre Eli. —Minami sonrió con picardía—. Le supondría tantísimo esfuerzo. No sé si sería capaz de soportarlo.

Eli les hizo una peineta a modo de despedida y se fue a casa, resignado. Minami siempre pensaba que sabía lo que era mejor para todo el mundo. Por desgracia, solía tener razón.

Cuando entró en la cocina, Maya estaba sentada cerca de la encimera, mirando la tableta con el ceño fruncido. Estaba leyendo algo que igual podía ser un artículo de física como un *fanfic* de Wattpad. Era así de ecléctica.

—He hecho la cena —le dijo con aire distraído—. ¿Tienes hambre?

Él dejó las llaves sobre la encimera e inclinó la cabeza con escepticismo.

—¿Has *hecho* la cena?

Ella levantó la vista.

—He pedido comida china a domicilio. Con tu dinero. Y la he servido en uno de los platos de papel que compré, también con tu dinero, porque estoy harta de llenar y vaciar el lavavajillas. ¿Quieres un poco?

Eli asintió, sonriendo un poco mientras ella sacaba el arroz y el pollo de los recipientes con una cuchara. Su mirada se desvió hacia la mesa, donde vio que ella había hecho un nuevo movimiento en su partida de ajedrez. Anotó en su registro mental que debía analizarlo más tarde y aceptó el plato que le tendió.

La casa donde se habían criado había sido embargada hacía una década, pero Eli había comprado esta otra hacía unos seis años, después de que Harkness despegara, después de haber saldado su considerable deuda y después de haberse estabilizado lo suficiente económicamente como para cubrir la matrícula universitaria de Maya dondequiera que ella decidiera estudiar. En aquel momento, consideró que Allandale era un buen barrio, con sus parques bien cuidados, su ambiente tranquilo y su buena comida. Él y McKenzie ya habían hablado de casarse, quizá no con entusiasmo, pero sí con la suficiente frecuencia como para dar por sentado que acabaría pasando. Planeaban vivir en esa casa, contratar a un fotógrafo para que hiciese fotos familiares bucólicas, discutir por la temperatura del termostato y hacer una barbacoa todas las noches. Lo que fuera que la gente feliz y acomodada hiciera. Iban a disfrutar de la paz que reinaba en aquel lugar, ya que su relación giraba en torno a la calma, la armonía y la moderación.

Y, sin embargo, aquí estaba, viviendo con su hermana. Maya, que solía acusarle de crímenes contra la humanidad y se había ido por patas nada más cumplir los dieciocho años, había decidido «volver a casa» para hacer un máster. Y trajo consigo imanes con fragmentos poéticos pegados a la nevera y el almibarado aroma de sus velas ambientando las noches más calurosas. En cuanto a McKenzie... Aparte de ese momento, Eli no recordaba la última vez que había pensado en ella.

Con eso lo decía todo.

—¿Dónde está Tiny? —preguntó.

—No estoy segura. ¿Tiny? —Nada más invocarlo, Tiny irrumpió por la puerta para perros que daba al jardín y se abalanzó con sus ochenta kilos hacia Eli, que estaba igual de feliz de verlo. Maya puso los ojos en blanco—. Estaba ocupado suspirando y deseando que el amor de su vida volviera de la guerra. Por cierto, acabo de sacarlo a pasear. El muy ingrato. ¿Qué tal el trabajo?

Eli se limitó a gruñir mientras le rascaba la parte posterior de las orejas a Tiny con vigor y exactamente como sabía que le gustaba. La recompensa fue lo más parecido a una sonrisa que un perro podía ofrecer.

—¿Qué tal la uni?

Ella también gruñó e intercambiaron una mirada de complicidad.

Míranos. Al final resultará que sí que nos parecemos.

—¿Has visto a Hark hoy? —El tono con el que Maya preguntó era la personificación del desinterés y el desenfado. Eli reprimió un bufido y se sentó en el taburete contiguo al suyo—. ¿Cómo está?

—Muy bien y muy mayor para ti, como siempre.

—Creo que le gusto.

—Creo que eso sería un delito.

—Hace tiempo que ya no; tengo casi veintidós años. —Tiny soltó un suave gimoteo a los pies de Eli, como dándole la razón a su hermana. Traidor.

—Ya. Ese es un buen argumento hasta que recordamos que, cuando Hark tenía veintidós años, tú aún no habías logrado controlar del todo tus esfínteres.

Ella le lanzó una mirada de desconcierto.

—¿En serio crees que a los nueve años los niños aún llevan pañales?

Sí. ¿No? ¿Qué coño sabía él? Apenas le había prestado atención a Maya antes de que le tocara incluirla en su vida a la fuerza.

—Intuyo que es una pregunta trampa, así que no pienso responderla.

—Me parece un poco puritano por tu parte, sobre todo teniendo en cuenta que tu historial de descargas consiste en mapas de rutas de senderismo, el solitario y aplicaciones de folleteo.

Eli levantó una ceja.

—A Hark tampoco le van las relaciones.

—Me es indiferente. No quiero casarme con él. Solo quiero...

—Ni se te ocurra acabar la frase.

—... usar ese cuerpo atlético tan bonito que tiene.

—Y va y la acaba, la madre que la... —murmuró—. ¿Puedes, por favor, no hacerme imaginar cosas que un psicólogo me obligará a recrear con muñecas dentro de cinco años?

—Pero es que es tan divertido...

—Mira, legalmente eres libre de montar orgías con gente que te cuadruplica la edad, pero....

—«Pero no esperes que yo te allane el camino para conseguirlo», lo sé, lo sé. —Maya suspiró—. ¿Cómo te fue la cita de anoche?

—Fue... —Madre mía, todo aquello estaba siendo un desastre de tal magnitud que lo único que se le ocurrió decir fue—: Bien.

Porque era verdad. Haber pasado un rato con Rue, aunque solo hubiesen hablado, había estado bien. Y eso era lamentable de cojones, ¿verdad?

—¿Volverás a verla?

Eli pensó en lo que le esperaba al día siguiente.

—Es posible. —Agachó la cabeza para concentrarse en la comida, luego en el relato de Maya sobre su clase de Física Computacional y luego en los suaves ronquidos de Tiny, que le llegaban desde los pies. Y se dijo que, si no podía evitar a Rue Siebert, al menos intentaría pensar un poco menos en ella.

7

NO INFLUYE EN NADA

RUE

Las comidas siempre eran un tema delicado para mí, sobre todo el desayuno de los días en los que planeaba estar durante varias horas en el laboratorio. No podía saltármelo a no ser que quisiera llegar al mediodía al borde del desmayo. Sin embargo, esos días también solían empezar muy temprano. Lo cual implicaba un riesgo importante de quedarme dormida. Lo cual implicaba no tener tiempo para comer sentada.

Lo cual implicaba que todo se iba a la mierda.

Una persona normal habría comprado un tentempié en la máquina expendedora o se habría llevado un bocadillo. Pero yo no era normal, no cuando se trataba de comida: comer rápido, comer de pie, comer sobre la marcha..., todas estas situaciones me hacían recordar algunos de mis traumas más profundos y disparaban mi ansiedad. Y prefería mil veces pasar hambre antes que eso.

Para comer necesitaba tiempo y tranquilidad. Necesitaba mirar fijamente la comida y saber, *sentir,* que me esperaba más comida después de que se acabara el bocado que me acababa de tragar. Mis problemas estaban muy arraigados, tenían múltiples capas y eran imposibles de explicar a alguien que no hubiera crecido escondiendo dulces caducados en lugares secretos, que no hubiera vivido sin probar productos frescos hasta bien entrada la adolescencia y que no se hubiera peleado con un hermano por la última galleta rancia.

Tampoco es que lo hubiese intentado. Tisha ya lo sabía, mi psicóloga había ido desgranando mi historia poco a poco a lo largo de los años, y yo no creía que nadie más pudiera llegar a preocuparse por mí lo suficiente como para querer escucharme. Y es que lo cierto era que llevaba más de diez años sin sufrir por no tener un plato en la mesa todos los días, por lo que ya debería haber superado esa movida.

Aunque estaba claro que no era así.

Aquella mañana la cagué a niveles estratosféricos: me levanté tarde tras haber dormido mal aquella noche, dejé que el agua caliente de la ducha me escaldara la piel durante demasiado tiempo, salí de casa sin las llaves del coche y, por último, en el aparcamiento me encontré con Samantha, de Control de Calidad, quien me preguntó si yo, como «la favorita de Florence» que soy, también creía que pronto acabaríamos todos viviendo debajo de un puente como una gran familia feliz. Comer era lo último en lo que pensaba y acabé llegando doce minutos tarde al laboratorio que había reservado.

Y ahí estaba él.

Sentado en un taburete.

Con una postura relajada mientras me esperaba.

Ambos nos miramos y mantuvimos una expresión neutra. Ninguno de los dos se molestó en decir «hola» o, Dios no lo quiera, en preguntarle al otro «¿qué tal?». Nos quedamos mirando y mirando y mirando en el silencio sepulcral propio de las mañanas, hasta que sus ojos me dieron un repaso y se le dilataron las pupilas, y entonces a mí se me erizó la piel.

No estaba orgullosa de la forma en que había actuado el día anterior, no porque no mereciera que le llamara la atención sobre lo que fuera que Harkness estuviera tramando, sino porque odiaba perder los nervios. El mundo era una vorágine constante y mis emociones eran lo único que podía controlar. Eli Killgore tenía pinta de ser la clase de persona a la que le encantaría privarme de eso.

—¿Por qué? —pregunté sin rodeos. La diplomacia entre nosotros era cosa del pasado.

—Me gustaría saber más sobre tu proyecto. —Su voz sonaba profunda, más grave que el día anterior. Se notaba que era alguien a quien tampoco le gustaba madrugar.

—¿Has avisado a Florence de que tendría lugar esta reunión?

Tensó la mandíbula.

—No he hablado con Florence.

—En ese caso...

—Pero vuestro asesor jurídico sí que ha hablado con ella.

En ese momento me tocó a mí tensarme.

—Estoy a punto de empezar un experimento que necesitará supervisión constante. No es el mejor momento.

—¿De qué experimento se trata?

Me mordí el labio inferior, y me arrepentí al instante cuando vi que se le oscurecía la mirada. Estar los dos solos en la misma habitación parecía peligroso. Y no era la primera vez.

—He creado una capa protectora para frutas y verduras. Es una sustancia invisible que pongo alrededor de los productos. Luego compruebo si prolonga la vida útil de esos productos en distintos tipos de situaciones.

—¿Por ejemplo?

—Hoy toca humedad. Así que no estoy segura de si voy a poder...

—¿De qué está hecha la capa?

Aquello no tenía ni pies ni cabeza. Reprimí un suspiro.

—Su ingrediente principal proviene de las conchas, pero está combinado con ácido láctico.

Los ojos de Eli brillaron con diversión. Era evidente que se estaba riendo de mí. De repente yo volvía a ser la Rue de siempre: torpe, perdida, incapaz de descifrar los matices de las interacciones sociales o de comprender qué coño había dicho que le hacía tanta gracia a la gente. Convencida de que el mundo entero entendía la broma menos yo. Siempre yendo un compás por detrás. Fuera de sintonía.

Ese podría considerarse otro buen resumen de mi vida.

Excepto que el Eli que había conocido la otra noche no me había hecho sentir así ni una sola vez. Y esa era la razón por la que todo esto me dolía tanto.

—¿Algo más que quieras saber? —le pregunté en tono frío.

—Sí. ¿Cómo vas a probar la eficacia de este recubrimiento microbiano a base de quitosano y lactobacilos, Rue?

Me quedé de piedra. ¿Cómo mierdas sabía lo que...?

—¿Utilizarás soluciones salinas? —continuó al ver que no respondía—. ¿Pulverización?

—Bueno..., tenemos una cámara de humedad.

Miró a su alrededor con pinta de quien sabe cómo es una cámara de humedad y no ve ninguna.

—Está en la habitación contigua. —Señalé la puerta, medio oculta tras el archivador.

—Ah. ¿Durante cuántas horas?

—Seis.

—¿Y cómo vas a...?

—¡Ya estoy aquí! Ya estoy aquí, joder, lo siento. —Jay abrió la puerta de golpe e irrumpió en el laboratorio. Llevaba un corte de pelo mohicano, y el mechón central de pelo le caía sobre el lado izquierdo de la cabeza, casi rozándole la oreja—. Lo siento, ha sido por culpa de ese imbécil. Esta noche Matt ha decidido que era buena idea darme por culo hasta verme sangrar, así que me ha pedido que le mande el informe de alérgenos antes de las nueve de la mañana. Estaba intentando terminarlo, pero no lo he conseguido, y ahora ese hijo de puta me va a...

Jay se percató de la presencia de Eli y cerró la boca con tanta fuerza que le castañetearon los dientes. Vi pasar todo el espectro de las emociones humanas por su cara: sorpresa, vergüenza, resignación, culpa, ira y, finalmente, convicción:

—Es un hijo de puta. Mantengo mi palabra.

Eli asintió, como si no esperara menos, y le tendió la mano.

—Soy Eli Killgore. De Harkness.

—Jay Sousa. —Sacó un poco la lengua para jugar con el piercing del labio—. Encantado de, em..., conocerte.

—Jay ha venido hoy para ayudarme —le expliqué—. La cámara de humedad es bastante pequeña, así que, si insistes en quedarte, te aviso de que el espacio va a ser un poco reducido. —*Vete. Déjame en paz. Es lo mejor, y lo sabes tan bien como yo.*

Eli, con ojos penetrantes, fue alternando la mirada entre Jay y yo.

—¿Cuántas ganas tienes de evitar que te hagan sangrar por el ano hoy, Jay?

—Em... ¿Las mismas que cualquier otro día?

—Supongo que tu labor iba a consistir en registrar los datos, ¿no?

—Sí.

—Eso puedo hacerlo yo mismo. ¿Quieres ir a terminar tu informe?

Jay cambió el peso de un pie a otro.

—¿Serás capaz de hacerlo?

—¿Que si seré capaz de usar un bolígrafo, quieres decir?

Jay se lo pensó durante un segundo.

—Supongo que te las arreglarás —concedió—. ¿Rue? ¿Te parece bien? —preguntó con algo que se parecía mucho a la esperanza.

Consideré qué opciones tenía. Decir que no, dejar que Matt utilizara a Jay como su chivo expiatorio (probablemente para desahogarse por el hecho de que la asociación de vecinos de su barrio no le permitiese poner un enanito en el jardín o algo por el estilo) y aplazar lo de Eli para más tarde. O decir que sí, permitir que Jay entregase el informe y zanjar el tema de Eli de una vez por todas.

—Me parece bien —respondí. Sufrir ahora para ser libre después. Aplazar la gratificación—. Vuelve cuando hayas terminado. No hay prisa.

Jay miró al techo, se santiguó, salió corriendo tan rápido como había llegado y me dejó preguntándome por qué Dios merecía gratitud cuando su salvación había sido claramente obra de Eli. Cuando volvimos a quedarnos solos, me acerqué a él y me crucé de brazos.

No recordaba por qué había elegido enviarle un mensaje a él de entre todas las personas. Solo utilizaba aplicaciones que establecían por norma que fuera la mujer quien diera el primer paso porque así evitaba recibir fotopollas, insultos y ofertas por mis bragas usadas en lugar de un «buenos días». Por muy a gusto que me sintiera siendo directa y hablando de sexo, tenía esa extraña manía de no querer verle la entrepierna a nadie sin dar mi consentimiento antes. No obstante, mis criterios de selección eran más bien escasos: hombres que vivieran por la zona, marcados como seguros por otras usuarias y dispuestos a aceptar mis límites. El aspecto siempre había sido algo más bien secundario. Había tenido sexo más que satisfactorio con chicos que, objetivamente hablando, no eran guapos, y también con chicos cuyo atractivo, por muy normativo que fuera, no me decía nada.

Eli, sin embargo… Él no encajaba en ninguna categoría. Su presencia tenía un algo envolvente, algo físico y visceral que producía un efecto en mí casi a nivel químico. Se cruzó de brazos, igual que yo, y ver el contorno de sus músculos debajo de la fina camisa me hizo imaginar cómo sería extender el brazo. Tocarlo.

—Muy hábil —dije en tono neutro.

—Sí —reconoció. Entonces algo le vino a la mente—. ¿Te sientes insegura estando a solas conmigo?

Me lo pensé. Consideré la posibilidad de mentir y descarté la idea.

—No.

—Vale, entonces no hace falta que lo traiga de vuelta. —Relajó los hombros—. ¿De cuánto van a ser los intervalos?

Ladeé la cabeza para estudiarlo, reevaluando su papel aquí en Kline. Recordando el número de Euler. *Sabes el pin para desbloquear el móvil de este hombre, qué opina del sexo anal y qué fetiches está dispuesto a practicar con previo consentimiento, pero no tienes ni idea de dónde vienen sus conocimientos en ingeniería alimentaria. Muy bien, Rue.*

—¿Por qué no lo adivinas?

Se le crisparon los labios, indulgente.

—No soy tu mono de feria, Rue. No voy a acatar tus órdenes porque sí.

—Ya. Prefieres que no sepa cuál va a ser tu siguiente movimiento. —Su silencio sonó a confirmación. Se quedó mirándome la boca hasta que le pregunté—: ¿Qué formación académica tienes?

—¿Es relevante para lo que vamos a hacer?

Me pasé la lengua por los dientes. ¿Lo era? *¿Necesitaba saber la respuesta?* ¿O solo sentía una curiosidad injustificada e inusitada por ese hombre al que estaba claro que debía sacar de mi vida y de mi mente?

—Voy a recoger muestras del crecimiento microbiano cada treinta minutos e iré registrando las condiciones ambientales de la cámara cada quince, por si acaso.

Aparté los ojos de su complicado rostro y me puse la bata de laboratorio dándole la espalda. Cuando me di la vuelta, me estaba mirando con ojos hambrientos, como si yo fuera algo que se pudiera comer, como si acabara de quitarme una capa en lugar de ponérmela.

La bata de Jay era más grande que la mía, pero resultó no ser lo bastante grande para Eli. Se puso los guantes de látex con una facilidad que solo debería tener alguien que visita laboratorios a diario… o un asesino en serie. Me quedé mirando sus manos mientras estiraba el látex y pensé: *Esto es peligroso. Él y yo no deberíamos estar aquí juntos.*

—Cuando tenía dieciocho o diecinueve años —me empezó a contar—, trabajaba como ayudante de investigación en un laboratorio mientras estudiaba la carrera. Un día la cagué al cambiar los ajustes del tanque de nitrógeno líquido y el laboratorio perdió varios cultivos celulares de gran importancia que estaban ahí almacenados. Fue un error tonto que retrasó la investigación durante semanas. —Se mordió el interior de la mejilla—. Todo el mundo dio por hecho que había sido un fallo de la máquina y, aunque me sentía culpable de cojones, nunca llegué a corregir esa afirmación. Al semestre siguiente, me cambiaron de laboratorio.

Parpadeé.

—¿Por qué me cuentas esto?

Hizo una mueca.

—Por confesarte algo horrible, para no perder la costumbre.

Recordé el momento en el coche. Mi confesión de que había deseado que Vincent desapareciera. Lo celoso que él había estado de su hermana. Entonces, inexplicablemente, empezaron a salir palabras de mi boca:

—Una vez le aplasté el cráneo a un ratón por accidente mientras le hacía unas pruebas. —Tragué saliva—. El investigador que estaba haciendo un posdoctorado y que se encargaba de supervisarme me dijo que no era para tanto, y yo fingí que no me importaba, pero pudo conmigo. Desde entonces no he vuelto a trabajar con animales de laboratorio.

No comentó nada, igual que en el coche, ni reaccionó de ninguna otra manera. Nos quedamos mirándonos el uno al otro sin decepción ni recriminación, dos personas horribles con historias espantosas; dos personas horribles que quizá estaban más predispuestas a juzgarse a sí mismas que la una a la otra. Hasta que no pude soportarlo más. Cogí una manzana y no protesté cuando me siguió a la cámara de humedad.

—Hace calor aquí —comentó—. ¿Se ha roto el sistema de aislamiento? Puedo echarle un vistazo.

—Lo que pasa es que es un espacio pequeño. Y hay un motor en constante funcionamiento. ¿Estás listo? —Puse en marcha mi temporizador antes de que pudiera responder.

Había que reconocer que era un buen ayudante. Sabía cómo, dónde y qué registrar, no me pidió que repitiera nada y ni una sola vez pareció aburrido mientras anotaba los datos. Me hizo preguntas sobre mi investigación, sobre la cultura empresarial de Kline y sobre el trabajo que había tenido antes de empezar aquí, pero parecía saber de forma instintiva que no debía molestarme cuando estaba recogiendo muestras o diluyéndolas con soluciones amortiguadoras.

En la mayoría de los casos, respondí. Estaba segura de que sus intenciones eran cuestionables, pero tampoco me pareció que esa información fuera a perjudicar a Florence. El trabajo que hacíamos era importante. Florence era una líder fantástica. Quizá fuera perverso por mi parte, pero quería que Eli entendiera lo mucho que había logrado Kline. Lo que Harkness intentaba conseguir podía ser legal, pero no era ético, y quería que eso lo hiciese sentir como un villano.

Sin embargo, no parecía molesto, sino más bien feliz de escuchar y hacer preguntas. Por encima de todo, parecía estar en su salsa. Como si el laboratorio fuera el lugar en el que debía estar.

—¿Cuánto tiempo ha pasado? —pregunté mientras cogía otra punta de pipeta.

—Menos de cinco minutos de...

—Me refiero a desde la última vez que estuviste en un laboratorio.

Levantó la vista del portapapeles con un rostro tan inexpresivo que solo podía ser fingido.

—No he llevado la cuenta.

—¿No? —Claro que sí. Había contado cada uno de los días. Estaba segurísima—. ¿Por qué lo dejaste?

—No me acuerdo. —Solo había medio metro entre nosotros. Sus ojos eran de un azul claro que le daba un aire de depredador. Estaba tan cerca que podía *tocar* la mentira.

—¿No recuerdas por qué decidiste que preferías ser gestor de fondos de inversión en vez de científico?

—Veo que no sabes mucho sobre capital de riesgo, ¿verdad?

Mi mano apretó con fuerza la pipeta.

—Sin embargo, tú sí sabes mucho de ingeniería alimentaria.

—¿Y eso en qué situación nos deja?

—No creo que haya ninguna situación entre nosotros. —Mi mano apretó aún más, tanto, que, sin darme cuenta, presioné el eyector de la pipeta con el pulgar y la punta se cayó—. Mierda. —Agaché la cabeza y me arrodillé en aquel espacio tan reducido.

—Toma —dijo Eli. Cuando elevé la mirada, la punta estaba en el centro de su palma abierta. Cuando la levanté más, vi que estaba agachado frente a mí.

Cerca.

No había estado tan cerca desde la otra noche.

—Gracias —dije sin coger la punta. No estaba segura de si podía confiar en mí misma.

Él me miró como si mi cráneo fuera de cristal y pudiera ver exactamente lo que me pasaba por la cabeza. Me cogió la mano libre, la abrió con delicadeza y depositó la punta en la palma.

Luego, con la misma delicadeza, pero mucho más despacio, cerró sus dedos alrededor de los míos.

Había dos capas de guantes entre nosotros. Apenas podía sentir el calor de su piel, pero eso no impidió que notara que aquel apretón era posesivo; me ofrecía algo a la vez que se quedaba con una parte de mí. El corazón me latía en la garganta y un rubor me empezó a subir por las mejillas.

—¿Tú le has estado dando tantas vueltas a esto como yo? —La voz de Eli era grave y ronca, con un deje de algo que no habría sabido nombrar pero que podría haber identificado fácilmente si me hubiesen puesto delante varias opciones.

—No lo sé. ¿Cuántas vueltas le has dado tú?

Dejó escapar una carcajada en voz baja.

—Muchas.

—En ese caso, sí. —Me lamí los labios y estuve a punto de suplicarle que no me mirara la boca de esa manera—. Ojalá hubiera una forma de parar.

—Rue. —Su nuez de Adán se movió—. Creo que la hay.

—¿Cuál?

—Ya lo sabes.

Lo sabía. Lo nuestro se había quedado a medias. Lo que habíamos empezado la otra noche estaba ahí, suspendido, oscilando, fuera de control. Podía sentirlo en cada célula de mi cuerpo.

—No es una buena idea.

—¿No?

—Tú estás con Harkness. Yo estoy con Kline.

—Ya, bueno. —Habló como si se despreciara a sí mismo, como si no le gustaran sus propios sentimientos—. Ahora mismo me importa una mierda Harkness. Y Kline. Y todo excepto…

Tú. Esto. Nosotros. Mi cerebro deseó que dijera esas palabras, y me odié por ello. Entonces dije:

—Creo que no me gustas como persona. Desde luego no me gusta lo que haces y tampoco lo respeto.

Si estaba dolido, lo supo disimular.

—Por suerte, eso no influye en nada.

Tenía razón, y cerré los ojos. Me imaginé diciendo que sí. Imaginé el proceso de sacar esta cosa de mí, el acto de deshacerme de ella. Lo bien que me sentiría, la paz y la satisfacción que experimentaría después. Imaginé cómo sería oír su nombre, verle la cara y no tener una reacción visceral, instantánea, incontrolable e incendiaria.

Me veía capaz de hacerlo. Si nos entregábamos el uno al otro, dejaría de desearlo. Era lo que siempre pasaba. Nada de segundas citas.

Pero.

—A Florence no le haría mucha gracia.

Por primera vez, Eli pareció molesto de verdad.

—¿Y eso es lo que más te importa? ¿La aprobación de Florence?

—No su aprobación, sino su bienestar.

Echó la cabeza hacia atrás.

—De acuerdo. —Esta vez parecía decepcionado, tal vez conmigo, pero su tono de voz se mantuvo despreocupado y la discrepancia resultaba chocante incluso cuando sus dedos apretaron ligeramente los míos una última vez—. Entonces quizá deberías saber que...

No terminó la frase porque la puerta se abrió de repente y, cuando levantamos la vista, Florence y Jay nos estaban mirando fijamente.

COMO EMPEZAR UN LIBRO NUEVO ANTES DE TERMINAR EL QUE YA HABÍAS SACADO DE LA BIBLIOTECA

RUE

—No es lo que parece —dije más tarde aquella noche mientras pinchaba una judía verde con tanta fuerza que el sonido del tenedor contra el plato resonó por todo el comedor.

Mis cenas mensuales con Florence y Tisha eran algo que normalmente esperaba con ilusión. Me lo pasaba bien y además eran compatibles con todas mis disfunciones en torno a la comida y las situaciones sociales.

Aunque esa noche no me estaba divirtiendo mucho.

—No pasó absolutamente nada. —Procuré que mi tono fuera estable para evitar sonar como una niña de cinco años que se ha hecho pis en la cama después de asegurarle a su madre que no, que no necesitaba ir al baño antes de acostarse.

—Lo que he oído por ahí —Tisha me apuntó con una empanadilla de cangrejo— es que tú y Eli Killgore estabais abrazados en el suelo de la cámara de humedad, dándoos un apasionado revolcón.

Jay y su increíble incapacidad para cerrar el pico. Sin duda, hasta el tío que venía a rellenar las máquinas expendedoras una vez a la semana se había enterado de los sucesos de ese día. El grupo de WhatsApp de Kline al que nunca me molesté en unirme probablemente ya había encargado el *fan art*.

—No estábamos abrazados.

—Un revolcón *sin* abrazos. —Tisha se acarició la barbilla—. La trama se complica.

—Tampoco hubo revolcón. Estábamos buscando la punta de una pipeta.

Puso cara de decepción.

—Una pena, la otra versión era más divertida.

—Eres una mujer adulta, Rue. —La voz de Florence era tierna y comprensiva, pero se le notaba un deje de desagrado que era incapaz de ocultar—. No tienes que justificarte.

—Eso si obviamos el hecho de que tuvo lugar en un laboratorio y, por lo tanto, se podía considerar un comportamiento muy poco profesional que llevaría a Recursos Humanos a someterte a años de formación adicional sobre acoso sexual. —Tisha dio otro bocado y yo la señalé con el tenedor.

—El año pasado saliste con ese hombre del departamento jurídico y follasteis en al menos tres salas de reuniones.

—Mmm, qué rico está esto —respondió ella mientras seguía masticando el tofu.

—Creo que prefiero no enterarme de los abundantes actos de fornicación que tienen lugar en mis laboratorios.

—Florence parecía dolida—. De verdad, Rue, no se me ocurriría decirte a quién puedes… Eres libre de hacer lo que quieras con quien quieras. —Su tono seguía teniendo un matiz de dolor y preocupación—. Pero…

—Podría ser tu momento Mata Hari, Rue —añadió Tisha.

—¿Mi qué?

—Esa espía sexy de la Primera Guerra Mundial. ¿O era de la Segunda? ¿O del saqueo de Roma? La historia no es lo mío. Lo que quiero decir es que podrías acostarte con Eli a cambio de información.

—Eso es *muy* poco ético. —Florence negó con la cabeza riéndose. Yo ya estaba dispuesta a dejar atrás ese asunto, pero entonces añadió—: Deberías tener cuidado, Rue. Por la clase de persona que es.

—¿Qué quieres decir?

—Bueno. —Dio un sorbo de su *bubble tea* mientras ponía en orden sus pensamientos—. Eli y sus amigos son Harkness, y ya sabes lo que Harkness le está haciendo a Kline. Simplemente creo que cualquiera que se siente libre de apropiarse de lo ajeno sin consentimiento en un cierto contexto es posible que esté dispuesto a hacer lo mismo en otro.

Mis ojos se abrieron de par en par ante lo que esas palabras insinuaban. ¿De verdad Eli sería capaz de…?

—¿Por qué fue a verte? ¿Quería saber algo en particular? —preguntó Florence.

—Solo un resumen de mi proyecto. Información genérica sobre Kline que podría haber encontrado en internet o preguntando a literalmente cualquier otra persona. —Pero, no obstante, había acudido a mí. Y horas después aún lo tenía metido en la cabeza, como un zumbido, como si mi cerebro quisiera aferrarse a los mejores fragmentos de él.

La forma en que tiraba del dobladillo de su camisa para limpiarse las gafas.

Su gran mano alrededor de la mía.

El afán adquisitivo de sus ojos.

Y luego la interrupción de Florence. Su cara de estupefacción y dolor al vernos juntos. Eli empeoró las cosas porque se la quedó mirando desafiante hasta que ella desvió la mirada. Retroceder era un comportamiento tan poco propio de Florence que no le encontraba sentido, igual que tampoco entendía por qué Harkness se paseaba por Kline como si fuera el patio de su casa.

Y hacía unas horas había decidido averiguarlo.

Después del trabajo había abierto la aplicación de citas y me había desplazado por los perfiles de aquellos hombres en busca de alguien que no fuera Eli. Al final me había dado por vencida sin haber llegado a hablar con nadie. Me sentía mal, era algo primario e instintivo, como un cosquilleo persistente, una sensación de que me estaba olvidando de algo, como empezar un libro nuevo antes de terminar el que ya había sacado de la biblioteca, algo que no me permitía pasar página todavía.

Así que había pasado a hacer lo que realmente me apetecía hacer: averiguar de dónde salía Eli Killgore. Y la investigación había dado sus resultados.

—¿Sabíais que Minami Oka se sacó un doctorado de Ingeniería Química en la Cornell? —pregunté—. También estudió en la Universidad de Texas un tiempo.

Tisha ahogó un grito.

—No jodas.

—¿Te lo ha contado Eli? —preguntó Florence. Sonaba un poco alarmada. Tal vez ante la idea de que hubiésemos tenido una charla sobre cosas banales. O tal vez ante la perspectiva de ser invitada, dentro de tres meses, a una ceremonia junto al lago en la que todo el mundo tendría que ir descalzo y yo me casaría con el tío que le había robado el trabajo de toda su vida.

Incluso le podría pedir que la oficiara.

—No. Lo he encontrado todo en internet.

—¿Minami estaba en la UT cuando nosotras estudiábamos ahí? —quiso saber Tisha.

—No estoy segura. En su perfil pone que se formó ahí, pero no consta en qué años. —Miré a Florence—. ¿Coincidió contigo cuando dabas clases allí?

Se quedó pensativa unos segundos.

—No me acuerdo. Era un departamento grande y han pasado muchos años. Si ella era estudiante de grado en ese momento… Es que tenía a tantos alumnos…

—Demasiados —murmuró Tisha en tono sombrío. Estaba teniendo *flashbacks* de sus años como profesora adjunta.

—Eli parece saber moverse en un laboratorio —añadí. A pesar de haberse especializado en Economía en la Universidad Estatal de St. Cloud, no tenía un máster en ADE, lo cual me parecía extraño. Pero ¿qué sabía yo de los estudios necesarios para fundar una empresa de comecocos cuyo único propósito era zamparse a otras empresas como si fuesen puntitos amarillos?

—¿En serio? —Tisha tenía curiosidad.

—Más que algunos de los estudiantes de Ingeniería que tuve en la UT, seguro.

—Bueno, no hace falta correr mucho.

—Rue —intervino Florence para cambiar de tema—, ¿alguna novedad con la patente?

—Seguimos pendientes de presentar la solicitud la semana que viene. —Esbocé una pequeña sonrisa—. Me sugirieron que recopilara un par de datos más en un entorno de humedad. Aparte de eso, vamos muy bien.

La sonrisa de Florence fue mucho más grande que la mía.

—Avísame si te puedo ayudar en algo.

—¿Y si soy yo la que necesita que la ayudes en algo? —preguntó Tisha.

Los ojos de Florence mostraron preocupación.

—Si hay algo que…

—Galletitas Nutter Butter en las máquinas expendedoras. Llevo siglos esperando.

Me metí la judía verde en la boca y, mientras Tish y Florence discutían sobre qué tentempiés eran mejores que otros, me obligué a disfrutar del resto de la velada.

9

SERÁS CALZONAZOS

ELI

Había perdido la cabeza esa mañana, y la cosa no había salido muy bien que digamos.

Más bien había acabado fatal.

Cuando se subió al coche para reunirse con Rue en Kline, no tenía intención de acercarse a ella. Pero su presencia física le resultaba embriagadora y un poco hipnótica. La habitación era pequeña y ella olía de maravilla, a recién duchada, a soluciones amortiguadoras, a algo dulce y personal, y a ella por encima de todo.

No había sido la decisión más acertada de Eli.

Sin embargo, ahora ya podía contenerse. Su negativa había enfriado las cosas lo suficiente como para hacerle entrar en razón, y se sintió muy aliviado de no tener la tentación de ir hasta su casa solo por el privilegio de hacer algo espantoso como... mirar fijamente las oscuras ventanas que daban a su balcón y obligarse a sí mismo a *no* masturbarse salvajemente, por ejemplo.

Distancia. Necesitaba alejarse de ella de forma espacial, temporal y física, y estaba decidido a conseguirlo.

—Buen chico —le dijo a Tiny cuando le trajo un palo que Eli no había lanzado. Entonces sí, lo lanzó, y sonrió con cariño cuando Tiny corrió en la dirección que no era para ir a buscarlo.

He aquí mi mejor amigo del mundo mundial, damas y caballeros.

Como si fuera consciente de que un perro que necesitaba tomar medicamentos caros solo para que le cortaran las uñas lo había destronado, Hark eligió ese momento para devolverle la llamada perdida a Eli.

—¿Qué pasa? —preguntó.

El sol estaba a punto de ponerse, pero el calor sofocante seguía atacando cada célula de su cuerpo y el parque para perros estaba infestado de mosquitos. Tiny abandonó su búsqueda y empezó a olfatear el rastro que habían dejado otros perros. *Pipistas,* como las llamaba Maya, y al final Eli también había empezado a pensar que era una buena forma de describirlas.

A lo mejor sí que estaba pasando demasiado tiempo con su hermana.

—¿Eli? —insistió Hark.

—Perdona. —Se secó el sudor de la frente—. Tengo novedades. ¿Qué quieres primero, la buena o la mala? —preguntó Eli.

—¡Odio que hagas eso! —gritó una voz a través del móvil, más débil que la de Hark.

Eli sonrió.

—Hola, Minami.

Oyó que se acercaba al teléfono y, cuando volvió a hablar, sonaba mucho más cerca.

—Si sé que me esperan malas noticias, me es imposible disfrutar de las buenas. Lo mejor en estas situaciones es contarme la buena, permitirme cinco minutos de felicidad y luego decirme la mala. ¿Cuántas veces voy a tener que explicártelo?

El «Cientos, al parecer» que se escuchó de fondo en tono seco era típico de Sul.

—En mi defensa diré —se excusó Eli— que no sabía que estabas ahí. Ni que me habían puesto en altavoz sin preguntar antes. Podría haber soltado una confesión de asesinato.

—¿Esa es la buena noticia?

—No. —Suspiró—. Kline ha cumplido y me ha dado acceso a los documentos que les pedimos: finanzas, impuestos, inventario, cuentas, todo.

Hubo una pausa.

—Me sorprende —dijo Hark.

—A mí al principio también. Hasta que… Me dispongo a entrar en el territorio de las malas noticias, aviso. Hasta que he empezado a revisarlos. Son todo copias físicas, aproximadamente doce palés de papel. Si un becario compró una ensalada Cobb hace seis años, te garantizo que hay un informe de doce páginas sobre el retrogusto que tenía el queso azul que llevaba. He preguntado a los de contabilidad si tenían archivos digitales y me han mandado a la mierda de una forma muy cortés. Nuestro departamento legal está contactando con los asesores de Kline, pero es probable que Florence haya dejado de hacerles caso. Tendremos que pedir mediadores.

—Enterrarnos entre papeleo. Un clásico —murmuró Hark—. De puta madre.

—Harían falta diez personas trabajando durante semanas para revisar todo, averiguar si se ha incumplido alguna de las cláusulas del contrato y verificar si hay una justificación para hacernos cargo de Kline. No puedo asegurar que sea para ocultar algo, pero no hay duda de que es un intento deliberado de ganar tiempo. Mi teoría es que...

—¿Qué?

—No tengo pruebas, pero sí una corazonada de que Florence está tratando de ganar tiempo mientras contacta con otros inversores para conseguir el capital que le permita saldar la deuda con nosotros antes de que podamos descubrir qué ha incumplido. Porque sabe que, en cuanto la pillemos in fraganti, la tecnología del biocombustible será nuestra.

Hark soltó un par de improperios en voz baja. Sul gruñó.

—Por casualidad no tendrás más buenas noticias, ¿no? —preguntó Minami—. Para no dejarnos con este mal sabor de boca.

—Ya sabes que no, he avisado por adelantado. ¿No te alegras de haberte podido preparar con tiempo?

—No.

—Bueno, el proyecto de recubrimiento microbiano de Rue Siebert podría considerarse una buena noticia. Está en una fase muy avanzada y tiene buena...

—Serás calzonazos —murmuró Minami, y él no se molestó en replicar.

Le gustaba Rue. Su actitud de no me cuentes cuentos, su forma de hablar, la manera en que el aire a su alrededor siempre parecía volverse de un color más oscuro y serio, la sensación constante de que algo se cocía a fuego lento bajo esa superficie inmóvil.

Su cuerpo.

«Creo que no me gustas como persona.»

No es que Eli fuera una de esas personas que necesitan complacer a todo el mundo ni de las que se ponen cachondas cuando les dicen cosas humillantes. A diferencia de Hark, tampoco era alguien a quien le gustara especialmente contradecir a los demás. Cuando a la gente…, no, cuando a las *mujeres* no les caía bien, no tenía problema en dejarlas en paz. Así que esta vez no sabía qué hacer con ese impulso, esa necesidad de hacer cambiar de opinión a alguien.

A Rue Siebert.

Puede que lo mejor fuera ignorarlo. Dejar que se pudriera dentro de él. Seguro que eso era muy saludable.

—¿Cuánto tiempo estiman los abogados? —preguntó Minami.

—Semanas.

—Mierda. ¿Hay alguna otra manera de…?

—La junta —interrumpió Hark—. ¿Qué pasa con la junta de Kline? Puede que ellos se pongan de nuestra parte y la obliguen a entregar los documentos. Su posición está por encima de la de ella.

—Pero Florence eligió a dedo a los miembros de la junta —señaló Minami—. Lo investigué en su día, ¿te acuerdas? Le son todos muy leales.

—Excepto una persona —respondió Hark.

—¿Quién? —preguntó Eli. Tiny galopaba de vuelta hacia él, por fin satisfecho con sus exploraciones.

—Eric Sommers. Fui a jugar al golf con él el fin de semana pasado y... —Eli hizo una mueca de asco. Al otro lado de la línea se escuchó un profundo «puaj»—. ¿Qué pasa?

—¿Qué tal si intentas...? —Minami suspiró.

—¿Si intento qué? —preguntó Hark a la defensiva.

—No sé, ¿no lanzarte de cabeza a cumplir con el estereotipo del ejecutivo que trabaja en fondos de inversión?

—Joder, me gusta el golf. Es un buen deporte.

Todos imitaron el sonido de unas arcadas y se oyó un ruido de fondo, como si le hubiesen lanzado algún objeto. Eli se quedó mirando el rabo que Tiny meneaba alegremente y se sintió complacido ante la evidencia de que su compañía era mejor que la de sus amigos. Si dejara a Tiny a solas con el equipo de golf de Hark, o bien se lo comería, o bien se cagaría encima.

—Podéis meteros vuestros prejuicios sobre este deporte por el culo...

—Eli, ¿crees que deberíamos meternos un poco con él?

—No nos queda otra.

—... porque Sommers me ha invitado a su fiesta de jubilación.

—¿Dónde?

Silencio.

—En el club de campo donde jugamos —admitió Hark a regañadientes.

Más sonidos de arcadas. Eli se frotó los ojos, preguntándose si era necesario hacerle una intervención a su amigo.

—Escuchad, capullos —gruñó Hark—. Vamos a ir a la fiesta e intentaremos convencerle de que hable con Florence.

—Sigue siendo solo una persona —objetó Minami—. ¿Cambiaría algo?

—Se codea con otros miembros de la junta. Y dentro de nada va a tener mucho tiempo libre. —Hizo una pausa en la que Eli se lo imaginó encogiéndose de hombros—. No digo que sea infalible, pero él fue uno de los primeros inversores. Puede que también le vaya bien para sus intereses.

—Claro. Una vez más, no tenemos nada que perder —concedió Minami—. Aunque Sul y yo nos vamos a Atlanta mañana por la mañana. Toca echar un vistazo a cómo va Vault. Acaban de cerrar el primer trimestre.

—Eli puede ser mi acompañante.

—Fantástico. —Eli suspiró y se frotó los ojos—. Me encantan los clubs de campo y oír tiros en medio de la noche.

—Te recojo a las siete. Ponte algo bonito.

Eli colgó y se inclinó para rascarle la cabecita a Tiny. Ese era el inicio del largo y tedioso proceso de engatusar a su perro para volver a casa. Pasar la noche charlando con un viejo rico que creía que acertar agujeros era una actividad digna no estaba entre sus veinte mejores planes para un viernes, pero así al menos podría olvidarse de Rue un rato.

10

ACABEMOS CON ESTO DE UNA VEZ POR TODAS

RUE

Mi idea de un buen plan de viernes noche solía incluir patinar, quedar con Tisha o dormir, y aunque no me emocionaba la idea de acompañar a Florence a un evento en el que era poco probable que hubiera nada de eso, la fiesta tenía un punto a favor: había que llevar ropa formal, y yo siempre agradecía la oportunidad de vestirme elegante.

Las grandes reuniones sociales repletas de gente con la que no estaba familiarizada eran como planetas jovianos produciendo un suministro infinito de combustible para pesadillas, pero al menos esa me permitió usar ropa que tenía olvidada en el fondo del armario y lucir un maquillaje currado (como tenía práctica con las pipetas, mi pulso a la hora de delinearme los ojos era impecable). Por mucho que me asombrara la costumbre de Tish de presentarse en el laboratorio con una sofisticación propia de la Gala del Met, yo no era capaz de esforzarme tanto a diario, y mucho menos antes de las once de la mañana. Cuando quedaba con los hombres de las aplicaciones, rara vez me molestaba en maquillarme o ponerme prendas bonitas, consciente de que la ropa me la iban a quitar pronto y de que nadie quería irse a casa manchado de maquillaje. Eso significaba que la mayoría de mis vestidos elegantes me encantaban pero no los usaba, y solo iban a tener la oportunidad de lucirse para la boda de Tisha, ya que ella era el tipo de persona que aspira a celebrar tres fiestas de compromiso y un puñado de cenas de ensayo pero a la que le da igual lo que se ponga su dama de honor.

Y para fiestas como la de esa noche.

—Estás preciosa —me dijo Florence cuando me subí a la parte trasera del Lyft, y me acarició la tela brillante del vestido verde (¡y con bolsillos!) que había escogido.

—Tú también. Tengo la sensación de que debería haber alguna justificación cromática para que a las pelirrojas os siente mal el rosa, pero es todo lo contrario.

Se rio.

—Por eso eres mejor acompañante que mi ex.

—¿Porque te digo que desafías la teoría del color?

—Por eso y porque no te acuestas con mi contable, espero.

Cuando conocí a Florence, estaba casada con un tipo llamado Brock que trabajaba en un banco. Llevaban juntos toda la vida y, según Tisha, era «un pibón madurito y canoso». Personalmente, yo siempre lo había considerado un pedazo de imbécil indigno de raspar la suciedad de las juntas del suelo de un baño público. Odiaba su humor descarado de vendedor de coches, que presumiese de ser quien le decía a Florence cómo dirigir Kline y la forma en que a mí me miraba el pecho y a Tisha las piernas cada vez que Florence nos invitaba a su casa, como si fuéramos trozos de carne, unas meras alitas de pollo que le habían traído a domicilio para su disfrute. Me sentí aliviada cuando se divorciaron, porque Florence se merecía algo mejor.

Por otra parte, siempre me mostraba demasiado protectora con mis amigas, quizá porque tenía muy pocas. Como cuando teníamos diecisiete años y Cory Hasselblad le puso los cuernos a Tisha porque ella no quería acostarse con él: rocié el contenido de una botella de kétchup Heinz en su taquilla a través de la rejilla. O en la universidad, cuando llené dos bolsas de basura con las pertenencias del ex de mi compañera de piso después de que ella lo pillara robándole dinero. Mis poquísimas amigas eran las mejores personas que conocía, y yo estaba dispuesta a cortar cuellos. O, como en una memorable ocasión, a pinchar neumáticos.

—¿Tienes planeado repetir la experiencia? —le pregunté a Florence. El aire acondicionado del coche luchaba contra el calor del verano. El sol estaba a punto de ponerse, aunque eso tampoco daría ninguna tregua, y el centro de Austin ya llevaba horas bullendo. No tenía ni idea de adónde nos dirigíamos, solo sabía que sería un lugar ostentoso.

—¿Cuál? ¿Acostarme yo con mi contable?

—Salir con alguien. Volver a casarte.

Se rio.

—¿Después de todo lo que he tenido que soportar para deshacerme de Brock? No, gracias. Si me siento sola, adoptaré un gato, como Tisha. ¿Se ha quedado con él en casa esta noche?

—Creo que está con Diego, el técnico. Aunque es muy posible que Bruce también les esté haciendo compañía.

—Tiene pinta de que esta noche se van a desmelenar.

—Me miró de reojo—. ¿Y tú? ¿Vas a volver a salir con alguien?

Un destello de Eli Killgore me inundó el cerebro y lo aparté con la vehemencia que merecía.

—Técnicamente…

—Técnicamente, no sería volver a salir, porque en realidad nunca has salido con nadie…

—Correcto. —Me encogí de hombros mientras el coche reducía la velocidad. Interactuar con los demás no solo era un reto para mí; el sentimiento era mutuo.

«¿Por qué estás siempre tan callada?»

«Si sonrieras más, la gente no pensaría que te cae mal todo el mundo y querrían pasar más tiempo contigo.»

«Ojalá fuera tan fría como tú. Me encanta que te la sude todo.»

De pequeña, había sido una niña rara, y luego pasé a ser una adolescente rara. Al final me había convertido, inevitablemente y como consecuencia directa, en una adulta rara. Con Tisha había sido muy fácil —«¿Quieres saltar a la comba conmigo?», me preguntó cuando íbamos a primero de primaria, y el resto vino solo—, pero, por muy agradecida que estuviera con mi mejor amiga, ella también era un recordatorio constante de lo que yo nunca podría llegar a ser. Tisha era inteligente, extrovertida, estrafalaria e imperfecta de una forma que todos consideraban divertida. Yo era rara. Daba mal rollo. Era demasiado torpe o demasiado retraída. Repelente. Había susurros, risitas y una evidente falta de invitaciones por parte de la misma gente que adoraba a mi mejor amiga. Tisha nunca había preferido a los demás antes que a mí y nunca había dudado en mandar a la mierda a los que eran abiertamente bordes conmigo. Pero ambas sabíamos la verdad: la gente me resultaba inexplicable e interminablemente difícil. Así que, mientras que Tisha tenía novios, amigos, notas altas y un futuro prometedor, yo me centraba en el patinaje artístico y en la débil esperanza de largarme de Texas cuanto antes.

Y así fue, me largué, y aunque estar con otros humanos no fue más fácil en la universidad, me di cuenta de que existía un tipo de interacción social que se me daba de maravilla. Puede que me costara mantener una conversación fluida o que fracasara a la hora de transmitir el tipo de cordialidad que hacía que los demás quisieran estar en mi órbita, pero algunas personas se acercaban a mí. Hombres, en su mayoría, con algo muy específico en mente, algo que descubrí que yo también disfrutaba. No me importaba que quisieran usar mi cuerpo siempre y cuando yo pudiera usar el suyo.

Era lo justo, pensaba.

Conforme pasaba de la carrera al máster y después a las prácticas del doctorado, conocer a gente nueva de forma orgánica se fue volviendo más difícil. Además, muchos hombres de mi edad parecían estar buscando algo más. Poco después de empezar a trabajar en Kline, eché un polvo bastante mediocre con otro jefe de equipo de la empresa y me quedé confusa cuando al día siguiente me envió un correo electrónico invitándome a cenar.

Debo de haber mejorado a la hora de ocultar mi forma de ser, pensé. Me permití imaginar brevemente que aceptaba la invitación, y las escenas pasaron por mi cabeza como una película. Yo, desesperada por mantener la apariencia de ser una persona atractiva y despreocupada en vez de un cúmulo de neurosis enfundadas en una bata de laboratorio. La consternación que sentiría cuando mi capacidad de fingir se agotara. Su decepción después de que se me cayera la máscara y mostrara lo socialmente inepta y desastrosa que era. El potencial de daño era infinito, y ni siquiera me gustaba ese tío.

Limitarme a las aplicaciones de citas y evitar repetir con nadie parecía la mejor estrategia.

—¿Este es el sitio? —le pregunté a Florence cuando el Lyft se detuvo frente a un edificio de aspecto señorial.

—Sí. No nos quedaremos mucho rato, solo hay que hacer acto de presencia. Tiene el ego sensible, y, si no hubiese venido, se habría dado cuenta.

—Tranquila, yo no tengo prisa. Buscaré un buen rincón y te esperaré ahí.

Florence me apretó la mano que tenía apoyada en el asiento de cuero.

—Me cuidas mucho.

—Tú haces lo mismo.

Nunca había estado en esa parte del lago Austin, pero reconocí el nombre del club por algunas de las campañas benéficas a las que mi madre nos llevaba de pequeños para comprar ropa usada y material escolar. Era uno de esos sitios lujosos frecuentados por gente a la que le encantaban los acuerdos prenupciales y saludarse con dos besos al aire, donde la gente como yo solo debía poner un pie en ocasiones selectas y por motivos filantrópicos. Divisé un atril en la entrada y, encima de un cuadro que podría haber sido la foto de archivo de un banquero especialista en inversiones, las palabras «Feliz jubilación, Eric» en caligrafía manuscrita. Florence firmó en el libro de visitas, pero yo hice como si no lo hubiese visto.

La recepción estaba abarrotada de trajes y vestidos de noche. Una pequeña banda se preparaba para empezar a tocar y los camareros se movían entre la multitud, llevando grandes bandejas de bebidas y aperitivos. Se me revolvió el estómago ante la idea de comer algo en medio de toda aquella gente.

—Ahí está Eric —dijo Florence señalando hacia donde estaba la foto de archivo—. Te lo presentaré. Te dirá: «Eres demasiado joven y guapa para estar todo el día en un laboratorio» o alguna gilipollez por el estilo. Te pido perdón por adelantado.

No fue eso lo que me dijo, sino que «si hubiera sabido que había ingenieras tan guapas», quizá habría «cambiado de carrera». Como les tenía aprecio a Florence y a Kline, le sonreí con amabilidad y no mencioné que le habría denunciado por acoso sexual a la mínima. Con los tacones que me había puesto rozaba el metro ochenta, y me deleitaba con su evidente incomodidad cuando tenía que estirar el cuello para soltar esas chorradas.

Mientras él y Florence charlaban, yo eché un vistazo a mi alrededor, intentando disimular el aburrimiento. Entonces el tono de Sommers se transformó en uno de grata sorpresa.

—¡Ah! ¡Mirad a quién tenemos aquí!

Al girarme me encontré con Conor Harkness y el corazón me dio un vuelco.

—¡Eso mismo digo yo! —Su sonrisa era encantadora.

Tenía un ligero acento (irlandés, según Tisha, que había pasado un verano en Dublín gracias a una beca de investigación). Mi primera impresión de él había sido la de alguien unos años mayor que Eli, pero ahora que lo estudiaba de cerca, me di cuenta de que solo tenía canas prematuras. Tenía una presencia magnética, algo que notaba incluso sin ser víctima de su atracción. Los hombres y las mujeres que nos rodeaban se volvían para mirarlo y se quedaban observándolo, pero él parecía acostumbrado a provocar ese tipo de efecto.

Sommers y él se abrazaron como si fueran padre e hijo, algo que podría haber sido creíble, dada la energía de hombre blanco con dinero que veranea en Nueva Inglaterra que ambos transmitían.

—Señoras, este es Conor Harkness, un amigo de la familia. —Sommers sonrió mientras hacía las presentaciones—. Me alegro de que hayas venido, Conor. ¿Conoces a Florence Kline y a...? —Me miró con cara de confusión. Había olvidado mi nombre.

En vez de ayudarlo, me quedé callada. *Venga, Eric. Pensé que teníamos algo especial.*

—Em, ¿era Rose...?

—Rue —dijo una voz profunda y familiar al lado de Conor—. Doctora Rue Siebert.

Mis pulmones colapsaron y se volvieron de hormigón.

136

—Ah, perfecto. —Sommers se frotó las manos—. Veo que ya os conocéis.

—Puede que usted sea el extraño aquí, señor. ¿Conoce a Eli Killgore? Es socio de Harkness.

Estaba ahí. De pie. Enfrente de mí.

—No, un placer conocerte, hijo. ¿Por casualidad juegas al golf?

—Soy más de hockey —respondió Eli con tono afable y un acento sureño bien marcado.

Bajo aquella tenue luz, sus ojos parecían tan oscuros como los míos. No podía apartar la mirada de él.

—Tienes toda la pinta. —Sommers admiró sus hombros anchos bajo el traje de tres piezas—. Soy de Wisconsin y también solía jugar. Luego me hice viejo y claro…

—Le entiendo perfectamente. Antes me metía a pelear con uñas y dientes sobre la pista de hielo y al día siguiente volvía a jugar como si nada. Después cumplí los treinta, y ahora me duele la espalda incluso antes de levantarme de la cama.

La carcajada que soltó Sommers fue genuina. Conor Harkness era hábil y poderoso, y tenía un punto despiadado pero a la vez sofisticado que estaba claramente destinado a atraer el lado rico de Sommers. Eli, en cambio, era un tipo duro. Un hombre sencillo y agradable que sabía utilizar herramientas eléctricas, rescataba gatitos de casas en llamas y conocía las estadísticas del mercado de fichajes de la NFL. Era atractivo por otras razones.

Sospechaba que habían estado perfeccionando la dinámica durante años. De hecho, estaba dispuesta a apostar mi patente en ello.

—Esto te va a doler —dijo Harkness, serio de repente—, pero Eli jugó para el equipo de la St. Cloud.

—Los Huskies. —Sommers negó con la cabeza—. Yo soy de los Fighting Hawk.

Eli asintió pensativo.

—Señor, creo que esta conversación ha terminado aquí.

Sommers volvió a reír, encantado de la vida.

—Una cosa te voy a decir, hijo, los palos de hockey y los de golf no son tan diferentes. ¿Qué te parece si este domingo te enseño algunos movimientos?

Eli pasó la lengua por el interior de la mejilla mientras fingía considerarlo.

—Supongo que no puedo permitirme rechazar un enfrentamiento con un Hawk, ¿no?

—Desde luego que no.

Ese era el tipo de interacciones mundanas que me hacían sentir superflua y fuera de lugar, como si hubiera entrado por error al vestuario de hombres. No era más que una versión en color de los casposos clubs masculinos de antaño. A mi lado, Florence estaba olvidada. Yo ni siquiera había llegado a existir.

—Conor, tengo que presentarte a mi esposa. Te conté que nos quedamos en el resort de tu padre cuando fuimos a Irlanda, ¿verdad? Cenamos con él y su mujer un par de veces.

—Uf, si cenó *dos* veces con mi padre, desde luego que debo pedirle mis más sinceras disculpas a su esposa.

A mí aquello no me pareció que fuera una broma, pero Sommers soltó una carcajada. Florence emanaba una energía sanguinaria y asesina.

—Florence, usted tampoco ha conocido a mi media naranja, ¿verdad?

—No, todavía no —respondió con tono dulce. Estaba a punto de explotar.

—Vamos, entonces, o esta noche dormiré en la perrera. El otro día justo le hablé de Kline…

Se alejaron mientras Sommers divagaba, ajeno a la tensión que se había creado en aquel trío tan improbable, y, después de un momento eterno, nos quedamos a solas.

Eli y yo. Solos en una sala llena de gente.

El traje de tres piezas color carbón le quedaba agresivamente bien, y no solo por cómo estaba confeccionado. La línea recta que formaba su nariz, los rizos del pelo, la inclinación de su frente…, tenía un algo que combinaba y realzaba esa clase de atuendo. Por algún motivo, él se sentía tan cómodo en ese entorno como lo había estado en mi laboratorio.

A este hombre no hay quien lo entienda.

Se acercó y me miró directamente a los ojos.

—Bueno —dijo con su voz profunda y tranquila, y yo no respondí porque… ¿qué iba a decir?

Bueno.

¿Fuiste a la universidad con una beca deportiva?

Ojalá nunca te hubiera mandado un mensaje en esa puñetera aplicación.

Vestido así, pareces diferente. Menos como mi *Eli y más como el tipo de persona que…*

Mi Eli. ¿En qué coño estaba pensando?

—¿Qué haces tú aquí? —le pregunté.

Suspiró. Un camarero se detuvo para ofrecernos vasos de… algo. Eli cogió uno, me lo tendió y se lo bebió de un trago cuando negué con la cabeza.

—Lo mismo que estáis haciendo tú y tu jefa. Engatusar a un miembro de la junta de Kline. Fantástico.

—¿Sabías que íbamos a estar aquí?

Hizo una mueca.

—A pesar de la impresión que tienes de mí, no lo sé todo. —Sus ojos empezaron a bajar por mi cuerpo, siguiendo los brillantes destellos de la tela verde. Parecieron recobrar el sentido a medio camino y volvieron a centrarse de golpe en mi cara.

No podíamos quedarnos ahí, en medio de una habitación abarrotada, mirándonos en silencio.

—¿De verdad vas a jugar al golf con él? —le pregunté.

—Es probable. A menos que la Virgen María se le aparezca a Florence en un sueño febril y le ordene que nos entregue los documentos que necesitamos.

—Creo que es atea.

—Pues a jugar al golf se ha dicho. También podrías intentar convencerla tú.

—¿Yo?

—¿Por qué no, si Kline no tiene nada que ocultar?

Solté un leve resoplido.

—¿Por qué iba a hacer tal cosa?

—¿Para librarme de tener que jugar al puto deporte más absurdo del mundo?

Sonreí. Luego la gracia se disipó.

—Es un asqueroso.

—¿Quién?

—Sommers.

—Sí. La mayoría de los hombres de su edad y con ese poder lo son.

—Eso no lo excusa.

—No —coincidió Eli con el tono de alguien que no está seguro de por qué le están sermoneando—. Créeme, quiero verlos arder en llamas tanto como tú.

—¿Seguro que no eres uno de ellos?

Varias emociones pasaron por su rostro, demasiado rápidas para descifrarlas. Entonces empezó a hablar, sin prisa:

—Mi madre tenía un precioso anillo de plata, una de esas piezas de valor incalculable que las mujeres de mi familia habían heredado de generación en generación. Cuando ella murió, me quedé con el anillo y lo guardé. Tenía pensado dárselo a mi hermana cuando fuera lo bastante mayor. Pero entonces, poco tiempo después, ella se moría de ganas de irse de viaje con sus amigos, y yo… no tenía dinero para pagárselo, así que me dije: «Fácil. Empeñaré el anillo y devolveré el préstamo a tiempo para que no lo vendan». —Su sonrisa era lúgubre. Ya sabía cómo acababa esa historia—. Unos meses más tarde, mi hermana sacó el tema del anillo. Me preguntó si sabía dónde estaba. Y yo fingí no tener ni idea de a qué se refería.

Miré esos ojos abiertos e impávidos y deseé poder preguntarle: «¿Cuántos años tenías?», «¿Cómo murió tu madre?» y «¿Por qué sigues haciendo esto de confesar tus peores acciones ante mí y compartir las partes más vulnerables de ti?». En vez de eso, lo que hice fue confesar algo yo también. Algo terrible:

—Cuando tenía once años, robé treinta y cuatro dólares con cincuenta centavos de un cajón de la casa de mi mejor amiga. —Me obligué a sostenerle la mirada a pesar de la vergüenza, igual que él había sostenido la mía—. Nunca escondían nada porque confiaban en mí. Me trataban como si fuera de la familia. Y yo les robé.

Él asintió, y yo asentí, un acuerdo tácito de que ambos éramos personas horribles contando historias terribles. Habíamos dejado caer las máscaras y ahora ambas yacían destrozadas a nuestros pies, pero así estaba bien.

Estábamos bien.

Entonces la banda empezó a tocar y lo que había entre nosotros se rompió. Eli recuperó su actitud amistosa por defecto mientras las notas ronroneaban con suavidad, dando forma a algo relajante que encajaba a la perfección con la anodina reunión. Varias parejas empezaron a moverse.

—Deberíamos bailar —propuso Eli. Nada indicaba que estuviese bromeando.

—¿Deberíamos? ¿Por qué?

Se encogió de hombros, y de pronto parecía perdido, tan fuera de lugar como siempre me sentía yo cuando estaba con él.

—Porque me gusta tu vestido —dijo. Y aquello no tenía sentido. Se me ocurrió, por primera vez desde nuestro encuentro hacía tres noches, que tal vez a él tampoco le gustaba esto. Tal vez él también estaba luchando desesperadamente contra esa inexplicable atracción entre nosotros. Tal vez estaba teniendo tanto éxito en su hazaña como yo—. Porque me gustas. Como persona. —Sus ojos adoptaron un cariz juguetón y afectuoso de repente—. Aunque yo no te guste a ti.

—No me conoces —señalé.

—No. —Me ofreció la mano. *Pero quiero tocarte,* parecía decir aquel brazo extendido. Cuando nuestros dedos se encontraron, la electricidad que vibró entre nosotros me dio una sensación de alivio y, a la vez, de caída libre.

—Está bien.

No pegó mi cuerpo al suyo, y me alegré, pues no estaba segura de poder soportar tanto contacto. Mi vestido era de manga larga y me cubría la espalda, lo cual significaba que había pocos puntos de posible contacto piel con piel. Aun así, me envolvió la mano con la suya y, cuando me recorrió la columna vertebral con su enorme palma, nuestras respiraciones se entrecortaron al mismo tiempo.

—No recuerdo la última vez que bailé —murmuré sobre todo para mí misma. Al menos la última que bailé así, claro. Apenas tenía relación con la música, solo era una excusa para que la gente se acercara más de lo apropiado.

—¿No sueles pasar los viernes noche haciendo un *tour* de cenas?

—¿Tú sí?

Soltó un chasquido con la lengua.

—Ya sabes qué me gusta hacer los viernes, Rue.

Encajábamos bien. Por nuestras alturas, probablemente. Notaba el olor de la piel de su cuello, limpia, con un toque especiado y algo un poco oscuro.

—¿De verdad quedas con una mujer distinta cada viernes por la noche? —Aquella idea me resultó inesperadamente desalentadora. Qué más me daba si...

—Disculpen —nos interrumpió alguien, y ambos dimos un pasito hacia atrás para recuperar la distancia que habíamos perdido. Era una mujer de mediana edad señalando la cámara que llevaba—. ¿Puedo hacerles una foto? Es para el álbum de jubilación del señor Sommers.

La idea de formar parte de la vida de Eric Sommers me despertaba una repugnancia visceral. A Eli también, al parecer.

—No querrás malgastar una foto con nosotros —dijo con tono amigable—. Ambos conocemos al señor Sommers de hace diez minutos. Sería un desperdicio de espacio.

—Ah. —La fotógrafa frunció el ceño y luego recobró la compostura—. Es que sois una pareja preciosa. —Se fue en busca de figurantes más receptivos y Eli me acercó a él una vez más.

—Tiene razón —murmuró.

—¿Sobre qué?

—Estás preciosa. —No sonaba muy contento de que así fuera.

—Es el vestido. Y el maquillaje.

—No. Qué va. —Sus ojos se detuvieron en mí y luego se apartaron.

No podía soportar ese silencio.

—Quizá hayamos molestado al dios de los ligues y ahora no dejará de juntarnos hasta que sacrifiquemos una codorniz en su altar.

—No creo que eso sea lo que quiere de nosotros —murmuró Eli en voz baja—. ¿Y por qué el dios de los ligues tiene que ser un tío?

—No estoy segura, la verdad.

Intercambiamos una mirada de diversión. Duró un poco más de lo que debía, y esa vez me tocó a mí apartar la mirada y cambiar de tema.

—¿Así que estáis intentando poner a la junta en contra de Florence?

—No.

—Lo has admitido hace un rato.

Cuando se encogió de hombros, sus deltoides se movieron bajo mis dedos. *¿Dolor de espalda? Una mierda.*

—¿Cuál crees que es el propósito de una junta? —me preguntó.

Había escrito a Nyota para hacerle esa pregunta aquella misma mañana, y había recibido una respuesta que *casi* no transmitía desdén. O quizá se debiese solo a que Nyota sonaba más simpática por correo electrónico.

—Supervisan. Toman decisiones estratégicas.

—Veo que te has informado. Muy bien.

—Bastante condescendiente por tu parte.

—No, es que... —Me miró sorprendido—. Lo siento, no era mi intención. Pero sí que es verdad que tenía la impresión de que no te interesaba nada relacionado con la administración de empresas. —No me gustó comprobar lo bien que me había calado. Yo estaba en el sector por la ciencia; los juegos de tronos no me interesaban—. Independientemente de lo que opines de Harkness —continuó en voz baja, flexionando la mano que tenía apoyada en mi espalda—, no se puede negar que los CEO también necesitan que haya gente con experiencia que los supervise.

—Kline es la empresa de Florence. Ella sabe lo que es mejor. La gente como Eric Sommers no tiene ni idea de ciencia.

—No, pero ya no se trata solo de Florence y de sus placas de Petri, ¿no te parece? Kline tiene trescientos sesenta y cuatro empleados.

—¿Y?

—Una mala decisión puede dejar sin sueldo a trescientas sesenta y cuatro familias.

No podía estar en desacuerdo con eso. Pero también conocía a Florence, cuyas acciones eran racionales y meditadas. Deseé que estuviera ahí para enumerárselas a Eli.

Como si la hubiera invocado, mi móvil vibró con la llegada de un mensaje.

—Disculpa —le dije mientras lo sacaba del bolsillo.

Florence: ¿Todo bien? Estoy atrapada con Sommers y su mujer. Por favor, dime que Eli Killgore no te está acosando.

Rue: Todo bien. Eli y yo solo estamos teniendo una conversación forzada.

Florence: Pon alguna excusa y aléjate de él. NO es de fiar.

Lo sé, pensé, y de repente sentí que hacía un calor sofocante en esa sala.

—Necesito un poco de aire —dije.

Eli señaló un lugar que yo no alcanzaba a ver y, al verme dudar, me puso la mano en la parte baja de la espalda para alentarme a andar y me guio con firmeza a través de la multitud hacia un balcón de piedra que daba a un pequeño patio, a una piscina y a lo que parecía...

—Un puto campo de golf —murmuró Eli.

Se me escapó una carcajada que me despejó la mente. La temperatura volvía a ser soportable, pues el aire fresco de la noche me acariciaba la piel. A través de las puertas de cristal, incluso la música parecía agradable. Me apoyé en la pared y levanté la cabeza para contemplar el cielo estrellado. Eli hizo lo mismo, pero apoyándose en la barandilla, de cara a mí. Parecía no estar pensando en nada, pero yo sabía que no era así, y entonces me vino a la mente su perfil en la aplicación.

«¿Fetiches?», preguntaba un recuadro, y él había respondido: «Negociables».

Me moría por saber más. Pero Florence tenía razón: no era de fiar.

—¿Tu hermano te ha vuelto a molestar? —me preguntó.

Negué con la cabeza.

—¿Tienes algún plan de contingencia en caso de que se presente en tu casa o en Kline o en tu gimnasio? —Su voz sonaba ronca. Como si deseara no haber preguntado pero no pudiese evitarlo.

—No me puedo creer que te haya dado la impresión de que soy de las que van al gimnasio. —Fue un intento cutre de hacer una broma, una de esas que habrían tenido buena acogida si ese fuera nuestro primer encuentro, pero su expresión se mantuvo seria. Era la de un supervisor de laboratorio estricto que exige saber por qué mi cultivo de bacterias se ha esparcido de repente por toda la ciudad—. Le he preguntado a una amiga que es abogada qué opciones tengo. Pero no, no tengo un plan.

—Pues piensa en uno —me ordenó. Y luego sacudió la cabeza, se masajeó los ojos y repitió con más suavidad—: Quizá deberías tenerlo.

—No es tan sencillo.

—Deberías tener a alguien a quien llamar si…

—¿Y si te llamo a ti? —solté de broma.

—Sí, por favor. No estoy de coña. Hazlo, por favor. ¿Quieres que te dé mi número ahora o…? —Se me quedó mirando, esperando una respuesta. Y entonces se le relajaron las facciones. La brisa pasó entre nosotros y él siguió mirándome y mirándome y mirándome.

Y mirándome más.

—Me inquieta cuando haces eso —dije en voz baja.

Giró la cabeza con la respiración acelerada.

—Lo siento. —Su nuez se movió al tragar saliva—. Me olvido de mirar otras cosas cuando estás cerca.

—Estoy segura de que yo hago lo mismo. —*De que siento lo mismo.*

Soltó una risa silenciosa.

—¿Te había pasado alguna vez?

Negué con la cabeza como respuesta instintiva, luego me obligué a frenar y pensarlo bien. Me había sentido atraída por otros hombres, pero tenía la sensación de que la atracción era una elección consciente por mi parte, un sentimiento que perseguir y alimentar. Algo genérico. Producto de la concentración y el empeño más que de esta corriente que parecía arrastrarme con regocijo.

—Así no. ¿Y a ti?

—A mí tampoco. —Sus largos dedos tamborileaban sobre la barandilla de metal con un ritmo que casi se podía definir como meditativo—. ¿Sabes qué me hace gracia? Que hace un tiempo estuve a punto de casarme.

—Ah. —Quise imaginar a la clase de mujer de la que alguien como Eli podría enamorarse, pero mi mente solo lograba conjurar rasgos vagamente seductores. Inteligente. Socialmente adepta. Una chica íntegra y agradable, dispuesta a domar ese hambriento trasfondo de impaciencia que él tenía. Alguien orgullosa de tener una buena cartera de inversiones, capaz de llamarle la atención con tacto en medio de una fiesta cuando se pasara hablando sobre su pasión por los deportes que lesionan el cerebro—. Perdona —le dije, y cuando soltó una risa suave, añadí—: No…, no pretendía hacerme la listilla. Pero «estuve a punto de casarme» implica que algo salió mal.

—Está claro que no funcionó, pero fue mejor así. Creo que ella también estaría de acuerdo. Lo que pasa es que, desde que te conocí, he estado pensando… —La frase se quedó a medias. Eli miró hacia las luces de la ciudad. Había algún que otro rascacielos.

—¿En qué?

—Me he intentado imaginar una realidad en la que ella y yo hubiésemos seguido juntos. Estoy con ella, la quiero, somos una familia, y… Y entonces te conozco por casualidad. Y esta cosa que hay entre tú y yo está ahí. —Sus ojos recorrieron el paisaje, luego se posaron en mí, contemplativos—. No puedo parar de pensar en lo trágico que habría sido. Para mí. Para ella. Nunca he tenido la tentación de ponerle los cuernos a ninguna de mis parejas, pero esta atracción… Sé que no podría evitar sentirla. Sé que no podría evitar tenerte en mi cabeza. ¿Es necesario rematar la faena para que se consideren cuernos? ¿Cómo afrontaría...? ¿Qué haría con esto?

Se señaló a sí mismo cuando dijo «esto», pero yo sabía que se refería a la energía gravitacional que había entre nosotros. Nos había atrapado a ambos.

—Creo que lo mismo que estamos haciendo ahora —respondí intentando parecer indiferente. No coló—. No va a pasar nada entre nosotros aunque no estés casado. Estás intentando apoderarte de la empresa de mi amiga. No puedo pasar algo así por alto.

—Ya.

Sin embargo, ¿y si esta química entre nosotros era una de esas cosas que solo pasan una vez en la vida? ¿Qué pasaba cuando elegías amar a una persona que no era la que te hacía sentir cosas que ponían toda tu vida patas arriba? Mi concepto del amor distaba mucho de estar idealizado, pero esto seguía pareciéndome un calvario.

Son solo imaginaciones tuyas, me dije, pero era mentira. Como mínimo, eran imaginaciones mías *y* suyas. Y ese habría sido el momento perfecto para que una anciana con un broche de ópalo viniera a interrumpir la conversación, porque Eli y yo empezábamos a estar absortos el uno en el otro, y una idea temeraria estaba brotando en mi mente, haciéndose más fuerte a cada segundo.

—¿Puedo probar una cosa? —pregunté en un tono apenas audible. Pero él me oyó perfectamente.

—¿El qué?

—Aún no estoy segura. ¿Puedo?

Otra vez esa media sonrisa.

—Adelante.

Me acerqué hasta que las puntas de nuestros zapatos casi se tocaron. Recordé el escalofrío que había sentido la otra noche, cuando me había puesto de puntillas y le había dado un beso en la mejilla. Seguro que el recuerdo estaba magnificando la realidad, así que solo hacía falta repetirlo para que se rompiera el hechizo.

Si alzaba la mano hacia su cara, así.

Y le recorría el pómulo con el pulgar.

Y le ahuecaba la mejilla recién afeitada con la palma.

Si lo tocaba durante unos segundos, o tal vez unos minutos, y, a pesar de notar el calor de su cuerpo, ver cómo se le oscurecía la mirada y experimentar esa sensación salvaje y abrasadora que me invadía…; si a pesar de todo eso conseguíamos volver a poner distancia entre nosotros, entonces…

Emitió un sonido gutural y me empujó contra la pared. Fue tan rápido que hasta me mareé, y si no me desplomé fue porque estaba sostenida por dos cosas: la piedra de la fachada y el fuerte cuerpo de Eli.

No me besó. En vez de eso, me puso la mano en la mandíbula y me pasó el pulgar por el labio inferior, lenta e inexorablemente. Tuve todo el tiempo del mundo para apartarlo, pero no pude evitar instarlo a seguir.

Eli.

Podrían vernos.

Pero, sea lo que sea lo que estás a punto de hacer, hazlo.

—Tu puta boca —murmuró— es la cosa más obscena y encantadora que he visto nunca.

El beso que siguió fue desatado y con la boca abierta.

Exhalamos el uno contra los labios del otro y, cuando mis manos se posaron en su nuca, Eli soltó un gruñido. Gemí al notar que se apartaba de mí, pero solo fue para poder buscar el hueco de mi cuello, el valle detrás de mi oreja.

—Mi único deseo es hacer que te corras. Y quizá también correrme yo durante el proceso. No pienso en otra puta cosa —soltó bruscamente. Me pellizcó la clavícula a través de la fina tela del vestido—. Pero estamos en lados opuestos de una puta adquisición empresarial, y parece que eso es mucho pedir.

Me perdí en el peso de su cuerpo contra el mío, en la forma en que me presionaba las caderas. Era un placer nuevo, diferente, y a la vez embriagador y estridente. Me metió la lengua en la boca y yo le correspondí, intentando recordar si alguna vez había sentido algo así.

—Es desconcertante. —Noté su cálido aliento contra mi mejilla—. Me he pasado las últimas setenta y dos horas pensando una y otra vez en que podríamos follar como quisieras. El rato que quisieras. En el lugar que quisieras. Accedería a todas y cada una de tus exigencias, y me lo pasaría tan bien que probablemente me arruinarías el resto de mi vida, y yo me quedaría ahí sentado, agradecido. —Dejó escapar una carcajada—. Rue. Es humillante lo mucho que te deseo. —Me acarició el pezón con el pulgar. Se me puso duro al instante y ambos nos fundimos en otro beso intenso y frustrado.

Porque esto no era suficiente.

—Si de verdad crees que para mí está siendo más fácil —jadeé—, que no tengo las mismas ganas que tú de…

—No. —Subió la mano por mi muslo, y con ella el vestido. Le temblaban tanto los dedos como a mí las rodillas—. Esto no es ningún juego. Ni para ti ni para mí.

Llegó a mi ropa interior, se detuvo y podría haber hecho... cualquier cosa. Lo que fuera. En ese momento, le habría dejado hacer lo que quisiera, le habría suplicado y ni siquiera habría sabido por qué. Deslizó el pulgar hacia el interior de mis muslos, rozó el algodón que me cubría el monte de Venus y descubrió lo húmedo que estaba. Expresó su satisfacción contra mi boca y, cuando encontró el clítoris, trazó un único y lento círculo sobre él. Apenas había hecho nada, pero el placer era tal que no podía evitar dejarme arrastrar. Quería acabar con esto. Y Eli también, lo que significaba que...

De repente, sentí frío. Eli había dado un paso atrás y estaba dando otro.

Temblando, miré cómo el vestido me volvía a caer sobre los muslos, y me sentí despojada.

—Aquí no —dijo negando con la cabeza, como si se estuviese quitando una neblina de encima. Mi pintalabios le había dejado marcas en la boca—. Y así no.

Se hizo el silencio entre nosotros. *¿Dónde, entonces? ¿Y cómo?* No lo pregunté en voz alta, pero él respondió de todos modos.

—Mañana —dijo con voz ronca. Se acercó y volví a sentir su calor. Me puso la mano en la mejilla con un movimiento involuntario y luego la apartó, como si tuviera miedo de lo que podía hacer. De su falta de control—. A las siete. En el vestíbulo del hotel. Ya sabes cuál.

Tragué saliva.

—No creo que…

—Entonces no vengas. Es tu decisión. —Estaba cerca. Esperaba que me besara de nuevo. *Necesitaba* que me besara de nuevo—. Pero, Rue, si vienes, acabaremos con esto de una vez por todas.

Apartó la mirada y volvió a entrar en el edificio.

Me quedé sola en el balcón, con la respiración entrecortada y las manos temblorosas en medio de esa brisa nocturna con aroma a jazmín.

11

NOS LO QUITAMOS DE ENCIMA
Y NOS OLVIDAMOS PARA SIEMPRE

ELI

No tenía ni idea de si Rue se presentaría.

Todos los indicios apuntaban a que no, pero el más obvio era que ella lo veía como un villano y un ladrón empeñado en robarle cosas a su mentora por el simple hecho de ser malvado. Y, sin embargo, por absurdo que fuera, Eli se las había apañado para mantener la esperanza hasta que fueron las siete y diez. En ese momento, en el mismo vestíbulo del hotel donde la había visto por primera vez, tuvo que enfrentarse a la realidad: por muy descontrolada que fuera la atracción que sentía por Rue, ella tenía la suya mucho más a raya. Y joder si la envidiaba.

El vaso con cerveza de barril aún estaba medio lleno y no tenía prisa por terminárselo. Como tampoco tenía ningún plan mejor que ese y, fuera a donde fuera, lo único que iba a conseguir era seguir pensando en Rue, decidió que, ya puestos, mejor hacerlo en un lugar que le recordara a ella, donde pudiera recrearse en su mal humor con las mismas ganas con las que estaba bebiendo.

La forma más obvia de distraerse era encontrar a otra persona. Estaban las aplicaciones y también los métodos clásicos: bares, colegas, amigos de amigos… Todos ellos le habrían podido ayudar a exorcizar a esa mujer de sus entrañas. Sin embargo, Eli no necesitaba probarlo para saber que nadie iba a ser suficiente. Prefería irse a casa solo, recapitular todo lo que sabía sobre Rue Siebert y hacerse una triste paja como el pringado que era.

—No es buena idea —le había dicho Hark la noche anterior mientras volvían a casa después de la fiesta—. Y lo sabes.

—¿El qué?

Hark puso los ojos en blanco.

—Venga ya, Eli. Miras a Rue Siebert como si su coño supiera a cerveza. Deja de ir suspirando por las esquinas.

—Tú fuiste quien me envió a hablar con ella el otro día. Y yo no voy *suspirando* por las esquinas.

—¿Entonces por qué te comportas así? Por Dios, has tenido más de una relación seria y nunca se te ha ido la pinza. ¿Por qué es diferente esta vez?

¿Pero tú la has visto?, quiso preguntar. *¿La has visto esta noche? ¿Has escuchado su voz? ¿Has visto la cara que ha puesto al verme? ¿Has visto su puta boca?*

—No digo que no sea guapa. —Ahí estaba Hark, leyéndole la mente—. Y es evidente que desprende esa energía que tanto te gusta…

Eli se rio.

—¿Esa energía que tanto me gusta?

—Hipercompetente. Misteriosa. Energía del tipo «he sacado mejor nota que tú en el examen y podría matarte con un lápiz».

—Ninguna de las mujeres con las que he estado era misteriosa. Ni tenía aspecto de asesina.

—Porque hasta ahora sabías mejor lo que te convenía.

—Te puedes ir a la mierda un rato —respondió él de buen rollo—. No me pasa nada con ella. —Hizo una larga pausa—. Solo me la quiero follar. No vamos a tener una cita ni a planear una escapada de fin de semana.

Hark dejó caer la cabeza sobre el volante.

—No hagas nada. Vamos a quedarnos con Kline y ella te odiará por ello. Ya te odia. Además, eligió confiar en Florence Kline, lo que claramente indica que tiene un criterio nefasto. ¿Quién haría tal cosa?

Intercambiaron una mirada de autocompasión.

—Tres tontos del culo, por ejemplo —murmuró Eli.

Veinticuatro horas después, ya era capaz de admitir que Hark tenía razón. Lo mejor que podía hacer era evitar a Rue. Sacarla de su...

—Eli.

Levantó la mirada. Ella estaba a menos de un metro.

—Hola —dijo Rue.

El vestido verde y el peinado currado de la noche anterior habían sido como un puñetazo en el estómago. Material digno de ser catalogado y guardado para poder consultarlo cuando quisiera ponerse a tono. Esta noche, en cambio, era una persona completamente distinta: camiseta blanca sencilla metida por dentro de los vaqueros, sin maquillaje y...

Seguía siendo como un puñetazo en el estómago. Material digno de catalogar y guardar. Se preguntó si existía una versión de ella que no lo fuera.

—Siento llegar tarde. Me... —Se encogió de hombros.

—¿Te ha costado decidirte?

—Algo así. —Se sentó en el taburete que había junto a él, con los labios curvados formando su pequeña no-sonrisa—. Al final lo he hecho. He llegado a la conclusión de que, si seguías aquí, quizá era cosa del destino.

—Tú no crees en el destino.

—Ya, nunca he creído. ¿Y tú?

—Me parece un engañabobos.

Rue se quedó callada. Un silencio lleno de miradas y tensión se cocía a fuego lento entre ellos.

—¿Sigue en pie lo de ir a jugar al golf con Eric Sommers mañana? ¿Intentar convencerle de que...?

Él asintió y ella apartó la mirada con los labios fruncidos.

—Está mal. Lo que tú y tus amigos estáis haciendo está mal y es cruel y... —Se quedó callada, haciendo acopio de su rabia, y él nunca había tenido tantas ganas de justificarse.

No sabes toda la historia, Rue. De hecho, sospecho que no sabes nada de nada. Deja que te cuente un par de cosas.

—Escucha, no tenemos por qué subir a la habitación —le dijo en voz baja. Porque, de repente, más que follársela, quería explicárselo todo. Si Rue lograba entenderlo, quizá podrían luchar por... *¿Luchar por qué, Eli?*—. Podemos quedarnos aquí y así yo te...

—No. Ya estoy traicionando a Florence. Si nos quedamos aquí y solo hablamos, es peor aún. —Se mordió el labio—. Quiero dejar las cosas claras: desprecio a Harkness y me parece fatal lo que estáis haciendo.

—De acuerdo. —Intentó mantener un tono desenfadado y animado. *¿Te ha dolido?*, se burló una voz que sonaba a Hark. *¿Te duele no gustarle a esta tía a la que apenas conoces?*

—Es solo sexo —continuó ella—. Si solo follamos, no hay necesidad de tener dilemas morales.

Ay, Rue. ¿Estás segura?

—Lo hacemos *una* vez —añadió con voz firme, como si estuviese estableciendo unas normas—. Será como si Vince no nos hubiera interrumpido aquella primera noche. Nos limitaremos a… fingir. Aún es martes y esto está pasando antes de que me entere de que trabajas para Harkness. Nos lo quitamos de encima y nos olvidamos para siempre.

Espero que tengas razón, Rue, porque no tengo claro si mi amor propio puede soportar esta situación mucho más tiempo.

Quizá tuviese razón. Necesitaban sacarse mutuamente de la cabeza, y rápido. La novedad era un estimulante poderoso, así que, si se deshacían de esa variable, tal vez perdería la gracia y podrían pasar página.

Eli levantó la mano con la llave de la habitación del hotel entre los dedos índice y corazón.

—¿Lista?

—Lo estoy desde hace rato.

Permanecieron en silencio en el ascensor, primero mirando cómo se cerraban las puertas y luego girándose hasta quedar cara a cara. Eli consideró la posibilidad de acortar la distancia que los separaba, de adelantarse, de atraerla para que sintiera su impaciencia, pero se limitó a observarla detenidamente. *Aplazar la gratificación,* pensó. Aquello no iba a repetirse. Tenía que saborear cada momento.

Cuando él le sonrió, ella no le devolvió la sonrisa, pero tampoco apartó sus grandes ojos, que lo estaban estudiando. Las puertas se abrieron y él le indicó con un gesto que pasara primero. Su corazón, que hasta entonces había estado extraordinariamente calmado, empezó a acelerarse.

La siguió por el pasillo. Le abrió la puerta. La vio entrar en la habitación y mirar a su alrededor con indiferencia. Antes de que pudiera tocarla, besarla o incluso cogerle la mano, ella se puso de cara a la ventana. De espaldas a él, mirando el resplandor urbano del horizonte de Austin, empezó a quitarse la ropa, y Eli perdió la capacidad de respirar.

No había nada sensual ni excitante en aquello. Era el estriptis más práctico que jamás había presenciado. Sin embargo, tuvo que apoyarse contra la pared. Se tomó un momento y recuperó el aliento mientras ella dejaba los zapatos, la camiseta, los pantalones, el sujetador y la ropa interior sobre el escritorio de madera, no doblada, pero sí ordenada y bien colocada. Y mientras se desnudaba, aún de espaldas a él, empezó a hablar:

—Mi primera vez fue durante el primer año de universidad. Con un chico cuyo nombre he olvidado, o quizá es que nunca me lo llegué a aprender. Mis compañeras de habitación querían hacer una fiesta antes de las vacaciones de invierno e invitaron a un grupo de chicos, que invitaron a otros chicos, y fue con uno de ellos con el que lo hice. En realidad no es que se le diera mal. Sabía lo que hacía. Se aseguró de que lo disfrutase. Creo que tuve mucha suerte. Pero me quedé dormida justo después, y cuando me desperté, se había ido. No dejó ninguna nota ni me pidió el número. Mis compañeras de habitación no paraban de decir que menudo imbécil, que era horrible que mi primera vez hubiese sido con alguien tan gilipollas. Incluso Tisha, cuando se lo conté por teléfono, se puso hecha una furia. Fingí sentir la decepción que se esperaba de mí, y nunca tuve el valor de decirle a nadie que aquello para mí había sido un alivio. Aquel tío y yo habíamos conseguido lo que queríamos el uno del otro y luego tuvimos una ruptura limpia. Lo nuestro terminó antes de que las cosas pudieran salir mal. Me pareció ideal. —Se quitó los pendientes y, al inclinar la cabeza en dirección a Eli, sus ojos volvieron a encontrarse. Ella se giró hacia él, y él se la quedó mirando.

Era ella.

Rue.

Desnuda.

La polla de Eli se puso muy dura tan de repente que enseguida supo que no tenía nada que hacer.

Era su siervo. Cualquier cosa que deseara, Eli la haría realidad. Tuvo que ponerse las manos a la espalda y aplastarlas entre él y la pared para evitar tocar, agarrar y tomar.

—¿Qué pasa? —preguntó ella.

Eli no podía asimilar lo que veía. Tenía un cuerpazo y le recordaba a las películas que veía su abuela, a las actrices en las que pensaba cuando el sexo no era más que un vago concepto en su cabeza. *Mediterráneo,* pensó. Con curvas en las caderas y un vientre redondeado y unos buenos hombros y unas tetas redondeadas, apetecibles y majestuosas. Tenía las piernas suaves, con una forma bonita, y quizá fuera por la expectación acumulada de esos últimos días, pero no recordaba haber visto nada tan bello en toda su miserable vida. Había disfrutado contemplando a muchas mujeres, todas diferentes y todas hermosas, pero, en esta ocasión, con Rue, había algo que le parecía casi...

Conmovedor, pensó, y se rio de sí mismo con una risa suave pero fuerte en medio de la silenciosa habitación. Unos cuantos días cachondo y ya estaba listo para escribir un puto soneto sobre su culo. Su exuberante y espectacular culo. Rebotó un poco cuando ella dio un paso hacia un lado. Aquello era una jodida obra de arte.

—¿Qué? —Se acercó a él arqueando las cejas de forma inquisitiva.

Estaba desnuda, en todo su esplendor, y esa confianza que mostraba con tanta naturalidad hizo que la excitación de Eli aumentara otro poco, a pesar de que ya no creía posible que pudiera ir a más.

—Nada. Eres... —*Increíble. Dulce. Encantadora. Follable*— guapa.

—Gracias. —Su boca se curvó, como si agradeciera el cumplido, y entonces él quiso decirle un millón más. Dejarlos por escrito en la puta Biblioteca de Alejandría aunque estuviera en llamas—. Cuando hablamos por la aplicación, dijiste que estabas de acuerdo con mis límites, ¿sigue siendo así?

Él asintió, recordando el mensaje que había vuelto a leer un número vergonzoso de veces a lo largo de los últimos días. Lo tenía memorizado, pero todas esas palabras asépticas ahora entraban en conflicto con aquel espectáculo suave y de color rosado. Algún día moriría y los estudiantes de medicina encontrarían esas frases grabadas en su cerebro.

«Aviso: no disfruto mucho del sexo con penetración. Si eso supone algún inconveniente para ti, será mejor que lo dejemos estar.»

—¿Sigues sin querer follar? —quiso asegurarse él.

Ella frunció el ceño, confundida. Luego abrió los ojos.

—¿Te refieres a si sigo sin querer que sea coito con penetración?

Parecía que estuviese hablando con una ginecóloga. Y se moría por tocarla. Estaba preparado para suplicar que le dejara oler el pliegue donde su abdomen se unía con el muslo.

—Sí.

Ella asintió.

—Correcto.

Sintió curiosidad por saber el motivo, pero ella no le dio ninguna explicación. De todos modos, igual era mejor reducir el número de opciones. Tenía suficientes ideas en mente que no requerían meterle la polla como para pasarse ahí una semana. Probablemente le habría bastado con mirarla durante un rato para que sucedieran cosas.

—De acuerdo —cedió, aunque tenía sentimientos encontrados. Quería que Rue disfrutara, y mucho, pero también estaba plenamente centrado en sus propios deseos y necesidades. Llevaba tanto tiempo esperando. Llevaba…

Joder. *Cuatro* días. Se habían conocido hacía cuatro días. Sentía como si hubiese estado luchando contra viento y marea durante un año entero.

—Ven aquí —murmuró, y se medio enamoró de lo rápido que ella obedeció, de lo cerca que se puso de él, de lo erguida que era su postura. Estaba a su alcance. Podía tocarla donde quisiera. Sus dedos se crisparon por la impaciencia.

Y, sin embargo, Eli no pudo evitar levantar el pulgar y presionarlo contra sus labios. Aquel era su verdadero norte.

—Tu boca tiene algo… —musitó.

—Sí, ya lo mencionaste. —Rue se encogió de hombros. La forma en que sus tetas rebotaron probablemente se podía considerar como un evento didáctico en su historial sexual—. Es extrañamente asimétrica. El labio superior en comparación con el inferior, quiero decir. —Parecía tranquila, pero su voz tenía un deje ansioso—. ¿Quieres que te la chupe? —propuso sin rodeos.

Los músculos de Eli, las terminaciones nerviosas y toda la estructura ósea de su cuerpo se tensaron, se estiraron y se vieron atraídos hacia ella.

—¿Tú quieres? —preguntó.

Ella asintió sin vacilar. Eli apenas podía procesar todo aquello.

—No creo que sea buena idea —dijo después de un momento—. No en esta ocasión.

—No habrá otras ocasiones —le recordó ella.

Los límites de su excitación se expandieron. Apretó los dientes antes de forzar una sonrisa.

—Si esta es mi única oportunidad, entonces sí. Me encantaría que me la chuparas.

Estaban siendo exageradamente educados. Desde el tono pragmático de él hasta el leve asentimiento de ella. Empezó a quitarle el cinturón con gracia y premura. Después le desabrochó uno de los botones, se agachó y...

—Espera —la detuvo. Ella lo miró con los ojos muy abiertos, y el impulso de llevarla a su casa y retenerla allí durante meses o hasta que terminara todo el embrollo con Kline, lo que ocurriera primero, fue tan abrumador que tuvo que poner todo su empeño en controlarse. La agarró del brazo y la obligó a volver a ponerse de pie—. Te debo una historia. Una de esas que nos gusta compartir.

Algo horrible, quiso decir. Un secreto vergonzoso de los que nunca le había contado a nadie. Rue abrió la boca, pero no dijo nada. Asintió, expectante.

—Mi primera vez fue con mi novia del instituto. Estaba loco por ella, Rue. Después de dos años juntos, te juro por Dios que estaba dispuesto a casarme con ella. Entonces, un día, cuando sus padres no estaban, entré en su casa para hacerle una visita sorpresa y me la encontré tirándose a otro. —Tragó saliva—. Era uno de mis compañeros de equipo, y llevaban meses así. Acabaron casándose. Lo último que supe es que habían tenido hijos. Creo que son felices.

No había compasión en los ojos de Rue, solo la silenciosa constatación de que le había oído, igual que él a ella. Eso era justo lo que necesitaban. La apretó contra sí, le pasó los dedos por el pelo a la altura de la nuca y la besó con tantas ganas como la noche anterior. Excepto que esta vez ella no llevaba nada puesto y él estaba completamente vestido. Aunque su cerebro no estaba en su mejor momento y tenía los recuerdos borrosos, ese podía considerarse fácilmente el momento más erótico de su vida adulta.

Inconcebible, pensó echándose hacia atrás para admirar los pechos de Rue aplastados contra el algodón de su camiseta. Eli ya tenía la respiración acelerada. Su polla se abrió paso a través de la bragueta de los vaqueros.

—Ahora ya puedes chupármela —dijo.

Rue se arrodilló con gracia, le terminó de desabrochar los pantalones y le quitó los calzoncillos con unas manos suaves y callosas a la vez. Notó el calor de su aliento contra la piel.

—Para —ordenó con un deje de pánico en la voz, y Rue se echó hacia atrás con el ceño fruncido.

—No será esta tu primera vez, ¿no?

Él se rio. Dios, estaba loco perdido por ella.

—Se me ha olvidado preguntarte si quieres usar condón.

Ella hizo una mueca.

—No me gusta cómo saben, y me mandaste los resultados de las pruebas de ETS por la aplicación. Pero si prefieres…

—No. Desde luego que no.

Y entonces se la metió en la boca y Eli implosionó. Era cálida y húmeda y se movía con una lentitud que le resultaba familiar y completamente novedosa a la vez. Estaba convencido de que alguien le había puesto una buena dosis de alguna droga en la cerveza, porque solo eso podía explicar que le estuviesen fallando las rodillas y que sintiese un cosquilleo cada vez más intenso en la zona lumbar.

Cerró los ojos e inclinó la cabeza hacia el techo. Se centró en sentir. Los dedos de Rue agarrándole la polla. Su lengua trazando círculos alrededor de la punta. Luego, cuando ella se apartó, solo sintió el aire frío de la estancia.

—Ni siquiera me estás mirando. —Le dio un ligero beso que fue deslizando por todo su miembro, seguido de un tierno roce con los dientes. Le acarició los testículos con los nudillos y uf, *mierda*—. Tanto hablar de mi boca y ahora…

—No creo que…

Se obligó a plantar bien los pies en el suelo. Buscó la parte de su ser que sabía que no debía correrse en la boca de una mujer después de veinte segundos de mamada. Clavó los talones en la tierra y se alejó obstinado de ese precipicio tan humillante.

—Dame un segundo.

—Claro.

Ella esperó, que era justo lo que Eli necesitaba. Un momento después, fue capaz de agachar la cabeza y abrir los ojos sin avergonzarse.

—Vale —dijo él. Le hacía hasta un poco de gracia ver el poco aguante que tenía—. Vale.

—¿De vuelta al ruedo? —preguntó ella.

Él asintió, y esta vez se quedó observando sus labios carnosos y todo lo demás: los rizos oscuros que le cubrían los hombros, las puntas sonrosadas de sus pezones cuando se endurecían y se agrandaban, el azul cálido de sus ojos cada vez que le aguantaba la mirada. Su columna vertebral ligeramente arqueada. Su posición servil y desafiante a la vez. Entre los límites difusos del placer, pensó en cómo sería tenerla a su merced. Un universo en el que ella le diese el control. El poder de sujetarla y hacer con ella lo que quisiera.

Soltó una carcajada y le acarició la mejilla, intentando recordar la última vez que alguien le había hecho una mamada. A principios de año en Seattle, tal vez. ¿O fue en Chicago? No hacía tanto de eso. ¿También había sido tan obscenamente placentero? ¿Había sentido algo así alguna vez? Quería que durara para siempre. Quería tocarla un poco más. Quería follarle las tetas, pero para eso tendría que dejar de hacer lo que estaba haciendo.

—Me jode tener que decirlo, pero te queda muy bien mi polla en la boca. Eres igual de buena en esto que en todo lo demás —murmuró él, y el sonido que ella emitió justo antes de pasarle la lengua por los huevos le hizo saber que se lo tomaba como el cumplido que era.

No le cabía entera, pero lo hizo lo mejor que pudo, y eso era lo más excitante. Sin trucos extravagantes, solo con ganas y el hecho de que fuese ella. Le gustaba…, no, le *encantaba* verla mover los dedos de la mano libre entre sus muslos.

—¿Te gusta hacer esto? —preguntó él con verdadera curiosidad.

Rue apartó la cara con un chasquido obsceno que iba a resonar en la cabeza de Eli hasta el fin de sus días.

—¿Quieres decir si me gusta chupar pollas en general? —Presionó la parte de abajo del miembro con la lengua y él gruñó—. ¿O si me gusta chupar la tuya?

Si se dieran premios a la persona más hábil haciendo mamadas, él la nominaría. Joder, no, la mantendría en secreto. Se fugaría con ella, sería codicioso y avaricioso con su pequeño tesoro.

—Prefiero no imaginarte haciendo esto con alguien más —respondió él mientras le acariciaba la mejilla derecha con el pulgar. De nuevo, lo que decía era inapropiado y estaba fuera de lugar. Hablaba como si tuviese algún derecho sobre ella, pero en lugar de echarle la bronca, ella acercó la cabeza hasta la base de su polla y le dio un beso en la cadera que le hizo preguntarse si, de repente, esa zona se había vuelto erógena.

Rue Siebert. Cambiando su composición celular a base de miradas solemnes.

—Normalmente, no me dice nada. Pero... —Se le marcaron dos líneas paralelas entre las cejas y entonces él se imaginó que decía..., espera, no, lo dijo de verdad—: Esto está siendo más excitante de lo que recordaba.

Eli había oído muchas guarradas y disfrutaba cuando las mujeres le pedían que las azotara, que las follara por diferentes orificios, que hiciera con ellas lo que quisiera. Y, sin embargo, no recordaba haberse excitado tanto como ahora, con esa confesión que Rue había hecho en voz baja y perpleja.

—Creo que ya basta —dijo agarrándola del pelo y apartándole la cabeza con cuidado. Ella se la chupó una última vez con un sonido morboso que hizo que a Eli le temblaran las rodillas.

—Pero aún no te has corrido —le replicó.

Él se agarró la polla, como si eso fuera a contenerla. Mierda.

—¿Debería? —*Podría. No me costaría nada.*

—¿No es ese el objetivo?

Precisamente, rugieron todas las vértebras de la columna de Eli a la vez. Excepto que…

—¿Cuándo termina esto, Rue? —Ella lo miró sin comprender y él continuó—: ¿Mañana por la mañana? ¿Cuando te aburras? ¿Cuando nos hayamos corrido los dos?

Ella lo pensó con esa expresión seria que a él le daba ganas de hacer cosas indecibles en su hermoso rostro.

—Cuando nos hayamos corrido los dos.

—Entonces mejor pasemos a otra cosa —contestó él, y ella dejó que la levantara, que la besara de nuevo y que recorriera su cuerpo con las manos, recreándose en sus suaves nalgas, azotándoselas, moldeando la carne con el agarre de sus dedos—. Esto es… —La siguió manoseando a su gusto. Aunque tenía ganas de hacer cosas mucho peores—. Es posible que tu culo me guste tanto como tu boca.

Ella lo miró a los ojos. Esbozó una leve sonrisa.

—Debería haberlo supuesto.

—¿El qué?

Eli notó que hablaba con regocijo.

—Que hablarías tanto mientras follas.

¿De veras hablaba tanto? No tenía ni idea. Nunca se había considerado particularmente charlatán.

—Creo —dijo dándole un beso en el cuello— que me gusta recordarme a mí mismo que es contigo con quien estoy haciendo esto. —Como si pudiera olvidarlo—. ¿Qué quieres que haga? ¿Dónde quieres que te toque?

La sonrisa de Rue se ensanchó.

—Ay, qué mono. No sabes qué hacer.

—Eso es —respondió él como si nada—. Nunca en mi vida he logrado que una mujer se corra. Enséñame, por favor.

Ella lo apartó de la pared y le quitó la camiseta, rozándole el torso con sus dedos fríos. Eli intentó recordar si alguien más lo había desnudado alguna vez, pero no pudo, ni siquiera las mujeres con las que había vivido. Se quitó los zapatos, pero entonces las manos de Rue empezaron a explorar, recreándose en lugares inesperados. El lateral de su abdomen. La línea entre los pectorales. La parte interna del brazo. Quería sentir su piel desnuda contra la suya, pero ella parecía estar en su mundo.

—No pensé que… —empezó a decir Rue. Se detuvo.

—¿Qué?

—Que me gustarían los hombres como tú. —La palma de su mano le envolvió el hombro. Con una uña roja le recorrió el bíceps. El esmalte estaba empezando a descascararse—. ¿Esto es por haber hecho hockey en la universidad?

—¿El qué?

Ella se encogió de hombros.

—Los músculos, supongo.

—En gran parte, sí.

La empujó poco a poco hasta que se quedó tumbada en la cama, boca arriba y con las caderas justo en el borde. Se inclinó sobre ella y le lamió el costado de un pecho mientras cogía el otro con una mano. Sus tetas eran grandes y sensibles, y encajaban en sus palmas de una forma que resultaba pornográfica: preciosas y desbordantes. Se le aceleró la respiración cuando él le acarició los pezones con el pulgar, se los metió en la boca y mordisqueó la parte inferior. Le pellizcó una de las puntas duras y delicadas, y ella arqueó todo su hermoso cuerpo, acercándose más a su boca. Joder, era perfecta.

Y él se iba a portar *tan* bien con ella.

—¿Cómo quieres que haga que te corras? —le preguntó—. ¿Con los dedos? ¿La boca? ¿La polla?

Su pecho se agitó.

—He dicho que no...

—Vamos, Rue. No me digas que no sabes que sería capaz de conseguir que te corras con mi polla sin tener que metértela.

Ella cerró los ojos con fuerza, y, cuando volvieron a abrirse, estaban más brillantes.

—¿Por qué no me sorprendes?

—Porque está claro que tienes límites y preferencias, y no quiero cagarla si esta es mi única oportunidad. —Se miraron a los ojos durante un largo instante. Él esperó y esperó, pero ella no respondió—. De acuerdo —murmuró arrodillándose frente a la cama.

Cuando la agarró de la cadera y se la acercó, ella ahogó un grito de asombro, pero no quitó los pies de donde él los había colocado, sobre sus hombros.

Esas cosas a ella le gustaban: un poco de brusquedad, una pizca de violencia, algo de control. Tanto como le gustaban a él. Si esto hubiese sido el inicio de algo, podrían haberlo explorado. Negociado. Ella le habría dejado tomar el mando, estaba seguro, tal vez incluso un poco más que eso. Sin embargo, aquello era más bien un final, así que optó por bajar los dedos y separarle los labios de ese coño tan bonito, hinchado y empapado.

—Fantástico. —Le dio un beso justo encima del clítoris. Notó cómo se estremecía—. Me gustan las mujeres que lubrican mucho.

—¿Y... yo lubrico mucho?

—Joder, sí —respondió antes de recorrerla con la lengua.

Le encantaba comer coños. Era algo que llevaba disfrutando con descaro y entusiasmo desde que era un adolescente: el sabor, el olor, los sonidos. Y con Rue... tal vez se sentía especial porque ella solía ser muy reservada. Ahora también estaba callada, no había gemidos estridentes ni jadeos exagerados, nada expresamente destinado a transmitir placer, pero su respiración se entrecortaba, sus muslos le apretaban las orejas, su pelvis se elevaba para acercarse más a su boca. Eli sentía cada uno de esos pequeños gestos en la polla.

Lo haría un millón de veces más, pensó. *Pasaría un millón de horas más así. Contigo.*

Esperaba sentirse diferente después de hacerla llegar una vez. Y como Rue probablemente habría estado de

173

acuerdo, cuando ella empezó a acercarse al clímax, cuando su abdomen empezó a contraerse bajo la palma de Eli y se sacudió contra él, él se apartó.

Rue dejó escapar un suspiro quejumbroso. Eli deseaba continuar y hacerla llegar, pero también mantenerla para siempre en ese punto, con él, al borde de todo.

—Todavía no. —Miró su cuerpo sonrojado y tembloroso. Estaba tan cerca. Tan preciosa—. ¿Puedo meterte los dedos? —le preguntó.

Ella asintió ansiosa.

Eli le mostró la mano.

—¿Cuántos?

Hubo una pausa.

—No más de dos.

Se tumbó a su lado y, una vez estuvo dentro de ella y notó lo mojada y apretada que estaba, la idea de no follar nunca con esta mujer le resultó totalmente devastadora. Cuando su cara no mostraba más que placer, añadió otro dedo, y aquello fue un punto de inflexión.

—Uf, joder —susurró ella levantando las caderas hacia él.

—¿Sí? ¿Te gusta? —Él dobló los dedos en forma de gancho y los muslos de ella empezaron a temblar—. Me parece que sí —dijo contra su hombro. Encontró el capuchón del clítoris con el pulgar, le dio unos golpecitos y… fue como encender una cerilla.

Se suponía que aquello iba a ser una breve parada. Solo un pequeño desvío antes de que Eli pudiera hacer todas las demás cosas que quería. Morderle el culo, comerle el coño un poco más, tal vez, esta vez sí, follarle las tetas, y *después* hacer que se corriese. Pero Rue se contrajo bruscamente mientras los dedos de Eli seguían dentro, soltó un grito ahogado y, de repente, Eli perdió la capacidad de controlar nada en esas cuatro paredes de la habitación de hotel.

—Joder, estás tan cerca.

Ella giró la cabeza y lo miró sin mirarlo.

—Me... —jadeó contra su boca—. Sí. Me corro.

Él volvió a acariciarle el clítoris y no hizo falta más. Ella arqueó la espalda en una curva de puro placer, con los ojos abiertos, pero sin ver, los labios entreabiertos, pero sin emitir sonido alguno, y se la veía tan... hermosa y follable y encantadora. Eli estaba perdido. Su orgasmo llegó sin previo aviso. Apretó la polla contra la tierna carne de la cadera de Rue y se corrió como un tren de mercancías mientras el placer latía en grandes ráfagas.

Empezó a besarla de forma instintiva, antes incluso de que se le bajara del todo. Y siguió besándola y besándola y besándola hasta que el orgasmo de ella llegó a su fin y el de él también. Rue no le devolvía todos los besos, abrumada por los escalofríos que le recorrían el cuerpo, pero su boca permanecía debajo de la de él, incluso cuando el placer empezó a disminuir. El sudor de su piel se fue enfriando, el ritmo de sus corazones se calmó, y, cuando llegó el momento de separarse de ella, Eli se dio cuenta de que no podía. Seguía teniendo los dedos entre sus muslos, y empezó a trazar suaves círculos alrededor del clítoris. Después deslizó los dedos hasta su húmeda abertura y...

Aún no habían terminado. Era imposible que hubiesen terminado. Acababan de empezar. Las cosas que quería hacerle y las que ella podría hacerle a él no eran de este mundo, y...

Rue se apartó.

—Eli. —Bajó la mano para agarrarlo de la muñeca—. Tengo que irme.

—¿Qué?

—Por favor.

Él se alejó para darle espacio, pero dijo:

—Rue. Venga ya.

Con el cuerpo aún agitado por el placer, se levantó de la cama. Nada más ponerse de pie, le fallaron las piernas. Eli la sostuvo antes de que se desplomara.

—¿Rue? ¿Qué coño...?

—Estoy bien. —Respiró hondo y extendió una mano vacilante. Sonaba débil, algo impropio de ella—. Solo ha sido un..., un calambre, creo. —Se volvió hacia él y estaba deshecha. Destruida. Tan en la mierda como él se sentía, y lo único que Eli quería era acercarse. Volver a tumbarse y tenerla debajo de él. Quería limpiarla y repetir todo el proceso, una y mil veces.

—Rue.

Ella hizo caso omiso. Permaneció callada mientras se limpiaba el semen con la ropa interior, se ponía la camiseta con manos temblorosas y buscaba sus pantalones. Evitaba mirarlo a los ojos.

Eli exhaló una carcajada.

—¿De verdad vas a...? Has terminado —medio dijo, medio preguntó.

—Sí. —Rue se encogió de hombros. Su falta de aliento desmentía la actitud de indiferencia—. ¿Tú no?

Claro que no, joder, pensó. No dijo nada.

—Me voy. Eh… Gracias. Ha estado bien. Quizá nos volvamos a ver. Si no, que te vaya bien la vida y eso.

Antes de que él pudiera dar con una respuesta, ella ya se había marchado. Vio cómo la puerta se cerraba y, cuando apartó la mirada, sus ojos se posaron sobre sus bragas olvidadas, hechas un revoltijo de algodón azul oscuro, encima de las sábanas.

Eli se tapó los ojos, preguntándose en qué estaba pensando cuando se convenció a sí mismo de que con una vez sería suficiente.

12

TEST DE BECHDEL: SUSPENSO

RUE

El domingo me levanté temprano después de pasarme la noche dando vueltas en la cama. Me duché, me preparé un largo, tranquilo y opulento desayuno basado en avena y bayas y me fui a trabajar.

Trabajar los fines de semana no formaba parte de mi rutina habitual. Ya lo había hecho lo suficiente durante el máster y las prácticas del doctorado, y me gustaba mantener un cierto equilibrio entre la vida laboral y la personal, aunque mis fines de semana solían ser decepcionantes y me los pasaba sin hacer nada, ya fuera en mi casa o en la de Tisha.

Sin embargo, ese día Tisha estaba en algún lugar al sur de Austin. Había ido a la fiesta de cumpleaños de una tía abuela, y, aunque a mí siempre me invitaban a asistir a todas las celebraciones de la familia Fuli, evitaba las que implicaban a parientes a los que nunca había conocido. Así que me fui a trabajar y me quedé hasta que el cielo se oscureció y el estómago me empezó a rugir. En esas nueve horas, mi móvil vibró con exactamente dos mensajes, pero yo estaba ocupada haciéndoles una citometría de flujo a mis muestras. No me molesté en leerlos hasta que volví al coche, y fue casi por accidente; pulsé donde no correspondía cuando iba a darle al botón de la linterna porque las luces exteriores del edificio de Kline estaban fundidas y mantenimiento aún no había tenido tiempo de cambiarlas.

Los mensajes eran de un número desconocido de Austin. El primero: ¿Estás bien? Y, aproximadamente una hora después: Rue, necesito saber si estás bien.

Estaba claro que Eli no había borrado mi número el día que se lo pedí. O quizá lo había encontrado en el directorio de empleados de Kline. A saber. En realidad, ¿qué más daba? La trivialidad de todo aquello podría haberme arrastrado al centro del huracán como si fuera una hoja en medio de una tormenta. Dejé el teléfono en el asiento del copiloto sin intención de contestar. Después de arrancar el motor, cambié de opinión.

Habíamos follado y había sido...

Había sido muchas cosas.

Habíamos acordado que un acto sexual mutuamente satisfactorio sería el punto final de nuestro vínculo. No responder solo preocuparía a Eli y añadiría más cláusulas de las que ambos seguro que preferíamos prescindir. Y, puesto que probablemente se había pasado el día intentando convencer a uno de los miembros de la junta de Kline para que le facilitara el robo de la tecnología que Florence había creado con su sangre, sudor y lágrimas, yo no quería eso. No lo quería en mi vida.

Estoy bien. He estado trabajando todo el día. Que tengas un buen fin de semana.

Era domingo por la noche, no es que quedara mucho fin de semana. Conduje hasta casa, cené y luego di vueltas en la cama hasta que por fin llegó la hora de volver a Kline.

Eli no mandó ningún otro mensaje.

El lunes estuve de guardia con Matt, una tarea que me hizo desear con nostalgia que ponerle la zancadilla a alguien no constituyera una infracción de los derechos humanos. El martes lo pasé encerrada en el laboratorio. El miércoles estuve en mi despacho. Por primera vez en mi vida, terminé el papeleo mucho antes de la fecha límite. Cuando Tisha me vino a ver, tuve que levantarme para dejarla entrar.

—¿Te has encerrado en tu oficina con llave? ¿Estabas masturbándote con porno fetichista?

—Estoy harta de que venga gente.

—¿Tanta gente pasa por aquí? Pensaba que tu maravillosamente fría personalidad era suficiente para disuadir al personal.

—Debo de estar perdiendo facultades.

—No te preocupes, sigues dando la impresión de que no salvarías al noventa y nueve por ciento de la humanidad en caso de apocalipsis.

—Uf, menos mal.

Tisha me pidió que saliénsemos a pasear a un parque cercano, que la acompañara a la máquina expendedora y que fuéramos a ver a Florence.

—Estoy hasta arriba de informes —le dije, y quizá ella sabía que era una mentira a medias, pero era la clase de amiga que no solo me daba amor incondicional sino que también me concedía el espacio que necesitaba.

Florence se pasó para ver qué tal iba con la patente, y la culpa y la vergüenza que sentí al ver su rostro sonriente casi me paralizaron.

—¿Alguna novedad sobre Harkness? —pregunté sin molestarme en parecer despreocupada.

Florence puso los ojos en blanco.

—Le han lamido el culo a Eric Sommers a base de bien, y les debe de haber funcionado, porque se ha convocado una reunión de la junta. Al menos hoy no han aparecido las Tortugas Ninja de la empresa de capital inversión. —Debería haberme decepcionado que la persona a la que me había esforzado por evitar durante los últimos tres días ni siquiera hubiera estado en Kline, pero el alivio ahogó el resto de emociones. La expresión de Florence se transformó en preocupación—. Eli Killgore no te habrá estado molestando, ¿no?

Se me encogió el estómago. Era incapaz de responder y Florence se dio cuenta.

—Rue, si te ha hecho algo, te juro por Dios...

—No, no me ha hecho nada. No..., no nos hemos visto.

Mentirosa. Mentirosa. Mentirosa descarada y desagradecida.

—Vale, bien. —Parecía aliviada—. Soy consciente de que te preocupas por mí y por Kline, Rue, pero no hace falta, ¿vale? No es necesario que pierdas tiempo en eso. Concéntrate en tus labores científicas.

Su compasión e instinto de protección intensificaron mi culpa. Intenté imaginar cómo me sentiría si Florence se acostara con un tío que estuviese intentando robarme la patente, y la magnitud de la traición me resultó impactante. La había cagado a sabiendas de lo que hacía. Había sido una egoísta. E iba a tener que lidiar con la vergüenza y el hecho de saber que estar con Eli había sido tan...

Daba igual.

El jueves ya conseguí dormir bien y el viernes volví a la rutina. Los pasillos azules de Kline dejaron de parecerse tanto a un mar abierto lleno de tiburones hambrientos y propensos a tender emboscadas, y más a un estanque tranquilo en el que lo más emocionante de la semana era averiguar quién había provocado un incendio en el laboratorio D.

Y entonces apareció una garza.

—¿Es una puta broma? —preguntó Tisha durante el almuerzo, después de que le hablara de la carta—. Tu hermano es demasiado desastre como para tener un abogado.

—Pues parece ser que no.

—¿Te ha demandado?

—No. Solo me ha mandado un burofax.

—¿Qué dice?

Me puse a jugar con los macarrones.

—Que, según la ley de Indiana, si dos partes están en desacuerdo, el tribunal puede ordenar la venta de la propiedad.

—¿Y es verdad?

—Según mi abogado, sí.

—¿Quién es tu abogado?

—Google.

—No me jodas. Nyota será tu abogada. La zorra de mi hermana se encargará del imbécil de tu hermano. Es poesía, casi rima y todo.

Sonreí.

—Ni siquiera sé por qué estoy siendo tan cabezota con lo de esa cabaña.

—Yo sí lo sé. —Tisha se inclinó hacia delante—. Aunque no tuviese un título en Psicología, sabría igualmente que, ahora que la relación con tu madre y con tu hermano se ha roto de forma irreparable, quieres conectar con alguna parte de tu familia, y la cabaña es lo único que queda de tu padre.

—Pero es que no suelo ser tan sentimental. —Incliné la cabeza—. Y tú no tienes ningún título en Psicología, como mucho diste alguna optativa de Informática y Francés durante la carrera.

—A eso me refiero.

Por la tarde, estaba volviendo de una reunión con los de Control de Calidad cuando los vi.

Lo vi.

Eli estaba de pie al final del pasillo. Volvía a llevar gafas y tenía la cabeza gacha mientras se concentraba en lo que Minami Oka le decía, algo privado y exclusivo a juzgar por la forma en que se inclinaban el uno hacia el otro. Él arqueó una ceja de esa manera que a mí se me había quedado grabada en el cerebro, y la doctora Oka se rio y fingió darle un puñetazo en el brazo, y...

Me alejé porque me había empezado a subir un nudo por la garganta.

Estaba allí, otra vez. Gestionando asuntos de Harkness. Riéndose, como si las cosas terribles que le estaban haciendo a Kline, a todos nosotros, no fueran más que una broma. Me quedé sentada delante de mi escritorio durante varios minutos mientras el recuerdo de todas las caricias, todos los jadeos y todas las miradas acaloradas del sábado pasado me atravesaba como un puñal por la espalda. Lo había hecho mío. ¿Por qué seguía deseándolo? ¿Qué se suponía que debía hacer?

Llamaron a la puerta.

—¿Doctora Siebert? Hola.

Mierda.

—Hola.

—Soy Minami. De Harkness. Encantada de conocerte.

—Rue. —Me puse de pie y nos estrechamos la mano sobre mi mesa, sobre mis montañas de pósits y el calendario semanal que Tisha me había regalado por Navidad. Cada página llevaba un selfi diferente.

De Tisha.

—¿Tienes un minuto para hablar?

Me pregunté si iba a ser sobre Eli. Luego si me estaba volviendo loca: éramos dos ingenieras en un entorno profesional, seguro que podíamos pasar el test de Bechdel—. Por favor, siéntate. ¿En qué puedo ayudarte?

—Pues resulta que le he estado echando un vistazo a tu proyecto. Un compañero me ha hablado del revestimiento microbiano que estás creando porque encaja bastante con lo que yo investigué durante el doctorado.

Test de Bechdel: suspenso.

—¿Investigaste sobre la conservación de alimentos?

—Durante un tiempo. Acabé escribiendo la tesis sobre los biocombustibles.

—Entiendo. —Eso explicaba por qué Harkness se había fijado en Kline. Si Minami era una experta, debía de conocer el valor de la investigación de Florence.

Un torbellino de ira se desplegó en mis entrañas.

—Tengo algo de tiempo antes de mi siguiente reunión. —Minami parecía sincera. Simpática—. Me encantaría saber más sobre tu trabajo.

—Entrego informes quincenales que están a disposición de todo el mundo. ¿Tienes acceso a nuestro directorio científico?

—Sí, lo tengo, pero me encantaría escucharte a ti explicar…

—No —la interrumpí en voz baja—. Lo siento.

Los ojos de Minami se abrieron de par en par, pero su sonrisa era firme.

—Si estás ocupada, podemos…

—No es eso. No pretendo ser maleducada, pero no quiero hacerte perder el tiempo. Florence Kline es una de mis mejores amigas.

La sonrisa de Minami no se apagó, pero sus ojos perdieron algo de brillo.

—Bueno, es una pena, pero lo entiendo. —Apretó los labios—. Escucha, Rue, puede que no me corresponda a mí decírtelo, pero creo que todos tenemos derecho a que nos avisen cuando…

Alguien llamó a la puerta y la interrumpió.

—¿Estás lista? La junta ya está aquí.

Era la voz de Eli. Mi corazón empezó a latir tan fuerte que pensé que podría oírlo. Tenía las manos apoyadas en ambos lados del marco de la puerta y me concentré en sus largos dedos para evitar encontrarme con sus ojos. Cuando Minami se levantó, caí en la cuenta de que no había venido por mí.

—Voy un momento al baño y nos vemos allí, Eli.

—Me parece bien.

Minami me dijo adiós con la mano, se agachó para pasar por debajo del brazo de Eli y nos dejó.

Solos.

Me quedé mirando el sitio por donde había desaparecido, sintiéndome fuera de lugar.

—Rue —dijo Eli.

No pude hacer nada excepto tensar todos los músculos de mi cuerpo con la esperanza de que eso impidiera que me rompiese en pedacitos.

—Rue —repitió, y esta vez sonaba entretenido. Como si se estuviese riendo de mí.

Tienes que contestarle. No puedes ignorarlo. No tienes motivos para hacerlo.

Levanté la vista.

—Perdona. Estaba distraída. Hola, Eli.

Nuestras miradas se cruzaron y, de repente, sentí como si me estuviese tocando. Como si me estuviese cantando alabanzas y diciéndome guarradas al oído mientras yo me corro sin control. Como si me estuviese agarrando el pelo de la nuca y enseñándome lo que le gusta.

Entonces se abrieron las compuertas, esta vez de verdad, y llegaron los *flashbacks* acalorados y casi dolorosos.

Su boca abierta recorriéndome el pecho. Su miembro empalmado contra mi cadera. Sus ojos en blanco al metérmelo en la boca por primera vez. Y, luego, la perplejidad en su rostro al deshacerme entre sus dedos.

Me había acostado con otras personas antes y había tenido buenos polvos, pero con él había sido tan...

—Rue.

—¿Sí?

Vi que tragaba saliva. Por un segundo pareció... enfadado, quizá, u otra cosa. Durante más de un segundo, en realidad. Sin embargo, no tardó en superar aquella emoción y dedicarme una de esas sonrisas suyas que transmitían tanta confianza en sí mismo.

—Que tengas un buen día —dijo como si algo le hiciera gracia, aunque puede que fueran imaginaciones mías.

Se alejó del marco de la puerta y se fue. Sus pasos decididos resonaron contra las paredes del pasillo vacío, y hasta que dejé de oírlos no conseguí agachar la cabeza y susurrar:

—Tú también.

13

DE ESAS HORRIBLES QUE NO LE CUENTAS A NADIE

RUE

Las palabras de Eli tardaron unas dos horas en dejar de retumbarme en la cabeza. Al cabo de otras dos, Florence pasó a verme.

—¿Qué tal ha ido la reunión con la junta? —le pregunté.

—Bueno, Eric se ha tragado algunas de sus mentiras y han conseguido unas cuantas concesiones, pero nada de que preocuparse. Tendré que enviarles unos documentos en el formato que ellos prefieren. —Puso los ojos en blanco—. Los revisarán y no encontrarán nada sospechoso, porque no hay nada que encontrar, y solo habrán desperdiciado el valioso tiempo de todos. —Se encogió de hombros—. Al menos Harkness ha prometido no seguir teniendo presencia *in situ*. Oye, he visto antes a Eli Killgore y Minami Oka merodeando por tu despacho, ¿puede ser?

—Em… No he estado mucho por aquí hoy. No sabría decirte.

Se marchó diciendo adiós con la mano y una sonrisa de satisfacción, y me pregunté cuándo había sido la última vez que le había mentido a una amiga de forma tan flagrante.

Nunca, pensé con la vergüenza agriándose en mi garganta. Al menos que yo recordara.

Si algo bueno podía decirse de Harkness, era que cumplía sus promesas, porque no volví a ver a Eli durante la semana siguiente. Sentía que su ausencia en mi vida —y la ausencia de los estragos que causaba en ella— era como una recompensa por ser, si no una buena persona, alguien que devolvía los productos del supermercado a su sitio si cambiaba de idea en mitad de la compra, aunque estuviera a varios pasillos de distancia.

Fui a casa de Florence para la cena de cumpleaños de Tisha y ese día Florence sí que estaba molesta.

—No paran de pedir más y más documentos, más allá de lo razonable o de lo acordado —dijo mientras cortaba un trozo de tarta de queso. Las ojeras habían vuelto a instalarse bajo sus ojos—. Empiezo a preguntarme si están utilizando las copias que les enviamos para los proyectos de cartón piedra de sus hijos.

Hice una pausa mientras estaba levantando la copa y recordé las palabras de Eli en la fiesta de jubilación.

—¿No podemos simplemente darles acceso a todo? Al fin y al cabo, no tenemos nada que ocultar.

—Podríamos si supiéramos que actúan de buena fe, pero está claro que no es así. Además, no es tan sencillo. Muchos de estos documentos tienen que ser preparados por los contables. Es, como dije, un enorme pozo de tiempo y dinero.

¿Ves, Eli? Sabía que Florence tenía un motivo.

—Pero no importa porque tengo un plan para salir de este lío —añadió, y de repente su sonrisa era amplia y contagiosa.

—¡Un plan! ¡Me encantan los planes! —Tisha aplaudió—. Cuenta, cuenta.

Florence clavó una vela en el trozo que era para Tisha y le entregó el plato.

—He estado hablando con algunos potenciales inversores. Si todo va bien, quizá accedan a respaldarnos y nos den el capital para pagar nuestro préstamo a Harkness.

—¿Y los de Harkness estarían dispuestos a aceptar el dinero y marcharse? —pregunté escéptica. ¿Su objetivo final no era el biocombustible?

—No tendrían elección.

Imaginé un futuro en el que Harkness estuviera fuera de juego. Cómo afectaría al constante sentimiento de culpa que experimentaba el hecho de saber que no me había acostado con el hombre que quería arrebatarle la empresa a Florence, sino con el tío que había fracasado en el intento.

Deseaba tanto ese futuro.

Esa misma noche, más tarde, mientras agregaba nutrientes a mi huerto hidropónico, me di cuenta de todo lo que aquello implicaba: si a Florence le salía bien la jugada, quizá no volvía a ver a Eli Killgore. La sensación de alivio fue tan fuerte que casi parecía un sentimiento totalmente distinto.

—¿Tienes idea de a cuánto cobro la hora? —me preguntó Nyota la siguiente vez que hablamos por videollamada. Su teléfono estaba apoyado en la cinta de correr y parecía llevar unos buenos seis minutos corriendo sin apenas resoplar. Yo también había sido atleta durante media vida, pero joder.

—Cientos de dólares, supongo.

—Supones bien. ¿Te importaría recordarme por qué te estoy asesorando gratis?

—¿Porque llevo una década guardando esa foto que te hice durante tu fase gótica?

Murmuró una frase que sonó bastante parecida a «Hoja de ruta».

—Para que conste, esto es extorsión y chantaje. Ambos, delitos. Y te odio. —Soltó un suspiro—. Tengo el contrato que me mandaste por correo. El que supuestamente dice que la patente de los raviolis es tuya y solo tuya.

—Es un recubrimiento microbiano que…

—Ya, sí, eres más empollona que humana, todos lo sabemos. Sigo: no he tenido tiempo de mirarme el contrato todavía, pero sí he revisado la carta de tu hermano.

—¿Y?

—Sinceramente, no soy especialista en derecho inmobiliario, pero creo que lo mejor que puedes hacer es comprarle su parte. ¿Puedes permitírtelo?

¿Podría? El sector tecnológico pagaba bien. Y tenía ahorros. Ahora bien, ¿suficientes para comprar la mitad de la cabaña que pertenecía a Vince?

—Diría que en este momento no.

—Puedes pedir un préstamo.

Podría. Si no fuera porque mi historial crediticio todavía estaba convaleciente después de haber abusado tanto de las tarjetas de crédito durante el doctorado.

—Con la suerte que tengo, el préstamo terminaría siendo propiedad de una manada de hienas. O de Harkness, que viene a ser lo mismo.

Nyota soltó una risita que me hizo sentir extrañamente orgullosa. *Comemocos,* me recordé a mí misma. *No necesitas impresionarla.*

—Tish me ha comentado que las cosas están mejorando —dijo todavía respirando con facilidad—. Con Harkness, me refiero.

—Esperemos que sí. Eso siempre y cuando Florence encuentre un mejor prestamista. O cualquier otro prestamista, ya que no estoy segura de que los haya peores.

—No estés tan segura. Harkness no está tan mal. —Notó mi cara de sorpresa y continuó—: No me malinterpretes, no existe la ética en el capitalismo y tal y cual, pero esta gente está en el extremo menos asqueroso del espectro. Adivina a cuántas empresas han llevado a la quiebra.

No tenía ni idea de cuál era una cifra plausible. ¿Tres? ¿Mil setecientas?

—Doce.

—Esa es una cifra inquietantemente específica, y no. A cero.

—¿Qué significa eso?

—Tampoco me atrevería a decir que anteponen la responsabilidad social a sus propios beneficios, pero al menos lo intentan. O tal vez solo estoy un poco fascinada porque trabajo en el sector financiero. Aquí el sentido de la ética brilla por su ausencia. —Se encogió de hombros sin dejar de correr. Impresionante—. Al menos no entierran en deudas a las empresas que adquieren ni recortan personal. Lo suyo es jugar a largo plazo. Su *modus operandi* parece ser invertir en empresas en las que creen y utilizar su capital para hacerlas crecer. Y tienen pinta de ser muy intuitivos cuando se trata de averiguar qué tecnología tiene buen potencial en el mercado.

Pensé en Minami y su licenciatura.

—¿Qué hay de lo que intentan hacer con Florence? ¿Alguna vez han atacado a una empresa para hacerse con el control de sus descubrimientos tecnológicos?

—No que yo sepa. Pero no te preocupes, Rue. Les sigue saliendo el dinero por las orejas y toda esa mierda. —Sonrió—. Tienes permitido odiarlos, si eso te hace feliz.

Tisha y yo no fuimos las que iniciamos el club de debate en Kline, pero Florence nos obligó a tomar el relevo cuando se evidenció la escasez de voluntarios después de que nuestra predecesora dimitiera para irse a trabajar a un centro de control y prevención de enfermedades. Y, sin embargo, aunque no fuimos las primeras del club, éramos sin duda las mejores.

Nadie quería leer artículos científicos en su tiempo libre, y mucho menos celebrar mesas redondas sobre ellos. Así que, después de que a la primera reunión mensual asistieran tres personas (Tisha, yo y Jay, que vino con la artillería pesada a pesar de no haberse leído el artículo y amenazó con llamar a Recursos Humanos), decidimos que era hora de hacer algunos cambios. Entre ellos: trasladar el club a los jueves por la tarde, llevar aperitivos y, lo más importante, conseguir presupuesto para comprar cerveza. Florence accedió «para incentivar la formación continua».

La tasa de asistencia se disparó. «Club de debate» se convirtió en sinónimo de «fiesta no obligatoria para toda la empresa». Incluso a mí, que no era la persona más sociable del mundo, me gustaba por varias razones: nueve de cada diez veces elegía yo el artículo (nadie más se acordaba de presentar ideas a tiempo); me resultaba mucho más fácil interactuar con la gente dentro de la estructura de un debate guiado, y la cerveza era un poderoso lubricante social. Nyota me había dicho años antes, al vernos a Tisha y a mí llegar a casa borrachas, confundir la bañera con la cama y utilizar los estropajos de la señora Fuli como almohadas, que cuando estaba borracha «no tienes tanto esa imagen de "si me hablas pienso vulnerar todos tus derechos humanos"».

Yo había decidido tomármelo como un cumplido.

Aquel jueves, entre discusiones sobre el bisfenol A, calumnias sobre técnicas de modelado, eructos y alguien repitiendo una y otra vez que había estudiado con el tercer autor del artículo, me tomé varias cervezas.

—… sin ni siquiera considerar la parte ética de…

—… siempre tan sabelotodo…

—¿… si este vaso es mío o tuyo?

—… atribuyeron completamente mal la actividad catalítica.

Esto último lo dijo Matt. Por desgracia, estaba de acuerdo con él, pero no iba a admitirlo a no ser que me amenazaran con aniquilarme. Así que me levanté, le dirigí a Tisha una mirada de «¿qué tal si zanjamos esto y nos vamos a casa?» y me dirigí al baño más cercano.

Estaba aturdida y sin duda borracha, pero no lo suficiente como para justificar la aparición que venía hacia mí por el pasillo. Era imposible que Eli estuviera allí, ¿verdad? Ya no se le permitía estar en Kline.

Sus pantalones y su camisa tenían pinta de haber sido un traje completo, con corbata y todo, hacía unas ocho horas. Se había cortado el pelo desde la última vez que le había pasado los dedos entre los rizos. Seguía estando despeinado, pero un poco más corto. También llevaba gafas. No le hacían parecer más listo ni más blando ni más distinguido, pero lo transformaban en Eli el Inversor de Capital.

Peor aún, le quedaban bien, lo cual resultaba imperdonable.

—¿Estás bien? —me preguntó. Su voz sonaba demasiado real para ser algo sacado de mis recuerdos. Y, sin embargo, tenía que serlo.

—¿Por qué lo preguntas?

—Llevas treinta segundos mirándome fijamente. —Parecía contento de verme y la idea me enfurecía, tanto si era verdad como si me lo estaba imaginando. No tenía derecho. Mi cerebro no tenía derecho. Esa felicidad era inmerecida.

—Rue —dijo. Parecía hacerle gracia.

—Eli —respondí yo intentando imitar el tono. Alargué la mano y toqué la parte de su cuerpo que me quedaba más cercana. Un bíceps incomprensiblemente sólido y muy poco imaginado.

Fantástico. Me encantaba quedar como una tonta.

—¿Sabes una cosa? —le dije en tono neutro—. Hubo un tiempo, antes de que hubiera oído la palabra «Harkness», en que trabajar para esta empresa daba gusto.

—Ajá. ¿Por eso estás tan borracha en tu lugar de trabajo a las seis de la tarde?

—Es el club de debate.

Parecía intrigado.

—Te emborrachas en los clubs de debate.

—Puede ser. —Me encogí de hombros. La cabeza me daba vueltas—. La primera regla del club de debate es no hablar del club de debate.

—Hostia. —Fingió retroceder—. ¿La Rue borracha hace bromas?

Consideré hacerle una peineta, pero le habría gustado demasiado.

—¿Qué haces aquí? —Mi mirada se posó en la carpeta que llevaba en la mano—. Robando cosas de la empresa. ¿Debería llamar a seguridad?

Pensé en Chuck, el adorable anciano que hacía de guardia con su barriga cervecera, su sonrisa omnipresente y sus alegres «buenos días». Me lo imaginé intentando escoltar a un Eli que se resistía a irse. En mi fantasía Chuck no acababa bien y, como se acercaba su jubilación, decidí dejarlo estar.

—Todo lo que contiene esta carpeta me pertenece —me respondió, un poco borde.

No me encontraba en plenas facultades para detectar mentiras, así que no le cuestioné. Ni siquiera cuando entre nosotros se hizo un silencio prolongado y vagamente incómodo.

—¿Cómo estás, Rue? —preguntó en voz baja una vez transcurridos uno o dos siglos.

—Borracha, como bien has indicado.

—¿Y aparte de eso?

Me encogí de hombros. Aquella fue la descripción de mis sentimientos más exacta que se me ocurrió.

—Estaría bien escuchar una respuesta, ya que llevas semanas ignorándome —me dijo con amabilidad.

—¿Ignorándote? ¿Es eso o que nuestro vínculo ha llegado a su fin natural y preestablecido?

—Es posible. —Apretó la mandíbula y se le enfrió la mirada, como si ya no estuviera de humor para fingir desenfado—. Y también es posible que no estés obligada a tener en cuenta mi paz mental, pero, aun así, me encantaría saber si el día que estuvimos juntos hice algo que te molestó. O si te hice daño de alguna manera.

—No. —¿Había estado cargando con ese peso las dos últimas semanas? Me quedé contemplándolo y mi mente ebria llegó a la conclusión de que definitivamente era el tipo de persona capaz de hacer algo así. Tenía un aire a príncipe azul. Observador. *Se preocupa, se preocupa de verdad por hacer lo correcto. ¿Por qué trabaja en Harkness, entonces?*—. Todo fue bien.

Escudriñó mi cara en busca de mentiras. Sus labios se curvaron en una lenta sonrisa.

—Conque bien, ¿eh?

—Vale, estuvo muy bien. —Aunque no tan bien como recordaba, de eso estaba segura. Debía de haber magnificado la noche en mi cabeza. La había glorificado más allá de la realidad.

Nada podía ser tan bueno.

—Sí. —Sus ojos se oscurecieron. Cuando volvió a hablar, su voz era más áspera—: Pienso lo mismo. Una lástima que no vaya a haber segunda cita.

Toda una tragedia, pensé. Con la cerveza recorriendo mis venas, aquella regla me parecía más endeble que nunca. Y quizá Eli era capaz leerme la mente, porque dijo:

—Ten una cita conmigo. —Me dio la sensación de que las palabras habían salido de su boca sin premeditarlas. Parecía tan sorprendido como yo, pero no se echó atrás—. Una cena —añadió decidido, como si se alegrara de haber conseguido pedírmelo—. Permíteme llevarte a cenar.

Tuve que hacer acopio de todas mis fuerzas para no echarme a reír en su cara.

—¿Por qué?

—Porque sí. Llevo dos semanas sin verte y... lo cierto es que esto me gusta. Estar contigo. —Aquella sonrisa suya, despreocupada y burlona... Quería tocarla—. Puedes contarme más historias de esas horribles que no le cuentas a nadie. Yo te escucharé y te hablaré de las mías.

Se me ocurrió que, si había una persona en el mundo que podía ir a cenar conmigo y no sentirse decepcionada por lo torpe, aburrida e insuficiente que era, lo más probable era que fuera este hombre. Al fin y al cabo, habíamos sido brutalmente sinceros el uno con el otro. No había pretensiones entre nosotros. No obstante, si sentía que follármelo era un acto de deslealtad hacia Florence, *hablar* con él sería traición pura y dura.

—¿Historias? ¿Como la de cómo acabaste intentando robar el trabajo de mi amiga?

Su expresión se endureció.

—Ahora que lo dices, sí. Podría contarte... —Se calló de repente.

Su fuerte cuello se tensó al girarlo y un segundo después me estaba empujando a través de la puerta más cercana para entrar en un laboratorio. Me puso detrás de un mueble que nos ocultaba de las paredes de cristal.

Mi cerebro aletargado no era capaz de seguirle el ritmo.

—¿Qué haces? —pregunté, y luego me callé. Se oían unas voces acercándose.

—¿Sabes quiénes son? —Negué con la cabeza—. La directora general de Kline y sus asesores. —Sus ojos se clavaron en los míos, desafiantes—. No tengo ningún problema con que tu amiga nos vea juntos, pero he imaginado que tú igual sí.

En efecto. Así que me callé y dejé que uno de los bordes del mueble se me clavara en la zona lumbar mientras escuchaba cómo la voz de Florence se iba haciendo más débil. Eli se quedó cerca, enjaulándome con las manos. Tuve la sensación de que el aire entre nosotros estaba impregnado de la vergüenza que sentía por lo que había hecho. Por lo que aún quería hacer.

—¿En qué estás pensando? —me preguntó.

Solté la verdad:

—Dijiste «negociables».

Me miró confundido.

—¿Qué?

—En la aplicación. En la parte de la lista de preguntas, hay un recuadro que dice «Fetiches». Pusiste «negociables», pero no diste más detalles.

Su mirada se volvió tan intensa que era incapaz de concebirla. Era embriagadora. Un poco desquiciada.

—¿Quieres saber qué me gusta?

Asentí.

—¿Por qué? —Inclinó la cabeza—. ¿Esperas que tome el control? ¿Quieres que yo lleve la voz cantante para sentirte menos culpable por estar conmigo?

Resultaba incómodo lo mucho que daba en el blanco.

—Creo que deberíamos volver a follar —me oí decir. El alcohol embotó la brusquedad de mis palabras, pero las pupilas de Eli se dilataron igualmente.

—Que yo recuerde, nunca llegamos a hacerlo.

—Cuestión de semántica.

—¿Cuánto has bebido, Rue?

—No lo sé. —Sí lo sabía—. Unas cuantas cervezas.

—Tres. Y unos tragos de una cuarta.

—Ya. Vale. —Dio un paso atrás. Se giró para mirar el logotipo de Kline que estaba en relieve sobre una pared. Tenía los tendones tensos a ambos lados del cuello, como si estuviera sometido a una gran presión. Luego volvió a mirarme, pero ya había logrado controlarse—. Podemos volver a hablar del tema cuando hayas metabolizado el alcohol de tu organismo.

—¿Igual que te he metabolizado a ti? —pregunté en voz baja. Sus fosas nasales se ensancharon—. Podríamos irnos juntos. Esta noche.

—Rue.

200

—A menos que estés ocupado.

—Rue.

—Puedes decir que no, si no te…

—Rue. —Su interés era palpable, tan real como el suelo que pisábamos. *Va a decir que sí,* pensé eufórica. Pero—: Mañana. —Se apoyó en uno de los muebles y se le pusieron los nudillos blancos por la fuerza con la que se agarraba al borde—. Volveremos a hablar de esto mañana, si todavía quieres. Llámame y te diré lo que me gusta. —Tenía una mirada de convicción propia de alguien que no ha cedido a ninguna petición en años.

—Vale. Mientras tanto, siéntete libre de tocarme. O de besarme.

Exhaló.

—Rue.

—¿Qué? Solo es un beso. ¿Ahora me tienes miedo?

Se acercó más, inclinándose lentamente hacia mí. El corazón empezó a martillarme el pecho y al final explotó cuando noté cómo metía la mano por debajo de mi sudadera y la iba deslizando hacia arriba.

Mi cerebro trastabilló. El aire acondicionado rozó la piel expuesta de mi torso y se me puso de gallina. Luego, su gran palma se deshizo de esa sensación y un fuerte escalofrío me sacudió la espalda.

—Rue. —Eli chasqueó la lengua, paciente, acercándose aún más. Sus labios me presionaron la comisura de la boca, la mejilla, la oreja. Habló en un susurro grave—: Te lo advierto: si no paras, te tumbaré bocabajo sobre esta mesa y te enseñaré qué es *exactamente* lo que me gusta.

14

EL VILLANO DE SU HISTORIA

ELI

El rubor en las mejillas de Rue le recordó al día del hotel: la piel pálida y acalorada, el pecho enrojecido cuando se arqueó contra su mano, sus dientes mordiéndole el hombro. Nunca dudó de que ella había disfrutado de lo que había pasado, pero disfrutar y consentir eran cosas muy distintas, y cuando ella desapareció de la faz de la tierra, sus preocupaciones se asentaron en terrenos inquietantes: ¿había cruzado algún límite? ¿La había asustado?

¿De verdad no quería saber nada más de él, ni siquiera después de aquello?

—Eso no ha sido un beso —dijo ella. Eli deseó que la voz de Rue temblase tanto como su propia mano, pero el rosa que le cubría los pómulos era el único indicio de que se estaba viendo afectada—. No ha sido nada en absoluto.

—Vuelve a pedírmelo cuando estés sobria.

—Y me dirás que sí.

Era una pregunta sin signo de interrogación, y dos semanas antes él le habría respondido que tenía toda la razón. Sin embargo, después de pasarse horas esperando a que contestara a un simple mensaje de texto, después de la forma en que había salido corriendo y lo había dejado ahí solo, sudoroso y entre sábanas enredadas, ya no estaba tan seguro. Ella tenía un poder sobre él que no podía explicar. Ceder más habría sido de lo más estúpido.

Aunque quizá Eli sí que era estúpido. Se había excitado más durante aquella hora que había pasado con ella que con nadie. Se había corrido como si fuera un puto adolescente y las rodillas le habían seguido temblando durante veinte minutos después de que ella se fuera. No podía pensar con claridad cuando estaba cerca de ella, y no tenía ni idea de cómo hacer para que su cerebro se despejara. No le ocurría muy a menudo.

Dio un paso atrás y dejó que la sudadera volviera a su lugar. Seguía pareciéndole obscenamente preciosa. Ya debería estar acostumbrado, pero la forma de sus ojos y el arco de sus labios le impactaban cada vez que los veía. Adornaban sus fantasías de formas que iban desde la guarrada más absoluta hasta la situación más banal.

¿Y si la llevaba a tomar algo para discutir las ventajas de procesar alimentos a alta presión en vez de usar las técnicas térmicas y sus dedos rozaban los de ella sobre la mesa?

¿Y si le lavaba la ropa para darle las gracias por el mejor polvo de su vida?

¿Y si la ataba, se la follaba por el culo y la hacía disfrutar?

—Tía, pensaba que ibas al baño. —Ambos se giraron. Tisha Fuli estaba en la puerta.

—Así era. —Rue puso distancia entre ella y Eli—. Se me ha olvidado.

—Te has olvidado de que necesitabas... Ah. —Tisha comenzó el curioso proceso de alternar la mirada entre ellos dos. Lo alargó muchos segundos y culminó en un estupefacto—: Hostia. Puta.

El hombro de Rue se desplomó, algo no muy propio de su perfecta postura.

Eli enarcó una ceja.

—¿Qué?

—Vosotros dos habéis follado, ¿verdad? —preguntó Tisha. Eli miró a Rue, que permanecía estoicamente callada—. Primero de todo, no me puedo creer que no me lo hayas contado. Segundo, literalmente este hombre es la razón por la que he tenido que recuperar mi contraseña de LinkedIn, ¿en qué momento te ha parecido que esto era buena idea? Y tercero, ¿qué tal fue?

Rue suspiró, sacudió la cabeza y salió del laboratorio, dejando a Eli y a Tisha solos.

Era alta, quizá incluso más que Rue. Piel suave y oscura, una belleza clásica. Tenía mejor aspecto del que nadie tenía derecho a tener al final de una jornada laboral. Nunca habían hablado, pero era obvio que ambos sabían quién era el otro, así que Eli decidió ahorrarles el paripé de presentarse.

—¿Necesitáis que os lleve a casa?

—No. Esta noche me toca conducir a mí. —Tisha le sonreía como si no estuvieran en lados opuestos de un conflicto empresarial—. En fin, me alegro de conocerte, ya era hora, Eli Killgore, residente en Texas, nacido el veintiuno de junio de...

—Me preguntaba a quién le habría enviado la foto del carné.

—Fue a *moi*. Tisha. —Se señaló a sí misma de forma teatral—. T-I-S-H-A, por si quieres guardarte mi número. Yo me he guardado el tuyo, así puedo ponerme en contacto contigo si alguien encuentra el cuerpo de Rue tirado en una zanja.

—Es más probable que encuentren el mío.

—No. Es un poco fría, pero jamás haría algo así. Como mucho te hará *ghosting*. —Frunció el ceño—. O sea, se esfumará.

—Ya.

—Hacer *ghosting* es dejar de responderle a alguien de repente.

—Sé lo que significa hacer *ghosting*.

—Puf, si Florence se entera de lo vuestro, no le va a hacer ni puta gracia. —Tisha se pasó una mano por la melena lisa—. ¿Cuánto hace? Del día en que consumasteis vuestra lujuria, me refiero.

—Dos semanas y media. —Tampoco es que llevara la cuenta.

—Suena como el título de un *thriller* erótico. Espera... Eso es tiempo suficiente como para que Rue haya olvidado que existes. ¿Por qué seguís...? Aaaah... —Sonrió—. Comprendo.

—¿El qué?

—Quieres más.

Él resopló. Estuvo a punto de decir: *Ella también quiere más,* como si fuera un crío repelente. Aunque ¿realmente quería más o solo era por la cerveza?

—No me va a dar más.

—Es muy poco probable que lo haga —coincidió Tisha sabiamente—. Rue no repite, y ahora mismo tú eres el villano de su historia. Aunque ambos sabemos que Florence va a ganar. Llegado el momento, tu imbecilidad será irrelevante.

Eli se preguntó qué les habría contado Florence a sus empleados y si Tisha seguiría estando tan segura de la victoria de Florence si supiera por qué él había venido a Kline y qué había estado haciendo esas últimas horas.

Aquello le recordó que estaba ahí para hacer cosas, no para quedarse boquiabierto mirando a Rue y deleitarse con lo bien que olía.

—Ha sido un placer conocerte en persona, Tisha, pero será mejor que me vaya.

—Vale. Y, bueno, sin rencor, pero ojalá no vuelvas por aquí nunca más —dijo con alegría.

—Haré lo que pueda.

No pudo evitar sonreír mientras se dirigía hacia la puerta. Y, cuando oyó a Rue salir del baño, se sintió orgulloso de sí mismo por no darse la vuelta.

15

¿QUÉ COÑO ESTÁS HACIENDO?

RUE

Cuando salí del baño, Tisha estaba ahí, apoyada en uno de los lavabos, contemplando su perfecta manicura. No se molestó en levantar la vista antes de preguntar:

—Rue, ¿qué coño estás haciendo?

No dije nada y fui a lavarme las manos, preguntándome si estaba demasiado borracha para tener aquella conversación.

—Escucha, Rue, te quiero y lo sabes. No he venido a juzgarte ni a hacerte sentir mal, porque está claro que ya te sientes fatal. Si no, me habrías contado lo que te traías entre manos.

Me dolía el pecho. Intenté pensar en una respuesta y no encontré ninguna.

—¿Estás enamorada de él?

—¿Qué? —Mis ojos se encontraron con los de Tisha en el espejo. Intenté soltar una risa burlona, pero solo me salió un sonido ahogado—. No.

—¿Crees que podrías llegar a estarlo si seguís con esto?

—Que si... No.

Tish suspiró.

—Sé que es una pregunta absurda, pero es que esto es tan poco propio de ti que me he visto en la obligación de preguntar.

—No. No es amor lo que siento por él. Solo nos hemos visto unas pocas veces. —Me di la vuelta para mirarla directamente—. Ha pasado una sola vez. El polvo estuvo bien. Y lo que me ocurre con él es que... no sé. Me resulta más fácil estar con él que con la mayoría de la gente. Pero no es..., no hay nada.

Tisha me examinó mientras se le formaba una línea vertical entre las cejas.

—Mira, si es..., si hay algo entre vosotros dos, algo de verdad, yo seré la primera en apoyarlo. Mi lealtad es hacia ti antes que hacia Florence o Kline o incluso que hacia mi maldita hermana. Aunque Bruce va primero. —Se le curvaron los labios. Yo también exhalé una pequeña risa—. Ahora bien, si estás quedando con Eli solo porque folla bien, entonces tienes que parar y buscar a alguien que vaya a traerte menos problemas. Él y sus colegas están intentando quitarle a Florence todo aquello en lo que ha trabajado. E incluso si esta vez no lo consiguen, quién sabe a cuánta gente han robado ya. O a cuánta robarán. Florence se merece algo mejor, pero lo más importante es que tú también te mereces algo mejor. ¿De acuerdo?

No sabía qué decir, así que me limité a asentir y, cuando Tisha se acercó y me rodeó con los brazos, yo le devolví el abrazo.

16

LA CABEZA ENTRE LAS PIERNAS DE OTRA MUJER

ELI

Tal y como Eli esperaba, no tuvo noticias de la Rue sobria. Ni al día siguiente ni a la semana siguiente. Una cosa era estar borracha y cachonda y otra enfrentarse a la dura luz del día. Estaba claro que Rue llevaba su vida con rectitud, y Eli no lograba imaginarse en qué sitio tendría cabida él, más allá de en los momentos en que el alcohol proporcionase soporte químico.

Gracias a un golpe de suerte, no tuvo tiempo para lamentarse demasiado. Una de las empresas de agrotecnología de Harkness precisaba una inyección de liquidez con urgencia, y se necesitaba a alguien de forma presencial para idear la mejor estrategia. Hark estaba en California, así que Eli se ofreció voluntario pensando en que alejarse un poco de Austin le vendría bien. Sin embargo, un viaje de dos días a Iowa se convirtió en cinco días de reuniones e inspecciones, y en el vuelo de vuelta se quedó frito en el asiento, con la cabeza llena de datos sobre la salud de los cultivos e imágenes aéreas y de labios asimétricos. La mirada divertida de la azafata le indicó que se le había caído un poco la baba mientras dormía.

Nada más volver, Minami se puso enferma y Sul se cogió unos días libres para cuidarla, lo cual implicó que la mayor parte de las tareas cotidianas recayeran en Eli y Hark, pero a él no le importó demasiado. Y es que a Eli le gustaba su trabajo.

No hacía mucho que se había dado cuenta. Había sido un proceso de constatación gradual, más que un momento de autoconciencia repentina. Más allá de haber elegido hacer un máster por motivos prácticos, las finanzas nunca habían formado parte de sus sueños. Sin embargo, se le daban bien. Hacía casi diez años que habían empezado con Harkness. Tenían un destino concreto y particular, pero se había encontrado más de una sorpresa por el camino y no podía evitar preguntarse qué pasaría cuando llegasen a su puerto. O si habían llegado lo bastante lejos.

¿Había llegado *él* lo bastante lejos?

Una semana después del viaje, llegó a casa pasada la medianoche, agotado por las continuas reuniones, y encontró una nota garabateada con la letra de Maya en la encimera de la cocina.

«Sé que estás ocupado ganando montañas de dinero, pero ¿volveremos a verte algún día Tiny y yo?»

Al lado había una empanada de pollo envuelta en film transparente. Sonrió recordando los cómos y los porqués de todas sus decisiones pasadas.

Quizá no había llegado lo bastante lejos, pero, desde luego, algo más lejos sí estaba.

Minami y Sul volvieron al trabajo con aspecto de haber descansado y más acaramelados que de costumbre, tanto, que Eli se preguntó si habían fingido estar enfermos y se habían ido de crucero para poder pasarse el día follando. Emanaban una energía de recién casados que llegaba con unos tres años de retraso, y, si Eli la había captado, seguro que Hark la tenía taladrándole la cabeza con la fuerza de un enjambre de termitas.

Aquella noche, Hark le dijo:

—Necesito desahogarme.

Eli se lo llevó al gimnasio sin hacer ningún comentario. Sin embargo, cuando llegaron, la pista de ráquetbol que habían reservado estaba ocupada por dos mujeres.

—De puta madre —murmuró Hark en voz baja.

—¿Habéis reservado la sala? —preguntó una.

Eli sonrió.

—No os preocupéis. Pediremos otra.

—No hay más. Otra persona estaba usando la que nosotras habíamos reservado, así que nos hemos venido aquí.

Eli miró a Hark, cuyo humor estaba empeorando por momentos.

—No pasa nada. Esperaremos a que terminéis.

—O podemos jugar una partida por parejas, si queréis —dijo la otra jugadora con una sonrisa.

Eli volvió a mirar a Hark, que se encogió de hombros con un indiferente «por qué no». Formaron dos parejas con un hombre y una mujer en cada equipo, y si Eli pensaba que era porque, de no ser así, él y Hark habrían tenido ventaja, esa sospecha se disipó al instante y de una forma bastante humillante.

—¿Jugáis muy a menudo? —le preguntó a su compañera media hora después, durante una muy necesaria pausa para beber agua. Utilizó el dobladillo de la camiseta para secarse el sudor. Ya estaba empapado.

—Casi a diario cuando estábamos en la universidad. En estos últimos cinco años, cada vez menos —le contestó—. Me llamo Piper, por cierto.

—Eli. —Le estrechó la mano.

Era mayor de lo que pensaba en un principio. Alta, con el pelo largo y oscuro. Ojos azules. Guapa, objetivamente hablando, pero de una manera muy diferente a Rue, que tenía la extraña habilidad de absorber toda la luz de una habitación, como un prisma que se negaba a escupir arcoíris. Piper era brillante y luminosa y sonreía mucho. *Porque ella no te desprecia,* sugirió una voz sarcástica en su cabeza.

Y tenía razón.

Charlaron un rato y Eli pensó que Piper estaba jugando con la delgada línea que separa el tonteo de la charla amistosa, un baile que a él le resultaba familiar. Escuchó las historias que le contó sobre su trabajo como farmacéutica, preguntándose si le interesaban. Deberían interesarle. Qué refrescante era la idea de pasar un rato con una mujer guapa, inteligente y divertida que no aborrecía la idea de sentirse atraída por él.

Le habría venido bien hacer un reinicio completo. Rue había roto sus parámetros, pero otra persona podría devolverle a los valores de fábrica. Alguien con quien una simple conversación no fuera un campo de minas. Alguien que no lo mirara como si estuviera como una cabra después de pedirle una cita, que lo viera como algo más que un polvo rápido. Por lo menos, aquí el ráquetbol estaba sobre la mesa.

¿Rue practicaba algún deporte? Baloncesto o voleibol, tal vez, dada su altura. Seguro que se le daba bien. Parecía tener buena coordinación y su cuerpo era fuerte. Había sentido cómo se le tensaban los músculos debajo de la carne moldeable de sus muslos, y solo ese momentito había sido más excitante que algunas de las guarradas más extremas que había hecho en la última década.

—¿Estáis listos? —preguntó Hark desde su lado de la cancha, y justo entonces Eli obtuvo su respuesta.

No estaba interesado en Piper. Sobre todo si, mientras ella le contaba el viaje por carretera que había hecho por el noroeste del Pacífico, lo único que él podía hacer era añorar tener la cabeza entre las piernas de otra mujer.

—Esa no me la esperaba —le dijo Hark en el aparcamiento, después de jugar al ráquetbol un buen rato, después de que Eli alegara tener un compromiso cuando le invitaron a cenar y después de pasarse el rato de la ducha contemplando lo absurdo que era estar colgado de Rue Siebert.

—Sí. Juegan muy bien.

—Me refería a la parte en la que has puesto en práctica tus labores de monje.

—Solo estoy cansado, nada más.

En el pasado, Eli había sido el que tenía más mundo. Novias, amigas, gente a la que apenas conocía. Citas, relaciones, encuentros de una noche. En cambio, la vida sexual de Hark era más circunspecta, incluso antes de Minami. No habían hablado mucho del tema porque había poco de que hablar.

—Ya. ¿Nada que ver con la doctora Rue Siebert, entonces?

A veces Hark era insoportable.

—Nada de nada —mintió Eli—. ¿A ti te ha gustado…?

—Emily.

—¿Te ha gustado Emily?

—Es fantástica. Me ha dado su número —dijo Hark en voz baja.

Hubo un momento de silencio.

—¿Vas a llamarla?

No contestó, pero ambos sabían la respuesta.

El viernes por la noche, Eli recibió en su mesa la última transcripción de una declaración de tres testigos.

—Por si quieres leer algo ligerito antes de ir a dormir —le dijo Minami.

Cuando levantó la vista, su sonrisa era pícara.

—¿Es…?

Ella asintió.

—Los abogados todavía lo están revisando. Se niegan a comprometerse sobre si la deposición nos da motivos suficientes para enviar una notificación de impago y aceleración, pero no tienen ninguna duda de que algo raro está pasando. Como mínimo, podremos ir a los juzgados y pedir más pruebas.

—Joder, ya era hora.

—Lo sé. Vamos a cenar. Para celebrarlo —ofreció Minami—. Solo nosotros dos, sin Sul ni Hark. Estoy harta de que mi marido y el tuyo se interpongan en nuestra aventura.

Eli miró la hora y se puso de pie.

—No puedo. He quedado con Dave.

—Cierto, me había olvidado. ¿Sigue en pie lo de mañana? Lo de los cuatro.

—Claro.

Recogió sus cosas y no pudo evitar echarse a reír cuando ella empezó a corear:

—«He was a skater boy, he said, "See you later, boy"».

—Venga ya.

—«His friends weren't good enough for him.»

—Es por una causa noble.

—«Now he's a hockey star, driving off in his car.»

—Eres horrible —le dijo con cariño mientras salía de la habitación.

La cara de Dave Lenchantin estaba arrugada de tanto sonreír y curtida de tanto tomar el sol, lo cual resultaba sorprendente en un hombre que había vivido dos tercios de su vida metido en una pista de hielo. Vio a Eli nada más entrar y dejó a medias la conversación con la que estaba para abrirse paso entre la multitud e ir a saludarlo.

La recaudación de fondos anual era una ocasión informal, no muy distinta del carnaval que organizó el instituto de Eli cuando el distrito se negó a asignar fondos para financiar las calculadoras científicas. Había puestos de venta con pasteles, artesanías, retratistas, calcomanías, juegos e incluso un tanque de inmersión en el cual, para regocijo de Eli, estaba sentado Alec, la pareja de Dave, y se le veía aterrorizado. Ese evento era una gran fuente de ingresos para las iniciativas benéficas patrocinadas por el equipo.

—Doctor Killgore —dijo Dave mientras se acercaba para darle un abrazo a Eli.

Se conocieron cuando Eli era un adolescente, pero aquel hombre siempre había sido al menos medio metro más bajito que él.

—Nunca llegué a sacarme ese doctorado, entrenador. —Que le recordaran esa parte de su vida nunca le resultaba agradable—. Acepto que me llames «señor», eso sí.

—No pienso llamarte «señor», Killgore. Y menos después de presenciar aquella vez que te agachaste a coger una chuche, te diste un golpe en la espalda y te quedaste en el banquillo tres partidos.

—Mentira.

—Un cojón y medio.

—Era una Oreo.

—Bueno, espero que valiera la pena perder la dignidad por ella. —Dave sonrió. Se le veía feliz de verdad—. Gracias por la generosa donación, Killgore.

Eli negó con la cabeza.

—Gracias a ti por... —*Por entrenarme durante años, incluso cuando era un adolescente imbécil que se creía la hostia y se pensaba que era el más listo. Por creer en mí. Por contactar con cazatalentos. Por darme la estabilidad que necesitaba a pesar de*

que ni siquiera lo sabía. Por estar ahí cuando Maya y yo nos que-
damos solos. Por toda mi puta vida, en realidad— por obligarme a hacer flexiones con los nudillos desnudos sobre el
hielo aquella vez que llegué borracho al entrenamiento,
aunque la culpa fue de Rivera por echarle alcohol al Ga-
torade.

—Fue un placer, hijo mío.

—Apuesto a que sí.

Eli no estaba seguro de por qué había respondido tan
bien ante las lecciones de disciplina de Dave, sobre todo
teniendo en cuenta que la relación con sus propios padres
siempre había sido tensa. Había sido un niño rebelde y
desafiante. Uno de sus profesores sugirió que hacer una
actividad extraescolar físicamente exigente podría absorber la hostilidad que lo invadía, así que le obligaron a ins-
cribirse en todos los deportes de equipo que se practica-
ban en el área metropolitana de Austin. El hockey y Dave
fueron los únicos que prevalecieron.

—¿Qué tal le va a Maya? —preguntó Dave—. Me pareció verla por aquí hace un par de semanas.

—Debió de venir a ver a Alec, seguramente. Está pasando unos días en casa de una amiga, de lo contrario,
habría venido hoy conmigo.

Cuando Eli se convirtió en el único tutor de su hermana de once años, su situación financiera estaba pasando por un momento desastroso. Tenía varios trabajos por
los que cobraba el salario mínimo, además de deudas y
una hipoteca, lo que se traducía en muchas horas de cu-
rro y ni un duro para cuidar de una niña. Dejar sola en
casa a una cría claramente dolida, confusa y muy enfada-

da era impensable. Por suerte, Dave le ofreció a Maya un puesto en el equipo de patinaje artístico de Alec que, para sorpresa de Eli, ella aceptó. Jamás se habría podido permitir pagarle el acceso a una pista de patinaje, por no hablar de un entrenador, pero Dave cubrió la mayoría de los gastos gracias a recaudaciones de fondos como esta. Maya nunca llegó a ser más que una patinadora aficionada. No obstante, practicar aquel deporte la había enraizado.

—Deberíais venir a cenar un día de estos.

—Pon fecha y allí estaremos. —Eli sonrió—. Pero mejor pidamos comida en algún restaurante.

—Serás delicado... Solo pasó una vez. ¿Y quién dice que echar kétchup en los macarrones con queso es mala idea? Justo le estaba contando a Rue que Alec y yo hemos estado yendo a clases de cocina para parejas y...

—Perdona —interrumpió Eli. Se le erizaron los pelos de la nuca—. ¿Contando a quién?

—¿No te acuerdas de ella? Ah, claro, te habrías marchado ya cuando ella empezó a entrenar con Alec. Pero puede que conozca a Maya. ¡Ahí está! ¡Rue! —Dave saludó a alguien, un gesto amplio, imposible de ignorar. Unos ojos azules centellearon en la cabeza de Eli.

Un llavero con forma de bota de patinaje sobre hielo.

La voz de Minami: «Al parecer ella también fue atleta durante su época de estudiante».

—Rue, ¿puedes venir un momento?

Llevaba puesta una camiseta de la pista de patinaje Lenchantin Rink. Le estaba dando un trozo de pizza a una niña vestida de patinadora sobre hielo. Se la veía concentrada, un poco apartada. Fuera de lugar entre el bullicio de la multitud.

Como de costumbre, Eli perdió la cabeza nada más verla.

Ella no oyó la llamada de Dave, pero la mujer mayor que estaba a su lado le dio dos golpecitos en el hombro y señaló en dirección a ellos. Los ojos de Rue se alzaron, se encontraron con los de Eli y pensó: *Me cago en la puta.*

Se las había apañado para no pensar en ella como un obseso durante esa última semana. Excepto los ratos en los que sí lo había hecho. Lo cual era una cantidad vergonzosa de tiempo. La mayor parte del tiempo. Todo el puto tiempo.

No necesitaba esto. No necesitaba que le recordaran lo buena que estaba, la forma en que absorbía el aire de sus pulmones. No necesitaba ver cómo separaba los labios por la sorpresa ni el momento en que se quedó muy quieta.

Y, desde luego, no necesitaba que Dave gritara:

—¡Rue, ven aquí! ¡Quiero presentarte a alguien!

17

SU EXISTENCIA, AL PARECER, TENÍA UN GRAN IMPACTO EN ÉL

ELI

Vio como la boca de Rue se movía para pronunciar un «disculpad» que no llegó a oír desde donde estaba, y entonces empezó a andar hacia ellos, limpiándose las palmas de las manos, ya de por sí limpias, en los laterales de sus pantalones cortos. De pronto, Eli era muy consciente de la sangre que le corría por las venas. Se sentía vivo, y mucho. Porque Rue Siebert se acercaba caminando hacia él con cara de que habría preferido estar en cualquier otro sitio.

Su existencia, al parecer, tenía un gran impacto en él. Más que un sofisticado espectáculo erótico.

—Rue, te presento a Eli. Era jugador en mi equipo de hockey antes de que tú empezaras a patinar con Alec.

Rue y Eli se miraron. Sintieron la misma electricidad de siempre en el espacio que les separaba. Y, sin mediar palabra, tomaron la misma decisión.

Fingir.

—Encantado de conocerte, Rue. —El tono de Eli era demasiado íntimo como para engañar a nadie.

El de ella, demasiado abochornado:

—Lo mismo digo.

Se dieron la mano y él notó que una chispa le recorría el cuerpo. Una muy pornográfica. Quería llevarse a esa mujer a casa y tumbarla sobre las sábanas. Quería atarla a la cama. Quería agotarla hasta que no pudiera resistirse a la inexorable atracción que existía entre ellos. Su mano seguía envolviendo la de ella y se imaginó que daba un tirón para acercarla y le besaba la palma con la boca entreabierta. Que se la llevaba lejos, a algún lado, a *cualquier* otro lado.

Se le había ido la olla. Y era por culpa de Rue.

—Cuando entrenabas con Alec, quizá llegaste a conocer a la hermana de Eli. ¿Te suena Maya Killgore?

Ella apartó la mirada de Eli con cierta dificultad.

—¿Es más joven que yo?

—Tendrá unos veinte ahora.

—En ese caso, no creo.

Se miraron con cierta resignación. Algo de emoción. Alivio. Y cuando Dave se fue a saludar a otra persona, permanecieron allí, inmóviles, mientas la conversación que habían mantenido en aquel pasillo hacía retroceder en el tiempo el presente.

Eli intentó imaginar una realidad en la que no supiera que Rue Siebert existía. Lo miserable y vacía que sería. El alivio que sentiría.

—Hola, Rue —dijo en voz baja.

Llevaba el pelo recogido en una trenza tan gruesa como la muñeca de Eli y le colgaba por encima del hombro. Ella asintió. Una respuesta un tanto incómoda que, en cierto modo, tenía todo el sentido del mundo.

—¿Por qué no paramos de encontrarnos así?

—¿Así cómo?

—Por casualidad.

A él se le escapó la risa.

—Quizá es que tenemos mucho en común.

Ella apretó sus maravillosos labios.

—Eso me parece poco probable —respondió. Se la veía poco dispuesta a admitir que pertenecían a los mismos sitios. Que les gustaban las mismas cosas.

Qué desconcertante le parecía esta mujer.

—¿Entrenaste con Alec? —Había visto a muchas patinadoras a lo largo de su vida y Rue no tenía pinta de serlo, pero asintió—. ¿Cuándo lo dejaste?

—En el último año de universidad.

—¿Lesiones?

—Algunas no muy graves, pero ese no fue el motivo.

Apostaba a que había sido como él: no lo bastante buena para dedicarse a ello profesionalmente, pero sí para conseguir una beca.

—Eres alta para ser patinadora artística.

—Eso tuvo más que ver.

Sus piernas largas y fuertes. Los músculos de su tronco, que se tensaban cuando se estremecía y se arqueaba contra él. Intentó imaginarse lo que suponía bailar sobre el hielo con un centro de gravedad tan alto como el de ella, con la longitud de sus extremidades. El control que necesitaba para lograr la elevación, la precisión y la velocidad adecuadas en los saltos. Saboreó esa imagen mental, la expectación que creaba. Nunca había prestado mucha atención a las patinadoras artísticas, pero la fuerza que ella tenía lo atraía. Rue, sudando y haciendo poses bonitas. Rue, poderosa y feroz. Serían un buen dúo. De hecho, ya lo habían sido.

—¿Querías dedicarte a ello de forma profesional? —le preguntó.

—Descarté la idea a las dos semanas de empezar la universidad porque ya no lo soportaba más. No fue fácil continuar, pero tenía que ser lo bastante decente como para que me dieran la beca y librarme de pagar la matrícula.

—Entiendo.

—Insistir en coreografiar mis actuaciones al ritmo de «Pump up the jam» ayudó.

Eli sonrió.

—Sigo sin tener muy claro cuándo estás de broma. —*Y, joder, cómo me gusta.*

—Ya te lo dije, nací sin sentido del humor. Es congénito.

Mentira.

—¿Sí?

—Has conocido a mi hermano. ¿Crees que es de los que se ríen cuando alguien hace un juego de palabras?

La analizó. Intentó resolverla. Fracasó.

—Si prefieres ir de ese palo, por mí bien.

—Rue —la llamó la mujer del puesto de pizzas—, nos hemos quedado sin botellas de agua. ¿Podrías traer más del almacén? —Sus ojos se desviaron hacia Eli con suspicacia—. El caballero de brazos fuertes quizá quiera ayudar.

Él sonrió.

—Será un placer, señora.

Siguió a Rue hasta uno de los muchos cuartos de almacenaje. Uniformes, cascos viejos y algún que otro palo de hockey se amontonaban en todas las superficies, y tuvo que sortear varias cajas de discos para encontrar el interruptor de la luz. Su cerebro tuvo un lapsus, desorientado en el tiempo: hacía más de una década que no entraba ahí, pero el logotipo de las camisetas verdes le resultaba tan familiar como el peso de la cabeza sobre los hombros.

—¿Has mantenido el contacto con Alec después de graduarte? —preguntó. Si no podía tenerla, al menos quería saber cosas sobre ella. Conseguir más piezas para el mosaico de Rue que se había instalado en su cerebro.

—Sí. —Desenterró un carrito de debajo de una caja de espinilleras. Bajo la intensa luz de aquella habitación, estaba más pálida que de costumbre y sus curvas formaban sombras dramáticas y ángulos agudos—. ¿Tu hermana también?

—Sí. Alec ha hecho mucho por nuestra familia.

—Por mí también.

—¿De verdad?

—Cuando era adolescente, traía comida a los entrenamientos solo para mí. Bocadillos, verduras y hummus. Aperitivos sanos y ricos en proteínas. —Dejó de descargar el carrito con la mirada perdida—. Nunca le dije que tenía hambre, y aun así...

Él la observó, recordando la figura delgada de la Rue adolescente. ¿Su proyecto no iba de prolongar la vida útil de los alimentos?

—Pero ¿tenías hambre?

Ella alejó el recuerdo y Eli se dio cuenta de que aquella no había sido una de las historias desagradables que solían intercambiar. La había compartido con él sin querer.

—¿Ves el agua? —le preguntó Rue.

Eli señaló el carro que acababa de cargar con ochenta botellas.

—Ah, claro. —Se rascó la nuca, inusualmente nerviosa.

Aquello era un puto espectáculo visual. Quería desmontarla, ver sus átomos retorcerse de placer y tomarse su tiempo para volver a unirlos. Quería que ella sintiera lo mismo que él.

—Mi exprometida era chef —le dijo.

Ella se quedó en blanco.

—¿Y?

—Era…, bueno, *es* muy buena en lo suyo. Y siempre decía que todo el mundo debería tener al menos tres platos estrella que pueda preparar sin necesidad de buscar la receta.

—¿Para impresionar a la gente que invitas a cenar?

Se rio. McKenzie también lo habría hecho ante la idea de querer impresionar.

—Para poder comer bien. Sola o acompañada.

—No estoy segura de a dónde quieres llegar con esto.

—Yo tengo mis tres platos estrella. Porque me los enseñó una chef profesional de un restaurante Michelin.

—Rue parpadeó, como si aún no tuviera claro qué quería decir—. Podría alimentarte bien. Si todavía tienes hambre, claro.

Ella lo miró con los ojos muy abiertos y se quedó muda. Luego se acercó y la sangre de las venas de Eli se espesó cuando se puso de puntillas. Notó el calor de su cuerpo. Rue alzó la barbilla y acerco su boca a...

Eli giró la cabeza antes de que aquellos labios llegaran a tocar los suyos.

Su propio cuerpo le hizo saber de inmediato que esa había sido una malísima idea. *Rectifica. Bésala. Cierra la puerta. Levántale la camiseta y bájale los pantalones. Apóyala en cualquier superficie. Ya sabes lo que viene después. Ella también.*

Rue dio un paso atrás: parecía confusa, tal vez dolida por el rechazo.

El cuerpo de Eli se rebeló. Estaba tan empalmado que sentía cómo su erección palpitaba contra la cremallera de los vaqueros, doblada en un ángulo que le resultaba doloroso. Cuando ella hizo ademán de marcharse, él la detuvo con una mano en el hombro y la obligó a darse la vuelta.

—Espera.

Rue levantó la barbilla. Su mirada contenía un atisbo de desafío.

—Vivo cerca —dijo Eli. Puso en marcha su estrategia—. Puedes venir. Recuperar tus pertenencias.

—¿Mis pertenencias?

—Te dejaste algo en la habitación del hotel.

La observó escudriñar sus recuerdos hasta que sus ojos se abrieron como platos al dar con la respuesta.

—Podrías haberlas tirado.

—Nunca sopesé esa posibilidad.

—No son de tu talla, por si no te has dado cuenta.

—Te aseguro que me sentaban perfectamente cuando he necesitado usarlas. —Estaba siendo deliberadamente directo, puede que para recordarse a sí mismo lo que había detrás de aquella distancia que los separaba. Puede que para recordárselo a ella.

—Como no puedes hacerte con Kline, te dedicas a robarme la ropa interior.

—Ay, Rue. Por supuesto que puedo hacerme con Kline. —Ella entrecerró los ojos y él continuó—: Solo me apetecía tener un recuerdo. Si no quieres que te las devuelva, puedes dejármelas a mí. Cuidaré bien de ellas. Pero ven de todas formas. Podemos pasar un buen rato.

Esa última *o* se quedó colgando en el aire. Una larga matriz de cálculos se dibujó en el hermoso rostro de Rue. Él la dejó pensar y contuvo el aliento mientras esperaba la conclusión. El corazón le dio un vuelco cuando ella respondió:

—Vale. Iré.

Joder.

Joder.

Necesitaba calmarse. No podía ponerle tan nervioso un simple par de palabras. Entonces dijo:

—Genial. Pero tengo una condición.

—¿Una condición? —Estaba claro que nunca se había planteado esa posibilidad, y es posible que él tuviera aún más ganas de follársela cuando estaba en ese estado: confusa. Era cosa del capullo que llevaba dentro, el que se excitaba cuando iba un paso por delante y tenía el control, el que quería encerrarla en su habitación y no dejarla salir en meses.

—Si te llevo a mi casa, no quiero que huyas de mí.

Ella se cruzó de brazos.

—¿Planeas secuestrarme?

—Eso suena a mucho esfuerzo innecesario. Y a delito grave. —Le soltó el hombro. No parecía prudente seguir tocándola.

—Me iré cuando yo quiera —dijo ella con calma.

—No te estoy pidiendo que te cases conmigo y tengamos trillizos, Rue. —Mantuvo un tono despreocupado. Cualquier cosa que se asemejara a la intimidad afectiva la habría asustado—. No tienes que quedarte más tiempo del que quieras. Si te apetece marcharte porque la situación te supera o porque te aburres o porque el sexo no es lo que esperabas y simplemente no te satisface, por supuesto, vete. Pero no salgas corriendo como la última vez. Me asustaste y me hiciste pasar un mal rato. Lo que te pido es que te comuniques.

—Es que… —No terminó la frase, pero él no necesitaba que lo hiciese.

—Lo sé. —Algo se ablandó en el interior de él ante la expresión de desamparo de Rue—. Para mí también fue intenso. —Ya no se intentaba autoconvencer de que acostarse juntos iba a contribuir a que dejara de pensar tanto en ella. Para ser sincero consigo mismo, supo desde la primera noche que aquello iba a ser algo fuera de lo habitual.

Ella era alguien fuera de lo habitual. Totalmente única. Impredecible. Deliciosamente complicada.

Rue señaló el agua.

—Tengo que ir a ayudar.

—Y yo tengo que buscar la manera de tirar a Alec a una de las piscinas infantiles.

—Una misión honorable. —Curvó los labios—. Iré a buscarte en cuanto termine.

—¿Vendrás de verdad? —*¿O te acobardarás otra vez?*

—Sí.

Su expresión era impenetrable, pero había algo en su tono, algo que Eli reconocía en sí mismo. *¿Te tengo en mi mente como una rehén de la misma forma que tú me tienes a mí? Dímelo, Rue. Quedará entre tú y yo.*

Porque esta vez estaba seguro de que vendría.

18

NUESTRO MÉTODO
DE PAGO

RUE

Conduje detrás del híbrido de Eli y lo seguí por las calles arboladas del barrio de Allandale, a través del suave resplandor de las luces de los restaurantes. Vivía en una encantadora casa unifamiliar de dos plantas, una construcción de mediados de siglo con ladrillos rojizos y un amplio jardín que me hizo pensar en su exprometida. ¿Íbamos a acostarnos en una cama que habían comprado durante el viaje a Ikea que puso a prueba su relación? ¿Se habían separado por no ponerse de acuerdo sobre si comprar el dispensador de jabón Ekoln?

Irrelevante. No era asunto mío. Pero nunca había estado en casa de un hombre. Quizá en la universidad había acabado en alguna sin querer, con un tío al que no habría reconocido al día siguiente ni aunque se hubiera sentado a mi lado en clase de Química. Sin embargo, esta vez se trataba de Eli Killgore. Rompiendo mis parámetros. Arruinando mis planes. Instándome a querer hacer cosas terribles y desleales.

—¿Todavía quieres? —me preguntó cuando salí del coche mientras él me esperaba en la entrada.

Su voz se había infiltrado en los surcos de mi cerebro y ahora ocupaba un lugar destacado en mis sueños. Algunos sucios, que podía olvidar fácilmente, y otros muchos con escenas inquietantes y absurdas. Se me ponía detrás y me pedía que observara mi difracción de rayos X, o me explicaba qué era una compra financiada por terceros con Nyota asintiendo a su lado. Cada vez que me acercaba para tocarlo, me decía: «Mejor sigamos con este tema mañana».

Por fin era mañana.

—Sí.

En lugar de abrir la puerta, se inclinó y me dio un beso apasionado, con una mano alrededor de mi cintura y la otra apretándome contra la pared. Fue repentino y placentero al instante, y todo lo contrario del tipo de contención que había mostrado en el hotel, en los pasillos vacíos de Kline, en la pista de patinaje hacía solo una hora. Quería que me sintiera atrapada. Que supiera lo duro que estaba y lo rápido que se excitaba conmigo. Que fuera consciente de su fuerza hasta en lo más profundo de mi ser.

—Madre mía, qué bien sabes. —Me besó con la boca abierta por el cuello. Deslizó primero los dedos hasta mis pechos y después la mirada. Nunca me había sentido tan bella como cuando él me observaba. Era como si yo fuera su prototipo de mujer ideal.

—Deberíamos entrar. —Mis palabras chocaron contra sus labios.

—Dame un minuto. —Sus dedos se metieron entre mi piel y la cinturilla de mis pantalones. Aspiré el aire de la noche—. Qué putas semanas más largas me has hecho pasar, Rue.

—Lo sé.

Con una sonrisa depredadora, me mordió el cuello. Siguió con un lametón. Me agarró el culo y lo apretó de una forma que solo podía describirse como indecente. Pasaron siglos antes de que oyera el tintineo de las llaves, sintiera el empujón de su mano guiándome hacia el interior, viera desaparecer las luces de la calle cuando cerró la puerta y…

Fui atacada. Por un oso pardo de ciento cuarenta kilos. Gruñó mientras clavaba sus zarpas en mi torso con la fuerza de un meteorito capaz de extinguir a los dinosaurios, haciéndome caer hacia atrás contra el sólido cuerpo de Eli.

—Tiny, bájate. —Su voz era afectuosa pero autoritaria.

El oso —perro, un perro *gigantesco*— retrocedió moviendo la cola. Me miró fijamente con algo que anatómicamente no podía ser una sonrisa pero que, a efectos prácticos, lo parecía.

Me pegué al pecho de Eli. Uno de sus brazos me rodeó el torso y me estrechó contra él.

—¿Tiene… hambre? —pregunté mirando al chucho con desconfianza. Debía de ser un cruce con un caballo. Su pelaje tenía treinta tipos diferentes de marrón y la lengua le salía de la boca como si fuera un pergamino.

—Siempre. —Sin quitar la mano de donde la tenía apoyada, a la altura de mi cadera, se inclinó para hacerle varias caricias enérgicas al perro, que respondió moviendo la cola y ladrando de felicidad.

Tal vez venir había sido un error.

—¿Eres alérgica a los perros? —me preguntó al notar mi incomodidad.

Negué con la cabeza sin apartar los ojos del mamut. ¿Se llamaba *Tiny*? ¿Era una puta broma?

—No me digas que te dan miedo.

No, no me daban miedo. O quizá sí. No había tenido el suficiente contacto con los perros para estar segura.

—No soy muy amante de los animales.

—Entiendo. Los odias. —La situación parecía hacerle gracia.

—No los odio. Me gusta mantener una distancia respetuosa, más bien.

Bruce siempre me ignoraba sin contemplaciones, lo cual me parecía bien. En cambio, Tiny se había puesto a dar vueltas a mi alrededor con alegría, ansioso por recibir los mimos y elogios que estaba seguro de que le daría en cualquier momento.

—Bueno, está claro que tú a él sí que le gustas.

A pesar de lo suave que parecía su pelaje, no tenía intención de tocarlo. Había leído en alguna parte que los perros distinguían a las buenas de las malas personas. No me apetecía descubrir cuál era su veredicto.

—¿Tienes que, em…, sacarlo a pasear?

—A estas horas no lo saco. Tenemos un gran patio al que puede salir cuando quiera. Lo que quiere ahora es un tentempié nocturno. ¿Te vas a asustar si te suelto?

En ese momento me di cuenta de que le estaba clavando las uñas en el antebrazo.

—Perdón. —Levanté la mano y él me soltó con una sonrisa que casi parecía cariñosa.

Entró a la cocina seguido por la bestia. Oí ruido, armarios que se abrían y se cerraban y murmullos suaves y pacientes. Me sorprendí a mí misma sonriendo sin saber por qué. ¿Qué me importaba que Eli tuviera un perro, codornices o una balsa con nutrias? Cuando volvió secándose las manos recién lavadas en los vaqueros, me apresuré a preguntar:

—¿Dónde está tu habitación?

—No tan rápido. —Ladeé la cabeza y él sonrió—. Quiero una historia antes de subir.

Ah, sí. Nuestro método de pago.

—¿Una de esas horribles que demuestran lo mala persona que soy?

—Me da igual. Mientras sea verdad. —Hizo una pausa—. Mientras sea solo para mí.

—Todas lo son. —Le había contado cosas que nunca había confesado en voz alta a nadie. Y él había hecho lo mismo, lo sabía sin tener que preguntar. Me vino a la mente historia perfecta—. Cuando tenía once años, Tisha y Nyota, su hermana pequeña, empezaron a comerles la oreja a sus padres con que querían un perrito. Montaron PowerPoints y llenaron la casa de *post-its*. Incluso convencieron a sus profesores para que escribieran cartas. A Tisha le gustaban más los gatos, pero, si querían tener una mascota, era necesario aliarse, y Nyota era más pequeña, por lo que estaba menos dispuesta a ceder. En fin, el caso es que acabaron adoptando a Elvis, un chihuahua mestizo. Era… pequeño y escandaloso. Hacía como si yo no existiera, y yo le devolvía el favor. —Tragué saliva—. Aquel perro despertaba unos celos inhumanos en mí.

234

Porque tenía la suerte de estar con Tisha y su familia cada segundo de cada día. Lo alimentaban, lo cuidaban, lo mimaban. Mientras que yo tenía que volver a casa y lidiar con... —*Mi madre, siempre impredecible; mi hermano pequeño, cada vez más agresivo; una nevera vacía y la peste a moho. Tenía la certeza de que, si aquella era mi vida, algo debía de haber hecho para merecerla*—. Tenía que lidiar con muchas cosas. Así que, cuando veía a Elvis, sentía *muchísimo* rencor. Pensaba: «¿Por qué mi vida no puede ser así?» una y otra vez, hasta que me dio la sensación de que era... como un cáncer. Y que cada interacción que tenía con Tisha lo propagaba más. Me llevó mucho tiempo deshacerme de ese mal hábito. Quizá nunca lo acabé de conseguir.

Esperaba notarme las mejillas ardiendo y que me invadiera la vergüenza, como siempre. No obstante, era difícil culparme a mí misma cuando Eli no mostraba repulsión ni reproches. Se limitó a aceptar aquella historia que yo había guardado en lo más profundo de mi ser durante más de una década, como si fuera una parte tan natural de mí como mis labios o mi brazo.

Entonces le dije:

—Te toca.

Asintió. Respiró hondo.

—El viernes pasado tuve que ir a otra ciudad. Me emborraché a base de vodka con unos colegas, volví al hotel y busqué tu número en la agenda. Escribí un texto larguísimo en el que describía todas y cada una de las cosas que quería hacerte. No omití nada. Y no era solo una lista, Rue. Era una narración asquerosa, indefendible y excepcionalmente detallada. Un puto manual de instrucciones. Tengo el leve recuerdo de haberlo escrito, aunque, por suerte, me quedé dormido antes de darle a enviar. Cuando sonó el despertador a la mañana siguiente, allí estaba, en el cuadro de texto.

Al principio me sentí defraudada y estuve a punto de llamarle la atención por hacer trampas. No era una de nuestras historias crueles y desgarradoras. Aunque, claro, eso no lo decidía yo. Tal vez para Eli confesar que había perdido el control sí que era vergonzoso.

—¿Quieres saber lo último que escribí? —me preguntó.

Asentí con el corazón palpitando por la expectación.

—Las ganas que tenía de follarte hasta hacer que me obedecieras en todo. —Sacudió la cabeza exhalando una risa apenada y después hizo un gesto con la barbilla hacia la escalera—. ¿Todavía quieres seguir con esto?

No me molesté en contestar. Simplemente empecé a subir las escaleras. Cuando me giré para comprobar si me seguía, descubrí que tenía la mirada clavada en mi culo. Su sonrisa era impenitente, como si mirar mi cuerpo fuera un derecho sacrosanto del que pensaba aprovecharse mientras se lo concediera.

El dormitorio era como cabía esperar en un hombre adulto que no planeaba recibir visitas: amueblado con sencillez, más o menos ordenado, con una cama de matrimonio sin hacer y alguna que otra prenda de ropa desperdigada. Las ventanas daban a la calle. Eli pasó junto a mí para correr las cortinas. Cuando se giró, yo ya me había quitado los zapatos y la camiseta.

—Para —me ordenó.

Me miré los pantalones cortos.

—¿Quieres que me los deje puestos?

—No. —Se acercó—. Déjame hacerlo a mí.

—No me parece lo más eficiente. —Ni sexy. Llevaba la ropa que me pondría para ir a hacer la compra un domingo por la mañana.

—Vamos, Rue. No me digas que no sabías que iba a tomarme esta noche como la segunda oportunidad que nunca pensé que tendría.

Cada cierre que se abría al bajar la cremallera resonaba en la silenciosa habitación. Con sus grandes manos me abrió la parte delantera del pantalón como si estuviera desenvolviendo un regalo. Luego, con los ojos fijos en mí, deslizó la mano por dentro.

Con la punta del índice, dio unos golpecitos sobre el algodón de mis bragas. Después empezó a acariciarme.

—Qué bien.

«Qué mojada», quería decir.

Hacía rato que me había dado cuenta de lo húmeda que tenía la entrepierna, y ahora él también lo sabía.

—No creo que te sorprenda.

—No necesito sorprenderme para disfrutarlo. —Mis pantalones cayeron al suelo—. No creo que sea necesario decírtelo, ¿no? ¿Que tu cuerpo es la cosa más perfecta que he visto nunca?

Ladeé la cabeza y contemplé cómo me observaba, ávido y codicioso. Sus ojos se detuvieron en mis pechos, en mi vientre, en mis caderas, en mis muslos... Todas esas partes de mí eran demasiado *algo* para ser consideradas perfectas. Eso no impedía que yo amara mi cuerpo, aun con sus defectos. Me encantaban las cosas que podía hacer sobre la pista de hielo y fuera de ella, el placer que era capaz de sentir, cómo me quedaban los vestidos que me gustaba comprarme. Me encantaba que hubiera salido adelante durante mis primeros dieciocho años a pesar de las adversidades a las que se había enfrentado. Y me encantaba que a Eli le gustara tanto como a mí.

—Me alegra que pienses así. Eres libre de usarlo como más te apetezca.

Su garganta se contrajo.

—No sabes lo que estás diciendo, Rue.

Me tocó como si volviera a visitar el lugar donde uno va de vacaciones todos los años: un sitio familiar y a la vez eternamente añorado. Mi sujetador de encaje no iba a juego con mis bragas, pero a él no le importaba. Me rodeó el pecho izquierdo con la palma de la mano y me rozó el pezón, que ya estaba duro, con el pulgar. Me permití cerrar los ojos mientras mi espalda se arqueaba hacia él.

—Esto te gusta, ¿verdad? —Volvió a hacerlo y se me cortó la respiración. Cuando me pellizcó el pezón, tuve que tragarme un gemido—. ¿Tienes idea de lo que me gustaría hacerte?

—¿El qué?

Abrió la boca y se detuvo. Se rio, pensativo.

—Te morirías de miedo si te lo dijera.

—No lo creo.

Negó con la cabeza.

—Son cosas que requieren confianza. Comunicación. —Dejó caer la mano a un lado y sentí la pérdida como una puñalada—. Tiempo.

—No tenemos nada de eso.

—Lo sé.

Su sonrisa no era de felicidad. Me deshizo la trenza, dio un paso atrás para seguir mirándome y pareció aún más complacido con las vistas.

—Tres veces —dijo. Fruncí el ceño, confusa—. Déjame hacer que te corras tres veces antes de irte.

Intenté recordar si alguna vez me había corrido tantas veces con alguien. O sola.

—Eso quizá sea demasiado ambicioso.

—Puede ser. —Se encogió de hombros, y me gustó que no actuara como si conociera mi cuerpo mejor que yo. Su seguridad en sí mismo siempre era silenciosa, pero también una presencia constante—. Aun así, déjame intentarlo. —Enterró el rostro en mi cuello. Inhaló—. Hueles tan bien. No ha habido ni un solo día desde la última vez que te tuve en que no haya pensado en volver a probar el dulce sabor de tu coño. ¿Puedo?

Se le daba bien llevar el control. Daba órdenes con tacto, instrucciones precisas, directrices claras. Quiso que me subiera a la cama, de rodillas, con un muslo a cada lado de su cabeza, y no le costó conseguir que le hiciese caso. Él aún llevaba puesta la ropa y yo estaba desnuda, sentada en su cara. Noté que su lengua describía un largo recorrido que partía de mi clítoris y se detenía pasada mi abertura, y la explosión de placer fue tan inesperada que me caí hacia delante y me tuve que apoyar con las manos para evitar darme un golpe contra su cadera.

—¿Me he pasado? —me preguntó Eli sin dejar de besar, succionar y morder.

Tuve que ahogar un gemido. La última vez también me había hecho un cunnilingus, pero no tan bien desde el principio y como por arte de magia. Le había llevado un rato aprender dónde tocar y qué ritmo era el adecuado. Ahora que sabía lo básico, era una verdadera amenaza, y su regocijo era evidente.

—No —respondí.

Empecé a desabrochar los vaqueros de Eli y le acaricié la polla a través de los calzoncillos mientras él seguía lamiéndome. Cuando dio un mordisquito en uno de mis pliegues, la liberé. Era grande, de un tamaño al que no estaba acostumbrada y con el que no habría esperado disfrutar, pero eso ya lo sabía. Cuando sus manos me apretaron las tetas e introdujo la lengua en mi interior, me la metí en la boca tan hasta el fondo como pude, lo cual fue más o menos hasta la mitad.

Los dos soltamos un gemido estrangulado y el sonido vibró por nuestros cuerpos. Intenté —de verdad que lo intenté— seguir el ritmo de su lengua y de sus dedos, que se movían cada vez más decididos hacia mi abertura. Intenté concentrarme y le di besos húmedos y torpes por todo el miembro. Usé la lengua para acariciar el borde del glande. Sin embargo, aquella posición era inusual y más íntima de lo que estaba acostumbrada, y el calor que se extendía desde mi entrepierna y me subía por la columna apenas me permitía concentrarme en otra cosa. Sabía cómo proporcionarle el mismo grado de placer, pero con sus manos agarrándome el culo y el pulgar presionando de repente contra mi ano, me resultaba difícil centrarme y…

—No se te da muy bien esto, por lo que veo. —Habló contra el interior de mi muslo. Por su voz, parecía encantado con la situación, y acompañó esas palabras de un beso con succión.

—Qué comentario tan hiriente y, *uf...*, de mala educación.

—¿Hiriente? ¿Esto? —Volvió a lamerme y mis muslos temblaron de forma incontrolable. Se le daba fantásticamente bien, como si hubiera mapeado cada punto de placer de la anatomía de mi vulva. O quizá me gustaba tanto por el entusiasmo con el que lo hacía. En cualquier caso, me sentía al borde de un abismo—. ¿Acaso te duele, Rue?

—No. Cuando has dicho que no... —Exhaló contra mi clítoris. Me estremecí y apoyé la frente sobre su musculosa pierna.

—Pobrecita. —Sus dedos me agarraron de las caderas y apretaron con fuerza—. Parece que tienes problemas para concentrarte.

—Es que...

Me pellizcó los pezones.

—¿Es que lo hago demasiado bien?

—Me distraes. —Mis palabras sonaban arrastradas.

—No pasa nada. Me voy a correr solo con esto. —Me pregunté vagamente qué significaba aquello, pero al cabo de un segundo añadió—: Con lo que disfruto saboreándote, me refiero. —Había algo en su forma de decirlo, algo que mostraba ansia y admiración; algo que provocó que me contrajera alrededor de la primera falange de su dedo cuando lo deslizó dentro de mí—. Puedes limpiarme cuando termine. Con la boca.

El placer me derribó como un terremoto. Fue, sin duda, el orgasmo más repentino de mi vida, algo que partió de lo más profundo de mi cerebro y, a su vez, de la estimulación de mis terminaciones nerviosas. Me encontré jadeando contra los vaqueros que le cubrían el muslo, tragando ruidos humillantes que se me acumulaban en la garganta. Su polla se agitó a mi lado con la punta llena de líquido preseminal y, cuando se calmaron los primeros espasmos, intenté volver a metérmela en la boca para demostrarle lo agradecida que me sentía por el placer que me estaba dando, pero me resultaba imposible concentrarme. Dar y recibir era difícil de combinar, y, a juzgar por la curva de su mejilla al sonreír contra mi muslo, se notaba que a él no le importaba.

Le hacía gracia mi falta de control.

—Eli, no puedo…

—No te preocupes, amor —me tranquilizó—. Puedes estar tranquila. ¿No te gusta esto? ¿No te gusta correrte?

Gemí. Sus manos, grandes, fuertes y sucias como las que más, me agarraron las nalgas y las abrieron. Había una pizca de agresividad en sus movimientos, cada vez más directos, y me pregunté si me estaba castigando por privarnos a los dos de esto durante semanas o si simplemente era así de impaciente. Entonces me succionó el clítoris con los labios y dejé de preguntarme nada. Estaba al borde de un segundo orgasmo, más fuerte que el anterior.

—Dios —jadeó—. Eres la cosa más dulce que he probado nunca.

En ese momento deseaba más tenerlo en mi boca que correrme. Cuando gemí con su polla entre mis labios, se me ocurrió que tal vez él sentía lo mismo. Su respiración se entrecortó y sus caderas se arquearon de tal forma que su miembro casi llegó a adentrarse en mi garganta, y entonces soltó un gruñido profundo. No supe qué fue lo que sentí primero: si el placer que me recorría una vez más o su semen inundando mi boca.

Permanecimos allí quietos, emitiendo sonidos propios de criaturas salvajes durante un largo rato. El descenso fue lento y laborioso. Entonces Eli desenredó nuestros cuerpos, me dio un intenso beso de agradecimiento y, con un brazo alrededor de mi cintura, me tumbó en la cama. Me sentí como un ser trascendente hecho de sensaciones, de calor y de las huellas de Eli en mi piel.

—Ya van dos —dije aún con leves espasmos. La última vez también me había sentido así. Agotada. Vacía. Como si mi cuerpo fuera su marioneta, algo que podía moldear y dar forma a voluntad.

«Intenso», había dicho él, pero la palabra no me parecía adecuada. Aquello era aterrador. Peligroso. Necesité un momento para recuperar mi sentido de la orientación y agradecí que retirara el brazo de mi cintura para taparse los ojos. No habría podido soportar más cercanía.

—Dame un segundo —jadeó—. Puedo conseguir que tengas otro. O morir en el intento.

Me reí. Sentía chispas por dentro. Con la mejilla apoyada en la almohada, observé a ese hombre que era capaz de hacer que mi cuerpo cantara como nunca antes. El agotamiento por culpa del sexo, por las últimas semanas de trabajo y por el estrés de estar viva y mayoritariamente sola empezó a hacer mella en mí. *Un minuto*, pensé. *Un minuto y me levanto. Haré el paripé de despedirme, ya que para él es tan importante, y dejaré esta cama de una vez por todas. Habrá sido un buen polvo de despedida.*

Contemplé cómo el ancho pecho de Eli subía y bajaba al ritmo de su respiración agitada. Le vi lamerse los labios distraído y curvarlos hasta esbozar una sonrisa al notar el sabor. Le vi sentirse inequívocamente satisfecho consigo mismo y sin ningún tipo de remordimiento. Y entonces mis párpados se cerraron, los sonidos de la calle se apagaron y yo dejé de mirarle.

19

SABES DÓNDE ESTÁN LAS TOALLITAS
DESINFECTANTES, ¿VERDAD?

RUE

Fue el suave golpeteo de la lluvia contra las ventanas lo que me despertó y el ruido lejano de un coche al pasar por delante de la casa lo que finalmente me convenció para abrir los ojos. No me sentí desorientada. Enseguida supe dónde estaba y que el reloj digital de color verde lima que parpadeaba desde la mesilla de noche era el de Eli.

Eran las once menos cuarto de la mañana.

Las cortinas seguían echadas. No había ni rastro de Eli. No recordaba la última vez que había dormido tanto, tan bien y hasta tan tarde. Quizá fuera por esa cama —o más bien esa losa mortuoria— sólida, como a mí me gustaba. O quizá había sido el sexo. No tenía ni idea y tampoco pensaba ponerme a indagar. De la forma más furtiva que fui capaz, recogí el rastro de ropa que habíamos esparcido alrededor de la cama y entré en el cuarto de baño.

Se advertía la misma leve mezcla entre limpieza y caos que en el dormitorio de Eli. Hice pis, robé un poco de

Listerine para enjuagarme la boca y bajé las escaleras en silencio. Me detuve al oír ruidos procedentes de la cocina.

Mierda.

Le había prometido a Eli que me despediría antes de irme. Pero eso fue cuando pensaba que me iría en mitad de la noche. Iba a tener que hacer el paseo de la vergüenza. Era bochornoso, pero no tanto como que Eli supiera lo mal que se me daban los sesenta y nueve.

Me dirigí a la cocina dispuesta a despedirme de forma rápida y honesta. *Gracias por lo de anoche, Eli. Me lo pasé muy bien. Siempre me lo paso muy bien. Empieza a parecerme cruel esta combinación entre quién eres y lo que eres capaz de hacerme. Será mejor que no nos volvamos a ver, ¿vale?* Sin embargo, cuando me obligué a entrar después de respirar hondo, Eli estaba cambiado.

Era como una versión más pequeña y bonita de sí mismo. Rizos castaños asalvajados que caían sobre unos hombros delgados, unos ojos de un azul inquietantemente claro y la misma sonrisa medio afable, medio cortante. También era unos centímetros más bajo que yo. Y era una chica. Al verme, se quedó boquiabierta durante una fracción de segundo, pero su sorpresa enseguida se transformó en una sonrisa.

—Vaya, vaya, vaya. Mira quién tuvo mambo anoche.

Enarqué una ceja.

La chica se sonrojó al instante.

—¡Perdona! No me refería a ti, jamás se me ocurriría… ¡Me refería a mi hermano! Hola, soy Maya Killgore.

La hermana. ¿Vivía ahí?

—Rue. Siebert.

—Encantada de conocerte. Te juro que no suelo hacer comentarios sobre el historial sexual de la gente, solo…

—¿Sobre el de tu hermano?

—Exacto. —Me apuntó con el dedo—. Nunca me cuenta nada, así que debo recurrir a métodos de investigación despiadados. ¿Pretende casarse contigo?

—¿Que si pretende… qué? —Necesitaba cafeína.

—¿Estáis saliendo o solo lo usas por su cuerpo?

—Eh…, lo segundo. —Hubo un momento de silencio—. Es más bien un acuerdo recíproco.

—Genial. Bien por vosotros. —Parecía feliz de verdad—. ¿Dónde os habéis conocido?

—Yo trabajo para una empresa aquí en Austin y Harkness está intentando adquirirla. —*Y aún no lo ha conseguido.* Fue agradable recordármelo. También mitigó el sentimiento de culpa.

—Hostia, ¿trabajas para Kline? ¿Conoces a Florence?

La vergüenza al oír mencionar a Florence en casa de Eli fue tan intensa que tuve que coger aire antes de responder:

—Sí.

—¿Cómo es? Me la imagino como un monstruo gigantesco con tentáculos.

¿Por qué esta chica sabía de la existencia de Florence?

—Es una pelirroja de metro sesenta. Sin tentáculos. No es particularmente monstruosa. —Para cortar la conversación antes de que fuera a más, añadí—: Es una de mis mejores amigas.

Los ojos de Maya se abrieron de par en par, pero un segundo después recuperó su agradable sonrisa.

—¿Te apetece un café?

—No, gracias. Justo me iba a ir a casa. ¿Eli…?

—No tardará. Puedo mandarle un mensaje si quieres.

—No hace falta. —Ya había preguntado por él, así que, si me iba ahora, no contaría como que me estaba escabullendo. Le mandaría un mensaje al llegar a casa y me inventaría un compromiso inexistente para este sábado por la mañana. *Llevo el puesto de rúcula en el mercado de agricultores. Hago aquagym. ¿No te había mencionado que tengo cuatro hijos? Me están esperando para que les haga el desayuno*—. Gracias, me…

La puerta principal, contra la que casi me habían empotrado la noche anterior, se abrió. El primero en entrar fue el perro gigantesco, que parecía aún más grande y aún más feliz a la luz del día. Eligió la violencia y se empezó a sacudir. Varios litros de agua de lluvia acabaron por todo el suelo de madera. No se salvó ni una esquina. El segundo, por supuesto, fue Eli. Se bajó la capucha del cortavientos verde oscuro que llevaba y, cuando sus ojos se posaron en mí, dijo:

—Me preguntaba si seguirías aquí. —Estaba sonriendo. Un poco complacido, un poco desafiante y un poco omnisciente.

Algo caliente y frío a la vez me recorrió el cuerpo.

—Iba a…

—Qué maleducado —interrumpió Maya—. ¿Estás intentando deshacerte de ella?

—Ay, si tú supieras, Maya… —respondió él con sentido del humor. Dejó caer la chaqueta sobre una silla de respaldo alto sin dejar de mirarme.

—¿Si supiera qué? —Maya acarició a Tiny, que esa mañana parecía sumamente desinteresado por mí. *Buen chico.*

—Rue hizo patinaje artístico con Alec —le informó Eli en lugar de responder.

—¿En serio? Es el mejor.

Asentí.

—Lo es.

—¿Todavía patinas?

—Ya no compito.

—¿Y por gusto?

—Eso sí.

—¿En la pista de Dave?

—Casi siempre.

—Espera. —Esos ojos igualitos a los de Eli se entornaron—. Rue Siebert. Te conozco. ¿No eres la que consiguió una beca para ir a no sé qué sitio de Wisconsin?

—Michigan. El Adrian College.

—Madre mía. ¡Me acuerdo de ti! Solo coincidimos unos meses, pero eras *buenísima.*

—No era…

—Me refiero a como mentora. Me enseñaste a hacer un cruce de espaldas, ¿te acuerdas? —No, no me acordaba, pero ella continuó de todos modos y sin perder la sonrisa—: Se me daba fatal. Lo habían intentado ya cuatro personas y no había manera de que me saliera. Venga, no es posible que no te acuerdes. Soy la chica que se echó a llorar en medio de la pista. Me llevaste a un banco, te sentaste a mi lado y ninguna de las dos dijo nada en al menos media hora. Cuando me calmé, me preguntaste si estaba preparada para volver a empezar, ¡y conseguí el cruce a la primera! Debió de ser más o menos en la primavera de…

Un coche tocó el claxon fuera. Di un respingo y Maya puso los ojos en blanco.

—Es Jade. —Cogió la mochila y una botella de agua demasiado grande y con demasiadas pegatinas—. Me alegro mucho de volver a verte, Rue. Voy a pasar el día en la biblioteca, así que tenéis vía libre para echar el polvo mañanero encima de la mesa. —Giró la cabeza para mirar a Eli—. Sabes dónde están las toallitas desinfectantes, ¿verdad? —Se fue antes de que él pudiera responder y nos dejó solos, mirándonos con algo que se parecía mucho al conocimiento de causa.

Él sabía que pensaba escabullirme.

Yo sabía que él lo sabía.

Y él también sabía que yo sabía que él lo sabía.

Levanté la barbilla con una pizca de desafío y sus labios se ensancharon en una sonrisa, como si yo estuviera siguiendo un guion que él ya había escrito en su cabeza.

—¿Ibas a dejarme una nota? —preguntó afable—. ¿O simplemente me ibas a mandar un mensaje más tarde?

Me mantuve firme.

—Lo segundo.

—La opción más rápida. —Asintió, deleitado, y abrió un armario.

El pienso tintineó al caer dentro del cuenco metálico del perro, y Tiny, que había empezado a dar vueltas a mi alrededor en busca del afecto que otras personas le ofrecían sin pensarlo, perdió el interés por mí al instante. En la mesa que había encima de él, vi un tablero de ajedrez con una partida a medio jugar.

—¿Es una partida tuya?

Eli asintió.

—Contra Maya.

—¿Jugáis mucho?

—Bastante. No tenemos el nivel de Nolan Sawyer ni nada de eso, pero...

—¿El nivel de Mallory Greenleaf, quieres decir?

Se limitó a sonreír.

—¿De verdad no te acuerdas de mi hermana?

—Bueno... —Lo cierto es que sí me acordaba, aunque solo por la forma en que había sollozado en silencio a mi lado. En aquel momento me pareció desgarrador y me sentí identificada. Deseé poder decir algo que la consolara, pero yo estaba pasando por lo mismo y sabía que no existían palabras que pudiesen ayudar—. ¿Hay algún problema con que me haya visto? —le pregunté.

—¿Quién?

—Tu hermana.

—¿Por qué iba a haberlo?

—No sé, quizá no quieras que tu hermana pequeña, que igual hasta es menor, se entere de quiénes son tus ligues. —No tenía pinta de ser menor, pero, cuanto más mayor me hacía, más se me mezclaban todas las edades por debajo de los veinticinco.

—Tiene casi veintidós años. O trece, nunca estoy seguro.

—¿Tú eres el hermano mayor?

Asintió.

—¿Vincent es más mayor que tú?

—Tiene dos años menos. Y no tenemos más hermanos.

—Me lo imaginaba, ya que la cabaña está dividida entre dos.

—Sí. —No me apetecía hablar de él—. Tu hermana parece…

—¿Simpática?

En realidad, me había dado la impresión de que Maya y Eli estaban a gusto el uno con el otro, y eso me hacía sentir irracionalmente traicionada. Cuando nos conocimos, tuve la impresión de que la relación entre ellos dos era tan tensa como la mía con Vince.

—¿Vive aquí?

—Sí.

—¿Por voluntad propia? ¿O también la tienes secuestrada?

—Lo creas o no, me lo pidió ella. —Eli también parecía incrédulo ante esa afirmación—. Me ofrecí a pagarle un piso cerca del campus, pero prefirió vivir con su pariente consanguíneo más cercano. Para poder controlar el estado de sus riñones de repuesto, seguramente.

Sonreí, y él también. Como si divertirme fuera una microafición suya que le procurara satisfacción.

—¿Esta es la casa donde creciste?

—No. Crecí en el sur de Austin. En Riverside. Pero el banco se quedó con esa casa hace ya una década. ¿Y tú?

Nunca tuvimos una casa con la que el banco pudiera quedarse, estuvo a punto de responder mi cerebro medio dormido.

—Yo vivía en Salado.

Alzó la ceja.

—¿E ibas todos los días a la pista de Dave?

—Sí.

Ladeó la cabeza.

—¿Cómo te metiste en el mundo del patinaje?

—La madre de Tisha era patinadora artística. Le pareció que tenía potencial y dio con Alec. —No me explayé en el resto de la historia. En lo liberador que fue luchar contra el frío del hielo y estar lejos de mi familia. En lo agotadores que se volvieron los entrenamientos a medida que aumentaba la exigencia. En la imposibilidad de plantearme dejarlo porque eso habría conllevado perder la beca para la universidad. En vez de añadir todo esto, cambié de tema—: ¿Traes a muchas mujeres a casa?

—Creo que eres la primera. —Se encogió de hombros—. Aunque mi exprometida vivía aquí.

—La chef.

—Sí.

Incliné la cabeza y lo observé. Estaba apoyado en la encimera, disfrutando de la forma en que su presencia llenaba la estancia.

—¿Cómo funciona eso?

—¿El qué?

—¿Cómo pasas de querer casarte con alguien a... no quererlo?

—Sorprendentemente rápido. Y sin mucho drama.

—No hubo cuernos, entonces. Sin embargo, ¿qué más había detrás de aquello? ¿Habían dejado de estar enamorados? ¿Ella había tenido que irse a vivir a otro lugar para seguir con su prometedora carrera como chef? ¿Le había roto el corazón a Eli?—. ¿Tú has tenido alguna relación? —me preguntó.

—¿Con relación quieres decir...?

—Un compromiso romántico de mutuo acuerdo, a medio o largo plazo. Salir con alguien, si prefieres llamarlo así. —Esbozó la misma sonrisa que había sentido entre mis piernas la noche anterior.

Lo que habíamos hecho debería haberme ayudado a metabolizar su existencia, pero seguía sin conseguir que me dejara de parecer tan interesante. Todo lo contrario.

Una moneda de plata que se niega a oxidarse, eso es lo que era. Un cosquilleo compulsivo en mi vientre que no quería desaparecer.

—No es asunto mío —añadió—, pero, aun así, me encantaría que me lo contaras.

—No. Eres la primera persona con la que he estado más de una vez.

Sus labios se curvaron.

—Pues sí que debo de follar bien, ¿no?

Es porque contigo nunca tengo que preocuparme por ser demasiado rara, demasiado antipática, por estar demasiado fuera de sintonía. Siempre me haces sentir acertada. Pero era verdad que aquellos habían sido los mejores polvos de mi vida, así que me limité a responder:

—Sí.

Mi sinceridad pareció desarmarlo. Se le desencajó el rostro y se le oscurecieron los ojos.

—Ven aquí. —Me hizo un gesto con la mano, y aunque aquello significaba traicionar a Florence, a quien se lo debía todo, fui.

Dejé que me acercara a su pecho.

—Creo —murmuró contra mi oído— que te debo algo.

—Puedes quedarte mi ropa interior.

—Eso no.

—Entonces, ¿qué?

—Dijimos tres veces.

Un zumbido, una electricidad estática invadió el aire entre nosotros.

—Da igual. No es... —*No es algo que se pueda contar. Tú y las cosas que hacemos, las cosas que me das, las cosas que me haces sentir son imposibles de cuantificar. El placer va más allá de los orgasmos, y soy incapaz de llevar la cuenta ni marcar casillas. Es confuso. Tú eres confuso*—. Está bien así.

—¿De veras?

Invadió el espacio entre nosotros. Su boca sabía a pasta de dientes y a mañanas lluviosas. Aquel beso fue a la vez superficial e intenso, ansioso pero persistente. No un beso de «vamos a follar». Tampoco uno de «acabamos de follar». Esos eran los únicos besos que había experimentado hasta el momento, así que no estaba segura de cómo clasificar este.

De despedida. Tal vez era un beso de despedida.

Se apartó lentamente.

—No puedes irte así, Rue.

—¿Qué quieres decir?

—Estás sucia de anoche. Necesitas una ducha, ¿no?

—Me la daré más tarde.

—¿Más tarde? —Arrugó la nariz con desagrado y yo fruncí el ceño.

—¿Te supone un problema?

—Justo iba a darme una.

No sabía qué responder. *Qué higiénico por tu parte. Mi más sincera enhorabuena. Espero que vaya todo lo bien que deseas.*

—Está bien. Voy a…

—Dúchate conmigo. —Sus dedos se entrelazaron con los míos—. De todas formas tienes que hacerlo en algún momento, ¿no? Ya puestos, mejor que sea divertido. —Aquello no era para nada una buena idea, y él debió de verlo en mi cara, porque preguntó—: ¿Por qué no?

Por Florence. Porque eres una mala persona que hace cosas malas. Porque estás equivocado y vas en contra de todo lo que defiendo, y hay gente a quien le podría hacer mucho daño si se enterara. El problema era que no quería decir que no. Tampoco quería decir que sí, pero eso daba igual.

A juzgar por la sonrisa de Eli, asentir pareció ser suficiente.

20

NO SERÁ PARA TANTO

ELI

Estaba embelesado.

Obsesionado.

Enamorado.

No de Rue, que habría preferido cortarle el cuello con la cuchilla de un patín antes que convertirse en la destinataria de cualquier afecto romántico por parte de uno de los socios de Harkness. Su cuerpo, en cambio, lo tenía absolutamente cautivado. Aquellos ojos solemnes de color azul oscuro que lo miraban con vacilación. Su inexpresividad a la hora de soltar las ocurrencias más absurdas, dejándolo siempre a cuadros. Su olor y el olor a sexo en las sábanas aquella mañana, cuando había tenido que levantarse. Se había despertado empalmado. Ella seguía durmiendo, sin hacer el más mínimo ruido, con una mano bajo la mejilla y la otra en forma de puño frente a su cara, a su disposición. Perfecta para ser follada.

Esa mujer lo desquiciaba. Se sentía extraordinariamente bien en su presencia, y se imaginaba a sí mismo haciendo cosas que iban de lo vergonzoso a lo imprudente, pasando por lo ilegal, solo por pasar cinco minutos más con ella.

Desnuda, a ser posible.

—¿No está demasiado caliente? —preguntó mientras le lamía el agua que se iba acumulando en su clavícula.

Estaba intentando mantener la calma, pero no esperaba que ella aceptara quedarse más tiempo del necesario. Eli se había pasado la mitad de la noche con los nervios a flor de piel, observando cómo su pecho subía y bajaba debajo de la sábana con la que la había tapado, la forma en que dormía, acurrucada y discreta, convencido de que desaparecería si se atrevía a pestañear. Y, sin embargo, ya había amanecido y él se la había encontrado aún a su lado. Había vuelto de pasear a Tiny y su coche seguía aparcado en la entrada de casa.

Iba a quedársela. Para sí. Tanto tiempo como pudiera.

—No. Está bien —respondió ella.

Rue echó la cabeza hacia atrás para dejar que el chorro de la ducha le diera en la frente y el pelo. Él siguió con la mirada el río de agua que le bajaba por la larga línea de la garganta, estudiando su figura a la luz de la claraboya. En ella todavía se apreciaban vestigios de aquellos entrenamientos tan rigurosos: brazos musculosos, cuádriceps redondeados, abdomen fuerte. Pero ahora ya no estaban tonificados, sino que se habían relajado hasta convertirse en algo robusto y flexible. A Eli le pareció despampanante desde el primer momento, pero ahora que sabía que ella, al igual que él, tenía el cuerpo imperfecto y bien aprovechado de una antigua atleta, le resultaba aún más irresistible. Aquel cuerpo conocía el hielo.

Tenía una mezcla de fuerza y suavidad que lo volvía loco.

—¿Por qué te quedas mirándome?

—¿Te molesta? —Eli sonrió. Iba a seguir mirándola hasta morir o hasta que se le gastaran los ojos, lo que ocurriera primero.

—No.

Rue se giró para darle la espalda y bajó la cabeza para que el chorro le diera en la nuca. La ducha no era lo bastante grande como para hacer todo aquello sin que su piel resbaladiza rozara la de él. Tras imaginarse innumerables fantasías dirigidas a los hoyuelos que tenía justo encima del culo, llegó a la conclusión de que aquello era una invitación y la abrazó por detrás, apretándola contra su cuerpo.

Ya se había duchado con otras mujeres antes, pero no recordaba haber enjabonado a ninguna. Y, sin embargo, Rue le dejó echarse en la palma de la mano el jabón que iba a hacer que oliera como él, le dejó apoyar su erección contra la parte baja de su espalda y le dejó pasar las manos por cada centímetro de su cuerpo mojado.

Por todos y cada uno de sus recovecos.

—Soy capaz de…, *uf*…, hacer esto sola —dijo ella, y, por la forma en que se mordió el labio, Eli pensó que, después de todo, quizá sí existía un dios—. Pero agradezco tus servicios… —Su voz se disolvió en una respiración entrecortada, luego en un gemido grave, y Eli le pellizcó los pezones para oír más, y luego los acarició con las palmas de las manos. Se contuvo de susurrarle al oído que le daría lo que quisiera, fuera lo que fuera, a cambio de que ella le dejara ir a su casa y repetir aquello siete días a la semana durante el resto de su vida—. No sé si esto me excita o me da sueño —murmuró ella mientras se arqueaba ante sus caricias. Su cuerpo se había convertido en una combinación de estiramientos convulsos y relajación intensa.

—Puedo darte ambas cosas —respondió él tras besarle la mejilla—. Déjame darte ambas cosas. —Ella exhaló cuando los dedos de Eli empezaron por fin a acariciarle el clítoris. Jadeó y gimió con la boca abierta, echando la cabeza hacia atrás, apoyándola en el cuello de él—. Buena chica —susurró mientras se estremecía contra él, y luego añadió en su oído—: Déjate llevar.

El orgasmo llegó casi de inmediato, y Eli tuvo que poner todo su empeño en reprimir las ganas de empujar a Rue contra la pared, colocarle el culo hacia fuera y correrse entre sus muslos. Se imaginó a sí mismo suplicando que le dejara entrar, «solo la puntita». Aquella escena, más propia de un adolescente, le pareció graciosa y a la vez mortificante. Exhaló una risa silenciosa contra el hombro de Rue mientras ella seguía temblando de placer.

Cuando se le pasó el efecto del orgasmo y su corazón se ralentizó, Rue se dio cuenta de lo empalmado que estaba. O tal vez lo había notado hacía rato y por fin se había apiadado. Eli tuvo que cerrar los ojos y apoyarse contra la pared de baldosas cuando la mano de ella se cerró en torno a su miembro.

Empezó a mover la mano con firmeza y lentitud, como si el orgasmo que él le había provocado la hubiera privado de la capacidad de funcionar a un ritmo razonable. Era una tortura, pero ni siquiera cuando él empezó a empujar las caderas contra su puño, maldiciendo en voz baja contra su pelo húmedo y agarrándola con más fuerza de las caderas, ella aceleró lo suficiente como para llevarlo al límite.

—Joder, Rue —dijo él, seguido de un frustrado—: No puedes... —Y, finalmente, humillado, de un suplicante—: Por favor. —Le mordió el cuello, pero ella no movió la cabeza ni sonrió ni dijo nada, no cedió a lo que él le estaba pidiendo, aunque sus ojos se encontraron, aquellos ojos preciosos, azules y tranquilos, y a él le bastó con eso.

Fue una corrida tan violenta que no recordaba haber sentido nada igual, ni siquiera follando con penetración, ni siquiera de adolescente. El placer le rompió las costuras, lo dejó jadeando sin emitir sonido, sin habla, como si su cuerpo estuviera demasiado ocupado experimentando la magnitud de todo aquello como para producir cualquier tipo de ruido.

Así que te gusta su boca, tiene unas tetas fantásticas y hace unas pajas espectaculares, se dijo a sí mismo mientras volvía a la normalidad, aunque con las rodillas aún temblorosas. *Así que te sale la sonrisa sola cuando está cerca y te mueres por saber en qué piensa.* La forma en que ella seguía agarrándolo, con el semen brotando de su puño cerrado, era lo más parecido a una experiencia religiosa que Eli había vivido en mucho tiempo. *No será para tanto,* se obligó a pensar, pero aquello le dejó un sabor amargo en la boca, el mismo que experimentaba cuando se mentía a sí mismo. Eli la contempló. Su rostro sereno, siempre tan en contraste con el caos que provocaba en él. Y, cuando ya no pudo soportar más su silencio, le acunó las mejillas con ambas manos y le preguntó:

—¿Sigues teniendo sueño? —Tenía la voz ronca. No le sorprendió.

Ella asintió.

—De acuerdo. Esto es lo que vamos a hacer: ahora nos meteremos en la cama y dormiremos un rato. Y, cuando nos despertemos, volveremos a follar. Y dejaremos de engañarnos, a nosotros mismos y el uno al otro, diciendo que esta es la última vez, que vamos a dejar de hacer esto y que somos capaces de controlar lo mucho que nos deseamos.

En su defensa, hay que decir que solo dudó durante un par de segundos. Cuando volvió a asentir, seria, una oleada de alivio se apoderó de él.

—No, Rue. Dilo. Di que esta no es la última vez. Prométemelo.

Eso le llevó más tiempo, pero se las arregló para matizar las palabras, y cuando él oyó un suave: «No quiero que esta sea la última vez», la levantó en brazos, la secó con una toalla y la llevó a la cama.

21

¿TE GUSTARÍA PROBAR ESO CONMIGO?

ELI

A Eli no le gustaban las siestas.

Su incapacidad casi patológica para conciliar el sueño durante el día, sobre todo cuando era obligatorio descansar antes de un partido, le había ocasionado problemas durante la época universitaria. Ahora que había escapado de la explotación a la que lo sometía la asociación nacional de atletismo, la única consecuencia era que, si perdía horas de sueño durante la noche, nunca llegaba a recuperarlas.

Rue no tenía ese problema. Las respiraciones profundas comenzaron un minuto después de que él la acomodara en la cama. Eli se sentó en el borde del colchón y se la quedó mirando durante un buen rato, lo cual le hizo sentir un poco siniestro y también inmaduro, impotente, eufórico y encoñado. No recordaba haber experimentado nunca algo así, lo que significaba que debía andarse con cuidado, ya que esa mujer podía ser peligrosa.

Le colocó un mechón de pelo húmedo detrás de la oreja y bajó las escaleras.

Cuarenta y cinco minutos más tarde, mientras una tormenta de verano estaba en pleno apogeo, Rue entró en la cocina con la ropa del día anterior y no con la camiseta que le había dejado encima de la cama, doblada sobre unos pantalones de chándal de Maya.

Ojalá hubiese podido decir que estaba sorprendido.

Ella miró a Tiny, que dormía una siesta bien a gusto en una de sus muchas camas. Luego desvió la mirada hacia el cuenco de fruta y el de nata montada que había en la encimera y después la posó en la sartén que estaba cerca de los fogones.

—¿Qué estás haciendo?

—Cumpliendo la promesa que usé para engatusarte.

—Ya lo has hecho. —Se la veía adormilada y hermosa y confusa. Eli tuvo que contenerse para no atraerla hacia sí.

—La otra promesa. Dije que te daría de comer, ¿recuerdas?

—No hace falta.

No la abraces. No le des un beso en la punta de la nariz. No le acaricies la espalda con la palma de la mano. No tienes que pasarle los dedos por el pelo y, desde luego, no necesitas olerle el cuello. Eso solo alentará su deseo de irse, y aún más rápido que si le recuerdas que todavía eres dueño del préstamo de Kline.

—Vamos, Rue. —Le lanzó una mirada burlona—. No puedo limitarme a follarte una vez tras otra sin sentirme como un capullo. Tengo que alimentarte, aunque solo sea para mantenerte viva y receptiva. No te ofendas, pero no me entusiasma la alternativa.

Ella desvió la mirada y luego bajó los ojos, lo cual era interesante. Atípico. Entonces dijo:

—Soy rara con la comida. —Él se mantuvo inexpresivo. No hizo ningún movimiento. Se notaba que estaba nerviosa y no quería asustarla. La observó tragar, dos veces, y no reaccionó cuando añadió—: Me cuesta comer sin sentarme. Y con limitaciones de tiempo. —Rue le sostuvo la mirada—. Prefiero no comer a comer deprisa o de pie.

—Eso no es raro —respondió, aunque no pudo evitar sentir una opresión en el pecho.

Lo que le había contado sobre que Alec le llevaba comida, la foto en la que salía con Tisha, el hecho de que fuera una ingeniera de alimentos especializada en temas relacionados con la inseguridad alimentaria… No iba a atar cabos hasta que ella se lo pidiera, pero se reservó el derecho a conservar aquella ira fría que empezaba a revolverle las entrañas.

—A mí tampoco me gusta mucho comer en cualquier lado o de cualquier manera. —Abrió un cajón y sacó dos manteles individuales como quien no quiere la cosa—. Los vasos y los platos están en ese armario, doctora Siebert. Por si quiere ayudar a poner la mesa. —La cara de ella no delataba nada, pero había un indicio de alivio en sus hombros.

—¿Has hecho tostadas francesas? —preguntó una vez sentados a la mesa.

Él le sirvió café en la taza que tenía delante.

—Sí.

—¿Y este es el plato Michelin que te enseñó a hacer tu ex, la fantástica chef? —Sonaba escéptica.

—Nunca dije que fuese un plato Michelin. Y te recomiendo que lo pruebes antes de decir nada más o luego tendrás que tragarte tus palabras.

Ella entrecerró los ojos, pero aún así se echó sirope en la tostada, la cubrió con un poco de nata y con la mezcla de frutos del bosque, se la llevó a la boca con aires de estar haciéndole un gran favor y, después de masticar durante unos pocos segundos, se puso la mano en la boca y dijo:

—Hostia puta.

Él la miró con cara de «te lo dije».

—¿Qué coño...? —Parecía hasta ofendida—. ¿Cómo?

—Receta secreta.

—Son tostadas francesas.

—Como ves, no todas las tostadas francesas son iguales.

—¿No vas a decirme qué llevan?

—Quizá más tarde. —Dio un sorbo al café—. Si te portas bien.

Ella dio más bocados lentos y pausados. Comía de una forma precisa y metódica que a él le recordó la mañana que habían pasado en el laboratorio. La contempló con una sensación de logro que no sabía de dónde salía.

¿Qué coño le estaba haciendo esta mujer?

—Tengo una petición —dijo ella llevándose una servilleta a la boca.

—Ya te lo he dicho, es un secreto.

—No es eso.

—Entonces, ¿qué? ¿Una historia?

—No tiene por qué serlo. No tienes que... No necesito que me cuentes lo malo si no quieres compartirlo. Solo quiero saber algo sobre tu exprometida.

Ah.

—¿El qué, concretamente?

Rue le dio vueltas a la pregunta perfecta y se decidió por:

—¿Quién rompió el compromiso?

—Ella.

Una pausa.

—¿Por qué?

—Porque yo no la quería como ella quería que la quisieran.

Rue ladeó la cabeza.

—¿Qué significa eso?

Había pasado tiempo suficiente como para que los únicos sentimientos que se le despertaban cuando pensaba en McKenzie fueran afecto y gratitud. Aunque su última conversación…

«Eres un hombre con una carrera de éxito y, sin embargo, pones más empeño en perseguir una especie de venganza descabellada con tus amigos codependientes que en ser realmente feliz. Siempre estarás dispuesto a priorizar ese estúpido plan de venganza antes que a mí, y ambos lo sabemos.»

«*Quieres* estar enamorado de mí. *Quieres* despertarte por la mañana y pensar en mí. *Quieres* quererme, pero no me quieres.»

«No puedes arreglarlo porque no se trata de lo que haces; se trata de lo que sientes. No todo el mundo tiene la capacidad de amar como a mí me gusta que me amen, Eli.»

Puede que las palabras de McKenzie ya no fueran la puñalada que habían sido tres años antes, pero seguían escociendo.

—No lo suficiente. —Eli se pasó la lengua por el interior de la mejilla—. Se refería a que no la amaba lo suficiente.

—¿Tenía razón?

Hubo un segundo de silencio y luego se obligó a asentir. Eso era lo que más le dolía.

—¿Seguís siendo amigos?

—Bueno, tenemos una relación amistosa. Ella quiso que nos diéramos espacio después de la ruptura, pero hemos retomado el contacto ahora que ha encontrado a alguien y es… más feliz de lo que nunca fue conmigo, eso seguro.

—¿Estás celoso de él?

—Mmm… puede. Un poco. McKenzie era… *es* fantástica. Yo no pude darle lo que necesitaba y me alegro de que lo haya encontrado en otra persona. Pero no puedo evitar sentir… —Hizo un gesto de resignación—. «Envidia» creo que sería la palabra.

Rue se quedó mirando la lluvia torrencial, reflexionando sobre el asunto como si se tratara de un complejo conjunto de ensayos.

—¿De verdad que no *podías*? Darle lo que necesitaba, quiero decir. ¿O es que no querías?

Aquella pregunta daba tan de lleno en la llaga y era tan mordaz que Eli casi se llegó a preguntar si Rue había hablado con McKenzie. Pero no, la había hecho sin malicia. Solo con curiosidad.

—No lo sé. Espero que no sea lo primero.

Ella asintió.

—Es posible que yo también sea así.

—¿Así cómo?

—Incapaz de querer a las personas como se merecen.

—¿En serio? ¿Y qué hay de Florence? ¿A ella no la quieres?

Rue desvió la mirada.

—Creía que sí. *Sé* que sí, pero quizá no lo suficiente teniendo en cuenta que la estoy traicionando al estar aquí contigo. —Soltó un largo suspiro para calmarse y volvió a mirarlo.

—¿Y amor romántico? —El corazón de Eli latía con fuerza y no estaba seguro de por qué—. ¿Crees que eres capaz de gestionarlo? —le preguntó.

Y se lo preguntó también a sí mismo.

—Quizá. O quizá algunas personas estén demasiado rotas. Quizá…, quizá hayan vivido ciertas cosas tan dolorosas que nunca lleguen a tener finales felices con las personas a las que quieren. —Subió los pies al asiento y dobló las rodillas para rodearlas con los brazos—. Quizá algunas personas estén destinadas a ser tragedias.

Un cuchillo en las putas entrañas, eso es lo que Rue era. Y un espejo en el que Eli no podía soportar mirarse.

—Entonces, ¿esta es mi oportunidad de someterte a una sesión de preguntas y respuestas? —dijo Eli para cambiar de tema.

—¿Qué te gustaría preguntar?

Consideró la posibilidad de introducir el tema poco a poco, pero Rue era partidaria de hablar claro.

—¿Por qué no quieres sexo con penetración?

—Porque no me gusta mucho.

—¿Alguna razón en particular?

—No. No hay detrás ninguna historia traumática ni motivos médicos, al menos. —Se encogió de hombros—. No es que me disguste como tal, solo que no consigo correrme así.

—Ah.

—No me importaría hacerlo si no hubiera alternativa; hay otras cosas con las que no me corro y que hago con gusto. Obviamente. —Rue le sostuvo la mirada, implacable, y a él, de repente, le vinieron a la mente y en primer plano todas y cada una de las cosas que ella le había hecho en la cama—. Pero, según mi experiencia, el sexo con penetración solo puede acabar de dos formas, y ninguna es buena.

—¿Qué formas?

—Muchos hombres ven el sexo pene-vagina como el objetivo final y se olvidan de todo lo demás. Se saltan los preliminares, pasan directamente a follar, consiguen lo que quieren y se olvidan por completo de la otra persona. Eso no es lo que yo busco. Y ese es el mejor de los dos posibles escenarios.

—¿El mejor?

Ella suspiró.

—Prefiero eso a que decidan que necesitan hacerme llegar sí o sí durante la penetración, lo cual casi siempre termina con ellos alargándolo hasta que duele. No puedo correrme así, y eso acaba desembocando en un callejón sin salida muy desagradable en el que me veo obligada a fingir un orgasmo para quitármelos de encima.

Parecía tan genuinamente ofendida que Eli no pudo contener la risa. Le gustaba eso de ella: la forma en que buscaba su propio placer, en que exigía lo que le correspondía. Le gustaba *ella* y punto, incluso más ahora que las piezas empezaban a formar una imagen definida.

Pídeme lo que quieras, pensó, *lo que sea, y te lo daré. Quienquiera que haya ocupado mi puesto antes que yo no tenía ni idea. Estoy dispuesto a asumir el reto.*

—¿Por qué? —preguntó ella—. ¿Te gustaría hacerlo?

—¿Me estás preguntando si quiero follarte?

Ella asintió.

Él contuvo una sonrisa.

—Creo que puedes adivinar la respuesta.

—Me parece justo. —Pinchó otro trozo de tostada y lo equilibró con una cantidad perfecta de bayas y nata. Masticó durante más tiempo del que le llevaba a Eli devorar un sándwich en su pausa para comer. Luego preguntó, sin ocultar que el escenario le resultaba divertido—: ¿Prevés curarme con tu pene mágico?

Eso era *exactamente* lo que esperaba, por supuesto que sí. La idea de que ella se corriera con su polla dentro era embriagadora por sí sola, pero la de ser el primero en conseguirlo era algo que lo excitaría hasta bien entrada la vejez. Que ocuparía un lugar permanente en su historial sexual. Que haría que ella también lo recordara para siempre. Era una fantasía algo inapropiada, a decir verdad, pero Eli trataba de evitar autoflagelarse por los pensamientos que no salían de su cabeza. Había descubierto que odiarse no lo llevaba muy lejos.

—No necesitas curarte de nada —le dijo totalmente convencido—. Pero puede que te guste. Conmigo.

—Claro. Gracias al pene mágico. —Le estaba tomando el pelo, como aquella primera noche, antes de saber que debía odiarlo. Le encantaba que le hiciese.

—Porque antes me has contado que nunca habías estado con alguien más de una vez. Yo sí, y puedo asegurarte que conocer a alguien durante más de dos horas es decisivo a la hora de tener buen sexo. —No mencionó que ya no estaba tan seguro de eso. Que ella había redefinido el concepto de la compatibilidad sexual para él—. Me gustaría intentarlo, si estás dispuesta. Si te corres, bien. Si no, yo lo disfrutaré igual, y puedo hacer que te corras de mil maneras diferentes antes. Y después.

Ella se mordió el labio inferior, considerando esa posibilidad.

—¿No te ofenderás si no me gusta?

—Te gusta cuando te meto los dedos, ¿no? —Qué discordancia entre esa forma aséptica de abordar la ciencia del follar y lo apabullante que resultaba el sexo en la práctica. Al menos, él lo sentía así. Ella, en cambio, jamás le iba a permitir acercarse de ninguna manera que no fuese física.

—Es diferente —contestó Rue en tono reflexivo—. Tu polla es mucho más grande. Y se te da muy bien usar las manos.

Debería haber grabado esas palabras.

—También sé usar otras cosas. —Intentó decirlo con la mayor naturalidad posible. No lo consiguió.

—Te veo muy confiado. —La boca de ella se curvó en una pequeña sonrisa. La de él también—. ¿Y si digo que no?

—Continuaremos como empezamos. Sin quejas por mi parte. —Y mucha gratitud.

Ella asintió.

—Estoy dispuesta a intentarlo, pero, si me aburro y me pongo a bostezar, no te lo tomes como algo personal.

—Lo tendré en cuenta.

—Y no fingiré un orgasmo para complacerte.

Eli se mordió el interior de la mejilla.

—Lo mismo digo.

Se miraron fijamente, cada uno desde su lado de la mesa, con las gotas de condensación descendiendo por los vasos de zumo de naranja medio llenos y el regocijo vibrando entre ellos. Ambos eran conscientes de la inverosimilitud de la conversación que acababan de mantener, nada menos que durante el desayuno. Y ambos se lo estaban pasando bien.

—Yo también tengo una pregunta.

Eli le hizo un gesto con la cabeza para alentarla a continuar.

—Sobre tus fetiches.

Él se reclinó en la silla y la estudió con detenimiento.

—¿Cuál es tu pregunta?

—Creo que puedes adivinarla —le respondió ella para devolvérsela, y él negó con la cabeza, renunciando a no sonreír.

—¿Quieres saber qué me gusta?

Ella asintió.

—¿Te vas a asustar si te lo cuento?

—No. Uno puede tener deseos de cualquier tipo y no por ello imponérselos a los demás sin su consentimiento. Confío en ti.

Aquello sí que fue abrumador. Y pornográfico, desde luego. Rue Siebert, *confiando* en él. Podía hacer muchas cosas ahora que sabía eso. Jugar con las posibilidades. Tal vez, si los planetas se alineaban, actuar en consecuencia.

—Me gusta… llevar la voz cantante.

Ella se quedó callada un momento.

—Creo que eso ya lo sabía. —A él no le sorprendió, y menos después de la conversación que mantuvieron en uno de los laboratorios de Kline—. Se te da bien controlarte, pero a veces me he fijado en que preferirías estar…

Eli esperó a que terminara. Al ver que no lo hacía, sugirió:

—¿Al mando?

Ella volvió a asentir y él le sonrió para tranquilizarla.

—¿Es algo que necesitas para poder disfrutar del sexo?

—No. Algunos de los mejores polvos que he tenido no incluían elementos de ese tipo. —*Como contigo,* evitó añadir.

—¿A tu prometida le gustaba?

—Sí. Éramos muy compatibles en ese sentido.

—¿Tienes una… mazmorra sexual?

—Vivo en Texas, Rue. Ni siquiera tengo sótano.

Ella escondió una sonrisa detrás de las rodillas y luego preguntó:

—¿Le provocabas dolor? ¿Durante el sexo?

Él negó con la cabeza.

—A ninguno de los dos nos gustaba eso. Estaba más relacionado con el control.

—¿Con que *tú* tomabas el control?

—Sería más apropiado decir que ella cedía el suyo. Solo en el ámbito sexual. Ese tipo de relaciones requieren confianza. Límites. Muchos pasos en falso y paradas repentinas mientras vas descubriendo. Es un poco el método de ensayo y error.

—Entonces, si no había dolor...

—La ataba. Le vendaba los ojos. La sujetaba. Le decía qué hacer. ¿Conoces el concepto de *privación del orgasmo?*

—No soy tonta. —Parecía un poco ofendida, y él soltó una carcajada.

Dios, lo que habría dado por inmovilizarla sobre la mesa. Por hacerle una demostración de a qué se refería.

—Pues ahí lo tienes.

—Bueno —musitó ella—, un chico que conocí por la aplicación una vez me dio un azote.

Él soltó una risa silenciosa.

—Mírate. Menuda pervertida estás hecha.

—Sí, ¿verdad?

—¿Cómo te sentiste?

No parecía impresionada.

—Fue bastante ridículo.

Eli quería inclinarse hacia adelante. Quería suavizar las líneas verticales entre sus cejas y decirle que ahora que lo tenía a él no hacía falta que pensara en ese imbécil que probablemente era un desastre en la cama incapaz de hacerla disfrutar, porque ahora él se haría cargo, estaba dispuesto a aprenderla, estaba *consumido* por ella. Pero no lo hizo porque habría echado a correr. Y la pregunta que Rue quería hacer se agolpaba entre ellos, estirando el silencio hasta el límite de la comodidad.

No era necesario que lo dijera, pero, joder, se moría de ganas de oírlo.

—Vamos, Rue. No te acobardes ahora. —La observó tragar saliva. Sus labios permanecían sellados, así que él chasqueó la lengua—. No es propio de ti.

Ella pareció estar de acuerdo, porque le miró directamente a los ojos y preguntó:

—¿Te gustaría probar eso conmigo?

Debajo de la mesa, su mano y su polla se crisparon a la vez. Pensó en acercarla y sentarla en su regazo. En encerrarla en aquella casa y tirar la llave. En las cosas que podía hacerle. En descubrir sus límites. En dar con lo que le gustaba. En tenerla a su merced. En hacerla disfrutar. Ella no tenía ni puta idea de lo bien que se lo podían pasar los dos juntos.

—Si quisieras probar, sí. Algunas cosas, al menos.

—¿Como qué?

—Nada que supusiese demasiada presión ni ir demasiado rápido. Solo que me dejaras estar al mando. Y lo hablaríamos todo antes. —La sangre retumbó con fuerza en sus venas. Por la esperanza. O la preocupación de que ella pudiera cambiar de opinión—. Puedes quedarte todo el día. Podríamos… experimentar.

Ella parpadeó.

—Debería irme a casa.

—¿Por qué? —Intentó esbozar una sonrisa inocente. No parecer demasiado desesperado—. Ni que tuvieras mascotas a las que cuidar.

Ella puso los ojos en blanco, pero le hizo gracia.

—Pero sí tengo plantas que regar.

—No le pasará nada al cactus que compraste en el supermercado la semana pasada.

Ella se mordió el labio inferior. Eli estudió sus dedos, largos y gráciles, tamborileando contra la mesa. Recordó lo que había sentido cuando ella los usó para envolverle el miembro.

—¿Maya no va a volver?

—No hasta esta noche. Y una vez oí como le decía a su amiga Jade que soy un célibe involuntario. Me encantaría demostrarle que tengo mi público.

Ella soltó una risita, y Eli supo que la tenía en el bote.

22

BUENA CHICA

RUE

Cuando volvimos arriba, vi que me habían llegado tres mensajes al móvil.

Nyota me había enviado por correo electrónico la información de contacto de un abogado inmobiliario con licencia en Texas e Indiana. La buena noticia es que me han hablado muy bien de él. La mala, que la tarifa por hora es posible que refleje su reputación.

Tisha me había informado de que se iba a Kline un par de horas para terminar algo y poder entregárselo a «el grano en el culo antropomorfizado» (Matt), y me había preguntado si quería acompañarla. Antes de irnos podemos hacer caca encima de su escritorio cogidas de la mano. Ya me dirás.

Y Florence me había mandado una foto donde se veía el progreso de un chal de punto que me estaba haciendo. Había usado unos tonos de rojo preciosos. Mi color favorito.

—¿Todo bien? —preguntó Eli detrás de mí, y mi primer instinto fue esconder el teléfono, lo cual me hizo odiarme a mí misma.

Kline, mis amigos y mi trabajo eran la parte de mi vida de la que me sentía orgullosa.

Era lo que estaba haciendo con Eli lo que me veía obligada a ocultar.

—Tengo una historia —dije todavía de espaldas a él. Sentí una presión en los ojos, pero no me preocupaba. Había dejado de llorar cuando era pequeña.

—Adelante.

—Se lo debo todo a Florence. Mi trabajo. Mi libertad para investigar. Mi estabilidad económica. El maldito chal que me está haciendo. Y, a cambio, yo estoy aquí, en casa de alguien que le ha estado haciendo la vida imposible, comiendo con él porque...

Silencio.

—¿Por qué? ¿Por qué estás aquí, Rue?

Sentí que me pesaba el pecho. Me di la vuelta.

—Porque soy egoísta y desconsiderada. Porque quiero.

Él asintió. Parecía estar pensando si tenía algún relato que estuviera a la altura del mío.

—Hablé por última vez con mi madre unas semanas antes de que muriera. Mis últimas palabras fueron que esperaba que no fuera tan mala madre con mi hermana como lo había sido conmigo.

Nos quedamos allí, empapados de la extraña catarsis que se produce al reconocer los defectos, los remordimientos y los errores que habitan nuestra piel.

Él nunca huía, por muy vergonzoso que fuera. Yo tampoco.

—Bien, dicho esto... —Di un paso para acercarme más a él—. Empecemos.

Eli se quitó la camiseta. Su belleza era tosca e interesante, pero lo que me gustaba de él era la historia que contaba su cuerpo. La anchura de sus hombros, producto de una adolescencia dedicada a perfeccionar su complexión. Brazos fuertes y largos. Unas cuantas cicatrices aquí y allá, en los lugares donde debió de recibir golpes que no le impidieron seguir jugando.

—¿Jugabas de defensa?

Sonrió.

—¿Cómo lo has sabido?

—Pura chiripa. ¿Necesitamos una palabra de seguridad o algo así?

—¿Qué te parece si de momento nos limitamos a... comunicarnos? Yo te digo lo que me gustaría que hicieras y lo que me gustaría hacerte, y tú puedes decirme que no o pedirme que pare. ¿Te parece bien?

—Me parece mejor que gritar «brócoli» porque me estás tirando demasiado del pelo.

Se rio.

—Así me gusta. ¿Tienes algún inconveniente con que te sujete? —Se acercó y, con cuidado, me sacó las manos de los bolsillos traseros de mis pantalones. Luego, con una facilidad sorprendente, me agarró las dos muñecas con una sola mano. Después las colocó contra la parte baja de mi espalda—. Así.

Sentí un calor en el vientre. La sangre me subió a las mejillas, pero dije que no con la cabeza.

—Si cambias de opinión, solo tienes que pedirme que te suelte.

—No lo haré.

Analizó mi expresión.

—Lo digo en serio. Si no te gusta algo de lo que hago, dímelo inmediatamente.

—Estoy dispuesta a todo.

—¿En serio? ¿A todo?

Asentí.

—¿Así que puedo apretarte contra el colchón ahora mismo y follarte el culo sin lubricante? —Me quedé helada. Alzó una ceja como queriendo decir «¿Quién decía que estaba dispuesta a todo?» y tuve que reprimir las ganas de zafarme de su agarre—. Me lo imaginaba —murmuró—. Quítate la ropa y túmbate boca arriba en la cama, Rue. Y si algo te molesta, sea lo que sea, dímelo.

Me desnudé en un instante, consciente de que los ojos de Eli seguían cada uno de mis movimientos. Me detuve frente a la cama.

—La respuesta era sí —dije girando la cabeza para mirarlo—. Aunque nunca lo he hecho por ahí, así que quizá no sin lubricante.

Se quedó completamente quieto, pero algo en el interior de sus ojos se trabó, como si su cerebro estuviese sufriendo un cortocircuito. Cuando al fin me tumbé, se lo veía tranquilo de nuevo. Sus dedos recorrieron el valle entre mis pechos y luego descendieron por mi caja torácica como si mis costillas fuesen un piano. Aún llevaba el pantalón de chándal gris que se había puesto para desayunar y su erección se tensaba contra la suave tela.

—¿Quieres que te ayude con eso? —le pregunté. ¿No era esa la idea? ¿Servirle de alguna manera? Tuve que apretar las piernas para contener las ganas.

Sin embargo, él negó con la cabeza y dijo:

—¿Qué tal si empezamos poco a poco? Tú relájate.

—¿Y qué hago?

Se rio entre dientes.

—Cómo no…

—¿Qué pasa?

—Siempre necesitas tener algo que hacer.

¿En serio? Bueno, sí. Desde pequeña, tener un objetivo era la mejor manera de evitar pensar en cualquier situación de mierda por la que estuviera pasando. Pero ¿cómo sabía eso Eli?

—Porque yo soy igual —susurró mientras se inclinaba para darme un beso en la mejilla. Un comportamiento tan íntimo era peligroso—. ¿Qué te parece si tu única tarea es *no* correrte? Aprovechando que no eres tan tonta. —Su mano se desplazó hasta mi abdomen y presionó ligeramente. Notar su peso sobre mi carne era agradable.

—¿No puedo correrme? ¿En ningún momento?

—No hasta que yo te lo diga. No importa lo cerca que estés, tienes que esperar a que te dé permiso. ¿De acuerdo?

—No creo que haya problema. Tengo mucha experiencia en eso de *no* tener orgasmos con un hombre.

Eli murmuró algo y me pareció escuchar que decía «bocazas». Luego se inclinó para besarme de aquella forma a la que ya me había acostumbrado: obscena y al mismo tiempo contenida.

Era tan nuevo para mí eso de reconocer los besos de alguien. Y lo de estar familiarizada con el aroma fresco y amaderado de Eli.

—Este es un sueño que tengo de forma recurrente —dijo contra uno de mis pezones antes de morderlo con cuidado.

Suspiré de placer.

—¿El qué?

—Tú. Desnuda. Haciendo lo que te ordeno. —Su pulgar presionó mi labio inferior—. Siempre me ha gustado estar al mando, pero contigo es algo completamente distinto. Tal vez porque eres muy escurridiza. Es una fantasía de las buenas eso de tener derecho a ordenarte que te quedes quieta. —Sonaba como si estuviera resolviendo un problema matemático. Cuando nuestras miradas se cruzaron, vi su sonrisa de autosuficiencia—. ¿Empezamos?

Hizo lo de siempre: besarme los pechos, trazar el hueso de mi cadera, inspirar con la nariz pegada a mi cuello. Todo aquello me excitaba, pero no lograba ver a dónde iba la cosa y eso me inquietaba.

Y a él le divertía.

—Relájate. —Examinó la leve cicatriz blanquecina de la apendicectomía.

—Pero ¿qué tengo que...?

—Te lo acabo de decir. —Su mano se deslizó entre mis muslos. Los separó—. Relájate.

—No quieres que... —El aire se me escapó de los pulmones cuando deslizó el pulgar entre mis pliegues. Su respiración también se entrecortó.

—Siempre estás empapada, Rue. —Movió el dedo sin prisa desde mi abertura hasta el clítoris, y luego volvió a bajar. Me arqueé ante sus caricias, con un calor irradiando a través de mis terminaciones nerviosas—. Me gusta pensar que es gracias a mí.

—Es gracias a *mí* —le respondí.

Una carcajada surgió de lo más profundo de su pecho, lo cual me hizo lubricar aún más.

—Es posible que me gusten más tus tetas que tus labios. Y, desde luego, tu honestidad me gusta incluso más que tus tetas. Créeme, eso es mucho decir.

Esperaba que pasara la lengua además del dedo, ya que parecía disfrutarlo de verdad. También porque, si el juego consistía en llevarme al límite lo antes posible, esa habría sido la forma más efectiva. No obstante, se tomó su tiempo: me acarició sin prisa, con suavidad, solo con la punta de los dedos, y, poco a poco, me fui fundiendo con su tacto. Cerré los ojos, me recosté y perdí la noción del tiempo. Cuando quise darme cuenta, el orgasmo era inminente.

Estaba temblando.

Agarrándome a las sábanas.

Mordiéndome el labio inferior y arqueándome con cada caricia.

La subida había sido tan gradual que apenas me había dado cuenta. Cuando miré a Eli con incredulidad, él esbozó una dulce sonrisa y deslizó la punta de su dedo corazón dentro de mí.

—Ya estás a punto, ¿a que sí? Mira cómo te contraes alrededor de mi dedo.

—Porque tu… —gemí. Su calma me desestabilizaba. Yo estaba más excitada de lo que recordaba haberlo estado nunca y a él no parecía afectarle.

—Sabes que no voy a dejar que te corras hasta dentro de mucho *mucho* rato, ¿verdad?

Apreté los músculos alrededor de su grueso dedo y me deleité al oír cómo soltaba una fuerte exhalación. Su polla seguía estando dura. Era imposible que creciera más.

—¿Y q-qué hay de ti?

—¿De mí? —Apartó la mano y me tragué un gemido. Vi cómo se acariciaba por encima del chándal y cómo sacaba la polla para sacudírsela un par de veces más—. Yo puedo correrme cuando y donde quiera, Rue. Ahora mismo. Después. Ahora *y* después. ¿No te parece maravilloso?

Cerré los ojos para intentar borrar ese tono burlón de mi cabeza y pedirle a mi cuerpo que se calmara. Esto parecía una broma; una broma en la que yo no participaba. Lo único que quería era…

—Vamos a intentarlo otra vez, ¿vale? —Su voz era suave y paciente, y me sentí más a gusto al instante.

Sin embargo, la forma en que me separó los muslos con las manos fue salvaje, y la manera en que empezó a comerme el coño me recordó que era él quien tenía el control.

Aquello era un tormento. O la mejor sensación que había sentido nunca. Después de lo que me parecieron horas, seguía sin tenerlo claro. Lo único que sabía era que Eli no escatimaba esfuerzos y que cada vez me hacía estar más y más y más cerca, todo gracias a su boca, y a sus dedos, y a veces a su voz, profunda y obscena. Cuando notaba que estaba a punto de estallar por la tensión que aumentaba en mi interior, se alejaba y me dejaba desamparada. En una ocasión estuve a punto de correrme. Me castigó con un suave mordisco en uno de los labios que me hizo estremecer. Me veía capaz de prometerle cualquier cosa con tal de que me diera un segundo más de contacto. Estaba dispuesta a usar mis propios dedos. A follarle la pierna. A ser su puta sirvienta. Y entonces decidió que me estaba moviendo demasiado e hizo lo que había prometido: me sujetó las dos muñecas con una mano y me inmovilizó los brazos contra el vientre. Abrir más las piernas y hacer fuerza para arquearme hacia su boca y sus dedos era la única forma de prolongar el contacto. Y eso hice. Contuve las súplicas hasta que no tuve más remedio que implorar.

—Por favor.

—Por favor, ¿qué? ¿Qué necesitas, Rue?

—No puedo. Por favor, por favor, *por favor,* haz que me corra. O déjame hacerlo a mí. *Por favor.*

Chasqueó la lengua contra mi clítoris, aunque no lo bastante fuerte. Me iba a morir.

—Creía que eras una experta. Creía que para ti era muy fácil eso de no correrte.

—Hazlo, por favor. Tienes que hacerlo.

—¿Es demasiado para ti, Rue? ¿Quieres que me limite a hacer que te corras y lo dejemos estar? —Me dio un beso en el ombligo, algo sorprendentemente casto después de los lugares por los que su boca había estado en esa última hora—. ¿Brócoli, Rue?

Solté una carcajada histérica.

—No. Brócoli *no* —jadeé sin saber de dónde venía esa respuesta. Era pura tozudez. Y también la sospecha de que todo aquello le estaba proporcionando tanto placer a él como a mí. Me sentía poderosa por darle algo que era evidente que quería. Me sentía desgraciada y a la vez en la cima del mundo—. Puedo soportarlo.

—¿Estás segura? —Su largo dedo se arqueó dentro de mí. No había duda de que el muy cabrón sabía cómo usar las manos—. Estás muy apretada. ¿Estás segura de que puedes darme unos minutos más?

No, no estaba nada segura, pero asentí con vehemencia. Para compensar.

—Llevo queriendo hacerte esto desde que te vi en el bar de aquel hotel. Después me fui a casa, me tumbé en esta cama y pensé en lo seria y solemne que eras, y en la seguridad en ti misma que irradiabas. Y me imaginé lo increíble que sería verte perder el control. —Dio un suave mordisco en la parte que sobresalía de mi hueso pélvico—. Vuelvo a tener quince años, Rue. No te haces una idea de lo mucho que me toco pensando en ti.

Estaba desencajada. *Él* me estaba desencajando.

—¿Cuánto tiempo más tengo que esperar?

—Lo has hecho muy bien, cariño. Para ser tu primera vez, estoy muy orgulloso de ti. —Me recompensó dándome otro beso con la boca entreabierta justo donde tenía que darlo, y sus palabras me hicieron sentir orgullosa—. ¿Puedes darme cinco minutos más? Cinco más y te dejaré correrte.

Su tono era condescendiente. Insultante, para ser sinceros, pero aquello me excitó aún más y me hizo sentir más placer.

—Vale.

—Esa es mi chica. Y luego puedes correrte las veces que quieras.

Con una vez iba a ser suficiente. Iba a desgarrarme y destrozarme para siempre.

—Vale.

—Pero no te lo voy a poner fácil. —Abrí los ojos y me encontré con los suyos. La desesperación se mezcló con el calor de mi vientre. *Te odio,* pensé a pesar de que me estaba encantando cada segundo, cada caricia, cada fragmento de toda aquella experiencia—. Un último esprint, Rue. Cinco minutos más y así puedo…

No dijo qué, pero su lengua volvió a lamerme, esta vez con decisión.

Jadeé y me arqueé hasta casi caer de la cama.

—No te corras —me recordó, y yo asentí ciegamente. Seguí asintiendo mientras me decía que recordara mi promesa—. Pórtate bien, Rue —añadió, pero entonces presionó mi clítoris con la lengua y no pude… Simplemente, no pude.

Me empezaron a temblar las piernas, luego los brazos, y la presión del hormigueo en mi abdomen estalló en ondas que se estrellaron contra mi cuerpo.

No pude evitarlo, así que grité, convencida de que aquel era el placer más intenso e implacable que había sentido jamás. Demasiado grande para mi cuerpo y demasiado potente para este mundo. Agradecí que las manos de Eli me estuviesen sujetando y me mantuviesen atada a algo mientras mi visión se desvanecía, mientras todo menos aquel esplendor retrocedía.

Cuando todas las sensaciones de la galaxia terminaron de recorrer mi cuerpo, me dejé caer sobre la cama, sin fuerzas, y entonces me di cuenta de lo que había hecho.

—Mierda. —Me incorporé. El agarre de Eli debía de haberse aflojado, porque pude liberar mis manos con facilidad. No habían pasado cinco minutos. Ni siquiera había pasado uno—. Lo siento.

Negó con la cabeza, observando mi cuerpo aún tembloroso con cara de fascinación.

—Me he… Mierda. Sé que se suponía que no debía hacerlo. Perdón, me ha…

—Deja de disculparte —me ordenó en tono distraído.

En ese momento se puso encima de mí, cubriéndome el cuerpo, y apoyó un brazo a cada lado de mi cabeza. Me miró fijamente a los ojos como si yo fuera una preciosa flor exótica capaz de matarlo con un solo grano de polen.

—No era mi intención…

—Joder, eres tan sexy. —Se inclinó y me dio un beso que casi se podría haber definido como violento—. No te haces una idea de lo que provocas en mí. Porque ni siquiera yo llego a comprenderlo.

—No han sido cinco minutos. He…

Exhaló contra mi mejilla.

—Rue, ¿no lo entiendes? De eso se trata, de verte perder el control. ¿Por qué crees que hago esto? Para ver cómo te vuelves loca.

Estaba muy duro e iba restregando el miembro contra mi vientre a través de los pantalones del chándal. Le temblaban los músculos de impaciencia y tenía la respiración acelerada. Parecía estar perdiendo la cabeza tanto como yo hacía un minuto.

—¿Vas a…, no sé, castigarme? ¿Azotarme?

Se rio.

—Prefiero follarte. —Sus músculos se flexionaron al levantarse. Sentí que el colchón se movía y oí el ruido de un cajón al abrirse. Cuando volví a verle la cara, tenía un condón en la mano—. ¿Te parece bien? —me preguntó.

Ya lo habíamos hablado. ¿Realmente estaba dispuesta?

Sí. Sí porque no tenía ninguna duda de que Eli pararía si yo lo necesitaba.

Asentí.

—Buena chica. —Volvió a besarme, esta vez con firmeza.

—¿Lo dices porque te dejo hacerlo? —pregunté contra sus labios.

—No. Porque te lo has pensado antes de aceptar.

Se puso el condón. Su polla era casi obscena así, cubierta de látex. Luego la untó con lubricante. Dudé que fuera necesario, pero agradecí la consideración. Habían pasado un par de años desde la última vez, y cuando se tumbó encima de mí, casi me esperaba que fuera a ser como la primera, que sentiría una incomodidad punzante y que requeriría algún que otro ajuste.

Algo grande y romo se colocó en mi abertura y, al empujar, sentí una intensa sensación de plenitud. Entonces, de repente, cuando estaba más de uno o dos centímetros dentro de mí, se detuvo. Sus brazos me aprisionaron los hombros y murmuró algo que sonó como a «increíble», y luego algo así como: «menos mal que me he puesto un puto condón». Hundió la frente en la almohada, justo al lado de mi cabeza.

—Su puta madre —masculló.

—¿Estás bien? —le pregunté. Mi mano recorrió de arriba abajo la hendidura de su columna, rozando los músculos a ambos lados. Noté cómo se crispaban bajo la piel sudorosa.

—Jodeeer… —La almohada amortiguó aquella palabra—. Dame un segundo. Sé una buena chica y no te muevas.

No me moví, pero lo sentía tan grande y extraño dentro de mí que necesitaba comprobar hasta dónde llegaba. Quería averiguar dónde terminaba él y empezaba yo. Así que hice fuerza para contraerme a su alrededor, y no necesité más.

—Mierda, cariño, no *puedes*…

Una de sus manos se metió entre nuestros cuerpos y, cuando miré hacia abajo, me di cuenta de que solo tenía la punta de la polla dentro de mí. Y que estaba apretándose la base en una mezcla de desesperación y autodefensa. Fue en vano. Eli empezó a estremecerse con los ojos entornados y a hacer muecas de placer mientras emitía ruidos desenfrenados y se corría dentro de mí.

Y se corrió, y se corrió, y se corrió más.

Eli estaba sintiendo la agonía de algo que parecía trascender el placer, y yo observé cada segundo, embelesada, hasta que le hube extraído hasta la última gota de esa sensación. Y cuando por fin terminó, cuando consiguió recomponerse y abrir los ojos, no pude descifrar lo que encontré en su cara.

—Joder —dijo incorporándose.

Me ahuecó la cara con las manos y, por alguna razón, se lo veía total y absolutamente deshecho. Devastado. No estoy segura de qué me llevó a hacerlo, pero me dio la impresión de que lo necesitaba, así que giré la cabeza y le di un beso suave y tranquilizador en la palma de la mano.

Aquello pareció encender algo en Eli, porque su boca fue al encuentro de la mía y me dio un beso. Y luego otro. Y luego más; tantos que perdí la cuenta. Al cabo de unos minutos, se le bajó la erección y la sacó. Murmuró contra mis labios algo acerca de que no quería que el preservativo goteara, pero se las arregló para quitárselo sin problemas. Luego me arrastró hasta su pecho, me abrazó y siguió besándome, besándome y besándome. Como si no fuera consciente de que el sexo había terminado, como si quisiera prolongarlo. Y no me importaba. Al menos por ahora. Al menos durante un rato.

No sé cuánto tiempo estuvimos así, solo que los besos fueron muchos, todos lánguidos e interminables, y que la luz de la habitación fue atenuándose, y las sombras, alargándose, y que habríamos seguido así… si no hubiera sonado el timbre.

23

UN PORTENTO EN LA CAMA

ELI

En un primer momento, hizo caso omiso del sonido, abrazó a Rue con más fuerza y siguió besándola.

Acababa de tener el orgasmo más intenso de su vida, su cuerpo aún estaba procesando aquellas últimas horas y se encontraba totalmente inmerso en la experiencia extracorpórea de que Rue no hubiese huido después de follársela. O de estar lo más cerca de follársela de lo que había sido capaz antes de perder el control.

Definitivamente, estaba hechizado, y no le apetecía luchar contra ese sentimiento.

Sin embargo, el timbre volvió a sonar, y el estridente ruido se convirtió en una molesta sensación que golpeaba el cerebro adicto al placer de Eli como si fuese un ladrillo.

—Mierda —murmuró contra los labios de ella, y luego la acercó aún más. Rue estaba dócil, radiante y feliz, y él no tenía intención de moverse a no ser que fuera para alimentarla o follársela otra vez—. *Mierda.*

—¿Qué pasa?

—Mis amigos. Están aquí. Teníamos planes.

Ella lo miró con ojos somnolientos.

—¿Y eso no te pone contento?

—Para nada.

Ella sonrió y el corazón de Eli dio un respingo de alegría. Podía hacerlo aún mejor. Podía llegar a hacerla *reír,* con un poco de práctica y mucha suerte.

—¿Puedes hacer como si no estuvieses en casa?

—Tienen una copia de las llaves.

—Vaya.

—Y habrán visto mi coche fuera.

—Cierto. —Ella le acarició la barbilla, igual de reacia a apartarse—. Parece que vas a tener que interactuar con ellos.

Él gimió contra su pelo, incapaz de soltar a esa mujer que se despreciaba a sí misma por desearlo. ¿Alguna vez se había sentido así? Seguro que sí, pero no se acordaba.

—¿Quieres que me escabulla por la ventana? —Él le dirigió una mirada de desconcierto, así que ella añadió—: No tengo ningún reparo en hacer el paseo de la vergüenza, pero quizá tú sí.

—Por favor, no hagas nudos con mis sábanas para hacer una cuerda.

Eli se apartó y la piel del hombro de Rue enseguida se puso de gallina. Él pasó el pulgar por encima, acariciándola, y se obligó a decir:

—Baja cuando estés lista.

—Está bien.

Se levantó y la observó cerrar los ojos y estirarse sinuosamente sobre las sábanas. Tuvo que apretar los puños para evitar volver a meterse en la cama. Se aseó como pudo, se puso una camisa de franela desgastada y unos vaqueros y, cuando llegó abajo, Minami y Sul ya estaban en el sofá, abrazando a Tiny como si fuera el bebé que llevaban ya un tiempo buscando —lo que no era un secreto para nadie— y aprovechando la suscripción a HBO de Eli.

Se apoyó en el marco de la puerta e intentó poner cara de fastidio, pero su amiga no se lo tragó.

—Vaya, vaya, vaya. Mirad quién se ha levantado por fin. Se te nota el entusiasmo y la alegría de vernos. ¿Qué tal la siesta, campeón? —Minami sonrió. Luego frunció el ceño—. ¿Desde cuándo duermes la siesta?

—Desde nunca. Tengo compañía.

Ella alzó una ceja. Incluso Sul, que era la persona más impasible del mundo, se lo quedó mirando con los ojos muy abiertos.

—¿A media tarde? ¿O la cosa viene de anoche?

—¿Tú qué crees?

Minami juntó los labios como si fuera a dar un beso. Dos veces. No emitió ningún sonido ninguna de las dos. Suspiró.

—Sul, ¿me harías el favor de silbar de manera sugerente? He estado practicando, pero sigue sin salirme.

Sul obedeció como el tonto enamorado que era y le salió perfecto.

—Gracias, cariño. ¿Así que te hemos interrumpido, Eli?

—Sí.

—Qué triste. —Asintió, apesadumbrado—. Pero ¿de quién es la culpa por no cancelar la cena de hoy con antelación?

Eli le estaba mostrando el dedo corazón como respuesta justo cuando entró Hark.

—Hola. —Tenía el pelo cubierto de gotitas de lluvia—. ¿Al final tu hermana se ha comprado un coche nuevo? Ya era hora.

—No.

—¿Entonces de quién es el Kia que hay en la entrada?

—Eli está con alguien —canturreó Minami—. Se le había olvidado que tenía que hacernos risotto.

Los ojos de Hark mostraron indignación mientras le tendía dos botellas.

—¿Me estás diciendo que estos *verdicchio* que he comprado después de hacer una investigación exhaustiva para que maridaran con el risotto no significan nada para ti?

—Nada de nada.

—Vete a la mierda —respondió con humor. Miró a Sul y a Minami y añadió—: Me vuelvo a casa y voy a pedir una pizza.

—Deja los *verdicchio* —ordenó Eli.

—Lo dicho: vete a la puta mierda.

—Tranquilos. Ya me voy.

Todos se giraron hacia aquella voz. Rue estaba bajando las escaleras con una mano en la barandilla y se quedó quieta en el rellano.

A Eli le dio un vuelco el corazón. Su cerebro no podía procesar.

Después de la ducha, su pelo oscuro se había secado formando rizos más rebeldes de lo que estaba acostumbrado a ver. Iba descalza, se le notaban los ojos pesados, no llevaba maquillaje y tenía un chupetón en el cuello que Eli le había hecho mientras se corría dentro de ella. Era una imagen magnífica. Se la veía exuberante y plena, y tan follada y follable a la vez...

No. No te vas a ir. Te quedarás hasta que me haya saciado y un poco más.

Sin embargo, advirtió su mirada cautelosa y la tensión que emanaba del repentino silencio. Entonces Eli se dio cuenta de que no había llegado a mencionar que sus amigos eran los miembros de Harkness. Y ellos no se esperaban que la mujer que había traído a casa fuera Rue.

Minami fue la primera en recuperar la compostura y se puso de pie con una amplia sonrisa.

—¡Rue! Es un placer volver a verte.

Rue terminó de bajar las escaleras.

—Yo también me alegro de verte.

Minami se inclinó hacia delante para abrazarla. La escena fue un poco cómica, ya que Rue era casi medio metro más alta y resultaba evidente que no sabía muy bien lo que estaba pasando. Respondió al abrazo con cierta rigidez y Eli se debatió entre disfrutar o ir a rescatarla, pero Minami acabó rápido.

—No hace falta que te vayas. ¡Podemos cenar todos juntos! Siempre somos solo nosotros cuatro y me aburro como una ostra con estos tres.

El «guau» que Eli murmuró llegó al mismo tiempo que el «tampoco te pases» de Hark y el estoico «estamos casados, pero bueno» de Sul. La sonrisa de Minami contenía una invitación a ser amigas, pero a Rue se la veía inquieta y contestó:

—No estoy segura de que sea lo más apropiado.

El ambiente se volvió más tenso. De repente, en la sala no estaban los amigos de Eli y la mujer con la que salía, sino la protegida de Florence y los que pretendían apoderarse de Kline. Rue contra el mundo, sola, incómoda y fuera de lugar.

Eli sabía que se sentía así a menudo y decidió que, si podía evitarlo, no permitiría que eso sucediese en su presencia.

—Si alguien se tiene que ir, son ellos —dijo con firmeza.

Sus ojos se clavaron en los de Rue hasta que Hark añadió con rudeza;

—Gracias, imbécil. Rue, deberíamos cenar todos juntos. Es obvio que Eli quiere que te quedes. Al fin y al cabo, el cumpleañero es él.

—¿Es tu cumpleaños? —Los ojos de Rue se abrieron de par en par—. Sí que lo es... —añadió, quizá rememorando la fecha que aparecía en su carné de conducir—. Creo que... Feliz cumpleaños, Eli.

A él le dio un vuelco el corazón, que inmediatamente después empezó a latir con fuerza. Si hubieran estado solos, quizá le habría contestado: «Gracias, Rue. Me has hecho pasar el mejor cumpleaños de la última década». O quizá no.

—A Eli no le gusta que la gente actúe como que es su cumpleaños —la avisó Minami—. Puede que nos juntemos para celebrarlo, pero jamás hay que admitir en voz alta por qué nos hemos reunido.

—Y no tiene por qué ser raro —añadió Hark con aspereza—. De todos modos, seguro que la recomendación de nuestro abogado sería que no hablásemos de nada relacionado con Kline. —Rue seguía callada, así que continuó—: Además, he aparcado detrás del Kia y vas a tener que hacer muchas maniobras si quieres salir de ahí. ¿Se te dan bien esas cosas?

Ella hizo una mueca.

—Para nada.

—Pues está claro que debes quedarte. No vas a lograr obligarme a mover el coche; está lloviendo, y Eli se empeñó en arreglar las grietas del camino de entrada él solo. Ahora mismo andar por ahí es como pisar arenas movedizas.

Minami se rio. Sul sonrió y Hark también, esta vez de forma genuina. Rue se limitó a mirar a Eli como pidiendo orientación.

—Quédate —dijo en voz baja pero audible, y, tras una larga pausa, ella asintió.

—De acuerdo. Gracias.

El alivio lo embistió con fuerza.

—Si me lo permitís, voy a preparar ese puto risotto por el que me habéis arruinado el sábado, capullos.

—Qué gusto que te reciban así —dijo Minami antes de ponerse a charlar con Rue.

Eli no oía lo que decían, pero confiaba en que Minami se comportara con decencia. A diferencia de Hark, que lo siguió hasta la cocina con el ceño fruncido.

—Supongo que vienes para poner los *verdicchio* en la nevera, ¿no?

—Incorrecto. Prueba otra vez. —Hark puso las botellas sobre la mesa—. ¿Qué coño estás haciendo, Eli?

Se cruzó de brazos.

—¿A ti qué te parece que estoy haciendo?

—Parece que si te quedas mirando a esa chica más rato, te va a salir semen por los ojos.

—Mujer. Y muy elegante por tu parte.

—Y también parece que te estás tirando a la amiga de Florence Kline. Y *también* parece que la has traído a la casa que compartes con tu jovencísima hermana.

—Maya tiene más de veinte años. También trae a gente a menudo. —Hark frunció aún más el ceño—. Tío, ¿qué cojones te pasa?

—¿Cuánto tiempo llevas enrollándote con Rue?

—Ha sido algo intermitente; unas semanas.

—Joder, Eli. ¿No hay otras mujeres?

—Claro, pero a esas no las quiero.

—¿Y la chica de ráquetbol?

Eli frunció el ceño también.

—¿Quién?

—La que conocimos cuando…

—Vale, ya. No hace falta que sigas porque no quiero a la chica del ráquetbol ni a ninguna otra. No son Rue.

—Venga ya, no me jodas. ¿Cuál es la verdadera razón?

—Esta es la verdadera razón: me gusta. Es un portento en la cama, huele de maravilla y me encanta tenerla cerca. ¿Quieres leer mi puto diario?

—No, quiero que recuerdes que las cosas se están calentando y que estamos más cerca que nunca. ¿Has considerado la posibilidad de que Florence la esté usando para averiguar cosas sobre nosotros?

Eli se paró a contemplar esa opción durante un total de un segundo.

—No es el caso.

—¿Cómo puedes estar tan seguro? ¿Es que con ella has descubierto lo que es vivir una historia de amor prohibido?

—Porque nunca habla de Kline. Porque he sido *yo* quien ha ido detrás de ella. Y porque no es el tipo de persona que haría algo así.

—Claro, porque la conoces muy bien. Concretamente desde hace… ¿cuánto? ¿Dos horas?

—La conozco lo suficiente.

—Manda huevos, Eli. ¿Cómo de en serio…? —Se calló de repente. Cuando Eli siguió la dirección de su mirada, se encontró con Rue en la puerta.

No sabía cuánto había oído, pero ella mantenía un rostro inescrutable.

—¿Necesitas ayuda con la cena, Eli? —preguntó ignorando a Hark, quien tuvo la decencia de mostrarse arrepentido. Pasó por delante de Rue murmurando un «si me disculpáis» y salió de la cocina. Eli se alegró de volver a estar a solas con ella.

Era una putada tener la sensación de que sus amigos, a quienes conocía desde hacía más de una década, se estaban inmiscuyendo en su relación con Rue, una mujer que estaría dispuesta a inhalar una materia corrosiva de clase 8 por Florence Kline. O solo por pasar el rato. Y, sin embargo, ahí estaba él.

Sonriéndole.

Le dio otro vuelco el corazón cuando ella le devolvió la sonrisa.

—¿Vienes a robarme la receta secreta o solo es que te sentías incómoda en la sala con gente de Harkness? —preguntó.

—Lo segundo. No soy... No se me da muy bien socializar con gente que no conozco.

—Ah. —Eli reajustó la imagen mental que tenía de Rue. Con él siempre se había mostrado segura de sí misma, a gusto, desde la primera noche. Sí que había notado que parecía más reservada con los demás, pero lo atribuía a su personalidad, ligeramente distante, no a que tuviese ansiedad social.

—¿Esta receta también es secreta? —preguntó ella.

—No. —Eli sintió una presión en el pecho—. Ven, que te enseño.

Rue empezó a andar hacia los fogones, pero se desvió al ver un bol de fruta. Cogió una manzana y la sostuvo con una expresión tan pensativa que a Eli le arrancó una sonrisa tierna.

—¿Estás pensando en el recubrimiento microbiano?

Ella asintió.

—Ayer terminé de recopilar datos.

Se la veía emocionada, y él se sintió inexplicablemente complacido. ¿Parecería condescendiente si la felicitaba?

—Es un proyecto fantástico.

Ella sonrió y él se sintió como si le hubiera tocado la lotería.

—Gracias.

—¿Qué harás después?

—Aún no estoy segura. Cuando obtenga la patente, tendré que decidir si quiero licenciarla o comercializarla yo misma.

La forma de formular aquella frase hizo dudar a Eli.

—¿No será Kline la propietaria de la tecnología?

—No. Seré yo. Florence y yo lo acordamos al principio.

Eli apretó el mango del cuchillo que tenía en la mano.

—¿Te ha…? ¿Sabes si…? —*Espabila, imbécil. Y prueba a formular una frase entera*—. ¿Lo acordasteis por contrato escrito?

—Por supuesto. —Ella le lanzó una mirada desconcertada y devolvió la manzana a su sitio—. ¿Por qué? ¿Tenías la esperanza de apoderarte de mi propiedad intelectual junto con el resto de Kline?

Sus palabras fueron mordaces, pero él se sentía demasiado aliviado como para darles importancia.

—Algo así. —Tenía que cambiar de tema—. ¿Cocinas?

—No muy bien, pero me gusta hacer comidas decentes. Suelo gastarme mucho dinero en comida.

Lo dijo como si fuera un lujo.

—Me alegro de que te hayas quedado.

—¿Por qué?

—Me gusta alimentarte bien. —Nada más decirlo, Eli sintió una punzada de arrepentimiento en el pecho. McKenzie había intentado enseñarle todo lo que pudo, pero él siempre estaba demasiado ocupado construyendo su negocio. Qué desperdicio. Rue podría haberse maravillado de su destreza en la cocina durante semanas y semanas—. Si quieres ayudar, puedes rallar el queso. Intenta no rallarte los dedos; Minami está en una de sus fases vegetarianas.

Trabajaban tan bien en la cocina como lo habían hecho en aquel laboratorio de Kline, salvo que esta vez era

Eli quien llevaba la iniciativa. Se sorprendió de lo aplicada que era Rue, pues trataba el ajo y el aceite de oliva como si fueran sustancias altamente volátiles. Cocinar con McKenzie solía ser muy divertido; ella era radiante y estaba llena de luz, hacía bromas todo el rato y le encantaban los besos aromatizados con los ingredientes que iban utilizando. Rue no era para nada así. Era intensa y centrada. Una verdadera fortaleza. Hablaba poco, siempre hacía preguntas relevantes y alguna que otra broma sarcástica que obligaba a Eli a morderse la mejilla para no soltar una carcajada. Rara vez daba información de forma voluntaria y nunca empezaba las frases con un «yo».

Sin embargo, estaban sus sonrisas tímidas y la forma en que se quedaba mirándole las manos embelesada. Cuando se puso detrás de ella para poder remover el agua, Rue se recostó contra su pecho, solo un poco, lo suficiente para que el cerebro, el corazón y la polla de Eli empezaran a palpitar de una forma que él no estaba preparado para analizar.

¿Cómo sería tener una relación con ella? Silencios largos y cómodos. Honestidad incesante. Subidas y bajadas. Era tan fácil imaginarse a un pobre desventurado pendiente de todas las palabras que salían de su boca. Dedicándose a tiempo completo a hacerle bromas. Seguro que estaría dispuesto a convertirla en el centro de su universo y se sentiría en la cima del mundo si ella le devolviese el favor en algún momento.

Solo de pensarlo le entraban celos y rabia y un poco de tristeza.

—¿Ya está listo? —preguntó Minami asomando la cabeza en la cocina—. Sul se muere de hambre. Le he visto mirando a Tiny de forma lasciva y he tenido que distraerlo con galletitas saladas.

—En tres minutos. Y gracias por salvar a mi perro.

—Me considero más amiga de Tiny que tuya. Tú eres más bien algo colateral.

—Por supuesto.

Le dio un beso en la frente a Minami mientras se dirigía a la nevera y ella aprovechó para susurrarle al oído:

—Se llama degradado.

Él se la quedó mirando desconcertado.

—Llevas un rato mirándole el pelo a Rue con cara de querer preguntar.

Era imposible que Rue lo hubiera escuchado, pero cuando Eli volvió a acercarse a los fogones, ella lo miró extrañada.

—¿Qué? —preguntó él.

Ella negó con la cabeza.

—Nada.

A Rue le gustó el risotto, y Eli tuvo que concentrarse en mantener la calma a pesar de que se moría de ganas de dar volteretas y tirar cohetes. La cena transcurrió sin incidentes y la conversación no se desvió hacia temas delicados; fluyó sobre todo entre los socios de Harkness, pero Minami, e incluso Hark, hicieron un esfuerzo por incluir a Rue. Pudo comprobar que era cierto lo de que era tímida, pero no estaba seguro de si los demás eran capaces de darse cuenta. Quizá Tiny sí, porque apoyó el morro en su rodilla y la miró con una expresión de adoración que parecía una parodia de la de Eli.

Le encantaba su incapacidad para interactuar con su perro. Se la imaginó despertándose por la mañana, sacando a pasear a Tiny y pidiéndole de forma educada pero firme que no se comiera la caca de otros perros. Cuando vio que levantaba una mano como si estuviese considerando darle una palmadita en la cabeza a Tiny, Eli estuvo a punto de contener la respiración. Se dio por vencida tras unos instantes de nervios, y Tiny se alejó cabizbajo.

Yo también, amigo mío, pensó Eli. *Yo también.*

Maya llegó cuando Hark estaba haciendo un despiadado resumen de la película de cine de autor que había visto la noche anterior. Primero se quedó boquiabierta, luego sonrió y después les soltó un par de pullitas.

—Dios mío, ¿estáis celebrando una fiesta?

—Solo es una cena —dijo Minami mientras la saludaba con un abrazo—. Que es el equivalente a una fiesta para la gente de treinta y pico.

—Debe de ser duro ser tan milenial. —La última palabra era claramente un insulto. Le dio un abrazo a Sul, le dedicó una mirada afable a Rue y se detuvo ante Hark—. Hola, Conor —dijo en tono burlón y con las mejillas sonrojadas. Eli esperaba que las tuviera así porque fuera hacía fresco y no por otra cosa.

Aunque era junio. Y estaban en Texas.

—Hola, Maya. —Hark asintió con la cabeza y desvió la mirada hacia otro lado. Siempre tenía la deferencia de intentar fingir que no se daba cuenta de que la hermana de Eli estaba encaprichada con él, pero se le daba regular.

—Ha sobrado risotto, está en la cocina —dijo Eli. Cuando su hermana se fue, los ojos de Hark la siguieron. Luego se sirvió otro vaso de vino y se lo bebió de un trago.

—¿Sabes que existe la posibilidad de beber a sorbos? No es tequila —señaló Minami. Ella y Sul no habían bebido mucho.

—¿No? ¿Quién lo dice?

—Su estructura molecular, por ejemplo.

—Los pares de electrones están sobrevalorados —intervino Eli.

—No, qué va. Y por eso yo sí terminé el doctorado en Ingeniería Química y vosotros dos no.

Eli y Hark intercambiaron una mirada y murmuraron «directa a la yugular» y «eso ha sido un golpe bajo». Estaban sacudiendo la cabeza cuando se dieron cuenta de que Rue los estaba mirando fijamente. Entonces le preguntó a Eli:

—¿Intentaste doctorarte en Ingeniería Química?

Mierda.

La mesa se quedó en silencio. Eli sopesó varias estrategias de control de daños, pero Hark se le adelantó:

—Efectivamente.

Rue se giró hacia él.

—¿Dónde?

—En el mismo sitio que tú. —Se reclinó sobre el respaldo de la silla—. La Universidad de Texas.

—Los dos estudiasteis en el departamento de Ingeniería de la Facultad de Austin de la UT —repitió Rue confusa.

—Correcto.

—¿Cuándo?

—Unos años antes que tú, supongo. Tu novio empezó un año después que yo. Aunque compartimos tutora, eso sí.

—Hark —le advirtió Eli, pero Rue hizo caso omiso y habló por encima de él.

—¿Y por qué no os doctorasteis?

—Qué pregunta tan interesante. —La sonrisa de Hark era amarga—. Nos pidieron que nos fuéramos.

—Hark. —Esta vez la advertencia vino de parte de Minami, a quien normalmente se le daba mejor controlarlo. El problema era que no podía ordenarle a Rue que dejara de hacer preguntas.

—¿Por qué? ¿Qué pasó?

—Bueno, fue hace tanto tiempo que a duras penas lo recuerdo. Aunque diría que tu amiga...

—Hark. —Eli se puso en pie con las palmas de las manos sobre la mesa. Rue parecía desconcertada y fuera de sí, y eso a él no le gustaba. No pensaba permitir que la emboscasen con información que la iba a perjudicar, y menos estando él presente—. Basta.

—¿Mi amiga? —preguntó Rue sin entender nada.

Esta vez, Hark inclinó su copa hacia ella como si brindara, se bebió lo que le quedaba de vino y luego levantó las manos en señal de rendición. Volvió a esbozar su habitual sonrisa encantadora y se dirigió a Eli:

—Lo sé, lo sé, soy un gilipollas. Pero, si no puedo ser un puto gilipollas cuando voy borracho, ¿qué me queda en esta vida?

Eli puso los ojos en blanco.

—¿Qué hay de la decencia?

—Bah. Está sobrevalorada.

Eli y Minami intercambiaron una larga mirada con la que se dijeron muchas cosas y, finalmente, Minami dio una palmada y se puso de pie.

—Ya que Rue tal vez sea demasiado educada para pedirle a Hark que se vaya a hacer puénting sin arnés, ¿qué tal si lo dejamos aquí y nos vamos todos a dormir?

—Hasta a mí me parece bien —murmuró Hark.

—Fantástico. Es obvio que no estás sobrio, así que te llevamos nosotros a casa. Puedes recoger el coche mañana, cuando vengas con la cola entre las piernas a suplicar el perdón de Eli por la forma en que has actuado en presencia de su amiga.

—Yo también debería irme —dijo Rue.

Eli odió lo bajita que sonaba su voz y la idea de que se fuera. No obstante, se la veía tensa, y era obvio que no quería que se lo discutiera.

Estiró el brazo y le tendió la mano.

—Dame tus llaves. —Miró fijamente a Hark—. Sacaré tu coche de donde sea que este imbécil lo haya metido.

Cuando Eli volvió, dejando atrás la lluvia, Minami estaba hablando con Rue en voz baja.

—Solo está borracho —la oyó murmurar—. Se pone raro. Ojalá el *verdicchio* hubiese estado enriquecido con CBD. Oye, si alguna vez quieres tomar un café, mi correo electrónico corporativo es mi nombre de pila. Y reviso la bandeja de entrada cada… veinte minutos, más o menos. Lo sé, es preocupante.

Eli suspiró, fue a la cocina y volvió con un táper de sobras.

—¿Es para mí? —preguntó Hark. Esta vez la sonrisa que exhibía era avergonzada, pero Eli no pensaba ponérselo tan fácil.

—No. Tú búscate la vida. —Puso el recipiente en las manos de Rue y luego murmuró, solo para ella—: Ten cuidado con la carretera, ¿vale? —Se inclinó y le estampó un beso en sus suaves labios. Ella quizá no se lo esperaba, pero aun así le correspondió—. Y si quieres… —No sabía cómo terminar la frase. *¿Hablar? ¿Follar? ¿Jugar al Uno? ¿Todo lo anterior?*

Ella asintió, pero Eli no estaba seguro de que hubiese entendido lo que quería decir. Tampoco sabía cómo explicárselo sin que saliera corriendo.

—Vale, nos vamos —dijo Minami—. ¡Adióóós, gracias por la cena!

Eli suspiró y se los quedó mirando mientras iban saliendo, desesperado por ver una última vez la cara de Rue, pero no lo consiguió.

24

NO ME CAE MAL

RUE

—¿Y das por hecho que se referían a Florence porque...?

Estaba en videollamada con Tisha. Vi cómo arrugaba la frente y asentí. Era la misma pregunta que me había estado haciendo desde ayer.

—Porque tengo exactamente dos amigas. Y si no es Florence... ¿Hay algo que quieras contarme?

—Buen argumento —concedió.

Me rasqué la sien. Había dormido mal y me había despertado cuarenta veces. No podía sacarme de la cabeza la voz burlona de Conor Harkness, el vino blanco que llenaba mi copa y la forma en que Eli había apoyado la barbilla sobre mi cabeza mientras removía el agua hirviendo. En alguno de esos momentos de desvelo, justo antes de volver a dormirme, había decidido que necesitaba distanciarme de Eli. Para ayudar a mi cuerpo a procesar lo que ese hombre podía hacerme.

—Los he buscado en Google —le dije a Tisha—. He leído todo lo que he encontrado. La mayoría de los resultados relacionados con esos cuatro...

—¿Eli y sus compañeros de Harkness?

—Sí. La mayoría de los resultados están relacionados con su trabajo en el sector financiero, pero al escarbar un poco...

—Define «un poco».

—Un par de horas rebuscando entre archivos digitales. Tisha, tres de ellos, Minami, Hark y Eli, estudiaron en la UT hace diez años. En el departamento de Ingeniería Química.

—¿Y el otro?

—Sul. También en la UT, pero en Química. —Apreté los labios—. No es que se me dé muy bien entender las dinámicas interpersonales...

—Más bien se te da fatal. Pero sí, por favor, prosigue.

—... pero creo que en un principio el grupo de amigos estaba formado solo por Minami, Hark y Eli. Sul se incorporó cuando se casó con ella.

—Me parece plausible.

Me alegré de que Tisha pensara así, porque, en lo que a mi capacidad analítica se refiere, yo no habría apostado ni un trozo de hilo dental usado.

—Esos periodos de tiempo se solapan con los de Florence en la UT. Minami se doctoró en Cornell hace once años, con una tesis sobre biocombustibles, así que debió de venir aquí a hacer un posdoctorado. El tutor de Hark fue el doctor Rajapaksha.

—¿Quién?

—Un tipo que se jubiló antes de que nosotras empezásemos a estudiar allí, aunque aún era joven. Y he encontrado una página que habla sobre Eli. Escribieron mal su apellido, pusieron solo una ele, por eso me ha costado un poco. Su tutor también fue el doctor Rajapaksha. Y en su primer año, Eli ganó una especie de beca por su trabajo. Adivina sobre qué iba.

La frente de Tisha se arrugó aún más.

—Por favor, dime que no sobre biocombustibles.

Esa era la única respuesta cierta, así que no dije nada.

—Vale. —Tisha resopló—. ¿Es posible que estudiaran en la UT cuando Florence estaba ahí y que, a pesar de estar involucrados en la misma área de investigación, no se hubiesen cruzado con ella? ¿Te parece factible?

Me mordí el labio inferior.

—No creo que hubiera ningún profesor de la facultad del que yo no tuviera constancia cuando estaba estudiando. Aunque, cuando defendí mi tesis, uno de los miembros del jurado estuvo llamándome Rhea todo el rato, y dudo que me reconociera si hoy nos encontrásemos en el supermercado.

—Pero ¿y si te propusieras adquirir su puesto de limonada con estrategias hostiles?

—Pues... —Ahí era donde la maraña de mis pensamientos se volvía inabarcable—. En ese caso, me cuesta pensar que él no investigaría quién soy, al menos un poco. —Tisha asintió y yo continué—: Es posible que eso sea lo que hizo Florence. Quizá no se acordaba de ellos hasta que los investigó.

—Y se olvidó de contárnoslo.

—O quizá simplemente no ha tenido tiempo ni energía para buscarlos en Google.

—Solo hay una manera de averiguarlo.

Asentí.

—Mañana tengo una reunión con ella para hacer la evaluación de mi rendimiento. Se lo preguntaré.

—Gran plan. Excepto porque… ¿Cómo piensas justificar que estuvieses cenando con esa gente? —Me estremecí—. Supongo que está la opción de decirle la verdad. «Florence, ahora mismo mi dosis mensual de orgasmos de mierda me la proporciona Eli Killgore, no es nada personal».

Miré el pimentero que tenía en el alféizar de la ventana.

—Guau. —Tisha lanzó un silbido—. No tan de mierda, por lo que veo.

No, no tan de mierda. Más bien magníficos, y nucleares, y probablemente propulsores de la redefinición del sexo. Al menos para mí.

—¿Cómo es? —me preguntó Tisha—. Eli, quiero decir. —Me masajeé las sienes tratando de evitar pasar vergüenza y ella se apresuró a añadir—: No es… Rue, no es mi intención acusarte de nada. Si a pesar de mis consejos y de tu sentido común sigues quedando con ese hombre, yo apoyaré tus cuestionables decisiones porque te quiero y porque tú has hecho lo mismo por mí. Lo mínimo que puedes hacer es compartir los detalles sucios.

—De acuerdo. Es bueno. Muy bueno. —«De eso se trata, de verte perder el control»—. Es un poco…

—¿Qué?

—Mandón.

Tisha enarcó las cejas.

—¿En el mal sentido?

—No. —No tenía claro si estaba lista para adentrarme en los detalles de la historia todavía. Y no porque Tisha no fuera a animarme a que me comprase mi propio juego de látigos.

—Vale. ¿Qué más? ¿Cómo es como persona?

—No lo conozco como persona.

—Has pasado tiempo con él. Habréis hablado de algo. ¿Qué has averiguado?

Nada, estuve a punto de decir, pero una avalancha se tragó la palabra. *Atleta universitario. Hermana, amigos, perro…, todos lo adoran. Honesto, pero nunca cruel. No le molesta lo torpe que soy. Ni mis silencios. Estuvo comprometido. Puede que su destino sea trágico, igual que el mío. Es fácil hablar con él. Casi un científico profesional. Se le habría dado bien, como todo. Tiene algunas historias horribles; casi tan horribles como las mías. Le gusta chincharme, pero nunca siento que se ría de mí. Es amable. Divertido. Ese trasfondo de malestar que parece impregnar la mayoría de mis interacciones sociales… no está ahí cuando hablo con él. Me gusta cómo cocina. Me gusta cocinar con él. Se deja llevar.*

—Que no me cae mal. —En absoluto.

—Mmm. Sí que es verdad que tiene ese encanto de «juego al rugby los domingos».

—Hockey. Juega al hockey.

—Cómo no. También trabaja en el sector financiero. ¿Habéis hablado de criptomonedas?

—No. Hemos hablado de… —*Nos contamos historias que no podríamos contarle a nadie más porque harían que la gente se sintiera incómoda, o triste, o con la necesidad de reírse educadamente, minimizar y consolar. Compartimos cosas horribles que hemos hecho, que nos han hecho, y luego esperamos a*

ver si el otro está lo bastante horrorizado como para irse, pero...,
por algún motivo, eso nunca llega a pasar. No hablamos de te-
mas banales. Nos adentramos hasta lo más profundo y mostra-
mos las historias que llevamos inscritas en los huesos—. Cocina. Le gusta cocinar.

—Vaya, qué conveniente. —Los ojos de Tisha parecían atravesarme—. Y, por confirmar, ¿esto sigue siendo
solo sexo?

Asentí sin permitirme pensar demasiado en ello.

Sin embargo, debía de haber algo en el aire, porque el
lunes por la mañana recibí un mensaje de Alec.

Esta noche vamos a cerrar pronto porque toca mantenimiento del sistema de climatización. La pista estará vacía
y Maya y Eli Killgore vendrán a patinar. He pensado en
preguntarte si querías unirte.

Y en caso de que tengas la duda: sí, Dave está intentando liaros a Eli y a ti. Se ve que notó que había conexión entre vosotros cuando intercambiasteis una palabra
y media el día de la recaudación de fondos. Pero no te
preocupes, Eli es buen chaval. No te molestará.

Alec había sido tan bueno conmigo que era casi imposible enfadarme con él, lo que solo dejaba espacio para el
afecto. Iba de camino a ver a Florence, así que hice una
nota mental de que después tenía que escribirle para decirle que no iría. Pasar tiempo con Eli sin estar desnudos
no me parecía prudente.

—Hola, forastera. ¿Por qué siento que no te he visto el
pelo últimamente?

Sonreí y tomé mi asiento habitual en el despacho de Florence. Me crucé de piernas sentada en mi silla favorita. Las evaluaciones trimestrales de rendimiento nunca me habían causado ansiedad. Florence me solía apoyar en todo y a mí se me daba bien mi trabajo.

—Es que estoy ocupada terminando la patente provisional.

Florence se quitó las gafas de leer.

—¿Está en manos de los abogados?

—Sí.

—Puede que estén esperando mi aprobación. Estos últimos días he estado hasta arriba de trabajo, pero esta noche lo miro.

—Perfecto. —Intenté esbozar una pequeña sonrisa y Florence ladeó la cabeza.

—Pareces cansada. ¿Va todo bien?

—No. He dormido mal.

—No tienes por qué quedarte —me dijo para tranquilizarme—. Esto es una mera formalidad. Ve a descansar. Sigues siendo mi mejor empleada. ¿Quieres un aumento?

—Siempre.

—Hablaré con contabilidad.

Me reí entre dientes, descrucé las piernas y me obligué a preguntar:

—¿La situación con Harkness está resuelta?

Mi pregunta pareció sorprenderla.

—¿Qué quieres decir?

—¿Los inversores han accedido a poner el dinero para volver a comprar el préstamo?

317

—Todavía no. Pero casi.

—¿Qué se lo impide?

—La misma mierda burocrática de siempre. —Se encogió de hombros—. No hay de qué preocuparse.

—Y, una vez hecho, ¿nos dejarán en paz?

—Eso espero.

—¿Sabías…? —Tragué saliva—. ¿Sabías que los fundadores de Harkness son ingenieros químicos? Estudiaron en la UT. Se estaban sacando el doctorado cuando tú trabajabas allí.

Florence permaneció inmóvil unos segundos. Después cogió un bolígrafo, hizo un par de clics con él y volvió a dejarlo.

—¿Estás segura?

Asentí.

—Los he buscado en internet. —No era mentira, pero tampoco toda la verdad. Ojalá hubiese podido decir que Eli me obligaba a ocultarle cosas a Florence, pero tenía que asumir esa responsabilidad. Era mi propia incapacidad para alejarme de él lo que me había convertido en una mentirosa—. ¿Es posible que coincidierais, aunque fuera poco tiempo? También trabajaban en el ámbito de los biocombustibles.

Más quietud. Otro encogimiento de hombros, rígido esta vez.

—No. Desde luego que no. Lo recordaría si así fuera.

¿Por qué lo niegas con tanta vehemencia? ¿Por qué me da la sensación de que ocultas algo?

—Rue, esto es… ¿Eli Killgore se ha puesto en contacto contigo? ¿Te ha metido ideas raras en la cabeza?

Negué con la cabeza. *¿Quién es la que oculta cosas ahora, Rue?*

—Escucha, veo que estás nerviosa por lo de Harkness, y aprecio que te preocupes por mí, pero no hay ninguna necesidad de investigar a esa gente. —Se acercó tanto que vi como sus ojos verdes brillaban. Su mano fría tomó la mía—. Sé que todo este asunto es inquietante, y quizá te esté haciendo dudar de cosas que ya sabes. Pero la verdad es que, cuando trabajaba en la UT, estaba tan centrada en mi tecnología, en lo que estaba consiguiendo en los laboratorios fuera del campus, que apenas pisaba el departamento. Y si me he cruzado con Harkness antes…, bueno, eso explicaría por qué están yendo a por Kline de una forma tan agresiva. Tal vez llevan todos estos años vigilándonos, esperando para atacar. Pero que ellos me conocieran no significa que yo los conociera a ellos, y, sinceramente, son unos capullos. Me da igual de dónde vienen o cuál es su historia. Solo quiero que desaparezcan de mi vida.

Tenía sentido. Tanto sentido que todas mis preguntas habían sido respondidas. Tanto sentido que giré la mano y apreté la suya.

—Lo entiendo —dije, sintiendo que me quitaba un millón de kilos de encima—. Y tienes razón.

Florence esbozó una sonrisa tranquilizadora.

—Deja de preocuparte, ¿vale? Lo tengo todo bajo control.

Asentí. Me levanté y casi me mareo de alivio. Llegué hasta la puerta.

—Rue —me llamó entonces Florence. La miré por encima del hombro—. Te está creciendo otra vez.

—¿El qué?

Señaló el lado derecho de su cabeza.

—El degradado que llevas. Tal vez sea hora de repasártelo.

—Sí. Tienes razón.

—¿Por qué pasa tan rápido el tiempo?

No sabía la respuesta, así que me despedí con una sonrisa y volví a mi despacho. Conseguí dejar de pensar en el tema… hasta esa noche, cuando subí al coche y escuché un sonido extraño.

25

¿DE VERDAD NO TE PARECE UNA IDEA FANTÁSTICA?

RUE

Las voces de Dave, Alec y el chico de mantenimiento procedían del pasillo de la derecha, así que giré a la izquierda y me dirigí a la pista de hockey. Esperaba encontrar a Eli, pero no que estuviera solo.

Mi día se había ido a la mierda después de que el abogado inmobiliario que me había recomendado Nyota me dijera que no aceptaba nuevos clientes. Sin embargo, ver la pista de patinaje me dio paz. Olía a infancia, a agujetas y a las miradas aburridas de los padres de las patinadoras durante los entrenamientos del sábado por la mañana. Caminé hacia el banquillo, observando los círculos que Eli iba dibujando en el hielo, su pelo siempre revuelto y las manchas de sudor que oscurecían su camiseta gris de manga larga. Se oía el eco del palo de hockey golpeando el disco.

No se diferenciaba en nada de los demás jugadores de hockey. La mayoría patinaban así: pasos fuertes y rítmicos, una combinación perfecta de fuerza y gracia, giros rápidos y paradas potentes. Nunca me habían atraído especialmente, pero Eli era mi excepción para todo. Con la mirada puesta en él, me senté junto a un par de zapatillas desgastadas y esperé a que se fijara en mí. Menos de cinco minutos después vino hacia mí con la respiración entrecortada y una amplia sonrisa.

Presenciar lo feliz que se había puesto al verme fue como un puñetazo en el estómago. Por no hablar de lo feliz que estaba yo de verlo a él.

—Alec me ha invitado —le dije cuando se detuvo ante las mamparas de plexiglás.

Se quitó los guantes y se secó la frente con el antebrazo.

—Seguro que Dave está ahora mismo escribiendo un borrador de nuestras invitaciones de boda en el manual de instrucciones del sistema de climatización.

Sonreí. Su olor me resultaba tan familiar como el del hielo; la forma en que se mezclaban confundía mis sentidos.

—Me dijo que tu hermana también vendría.

Negó con la cabeza.

—Tenía deberes. O como llamen al trabajo que te llevas a casa en la universidad.

Asentí. Me obligué a ir directa al grano.

—Te dejaste algo en mi coche.

Me estudió durante un largo momento. Tenía las mejillas sonrojadas y los rizos alborotados, y el pecho le subía y bajaba con rapidez. Nunca había deseado tanto tocarle como en aquel preciso instante. Y entonces sus labios se curvaron.

—Hola, Rue. Me alegro de verte en esta hermosa noche de verano.

Me balanceé sobre mis pies.

—Hola. Y lo mismo digo. Te dejaste…

—Sí, te he oído. —Extendió la mano por encima de la barandilla con la palma hacia arriba en señal de invitación—. Ven a patinar conmigo.

¿Qué?

—No me…

—Sé que sabes patinar, Rue. Te he visto hacerlo con mis propios ojos.

—¿Cuándo…? —No tardé en adivinarlo—. Has visto los vídeos de mis competiciones. Por internet.

Asintió.

—No era broma lo de «Pump up the jam».

Exhalé una carcajada, preguntándome si debía sentirme acosada. Pero ¿acaso no le había investigado yo también?

—No, no era broma. Te lo dije, no tengo sentido del humor.

—Claro. Venga, ven. Patinemos juntos. —Notó que vacilaba—. Ya que estás aquí, aprovecha y pásatelo bien.

—No he traído mis…

—Allí hay una sala llena de equipamiento. —Señaló un lugar por encima de mis hombros.

Traté de imaginármelo: nosotros dos patinando juntos. Estando cerca. Siguiéndonos por el hielo. *Vale,* pensé. *Sí. Vamos a hacerlo. Me apetece hacerlo.*

De hecho, me apetecía tanto hacerlo que sabía que no debía.

—No creo que sea buena idea, Eli.

Su sonrisa se desvaneció.

—No tienes por qué tomártelo como si fuese una cita. Ya me dijiste que no querías ninguna conmigo. Pero hay una pista vacía donde puedes hacer tantas piruetas como te apetezca. O lo que sea que hagáis las patinadoras.

Hizo que pareciera simple. Sin embargo, patinar podía ser algo tan… íntimo. Incluso más que el sexo. Y si Eli y yo íbamos más allá del sexo, mi traición a Florence sería aún más grave. Tenía que haber límites. Yo tenía que ponerlos.

—No he venido aquí para eso.

Soltó una carcajada de autodesprecio y se alejó patinando. Cogió el disco, volvió y, un segundo después, estaba en el banquillo, poniéndose las zapatillas.

—¿Te vas? —le pregunté.

—Sí. —Le caían gotas de sudor por la sien. Estaba claro que llevaba allí un buen rato—. Para que puedas patinar a solas.

—Pero no he venido para eso.

—Ya. Cierto. Solo quedamos por dos razones: para follar y para devolvernos las cosas que nos dejamos en el coche del otro. —Me dedicó una sonrisa y su cara me resultó tan insoportablemente familiar y atractiva que tuve que contenerme para no estirar la mano y acariciársela—. ¿Qué se me olvidó?

Rebusqué en mis bolsillos y saqué las llaves que había encontrado bajo el asiento. Las miró con el ceño fruncido y dijo:

—No son mías.

Yo también fruncí el ceño.

—Tienen que serlo.

—Pues no lo son. —Volvió a centrarse en sus zapatos—. ¿Quién más ha estado en tu coche? —Tisha. Pero conocía sus llaves—. Siento que hayas hecho el viaje para nada —añadió—. Me encantaría creer que las llaves son solo una excusa para verme...

—No lo son.

—… pero eso sería demasiado ilusorio incluso para mí. ¿Segura que no quieres patinar?

Asentí. Me quedé contemplándolo mientras se ataba los cordones.

—¿Siempre entrenas solo?

—No es exactamente entrenar. Solo estaba jugando un poco. —Se levantó y se echó los cordones de los patines al hombro—. Lo que pasa es que no me gustan las multitudes. Cuando la pista está libre, aprovecho.

—¿Ninguno de tus amigos patina?

—Algunos de mis antiguos compañeros se dedican a ello de forma profesional. Ninguno anda por aquí. Austin no es la capital del hockey, precisamente.

—¿Y los de Harkness?

—Hark sí, se le da bastante bien. Una vez traje a Minami y se pasó una hora entera cayéndose de culo. Sul ni siquiera se llegó a poner los patines. —Sonrió como si fueran recuerdos preciados y empezó a andar en dirección a la salida. Tuve que acelerar el paso para seguirle el ritmo y me sentí como un patito feo intentando alcanzar a un cisne que no tenía ningún interés en él.

—¿Cuál es su historia? —pregunté. No estaba dispuesta a dejar que la conversación terminara.

—¿A qué te refieres?

—Hark y Minami. Se comportan de forma extraña el uno con el otro.

—Buena observación.

—Es obvio. Si yo me he dado cuenta, imagínate.

Me miró con cariño, como si apreciara mis rarezas.

—Un triángulo amoroso de los de toda la vida.

—¿Como en *Los juegos del hambre?*

Se detuvo.

—¿Has leído *Los juegos del hambre?*

—Tisha quería que me lo leyera, pero no me va mucho la ficción. —Las historias inventadas me confundían. Prefería los hechos—. Pero vi la película. Me gustó.

—Mira por dónde. —Reanudó la marcha complacido—. Hark y Minami salieron durante un par de años. Ella lo dejó. Hark nunca lo ha superado. Y después Minami se casó con Sul.

—Fascinante.

—¿De veras? —Me dedicó una mirada afligida.

—No tanto como *Los juegos del hambre,* pero sí. Sul parece... callado.

—Habla incluso menos que tú.

—Yo sí hablo.

—Mmm... Ya, claro. Luego mi hermana se encaprichó con Hark, lo cual es muy inapropiado dada su edad, y el triángulo se convirtió en un cuadrado. Es bastante posible que los odie un poco a todos.

—Es evidente que aquí la verdadera víctima eres tú.

—Me alegro de que te hayas dado cuenta.

—¿Y Maya y Hark han...?

—No. Dios mío, no.

—Bueno, hasta donde tú sabes —añadí solo para meterme con él. Su mirada asesina me hizo reír—. Yo me he acostado con tíos diez o quince años mayores que yo. Y mira lo bien que he salido.

Resopló ante aquella broma sarcástica. Él sabía perfectamente que yo era un desastre. Y no me importaba.

—Por mucho que desee que mi hermana sea feliz… Con Hark no. —Me lanzó otra mirada fulminante—. ¿Y qué hay de ti y Tisha?

—¿Qué hay de qué?

—¿Solo estáis vosotras dos?

Para mí, sí. Había tenido dos compañeras de piso en la universidad que no habían resultado ser muy fans de mis «aires de zorra engreída que se cree superior» durante el primer semestre, pero que poco a poco se fueron dando cuenta de que lo único que pasaba era que me desconcertaban las situaciones sociales. Me acogieron y decidieron cuidarme y protegerme. Me llevaban a fiestas y venían a animarme cuando tenía una competición de patinaje. Seguíamos en contacto, pero la vida adulta era ajetreada y ambas tenían su propia familia.

—Tisha tiene varios amigos más, a los que insiste en presentarme. —Me encogí de hombros—. No suelo caerle muy bien a la gente.

Salimos al encuentro del calor sofocante que hacía en aquel aparcamiento desierto y mal iluminado. Nuestros coches eran los que estaban más alejados de la entrada… y los más cercanos entre sí.

—No me sorprende —dijo Eli.

Levanté una ceja.

—¿No te sorprende que no le caiga bien a la gente?

—Nunca intentas fingir lo que no eres. —Nos detuvimos junto a su vehículo—. Creo que la gente se siente desconcertada, intimidada y, en general, insegura, y no sabe qué hacer contigo.

—Tú no estás inseguro.

—No. Pero, claro, es que a mí me gustas mucho. —Otra sonrisa cegadora que hizo que mi corazón diera un vuelco. Luego su expresión se ensombreció y derivó en algo parecido a la tristeza—. Pasar tiempo contigo es una experiencia desconcertante, Rue. Nunca he conocido a nadie como tú, y sé que nunca volveré a hacerlo.

Algo se formó en la base de mi garganta.

—No pasa nada. Conocerás a muchas personas mejores.

—¿Eso crees? —Su nuez se movió. Abrió el maletero y dejó su equipamiento. Cuando se volvió hacia mí, su sonrisa arrogante había reaparecido—. Espero que termines de pasar una buena noche. Como bien has dicho, no estás aquí para charlar conmigo, y esto no es una cita. Las llaves no son mías, así que, a menos que quieras que te folle en mi coche, nos vemos...

—Sí —me apresuré a decir.

No fue premeditado. Ni siquiera se me había ocurrido esa posibilidad. Pero ahora que estaba sobre la mesa, no iba a avergonzarme porque se notara que me moría de ganas.

Simplemente, no estaba preparada para despedirme.

Eli parecía sorprendido. E incrédulo. Y enfadado. Y entretenido. Y después de pasar por otras tantas emociones, dijo:

—A una parte de mí le gustaría sentirse ofendida porque no quieres patinar conmigo ni cinco minutos, pero te parece bien que te folle en medio de un aparcamiento.

—¿Y la otra parte?

Con los ojos fijos en los míos, abrió la puerta del copiloto.

—Entra.

Lo había hecho varias veces en la universidad: sexo en el coche, en los baños de las fraternidades y una vez en un vestuario. Era una estupidez, dado que siempre existía cierta probabilidad de que nos pillaran, así que no tardé en aborrecerlo. Nada me parecía lo bastante bueno como para compensar la ansiedad de que me descubrieran.

Sin embargo, Eli *sí* que me parecía lo bastante bueno. Me hizo pasar por encima del freno de mano para colocarme de rodillas sobre su regazo, y lo único que se interponía entre nosotros y una situación muy embarazosa eran el aire y la oscuridad.

Imprudente e irresponsable. Pero, como siempre, las cosas pasaron de cero a cien mil en nada, y entonces parar ya no era una opción.

—¿Te has puesto estos pantalones porque querías que te follaran? —me preguntó mientras deslizaba las manos por dentro de mis mallas.

—Me los he puesto porque son cómodos y... *uf.* —Su pulgar había encontrado mi clítoris.

—Sensata. Pragmática. —La punta de su dedo se acercó a mi abertura—. Al parecer ese es mi tipo. Quizá cuando desaparezcas de mi vida me masturbe con planes presupuestarios.

Aún estaba sudado y tal vez debería haberme dado asco, pero olía tan bien. Lamí los restos salados de la base de su cuello. Y eso fue todo, porque ya me conocía. Conocía mi cuerpo, mis sonidos, mi placer. Esa era la única explicación posible, la única razón por la que, en menos de cinco minutos, ya estaba convulsionando en sus brazos mientras él exhalaba suaves carcajadas contra mi boca y me susurraba guarrerías al oído, sintiendo cómo mi cuerpo se apretaba alrededor de sus dedos.

—Qué bien te portas. Joder, es que eres perfecta.

No era una pregunta, pero asentí.

—¿Tienes condones?

Me mordió la mandíbula.

—No tenemos por qué…

—Quiero. Me gustó. —Llevaba dos días dándole vueltas a lo que había pasado en su cama. Pensaba en ello en el trabajo. En casa. Por la noche. A todas horas—. Me gustó lo mucho que a ti te gustó —añadí.

—¿Sí?

—Sí.

—¿Te gustó que ni siquiera fuera capaz de metértela entera antes de correrme?

Asentí. Sus dedos seguían dentro de mí y me contraje a su alrededor.

—Te gusta que me sienta como un adolescente a tu lado, ¿verdad?

Volví a asentir, ansiosa. Él gimió.

—Bueno, por desgracia, no llevo condones, así que… —Se quedó inmóvil—. Espera. Quizá en la guantera, del año pasado.

Fui yo la que lo comprobó, la que lo encontró y la que le desabrochó ansiosamente los pantalones mientras él lo abría con los dientes. Me inclinó de forma que no me golpeara contra el volante y me agarró el culo con las manos de la forma más obscena posible. Y justo después hizo presión hacia arriba. Hacia dentro.

Me preparé. Era grande y estaba dura, pero empujaba con suavidad, con movimientos continuos y superficiales.

—¿Estás bien?

Respiré hondo. Asentí.

—Muy bien. —Me acarició la mejilla—. Toma el resto, entonces.

Me separó los muslos con la palma de la mano, como si nunca pudiéramos estar lo suficiente cerca. Cuando su pelvis entró en pleno contacto con la mía y su polla se deslizó hasta el fondo, hasta la base, dejé escapar un gemido grave y gutural.

—Joder, sí. No puedes evitar hacerlo todo igual de bien, ¿verdad?

Suspiré mientras trataba de adaptarme.

—Pon los brazos alrededor de mis hombros. —Me dio un beso en la boca y fui consciente de que era el primero que nos dábamos. Estaba dentro de mí cuando sus labios habían encontrado los míos por primera vez aquella tarde, y, joder, qué gozada—. Cuando me dijiste que no te gustaba, no podía dejar de imaginar cómo sería mostrarte el placer de un polvo lento y profundo. En una cama, a ser posible. Pero dudo mucho que eso vaya a ocurrir pronto, y ya ni siquiera tengo claro que me importe…

Me gustaba su gran cuerpo moviéndose mientras lo tenía dentro, lo profundo que llegaba, la forma en que me sacudía. Me gustaba que él pareciera tener menos control que yo, lo poderosa que eso me hacía sentir. Confiaba plenamente en que no me haría daño, y él parecía tener esa misma fe en mí. Su perversión era excitante y nunca aterradora.

Acababa de correrme y aún sentía el eco de aquel placer reverberando en mí, alimentado por el hecho de que Eli parecía estar perdido. Muchos hombres habían elogiado mis pechos, mi culo, mi cara, y yo había aceptado la idea de ser solo un cuerpo. Había buscado a propósito a personas que estuviesen dispuestas a verme tan poco como yo quería que me vieran. Sin embargo, me encantaba la forma en que Eli me miraba, como si fuera algo especial; algo más. Como si yo pudiera cubrir todo el espectro de sus necesidades. Como si no fuera capaz de imaginarse mirando hacia otro lado. Nunca.

—Sé que no te gusta…, pero si… —No formulaba frases del todo coherentes, pero entendí lo que quería decir cuando deslizó la mano entre nosotros y su pulgar empezó a dibujar círculos suaves y lentos sobre mi clítoris—. La buena noticia —dijo con voz ronca— es que estoy loco por ti, así que esto no va a durar mucho. —Su tono compungido me hizo rodearle el cuello con más fuerza.

—No tengas prisa por mí —le dije.

No me hacía daño ni me aburría. Sentir aquella presión era agradable, al igual que notar cómo me agarraba las caderas mientras su polla entraba y salía de mí. La forma en que sus embestidas se volvían entrecortadas y erráticas antes de volver a tomar conciencia de sí mismo y detenerse de repente, como para alargar la experiencia. No para excitarme a mí, sino para su propio placer. Y el hecho de saber cuánto estaba disfrutando, sumado a los movimientos de su pulgar, hizo que el calor se extendiera por mi interior, que se acumulara un nuevo tipo de tensión y...

Eli me mordió el hombro y ahí acabó todo. Hizo un par de movimientos espasmódicos más en mi interior mientras balbuceaba contra mi cuello una letanía de elogios que iban de lo más dulce a lo más obsceno.

—Joder, eres increíble —dijo con voz ronca al final. Su risa fue un resoplido contra mi mejilla.

Sentí una punzada de decepción. Había estado bien, muy bien, y me parecía que se había acabado demasiado pronto.

—Rue, voy a decirte algo que no quieres oír —añadió. Su pulgar reanudó el movimiento sobre mi clítoris. Un escalofrío de placer me subió por la espalda—. Habríamos acabado así de todas formas. —Su polla se estaba ablandando dentro de mí, provocando una agradable sensación de plenitud que era poco más que un contrapunto a las caricias de sus dedos—. Aunque no hubiésemos coincidido en esa puta aplicación, nos habríamos conocido en esta pista, o en Kline o paseando por la calle. Y yo te habría visto, habría hablado contigo durante cinco minutos y tú me habrías mirado toda seria, curiosa e inflexible, y yo habría sabido al momento que necesitaba tener esto contigo más que cualquier otra cosa en el puto mundo.

Mi orgasmo llegó rápido y maravilloso. Las manos de Eli me recorrieron con ansia mientras me daba besos suaves en la base de la garganta. Y entonces, después de un rato, dijo:

—Quiero llevarte a tu casa.

Me había quedado sin huesos y aún estaba esperando a que mi cerebro se reiniciara.

—Mi coche está aquí.

—Te recogeré mañana por la mañana y vendremos a buscarlo. —Se echó hacia atrás. Su expresión era seria. Mis ojos estaban llorosos, como si hubiesen derramado un par de lágrimas. Pero yo nunca lloraba. Quizá me habían sudado los ojos. Era verano y estábamos en Texas, no parecía del todo improbable—. Déjame prepararte la cena. —Me acarició la boca con el pulgar.

—Eso estaría bien —respondí.

—¿Y si vienes a mi casa? Deja que te cuide. Deja que te enseñe cómo se acaricia a un perro. Terapia de exposición.

Dejé escapar una risita, pero estaba asustada. De que me lo pidiera. De que quisiera decir que sí.

—No sé si es buena idea.

—¿En serio? —Me dio un beso en la mejilla con la boca entreabierta—. Venirte a vivir conmigo. Que tú dejes el trabajo para que podamos hacer esto veinte veces al día. Que yo me prejubile para servirte a tiempo completo. Que los dos nos pasemos el resto de nuestra vida follando. ¿De verdad no te parece una idea fantástica?

Mi corazón dio un respingo. *Sí*, me decía. *Sí*. Solo quería estar con él. ¿Tan malo era? Florence no tenía por

qué enterarse. Nadie tenía por qué enterarse. Solo nosotros dos.

—No digas que no, Rue —murmuró. Una súplica
sincera—. No nos hagas esto.

No me permití darle más vueltas.

—Vale.

Su sonrisa podría haber generado energía para toda la
ciudad.

—Vale.

—Vale —repetí, y los dos nos pusimos a reír en silencio contra la boca del otro, y luego nos besamos y pensé
que, si existían los momentos perfectos, ese puede que
fuera uno de ellos.

Me aparté de él, pasé por encima del freno de mano
y me subí las mallas. Solté algo que se pareció demasiado
a una risita tonta, pero es que mi cuerpo seguía temblando, agradecido por los mejores veinte minutos de su
vida. Y Eli seguía mirándome como si fuera su universo
entero.

Me apoyé en el reposacabezas mientras él se limpiaba
y luego empecé a guardar todos los papeles que se habían
caído de la guantera.

—Lo siento —le dije—. La próxima vez que tengas
que buscar los papeles del seguro lo vas a pasar fatal…

Me quedé callada cuando mis ojos se posaron en un
nombre familiar.

«Kline.»

Eran un montón de papeles con un formato extraño,
cubiertos de plástico. Eli murmuró algo sobre tirar el
preservativo y salió del coche, pero yo seguí leyendo.

ARTÍCULO 202 PROCEDIMIENTOS RELACIONADOS CON LA INVESTIGACIÓN POR LA DEMANDA CONTRA KLINE S.A.

Declaración oral de Florence Carolina Kline.

Pasé la página. «Comparecencias», anunciaba el nuevo encabezamiento. «Por parte de Harkness S.L., Eli Killgore». Pasé otra, y otra, y luego más, hasta que el texto se asemejó a algo parecido al guion de una película. Había una lista de preguntas y respuestas.

Pregunta: Muy bien. Y, doctora Kline, ¿cuándo conoció a los fundadores de Harkness?
Respuesta: No veo qué importancia puede tener eso.

Pregunta: ¿Le importaría contestar de todas formas?
Respuesta: No estoy segura de acordarme. Lo más probable es que los conociera en momentos diferentes.

Pregunta: ¿Podría contarnos hasta donde recuerde?
Respuesta: Supongo que conocí a la doctora Oka cuando se presentó a una entrevista para hacer un posdoctorado en mi laboratorio, hace unos doce años. Debió de ser por llamada, porque por aquel entonces ella vivía en Ithaca, y luego nos conocimos en persona cuando se trasladó para trabajar conmigo. Creo que conocí a Conor Harkness más o menos en la misma época, cuando se matriculó en el programa de doctorado de la UT.

Pregunta: ¿Usted daba clases en la Universidad de Texas?
Respuesta: Sí.

Pregunta: ¿Y a Eli Killgore?

Respuesta: Fue el último en llegar, así que debí de conocerlo...

Pregunta: ¿Alrededor de un año después?

Respuesta: Sí, creo que es correcto.

Pregunta: ¿Y sería correcto decir que usted fue la tutora de los tres?

Respuesta: Sí, es correcto.

—¿Rue?

Levanté la vista del documento. Eli había vuelto a entrar al coche.

—¿Qué es esto? —le pregunté.

Sus ojos se posaron en los papeles que tenía en las manos. En la página en la que estaban abiertos.

—Mierda. Rue.

—Estaba en la guantera.

—Joder. —Suspiró y se pasó una mano por la cara—. Joder.

—Eli, ¿qué es esto?

—Es una declaración.

—¿Cuándo le han tomado *declaración* a Florence? —pregunté, y justo después me di cuenta de que podía averiguarlo por mi cuenta. Revisé la fecha en la primera página y me quedé sin aliento. Hacía unas dos semanas—. El día del club de debate. El día que estuviste en Kline y yo... —Sacudí la cabeza, incapaz de encontrarle sentido a nada—. ¿Quién...? ¿Quién te dio derecho a tomarle declaración?

337

Se masajeó los ojos.

—El tribunal estatal. Había irregularidades en los documentos que entregó y solicitamos una declaración oral.

—Aquí dice que ella te conocía de antes. Hace diez años. ¿Es cierto?

Dudó.

—Rue. —Su tono era suave—. Es una declaración legal. Estaba bajo juramento.

—Pero ella me ha dicho… —Volví a sacudir la cabeza. Sentía que la Tierra estaba girando demasiado rápido—. Hoy me ha dicho que…

Eli me miró con ternura. *Siente lástima,* pensé. Era eso.

—Hablemos de esto en casa. No quería que te enteraras de esta manera. Es muy complicado y…

—No. No, me ha… Florence me ha mentido. —Me ardían los ojos y me ardía el pecho—. Y tú… ¿Por qué no…? ¿Por qué nadie…? —De nuevo, sacudí la cabeza y abrí la puerta del coche.

La mano de Eli me agarró de la muñeca.

—Rue, espera…

—No. Me he… *No.* —Me zafé y me limpié la mejilla. Al mirarme la palma, vi que estaba completamente seca—. No quiero… Estoy harta de todo esto. No me sigas o te juro por Dios…

—Rue, deja que…

Salí del coche y dejé que la furia me absorbiera.

26

APECHUGA CON TU MIERDA DE VIDA SOLITARIA

RUE

El martes por la mañana llamé al laboratorio para decir que no me encontraba bien y que trabajaría desde casa.

Tisha me mandó un mensaje a las nueve: ¿Estás bien? Por cierto, ¿es posible que me dejara las llaves de casa de Diego en tu coche?, y le contesté: Sí y sí.

Florence me escribió otro a mediodía: Espero que te mejores pronto, y yo no le respondí.

Era mi amiga y no iba a mandarla a la mierda por mentirme. Al fin y al cabo, yo también mentía. Llevaba semanas mintiéndole sobre lo de Eli a pesar de que ella me había dado la oportunidad de confesar varias veces, y todas y cada una de esas veces me había sentido como una mierda. Yo tenía mis razones, y era muy posible que Florence tuviera las suyas.

Pero necesitaba entender en qué había mentido exactamente. Y era obvio que tanto ella como Eli me habían ocultado la verdad, y que, por tanto, no podía confiar en ninguno de los dos para hablar sobre este asunto. Eso me dejaba pocas opciones.

Decidí no involucrar a Tisha en esto hasta que comprendiera un poco más la situación, lo que significaba que tendría que romperme el coco sola un tiempo. Desayuné, comí y cené. Escribí lo que me parecieron miles de correos electrónicos relacionados con el trabajo. Gestioné el papeleo de mi patente. Vi que algunas de mis plántulas habían germinado y las trasplanté al sistema hidropónico, procurando sumergir las frágiles raíces en el compuesto rico en nutrientes.

Entonces, sobre las siete de la tarde, llamaron a la puerta. *El portero,* pensé, que debía de venir para echarle un vistazo a los conductos de ventilación, como le había pedido. No obstante, en el último momento, el instinto me llevó a echar un vistazo por la mirilla.

Mi hermano se paseaba frente a la puerta con un montón de papeles enrollados en la mano.

Cerré los ojos, respiré hondo y retrocedí haciendo el mínimo ruido posible, dispuesta a fingir que no estaba en casa.

—Joder, Rue, abre la puerta. Sé que estás ahí.

Me tapé la boca y me hundí en una silla.

Estaba a salvo. La cadena de seguridad estaba puesta. Se iría pronto.

—Tu nuevo portero me ha dicho que estás en casa.

Mierda. Un nuevo portero. No me había enterado de que el otro se había ido. No recordaba haber visto ningún aviso.

—Podemos hacerlo fácil o difícil; depende de ti, Rue, pero no pienso irme de aquí hasta que accedas.

Me llevé las palmas de las manos a los ojos, decidida a permanecer callada. Pero cuando Vince volvió a hablar, su tono era mucho más calmado. De repente, yo volvía a tener diez años y él siete. Hacía días que no veíamos a mamá. Llevaba horas llorando y lo único que yo quería era hacerle sentir mejor.

—Rue, por favor. Sabes que te quiero y que no quiero hacer esto. Pero no estás siendo razonable. El dinero de esta venta me cambiaría la vida. El agente inmobiliario de Indiana me llamó ayer. Tienen un comprador dispuesto a quedarse la cabaña tal como está, y pagaría en efectivo. Entiendo que quieras saber más de papá, pero ¿cómo puedes anteponer eso a mi seguridad económica? Tú tienes un trabajo bien pagado, pero yo no pude ir a la universidad. Igual que no pude hacer muchas otras cosas.

Yo no era fácil de ablandar, pero mi hermano era mi mayor punto débil. Me había costado años y mucha terapia dejar de sacarlo de apuros cada vez que se metía en algún lío. No pensaba volver ahora, pero seguía teniendo la sensación de que le debía una explicación.

Así que le dije a través de la puerta:

—He estado buscando un abogado que pueda ayudarnos a resolver esto. No quiero dejarte en la estacada. Mi plan es comprarte tu mitad, pero tendremos que arreglar…

—*Sabía* que estabas ahí. —Su tono se volvió más hostil—. ¡Abre!

—No. —Di un paso atrás para alejarme de la puerta y traté de sonar firme—. No voy a dejarte entrar en mi casa si estás agresivo y…

—¿Agresivo? Ahora verás lo que es agresivo. —La puerta tembló. Di un salto hacia atrás.

¿Qué cojones…?

Otro golpe fuerte. Vince estaba dándole patadas a la puerta.

—Vince. —Mi corazón latía con fuerza—. Tienes que parar.

—No hasta que me dejes entrar. —Remarcó las palabras con otro fuerte porrazo.

Joder.

Respiré hondo, tratando de recomponerme. Mi puerta era resistente y había pocas probabilidades de que entrara. Pero no me preocupaba por mí, sino por el hecho de que, si continuaba, alguno de los vecinos acabaría llamando a la policía. Yo misma debería haber llamado. Sin embargo, por muy jodido que sonara, jamás iba a hacer tal cosa. Una vez, cuando apenas sabía leer y escribir, Vince robó una caja de galletas Oreo del súper para regalármelas por mi cumpleaños. Era la cosa más tierna que alguien había hecho por mí.

Nada de policía. Nada de Tisha, que despreciaba a Vince y era probable que apareciese con un cuchillo de cocina, dispuesta a apuñalarlo. Y hasta ahí mi lista de opciones.

Ese fue uno de esos momentos en los que el mundo te dice: «Apechuga con tu mierda de vida solitaria».

La puerta crujió tras el impacto de otro golpe. Una gota de sudor descendió por mi columna mientras mis alternativas iban disminuyendo hasta reducirse solo a una.

Mi móvil estaba en el sofá. Lo cogí y llamé a un número que no tenía guardado. Esperé a que sonara dos o tres veces. Cuando la persona al otro lado de la línea descolgó, no esperé a que hablara antes de susurrar:

—Siento llamarte para esto, pero necesito tu ayuda.

27

CRÉEME, LO HE INTENTADO

ELI

La escena no era tan desoladora como se esperaba.

Vincent, que parecía igual de malhumorado que la última vez que lo vio, estaba tomándose un descanso de su intento de allanamiento de morada y se había sentado en el suelo del pasillo, con la cabeza apoyada en la pared. Cuando oyó unos pasos sobre el linóleo, miró perezosamente en dirección a Eli y dio un respingo.

Eli venía dispuesto a darle una paliza, pero la rabia que había sentido durante la llamada de Rue se extinguió casi al instante. Qué triste y miserable era el capullo de su hermano. Ni siquiera merecía que le dieran un par de hostas pedagógicas.

—Vete a casa —ordenó Eli aburrido. Rue no iba a abrir la puerta hasta que Vince se fuera, lo que significaba que ese hombre era lo único que se interponía entre Eli y el sitio en el que quería estar.

—¿Qué haces tú aquí?

—A mí me han invitado. ¿Qué haces *tú* aquí?

—¿Estás saliendo con mi hermana?

—Sí. —Ni siquiera se podía considerar que era mentira. Había quedado con Rue varias veces. Pensaba que no la vería durante un tiempo después de la noche anterior, pero ahora, gracias al imbécil de su hermano, estaba a punto de verla otra vez—. Tienes que parar. Lo sabes, ¿no? —Vince era el hermano de Rue y Eli iba a mantener su temperamento bajo control por respeto a ella. Pero todo tenía un límite, así que se acercó y bajó la voz—. No puedes comportarte así con ella, ¿vale? Porque se va a poner triste. Y, si se pone triste, me voy a cabrear. Y entonces habrá consecuencias.

Vince se puso de pie. Estaba a la altura perfecta para que Eli pudiera asestarle un buen puñetazo, pero, de nuevo, no era lo que Rue quería.

—Si no dejas de interferir… —empezó a replicar.

—Mira, vamos a hacer un trato. —Eli bajó aún más la voz y se puso en una posición que impedía que Rue pudiese leerle los labios si estaba mirando—. Tu hermana, como es obvio, se preocupa por ti. Me ha llamado a mí porque literalmente cualquier otra persona, desde el portero hasta los vecinos, pasando por el puto cartero, no dudaría en llamar a la policía. Pero hay una cosa que ella no sabe. —Se inclinó hacia delante—. Tengo todo un equipo de abogados a mi disposición que pueden hacerte la vida imposible. Lo que significa que puedo joderte sin necesidad de que te detengan ni te den una paliza. Ni siquiera haría falta que ella se pusiera triste. —Se enderezó, complacido por el atisbo de miedo que captó en los ojos de Vincent.

—Solo quiero hablar con ella —contestó.

—Entonces queda con ella un día a una hora, como hace todo el mundo.

—Tenemos un comprador *ahora*. Está siendo una egoísta.

—Me alegro. Hace bien en priorizarse. Dicho esto, ¿quieres salir de una puta vez de este edificio o tengo que hacer un par de llamadas? —Sacó el móvil de los pantalones y se lo enseñó. Vincent sacudió la cabeza y se alejó, no sin antes detenerse para darle una patada al pasamanos del rellano, como el niñato que estaba claro que era. Una vez se hubo marchado, Eli llamó suavemente a la puerta—. Soy yo.

Tras unos segundos, la puerta se abrió. Rue estaba de pie, con medio cuerpo en la sombra, y parecía una versión más pálida y menos sustancial de sí misma. No era capaz de mirarlo a los ojos y Eli tuvo la tentación de ir al aparcamiento para zurrar a Vincent.

—No sabía a quién llamar...

—No hace falta que me des explicaciones. ¿Puedo pasar?

Los ojos de ella se abrieron de par en par, como si esa posibilidad no se le hubiese pasado siquiera por la cabeza.

—No hace falta que te quedes.

—Lo sé.

Se puso tensa.

—No te he llamado porque... No es que crea que porque nos hemos acostado debes estar a mi...

—Y, sin embargo, lo estoy. A tu disposición. —Eli le dedicó una sonrisa, leve pero tranquilizadora. Si necesitaba decirse a sí misma que aquello era solo sexo, adelante. Él se negaba a seguirle el juego. *No pienso seguir las re-*

glas, Rue. No pienso comportarme. No pienso fingir que con esto me basta—. Me quedaré veinte minutos, por si acaso Vincent está esperando a que me vaya.

Ella bajó la cabeza y él percibió un ligero temblor en sus manos antes de que las metiera en los bolsillos del pantalón. Hasta que entraron en la sala de estar él no pudo ver bien su expresión. La Rue Siebert que siempre estaba blindada ahora parecía desamparada, diez años más joven y cien veces más frágil. Ver cuánto sufría fue un golpe duro. La agarró del antebrazo y tiró de ella para acercarla, y lo cierto es que lo hizo más por sí mismo que por ella.

—Eh, tranquila.

Ya se habían abrazado docenas de veces, pero siempre dentro de un contexto sexual. Este abrazo era diferente: no llevaba ninguna intención y su único objetivo era proporcionar consuelo. Era cálido, desgarrador y peligroso. Más tabú que todo lo que habían hecho hasta entonces.

Y en aquel momento notó los pequeños temblores que recorrían la espalda de Rue. Su frente le presionaba el espacio entre los pectorales y oyó que intentaba disimular un sonido ahogado. Estaba llorando.

A Eli se le encogió el corazón.

—No pasa nada, cariño. —Le dio un beso en la coronilla y la abrazó tan fuerte y durante tanto tiempo como ella le permitió—. Todo irá bien. —Minutos después, cuando ella deslizó las manos sobre su pecho y lo apartó, él tuvo que apretar los puños para evitar atraerla hacia sí de nuevo. Y fue entonces cuando su visión se amplió más allá de Rue y tomó conciencia del entorno.

El apartamento era magnífico. O, bueno, lo que ella había hecho en él. No era muy grande y la distribución no era nada del otro mundo, pero Rue no había mentido sobre lo de tener plantas. De hecho, toda la habitación era frondosa; todas las superficies estaban cubiertas de verde. Cactus, flores, algunas macetas ornamentales. Pero el método de cultivo favorito de Rue estaba claro que era la hidroponía. Había torres, estanterías y un par de kits que tal vez había construido ella misma. La mayor parte de lo que cultivaba eran productos agrícolas: Eli vio albahaca, tomates, pepinillos, pimientos, lechuga… Y eso solo a primera vista.

Su casa era un hermoso jardín.

Exhaló una carcajada al pensar en la maceta que había comprado hacía dos años para cultivar hierbas aromáticas con las que cocinar y que nunca había llegado a montar. De hecho, seguía guardada en el garaje. Llevaba allí tanto tiempo que Maya le había puesto nombre.

La Hierbas.

Volvió a mirar a Rue con ganas de decirle algo, pero no era el momento adecuado para elogiar sus habilidades agrícolas. Se había acercado al sofá y se había sentado frente a él, en el suelo, con la espalda apoyada en los cojines y las rodillas contra la barbilla. La misma posición en la que estaba su hermano en el pasillo hacía un rato.

Eli suspiró y se sentó a su lado, dejando que su brazo rozara el de ella.

—No suelo llorar —dijo secándose los ojos con el dorso de la mano.

—Me lo imaginaba.

—¿Por qué?

—Mera intuición. —No había llorado la noche anterior, y aquella maldita declaración le había dado motivos de sobra—. Es por la *vibra* que tienes, como diría Maya.

Rue sonrió a través de sus mocos.

—Es porque es mi hermano.

—Lo sé.

—Es menor que yo. Mi cerebro está programado para sentir que tengo que cuidar de él a todas horas.

—Lo sé.

—Se está comportando como un completo imbécil. Y yo me estoy comportando como una completa pusilánime. Esto podría llegar a volverse muy peligroso. Necesito encontrar una solución. Lo que pasa es que…

—Créeme, *lo sé*.

La sinceridad de Eli hizo que ella levantara la vista de sus rodillas.

—Me avergüenza mucho esta situación —admitió.

—¿Y eso?

—Maya es… estupenda. La noche que nos conocimos, dijiste que antes no os llevabais muy bien, pero está claro que habéis solucionado vuestros problemas. Mientras tanto, yo pediría una orden de alejamiento para mi hermano si no fuera una puta cobarde.

Eli asintió.

—Maya es estupenda, sí, y ahora tenemos una buena relación que no cambiaría por nada del mundo. Pero… —Tragó saliva—. ¿Quieres una historia?

—Depende. ¿Es horrible?

Él se rio por lo bajo.

—Es la más horrible de todas, Rue. —No era una exageración. Ella asintió con solemnidad—. No sé ni por dónde empezar. Veamos... Maya es estupenda ahora, pero, cuando tenía quince años, me rajó las ruedas del coche porque le dije que, si al día siguiente tenía clase, no podía ir a ver una mierda de película de terror que proyectaban a medianoche. —Se estremeció al recordarlo—. Y, cuando la castigué sin salir por aquello, me rajó también las ruedas que había puesto nuevas.

Los ojos de Rue se abrieron de par en par. Y entonces rompió su rutina: hizo una pregunta.

—¿Quién te daba derecho a decirle a tu hermana lo que podía hacer y lo que no?

—¿Te estás poniendo de su parte?

—No. —Se sorbió los mocos—. ¿Tal vez?

Él se rio entre dientes.

—Me concedieron la custodia cuando ella tenía once años. Así que era un tribunal el que me daba el derecho. Literalmente.

—¿Y tus padres?

—Murieron con un año de diferencia. Por causas distintas. Mi madre primero: leucemia aguda. Luego mi padre: un accidente de coche.

—¿Cuántos años tenías?

—Veinticinco.

—¿Y eras el único familiar que le quedaba?

—Teníamos algunos tíos y primos segundos por ahí, pero ninguno que viviese en Austin y ninguno que ella conociese bien. Yo era un adulto y, además, su hermano.

Nadie dudó ni por un segundo de que yo debía ser quien cuidara de ella. Yo incluido.

—Si alguien me hubiera pedido que cuidase de una niña de once años, no habría sabido ni por dónde empezar —musitó Rue.

—Lo mismo me pasó a mí. Maya era una niña pequeña cuando me fui de casa para ir a la universidad. No me llevaba bien con mis padres, así que rara vez pasaba por casa y apenas la veía.

—¿Por eso lo último que le dijiste a tu madre fue...?

—¿Lo de que era una madre de mierda? —Suspiró—. Mi padre era el típico amante de la disciplina y te castigaba durante días a la mínima que ponías una mala cara, y yo era... un gilipollas. Su método no funcionó conmigo. Peleas constantes, ultimátums, amenazas... Cuanto más luchaban contra mi rebeldía, más rebelde me volvía. Lo típico de los adolescentes. Y mi madre... Ella delegaba todo en él, así que... —Se encogió de hombros—. Si pudiera hablar con ellos ahora, de adulto a adulto, quizá estaríamos de acuerdo en algunas cosas. Pero por aquel entonces lo que hice fue mudarme a Minnesota para jugar al hockey. Acepté todo tipo de trabajos a tiempo parcial. Volvía a casa una vez al año y me quedaba, como mucho, un par de días. Luego comencé el máster y ya sabes cuánto trabajo supone. Vivía en la misma ciudad que mi familia. Podría haberles visitado más, pero había sido muy infeliz en esa casa durante tres cuartas partes de mi vida y todos nos teníamos mucho rencor. La última vez que vi a mi madre fue el día de mi cumpleaños. Me invitaron a cenar y la conversación acabó derivando en las recriminaciones habituales. Pocas semanas después, murió. —Había tenido una década para superar aquellos remordimientos, pero seguían muy presentes. Siempre lo iban a estar. Por eso no soportaba el día de su puto cumpleaños—. Luego mi padre, catorce meses después. Y así fue como me convertí en el tutor legal de mi hermana.

Los ojos de Rue no traslucían ni piedad ni condena.

—¿Maya lo llevó...? —Sacudió la cabeza—. ¿Tú lo llevaste bien?

¿Alguna vez le habían preguntado eso? Todo el mundo se había centrado en Maya, y con razón. A Eli le dio un vuelco el corazón y lo disimuló riendo.

—No, para nada. Estaba cagado de miedo. No conocía a Maya. No tenía dinero, me acababan de expulsar del doctorado y todavía había que terminar de pagar la hipoteca de mis padres. Y ella... Al principio solo estaba de luto. Más tarde, el dolor se convirtió en rabia y tuvo que desquitarse con alguien. Las dos opciones disponibles éramos ella y yo, y ninguno de los dos se libró. —Tragó saliva—. No creo que ella niegue que en esa época fue un poco cabrona. Por otra parte, yo estaba muy poco cualificado.

Rue se rio entre lágrimas y mocos, e incluso en medio del relato de su peor historia, Eli no se podía creer lo rara y encantadora que sonaba. *Me gustas cuando te ríes. Me gustas cuando estás seria. Joder, me gustas a todas horas.*

—¿La cosa mejoró?

—Tardó años. Antes de que se fuera a la universidad, todo eran portazos, gritos y peleas. En retrospectiva, ni me imagino lo devastador que debe de ser tener un hermano que es prácticamente un desconocido diciéndote lo que tienes que hacer. Cuando empezó la carrera, ya estaba harta mí. No tenía muy claro si volvería a verla. En aquel entonces, Harkness ya iba viento en popa y pude permitirme enviarla a la universidad que quiso. ¿Sabes cuál eligió?

—¿Alguna de la costa este?

—Escocia. Se fue a la puta Escocia solo para alejarse de mí.

Rue intentó ocultar su sonrisa.

—He oído que es muy bonito.

—No sabría decirte. Nunca me invitó a visitarla.

Rue soltó una carcajada. Él tuvo que obligarse a dejar de quedarse embobado.

—Pero volvió.

—Sí. Y cambiada. Era adulta y yo ya no tenía que ser una figura de autoridad. Había vivido en el extranjero durante años y podía confiar en que sabía cuidar de sí misma. —Se masajeó la nuca—. Solía quejarse de mis tendencias despóticas, pero la explicación es que yo estaba aterrorizado. Ella era rebelde, impredecible y frágil, y darle órdenes era lo único que podía hacer para mantenerla fuera de peligro. Empecé a entender a mis padres y lo que habían pasado conmigo, pero estaban muertos, era demasiado tarde, y ese grado de cacao mental es… —Sacudió la cabeza—. Ella siempre estará un poco resentida conmigo, y quizá yo siempre estaré resentido con ella, pero el dolor se ha mitigado. Realmente disfruto viéndola hacer sus cosas. Es mucho más lista de lo que lo era yo a su edad. Es tenaz. Es decidida. Es amable.

Y toda esta experiencia me ha aportado algo muy importante.

—¿El qué?

—Una total falta de interés en tener hijos.

Rue volvió a reír y Eli se preguntó si alguna vez había tenido más poder que en ese momento. ¿Había algo mejor que hacerla sonreír cuando unos instantes antes estaba llorando? Era embriagador. A la mierda la ciencia y las finanzas: este podía ser su trabajo. Podía pasarse los próximos años aprendiendo los recovecos de sus estados de ánimo, estudiando su temperamento, catalogando su disposición según todas las pequeñas idiosincrasias, y, una vez que hubiera acumulado un corpus de investigación decente, su misión y principal fuente de placer sería: hacer feliz a Rue Siebert.

Mucho más satisfactorio que su trabajo actual.

—Yo ni siquiera he necesitado ser la tutora legal de mi hermano para llegar a esa misma conclusión —murmuró.

—Presumir está feo, Rue. —Él sonrió ante la mirada de diversión que ella le dedicó y miró el reloj que colgaba encima de un estante para plantas. Habían pasado veinte minutos. Más.

—Gracias. Por venir.

—Gracias a ti por llamarme. Soy un tío simple que antes solía canalizar su agresividad con el hockey y ahora tiene un trabajo corporativo aburrido. Necesito desahogarme con algo de vez en cuando. Y… —*Estaba pensando en ti de todas formas. Quiero que recurras a mí cuando necesites algo. Cualquier cosa. Quiero más. Si te dijera todo esto, ¿cómo reaccionarías?*

Ella asintió como si entendiera aquello que no había dicho. Parecía estar a punto de abrirse y admitir algo que Eli tenía muchas ganas de oír. Luego, en el último momento, volvió a lo de siempre: se dio la vuelta y se colocó entre las piernas abiertas de Eli. Sus pestañas parecían medias lunas oscuras mientras miraba hacia abajo, evaluando su cuerpo con la misma minuciosidad que un despiadado examinador. El calor surgió en el interior de Eli, y también el regocijo y el orgullo que siempre le producía ser objeto de su atención. Entonces ella le cogió la cara con las manos y se inclinó hacia delante.

Sabía a lágrimas secas. Eli intensificó el beso por instinto, pero recuperó el sentido al momento.

—Rue. —Le agarró las muñecas—. No he venido para esto.

—Y yo no te he llamado para esto. —Ella le dirigió una mirada penetrante—. ¿Podemos hacerlo igualmente?

Él analizó su rostro.

—Si me lo pides, nunca te diré que no. Lo sabes, ¿verdad?

—Tenía mis sospechas.

El beso se reanudó, lento, tranquilo, salado, y Eli pudo contenerse durante unos dos minutos. Hasta que ya no pudo más. La apretó contra sí, se restregó contra ella, le recorrió el cuello con la boca y, cuando ella le pasó los dedos por el pelo, le preguntó:

—¿Aquí? ¿O en la cama?

Ella se puso delante y lo condujo por el pasillo. Aquellos dedos entrelazados con los de él le resultaban tan excitantes como cualquier otro acto sexual que hubieran protagonizado. Algo positivamente perverso, dados los pocos momentos de verdadera intimidad que ella solía estar dispuesta a conceder. Que lo llevara a su habitación le hizo sentir como la primera vez que una chica le agarró la mano y la metió por debajo de su camiseta para indicarle dónde tenía que tocar: era como un acto prohibido, aterrador, transformador. Se preguntó si ella había llevado alguna vez a otro hombre a su cuarto. Llegó a la conclusión de que era poco probable. Intentó que el corazón no se le saliera del pecho.

Estaba desordenado. Las superficies donde no había plantas estaban cubiertas de ropa, cartas sin abrir y tazas vacías. Eso hacía que su habitación pareciera aún más pequeña y acogedora. Su cama de matrimonio deshecha también parecía más estrecha. No se molestó en disculparse por el desorden, y a Eli le encantó que así fuera.

Intentó imaginar lo que sería compartir un espacio vital con ella: una lucha constante para evitar que ese caos invadiera su parte de la habitación. Tropezarse con los tirantes de un sujetador olvidado en el suelo del baño. Memorizar su rostro serio a la suave luz de la mañana. Soñar con ella por la noche sin miedo a despertarse, feliz de saber que, si alargaba la mano, se encontraría con su suave piel. Empaparse de esa sensación inaceptable que impregnaba sus células cada vez que la tenía cerca. Ella se sentó en el borde del colchón y lo miró con la misma cara que normalmente reservaba para hablar de nanopolímeros, y él no pudo aguantar ni un segundo más sin tener la cabeza entre sus piernas.

Cada vez le resultaba más fácil hacerla llegar. Era como un músico bien entrenado, sabía exactamente cómo tocarla. La satisfacción se apoderó de él mientras le apartaba la ropa interior a un lado y la hacía suspirar, estremecerse y correrse una y otra vez, con su boca, su lengua y sus dedos. Cuando ella le apartó la cabeza porque le resultaba demasiado intenso, él vio en sus ojos que hasta entonces no se creía capaz de sentir ese placer. Cuando estaban juntos, a veces Rue dudaba de que su cuerpo fuera realmente suyo.

—Cuando quieras sentirte así —murmuró él desde el interior de su muslo—, llámame. Úsame. —Los talones de ella se clavaron en su espalda como si fueran pequeños puños—. De todas formas, me paso el día pensando en esto.

Ella se desplomó sobre el colchón con un brazo sobre los ojos. Eli se limpió la boca con el dorso de la mano y se desabrochó los pantalones demasiado ajustados para darle un respiro a su erección. Después se movió hasta quedar a la altura de la cara de Rue para obligarla a mirarlo a los ojos un poco más. No parecía muy dispuesta, pero él esperó pacientemente, como un caballero que pide audiencia con su hermosa reina de férrea voluntad.

—Debería tener preservativos. En algún lugar del botiquín que hay en el cuarto de baño. —Su voz aún era áspera por los gritos que acababa de dar—. No creo que estén caducados todavía, aunque… —Se arqueó sobre la cama. Fue un estiramiento intenso y perezoso, y, mientras estaba en esa posición, creando un arco perfecto de músculos alargados, Eli enganchó un dedo en el dobladillo de su camiseta y tiró hacia arriba. Se quedó mirando sus pechos, hipnotizado, esforzándose por ser paciente.

—No tenemos por qué hacerlo.

—Lo sé.

—Podemos hacer cualquier cosa que te...

—Lo sé.

Rue apartó el brazo y posó sus pacíficos ojos en él. Eli pensó que nunca había escuchado a su propio corazón latir tan fuerte.

—Así que al final sí que te he curado con la inigualable pericia de mi pene mágico.

—Me has sanado. Mi cicatriz de la apendicitis ha desaparecido. Ya no soy alérgica al polen.

Eli resopló.

—No han sido mis mejores actuaciones. —No estaba avergonzado como tal. Había disfrutado demasiado follándosela como para atribuir algo que no fueran sentimientos positivos a esa experiencia.

—Me pone mucho verte así. —Rue se mordió el labio inferior—. No eres el único que disfruta dando placer a los demás.

Él sintió que sus cuerdas vocales se paralizaban, así que se levantó y fue al baño. Cuando se vio reflejado en el espejo, lo que encontró en su mirada fue aterrador. Se había dicho a sí mismo una y otra vez que debía tener cuidado con ella. Que tenía que mantener la guardia alta. Y había fracasado estrepitosamente.

Estás jodido. Completa e irrevocablemente jodido.

Rue se había quitado la ropa que todavía llevaba puesta. Le dedicó una pequeña sonrisa y pasó a ocuparse de él, desnudándolo con lentitud, y Eli se vio transportado a otra realidad, una en la que, al final de una estresante jornada laboral, se encontraba con Rue después de pasarse el día entero esperando ese momento. En la que se pasaba las reuniones deconstruyendo el aroma de su piel. En la que el tiempo se estancaba de nueve a seis. En la que el asunto de todos los correos electrónicos contenía su apacible mirada.

—¿Por qué me miras así? —murmuró mientras se arrodillaba frente a él para quitarle los vaqueros. Una imagen espectacular que iba a atesorar hasta el fin de sus días.

—¿Así cómo? —Ella se encogió de hombros—. ¿Como si quisiera follarte? —*¿Como si te deseara?*—. No puedo evitarlo, Rue. —*Créeme, lo he intentado.*

Ella se puso de pie y él enterró la cabeza en su hombro, riéndose de su propia idiotez.

—Tendrás que ponértelo tú —le indicó ella entregándole el condón.

—¿Quieres que te enseñe cómo hacerlo?

Se encogió de hombros y sus pechos rebotaron. Toda una obra maestra de la gravedad.

—No es una habilidad que tenga especial interés en adquirir.

Joder, esa mujer le gustaba de verdad.

—Vaya por Dios.

Sin saber muy bien cómo, Eli acabó tumbado de espaldas contra el cabecero y Rue encima, con las manos sobre los hombros de él para mantener el equilibrio mientras la introducía poco a poco en su interior, centímetro a centímetro, como una dulce tortura. Quería decirle que lo estaba matando. Quería ordenarle que acabara de una puta vez y le dejara estar dentro de ella. No obstante, dejó que se tomara su tiempo. Al final, acabó estando tan adentro como quería, y ella, abarcando todo lo que él le ofrecía. Todo aquello era abrumador. Una vez más, agradeció que el preservativo amortiguara la sensación o la cosa habría terminado ahí mismo.

—¿Qué se siente? —le preguntó él. No tenía la situación tan controlada como le habría gustado.

—Se siente... —Ella se movió para sentirlo mejor. Él reprimió un gemido—. Como si estuviera llena. Es agradable. —Rue le dio un beso en el hombro—. ¿Sabes qué es lo que más me gusta?

—¿Mi polla sobrenatural con propiedades medicinales?

Ella se rio. Él casi se ahoga con su propia respiración.

—Por supuesto. Pero, aparte, me gusta que, cuando hacemos esto, casi se podría decir que *vibras*. —Le recorrió la tensa curva del tríceps con el dedo, rozándolo un poco con la uña—. Todos los músculos de tu cuerpo están tensos, noto lo mucho que deseas moverte y, sin embargo, no lo haces, y eso me provoca... —Inclinó las caderas en un ángulo mortal y él tuvo que sujetarla y obligarla a quedarse quieta mientras respiraba hondo y se estremecía. No quería que su tercer polvo resultara aún más mediocre que los dos primeros.

—Hostia puta, Rue.

Ella le mordisqueó el lóbulo de la oreja y él no pudo contenerse más, así que la agarró de la cintura y empezó a moverla arriba y abajo. Por un segundo se dejó llevar por todas esas sensaciones: lo apretada que estaba, el sabor de sus tetas en la boca, el suave movimiento de su culo bajo sus dedos. La abrazó por debajo de los brazos y estuvo a punto de entregarse al orgasmo, pero, cuando la miró a la cara, ella lo estaba observando fijamente, mostrando interés, pero también desapego, y todo su ser gritó: *¡Joder, no!*

Esta vez no.

—Rue. —Soltó una risa sin aliento—. Si supieras el placer que me da esto.

—Qué bien. —Ella se inclinó para besarle la mejilla—. Me gusta que sientas placer.

Él gruñó.

—Vale, cambio de planes. —La ayudó a levantarse un poco para sacársela—. Voy a darte la vuelta.

—¿Darme la vuelta?

—Sí. Así puedo... —La colocó de cara a la pared y la obligó a apoyar las manos en el cabecero. Volvió a metérsela sin darle tiempo a adaptarse. El jadeo de ella coincidió con el gruñido de él—. Puedo controlar mejor las embestidas. Y me es más fácil tocarte. —Le dio un beso con la boca abierta detrás de la oreja— Y, aunque no te corras, al menos puedes...

Primero le rozó el clítoris con la palma de la mano, luego con los dedos. Iba metiéndola y sacándola con embestidas superficiales que hacían que el culo de ella le rebotara contra la entrepierna.

—¿Qué tal te...?

—Bien —exhaló ella—. Me gusta.

—¿Sí? —La tocó un poco más—. ¿Lo disfrutas?

Ella asintió y él notó que se le aceleraba la respiración.

—Tú siempre… Tú siempre sabes dónde tocarme. Y ni siquiera… —Gimió ante otra caricia, y cuando se recostó contra él, Eli sintió que los testículos se le tensaban y notó un cosquilleo en la base de la columna—. Creo que podría llegar a… —Exhaló de nuevo, pero él sabía lo que iba a decir.

—Sí —le susurró al oído—. Podrías.

Olvidó su propio placer. Se inclinó sobre Rue, la metió tan adentro como pudo y, una vez hubo tocado fondo, se limitó a hacer leves movimientos mientras se centraba en estimularla con los dedos.

—¿Así?

Ella asintió con impaciencia, casi con violencia, y Eli sintió que ese era el motivo de su existencia: darle placer a Rue, ahí mismo, en ese preciso instante.

—Ay, cariño. ¿Por qué tengo la sensación de que estás a punto de correrte, eh? ¿Por qué estás tan mojada y tan suave y tan…?

De repente, ella se agarró a él. Su cuerpo entero se contrajo, el sonido de su respiración entrecortada se detuvo y, a pesar de que Eli se moría de ganas de ponerla bocabajo y follársela a lo bestia contra el colchón, se limitó a empujarla hasta el fondo y dejarla quieta mientras ella experimentaba el placer del orgasmo. Después se derrumbó en sus brazos.

—Te acabas de correr con mi polla dentro —le informó con voz ronca. Sus palabras reflejaban exactamente la misma sorpresa que él sentía.

Ella asintió, sin palabras.

—Rue. —Le dio un beso en la sien. En el pómulo. En la mandíbula. La abrazó con manos temblorosas—. Me encantaría escucharte decirlo.

Le tembló la voz cuando dijo:

—Acabo de correrme con tu polla dentro.

—Vale. Vale. Necesito… Voy a acabar, ¿vale? No creo que tarde mucho en…

Empujó hacia dentro, luego la sacó y la volvió a meter.

Y, al parecer, no hizo falta más.

28

EN OTRA LÍNEA TEMPORAL

RUE

Abrí los ojos al oír el estruendo inusualmente fuerte de una moto lejana y me quedé así cuando vi la cabeza de Eli junto a la mía sobre la almohada.

La luna debía de estar casi llena, porque, a pesar de la oscuridad y de lo tarde que era, podía verlo con claridad. Esa nariz romana. Esos rizos, aplastados pero salvajes. Sus labios ligeramente separados y su respiración regular, que coincidía con el movimiento de sus hombros.

Nos habíamos quedado dormidos el uno frente al otro, con el sudor aún fresco sobre nuestros cuerpos y mientras nos buscábamos con la mirada a la espera de que nuestros corazones se ralentizaran. Ninguno de los dos se había movido en las horas transcurridas. La mano de Eli seguía rozándome la espalda, con el antebrazo apoyado en mi cintura, un peso al que no estaba acostumbrada pero que me resultaba agradable.

Permanecí inmóvil en la quietud de la noche azulada, fingiendo ser una fotografía de mí misma, vaciando la mente de todo excepto del tenue olor a petricor que se colaba por la ventana. Unos minutos después, Eli también abrió los ojos.

—Hola. ¿Qué hora es?

Era una de esas personas insufribles que dormían plácidamente y se despertaban como si nada. No se lo veía desorientado por estar en una cama desconocida ni por las horas de luz que había perdido. Su expresión era pacífica y su mano retomó lo que había dejado a medias antes de nuestra siesta improvisada: dibujarme formas en la piel con los dedos.

—Las once. —Miré el reloj—. Once y cuarto, para ser más exactos. ¿No tienes que ir a casa a sacar al perro?

Sentía auténtica curiosidad, pero enseguida me di cuenta de que mis palabras podían interpretarse como un intento de echarlo. Eli, sin embargo, se limitó a sonreír, como solía hacer cuando yo me comportaba de forma extraña y metía la pata tratando de socializar.

Sonreía como si yo le encantara.

—Tiny está con Maya. —Se apoyó con el codo en el colchón. Me fijé en sus fuertes bíceps—. Pero sí, debería irme si…

—Espera. —Alargué la mano y lo agarré del antebrazo—. ¿Puedes esperar?

—¿Esperar?

—¿Puedes quedarte un poco más?

Frunció el ceño con preocupación.

—Me quedaré todo el tiempo que quieras que…

—No pretendía insinuar que quería que te fueras. Lo que pasa es que… me has contado tu peor historia. Antes de que te vayas, quiero contarte la mía.

—Rue, no me debes…

—Lo sé. Pero quiero hacerlo. Aunque esta no es como las otras. No creo que seas capaz de hacer la vista gorda. Así que iré al grano y ya. Y luego… Luego puedes irte.

Eli la miró con ternura.

—Tú has sido capaz de hacer la vista gorda con la mía.

—Es diferente. Lo mío es malo. Lo mío es culpa mía. Lo mío es… Te lo cuento y acabamos antes. —Me subí las sábanas hasta el pecho—. No hablo de estas cosas con nadie. Mi hermano. Las condiciones en las que nos criamos. Tisha sabe un poco porque estuvo presente, y Florence… No es algo que le puedas contar a alguien en medio de una cena informal.

—Rue.

—Así que te lo contaré a ti. Y si decides que… Supongo que tú y yo nunca debimos formar parte de la vida del otro. Estar contigo ha sido una traición desde el principio. Pero es que no he sido capaz de mantenerme alejada.

La expresión de Eli era inescrutable.

—Y si no puedes soportar mirarme a la cara después de lo que voy a contarte, desaparecerás y todo será como debe ser. Será como si hubiera gritado mi historia al vacío desde un acantilado. —Catártico, pero sin sentido al fin y al cabo. Perdido en el éter. Nada cambiaría, excepto ese momento concreto, en la tranquilidad de la cama donde estábamos—. ¿De acuerdo?

Eli me acarició brevemente la mejilla y enseguida me soltó, como si fuera consciente de que yo no habría soportado prolongar ese contacto. Sus ojos, su voz, todo en él me parecía distante y enigmático.

—Adelante —dijo, y se lo agradecí.

Empecé antes de que pudiera cambiar de opinión:

—Mi padre se marchó cuando yo tenía seis años. Vince tenía poco más de tres. No recuerdo cómo era la vida antes, así que supongo que todo iba más o menos bien. Sin embargo, una vez que se fue, pasamos a ser pobres. No siempre. Dependía de muchas cosas. De si nuestra madre tenía trabajo. De qué tipo de trabajo era. De si algo de la casa se rompía y necesitábamos reemplazarlo. De si alguno de los tres se ponía enfermo y teníamos que ir al médico. Ese tipo de cosas. Cuando tenía trece años, por ejemplo, nuestra casera decidió que quería vender el apartamento donde vivíamos, y entre la mudanza y tener que pagar un alquiler más caro…, no fue una buena época.

Me sentía desnuda y me resultaba incómodo e insoportable. Localicé una de las camisetas enormes que usaba como pijama, me la puse y me senté con las piernas cruzadas para continuar:

—Mi madre tenía sus propios problemas. De salud mental, estoy segura. Alguna adicción. Por lo que tengo entendido, sus padres pertenecían a una de esas iglesias ultraconservadoras y, cuando ella decidió que no quería quedarse, le negaron todo tipo de apoyo económico y emocional. Ella nos tuvo cuando aún era muy joven y… Lo que estoy tratando de decir es que ella no es la villana de esta historia. O tal vez sí, pero fue una víctima primero. No tuvimos muchas cosas materiales durante nuestra infancia, lo cual era una mierda, pero lo peor de todo, con diferencia, era pasar hambre.

Me miré las manos y esperé un momento para serenarme antes de seguir. *Lo he dicho. Lo he hecho. Ya está.*

—Mucha gente cree que la inseguridad alimentaria significa pasar hambre de forma constante y sistemática, y a veces es así, pero en mi caso... No pasaba hambre todo el tiempo. No estaba siempre desnutrida. No pasaba días y días sin comer. Pero, a veces, cuando tenía hambre, no había nada que comer en casa ni dinero para ir a comprar. A veces esa situación duraba dos o tres días seguidos. Otras veces, más. Los periodos de vacaciones eran los peores. En verano no podía aprovechar la beca del comedor del colegio, lo cual significaba que no tenía comida garantizada, y eso era una putada. Recuerdo que tenía tantos retortijones que creía que me iba a morir y... —Me tapé la boca con el dorso de la mano. Exhalé lentamente—. Hablo de mí, pero la situación era la misma para los dos: Vince y yo. Ambos pasábamos hambre. Y mamá... No estoy segura de cómo explicarlo, pero digamos que se desconectó de la realidad por completo. No creo que se diera cuenta, o quizá no le importaba que no hubiera comida en casa. Para cuando cumplí los diez años, ya había aprendido que no debía acudir a ella cuando tenía hambre, porque lo único que hacía era sonreír y mentirme diciendo que pronto iría a comprar. Y para cuando Vince cumplió los siete, él ya había aprendido que, si tenía hambre, yo era su mejor opción.

Los ojos de Eli brillaban con comprensión, pero yo no había terminado. Para ser alguien que nunca, *jamás,* hablaba de esto, era desconcertante la cantidad de palabras que tenía por decir.

—Como he dicho, no era siempre así. Pasábamos semanas enteras cenando guisos, con leche en la nevera y cereales en la despensa. Pero entonces nuestra madre dimitía, o perdía el trabajo, o rompía con el novio, y llegaban las rachas de no tener nada en las que Vince y yo nos veíamos obligados a racionar galletas rancias. Y, como todo era tan impredecible, costaba muchísimo disfrutar de los buenos momentos. Podían terminar en cualquier instante, así que vivíamos siempre en tensión. Desarrollé ciertas… estrategias. Robaba un poco de dinero para un fondo de emergencia. A veces del bolso de mamá. Otras veces de otros sitios. Era una ladrona muy oportunista. —Solté una carcajada—. Vince y yo adquirimos el hábito de comer lo más rápido posible. Temíamos que nos descubrieran, o que nuestra madre viniera a preguntarnos de dónde habíamos sacado la comida, o que nos la quitara. En casa, comer era una fuente constante de ansiedad. Y, naturalmente, todo lo que comíamos era muy barato y de mala calidad. No teníamos verduras frescas a nuestra disposición. El poco dinero que había lo usábamos para comprar cosas que se pudiesen conservar durante un tiempo. Iba a casa de Tisha, veía esos grandes cuencos rebosantes de fruta y sentía que era como estar en una película de Disney. Cosas de princesas. El máximo exponente del lujo.

Allí aprendí que la comida era más que un medio para obtener calorías y nutrirse. Era lo que unía a la familia Fuli cada noche, lo que los padres de las patinadoras artísticas preparaban para sus hijas después de un duro entrenamiento, de lo que la gente hablaba cuando volvía de pasar el fin de semana en pintorescos hostales cerca de la costa. La comida era colágeno, el tejido conectivo de nuestra sociedad, y si yo había crecido sin ella, pues bueno. Claramente, significaba que no estaba lo bastante unida a nadie y que nunca podría estarlo.

—Me has contado que te fuiste a la universidad y nunca volviste. Eli, yo hice lo mismo. Alec y el programa de patinaje artístico… Se lo debo todo. Gracias a él pude conseguir la beca para la matrícula. Me subí a un avión, me instalé en la residencia lo más pronto que pude y no volví en dos años. No fui capaz. En la universidad tenía incluidas las dietas, lo que significaba que podía hartarme de comer, pero seguía teniendo mucha ansiedad por la comida. Se desencadenaba por cosas muy raras: tener que comer con prisas, que me pusieran raciones pequeñas, que las cafeterías estuviesen cerradas por Acción de Gracias. Era irracional, pero…

—No lo era —interrumpió él con tacto.

Desvié la mirada.

—En cualquier caso, no estaba bien, así que eché un vistazo por ahí. Un psicólogo del campus me ayudó a encontrar estrategias para afrontarlo, pero… A pesar de estar mejorando, no era capaz de volver a casa. —Tragué saliva—. Tú volviste a por Maya, Eli. Pero yo… Tenía dieciocho años y Vince quince, y lo abandoné. Lo dejé solo con mamá durante años. —La presión ardiente detrás de mis ojos amenazaba con desbordarse y no tenía ningún deseo de luchar contra ella. En lugar de eso, recordé una noche de verano cuando tenía trece años. Una fiesta de pijamas en casa de Tisha. Al día siguiente, la señora Fuli me dio sobras de pasta con pollo, una guarnición de calabacines a la plancha y una ensalada de frutas, todo fresco y delicioso. Cuando volví a casa, mamá no estaba y Vince estaba sentado en el sofá, escuchando las noticias en un televisor que solo tenía tres canales. Se le pusieron los ojos como platos de puro gozo al ver los tápers en mis manos, y verlo disfrutar mientras devoraba la comida me hizo más feliz de lo que había sido en mucho pero mucho tiempo.

Ser capaz de alimentar a Vince; esa era mi definición de felicidad. Y fue cuando dejé de hacerlo cuando empecé a sentir resentimiento hacia él, porque me parecía injusto que ese peso recayera en mis hombros.

—Al final, un día regresé. Y Vince... dijo que me perdonaba, pero las cosas ya se habían enfriado. Él se fue haciendo mayor y empezó a tomar decisiones que yo simplemente no soy capaz de... Hemos tenido idas y venidas a lo largo de los años. Su comportamiento actual es inaceptable, pero espero que entiendas por qué llamar a la policía no es...

Dos cosas ocurrieron a la vez: se me quebró la voz y Eli me arrastró hasta su regazo. Me puso entre sus muslos y me rodeó con sus brazos de acero. Las lágrimas empezaron a caerme por las mejillas y odié un poco tener esa debilidad, esa incapacidad para lidiar con el pasado y con la culpa infinita que sentía. No obstante, resultaba agradable habérselo contado a alguien. Coger aquel dolor punzante que tenía dentro y sacarlo de mi cuerpo un ratito.

—Hiciste lo que pudiste. —La mano de Eli me acariciaba el pelo y la espalda—. Hiciste suficiente.

—¿De verdad? —Me aparté y me limpié las mejillas—. Porque míranos. —Me observó confuso, con la palma de la mano aún en mi nuca—. Mi historia y la tuya tienen el mismo comienzo. Nuestros hermanos. El hielo. Estudiar una ingeniería. Pero el final... Tú y Maya os reencontrasteis, mientras que Vince y yo... Es como uno de esos ejercicios que te piden unir los puntos para crear un dibujo; el tuyo se ha convertido en un cuadro precioso, y el mío, en un puto...

—Rue, no. —Negó con la cabeza enérgicamente, como si no debiera siquiera contemplar la idea—. Maya quiso que nos reencontráramos. Hubo un esfuerzo por ambas partes para arreglar nuestra relación. Esto —dijo inclinando la cabeza hacia la entrada del apartamento— no es cosa tuya. Por favor, dime que lo entiendes.

Puede que sí, al menos mi parte racional. Sin embargo, mis entrañas no terminaban de estar convencidas. Dejé escapar una risa entre mocos.

—¿Crees que es posible que exista otra versión de nosotros en otra línea temporal? ¿Una en la que no llevemos la mochila tan llena y tengamos la suficiente entereza como para ser capaces de amar a los demás como ellos quieren ser amados?

Me miró fijamente durante un momento interminable. Y entonces una idea tonta se instaló en mi mente. *Si fuera capaz de amar a alguien, te elegiría a ti. En esa línea temporal, querría que fueras tú.*

Pero entonces dijo:

—No, Rue.

—Vaya, qué deprimente.

—No es eso. —Tragó saliva. Me miró a los ojos con determinación—. No creo que necesitemos otra línea temporal para hacerlo.

Me dejó sin palabras. Mi corazón se detuvo tan de golpe que temí que ya no volviese a latir.

—Ya he terminado. Puedes irte si quieres —dije en tono neutro. Según mi experiencia, quedarse era la excepción, y marcharse, la regla. Odiaba la idea de que se fuera, pero tal vez era lo mejor para desembarazarnos de esa intimidad en la que nos habíamos adentrado.

—¿Puedo?

Asentí.

—Te prometo que estoy bien. No necesito que sigas abrazándome o...

—No te estoy abrazando.

—Sí, estás...

—No, no es eso. Verás. —Nos cambió de posición para que estuviésemos acostados, como nos habíamos dormido antes. Aunque estaba clarísimo que sí me estaba abrazando y sujetándome contra su pecho. Cada vez que respiraba, su aroma a limpio me llenaba los pulmones—. Estoy esperando a que te calmes. Cuando ya no estés tan disgustada, podremos volver a hacer el tonto. Y después me iré a casa. ¿De acuerdo?

—De acuerdo —respondí. Parecía un buen plan, no demasiado dramático. Y, a pesar de los acontecimientos de aquella noche, yo, por encima de todo, era poco dramática.

—Perfecto. Cierra los ojos y relájate, ¿vale? Cuanto antes te calmes, antes podremos hacer algo divertido.

—¿Como qué?

—Podríamos follar otra vez. Ha ido bastante bien. O quizá otra mamada. Lo pensaré.

Respiré hondo y me obligué a tranquilizarme. Iba a ser agradable retomar el sexo. Algo con lo que estaba familiarizada. Algo que podía controlar.

Pero me relajé demasiado y acabé cayendo en un sueño exhausto en menos de un minuto. No follamos, ni hubo mamada, ni se fue a casa.

En vez de eso, los brazos de Eli permanecieron a mi alrededor durante el resto de la noche.

29

AUNQUE NO ME NECESITES

RUE

Eli se despertó al amanecer, maldijo en voz baja y se separó de mí con cuidado.

No quise fingir que estaba más muerta que viva, pero sí tomé la decisión semiconsciente de mantener los ojos cerrados y volver a dormirme. Lo último que recordaba era notar su peso en el borde del colchón. Se quedó ahí un rato, puede que mirándome. Luego me colocó un mechón de pelo detrás de la oreja y se inclinó hacia delante para darme un besito en la frente. Cansada, cómoda, tal vez incluso un poco feliz, volví a quedarme dormida, arrullada por el leve ruido de Eli poniéndose la ropa.

No me desperté hasta varias horas más tarde, cuando entré a trompicones en la cocina y busqué a tientas una taza y la cafetera. Me detuve en seco al ver la nota, escrita en el sobre de la última carta que me habían mandado los del plan de pensiones.

Había trazado un círculo alrededor de mi segundo nombre en la casilla donde figuraba la información del destinatario (Chastity, la mayor desgracia de mi ya de por sí bastante desgraciada existencia) y había colocado tres signos de exclamación a su derecha, lo cual me hizo poner los ojos en blanco y esbozar una sonrisa. Debajo había escrito:

«Llámame si me necesitas.»

Y luego, justo debajo, escrito a toda prisa, como si hubiera decidido añadirlo cuando ya estaba a medio salir por la puerta:

«Llámame aunque no me necesites.»

El corazón me dio un vuelco y me permití pensar en la noche anterior. Esperé a que llegara la vergüenza y me arrollara, como una oleada de pura humillación, pero no fue el caso. Le había contado a Eli mi peor historia. Y no parecía importarle.

Un bolígrafo magnético en el que ponía «Kline» en letras azules y que acostumbraba a estar pegado a la nevera descansaba ahora junto al sobre, y al verlo recordé lo que tenía que hacer aquel día.

Volví a llamar al trabajo, esta vez para avisar de que me tomaba el día libre. Me vestí con ropa acorde al inmenso calor que hacía, cogí las llaves del coche y salí de casa.

30

SUPONGO QUE ESTO ES NUESTRA VENGANZA

ELI

Cuando Anton asomó la cabeza por la puerta para anunciar que alguien quería ver a Hark, Eli asintió sin molestarse en levantar la mirada de los informes financieros que estaba revisando, hasta que Minami, que estaba sentada justo a su lado en esa absurda pelota de ejercicio que insistía en usar en lugar de una silla, preguntó:

—¿Es una mujer visiblemente embarazada con un kit casero de pruebas de ADN en la mano?

—Eh… —Anton cambió el peso de un pie al otro—. Me da la sensación de que es una pregunta trampa.

—Es que yo soy muy tramposa. ¿Lo es o no?

—Mmm… ¿no?

—Vale. Solo lo he preguntado porque tienes una cara muy rara.

—¿Qué cara?

—Como si creyeses que algo malo va a pasar.

—Sí. Bueno, no. Lo que pasa es que esta mujer ha entrado, me ha pedido hablar con Hark y, cuando le he contestado que no tenía cita, me ha dicho su nombre y ha añadido: «Te aseguro que querrá hablar conmigo». Me ha parecido raro y un poco... peliculero.

—Muy peliculero —asintió Minami mientras daba un bote intrigado con la pelota.

Eli sintió una punzada de inquietud en la base del cuello.

—¿Cómo se llama esa mujer, Anton?

—Se llama... —Entrecerró los ojos para leer el *post-it* que llevaba en la mano—. Rue Siebert. Coincide con lo que pone en su DNI.

Eli y Minami intercambiaron una mirada larga y llena de significado.

—Dile que Hark saldrá enseguida —le ordenó Eli.

—Pero Hark está volviendo de Seattle y...

—Lo sé. —Le sostuvo la mirada a Anton—. Díselo de todos modos.

Minami esperó a que estuviesen solos antes de preguntar:

—¿Por qué viene a ver a Hark y no a ti?

Solo había una respuesta lógica.

—Quiere preguntarle sobre Florence.

—¿Qué?

—Hark mencionó a Florence de forma indirecta durante la cena de la otra noche. Rue quiere saber más y cree que él se lo contará.

—Pero ¿por qué no te lo pregunta a ti?

Por qué, en efecto.

Daba por hecho que iba a indagar en el asunto desde que encontró aquel expediente en su coche. La noche anterior estuvo a punto de sacar el tema de la declaración y contarle a Rue toda la sórdida historia, pero no hubo un momento idóneo para hacerlo. Aun así, pensaba que habían hecho cierto progreso en cuanto a lo de confiar el uno en el otro.

Y el hecho de que ella prefiriera obtener respuestas de Hark... A Eli no le gustaba.

—Quizá deberías esperar a que vuelva Hark —dijo Minami—. Así, la carga de romperle el corazoncito contándole la verdad sobre Florence no recaerá sobre ti.

—Si hay que romperle el corazón, prefiero hacerlo yo. Así podré ayudarla a recoger los pedazos.

—En ese caso, adelante, díselo. Si no lo hacemos nosotros, lo hará Florence, y, como bien hemos comprobado todos, se le da de lujo mentir. Podría poner a Rue en tu contra y acabarías perdiéndola.

—¿Perdiéndola? —Eli resopló—. ¿Qué te hace pensar que ya la tengo?

Ella analizó su rostro.

—Lo que pienso es que la quieres.

—Sí. También quiero que haya paz mundial y que mi perro viva para siempre.

—Venga ya, Eli. Recuerdo cómo eras con Mac. Te he visto salir con un montón de chicas verdaderamente increíbles.

—Mujeres.

—Me cago en la... Llevamos diez años siendo uña y carne, Eli.

Él negó con la cabeza y apagó el monitor, sin molestarse en ocultar su regocijo.

—¿Estás rompiendo conmigo?

—Nunca te había visto así, Eli.

Se detuvo en seco. Después continuó.

—¿Así cómo?

—Cuando la tienes cerca, e incluso cuando no, estás en las nubes, soñando despierto y... ¿Le has dicho ya lo que sientes?

Madre mía.

—Minami, a ella... le han hecho mucho daño y está muy poco disponible emocionalmente. No creo que esté preparada para tener ese tipo de conversación. —*Pero anoche...,* le susurró una voz esperanzada en su mente. Había estado más cerca que nunca de hablar de sus sentimientos con ella, y ella no lo había echado de casa—. Si no tengo cuidado, si voy demasiado rápido, va a salir corriendo. Tengo que tomármelo con calma.

Minami lo miró con algo parecido a la lástima.

—No parece que quieras tomártelo con calma.

Se levantó, más que nada para evitar gritar «¡joder, ya sé que no!» a una de sus mejores amigas, cuyos consejos y cuidados valoraba.

—¿Algún sabio consejo más, Dr. Phil?

—Ten cuidado. Solo eso.

Eli se quitó las gafas y se dirigió al elegante pasillo, donde saludó con un gesto a dos analistas júnior y a un becario. Cuando llegó a la recepción, Rue estaba sentada en uno de los sofás de cuero, con las manos en el regazo y las piernas cuidadosamente dobladas en un ángulo de noventa grados. Su postura era impecable, tan tranquila como siempre en medio del caos del mundo que la rodeaba. Le hizo recordar la primera vez que la vio, en el bar de aquel hotel. Tuvo un par de segundos para observarla antes de que ella se percatara de su presencia y los aprovechó hasta la última gota, devorándola con la mirada como si fuera un trozo de pan después de un mes en ayunas.

Al verlo, los ojos de Rue se abrieron por la sorpresa. Eli sintió esa conexión que siempre había entre ellos y que cada vez era más profunda, como si fuera un objeto palpable. Pero Rue bajó la mirada al instante, como si quisiera esconderla —y esconderlo a él— bajo la alfombra.

«¿Le has dicho ya lo que sientes?»

De repente, Eli sintió ira. Una ira brusca, intensa, inagotable, dirigida tanto a Rue como a sí mismo. A ella nadie la había invitado a estar presente en su vida ni en su mente. Eli jamás había querido concederle el poder que tenía sobre él. Lo que significaba que lo había tomado sin su permiso. Se lo había robado. Y, después de todo lo que había pasado entre ellos la noche anterior, había optado por no acudir a él, sino a Hark. *Ese* era el grado de confianza que le brindaba.

—Sígueme —le ordenó sin ocultar el tono de enfado. Ella se levantó despacio, pero Eli no se paró a comprobar si lo seguía. La condujo hacia su despacho, comprobó con alivio que Minami se había ido y cerró la puerta.

Solo era capaz de sentir resentimiento.

La deseaba tanto. Tantísimo. Joder. Cada vez que la veía, que follaba con ella, que olía su aroma, quería un poco más. Quería hacerle comidas de doce platos, sujetarla fuerte contra el colchón, construirle un laboratorio de investigación. Lo quería todo, incluso cosas que no tenían sentido, cosas que no debían ir juntas.

Y Rue podía ver claramente esa rabia.

—Eli. —No lo dijo asustada ni distante, solo compasiva mientras posaba sus fríos dedos en la mejilla de Eli. Como si realmente le importara. Se estiró todo lo que pudo y le dio un besito ligero como una pluma en la base de la mandíbula.

Fue un breve y hermoso momento de esperanza que retorció el corazón de Eli hasta que ya no pudo soportarlo más.

—No —le dijo. La obligó a retroceder y, cuando la parte posterior de sus muslos chocó contra la mesa de conferencias, la giró de espaldas a él.

Ambos sintieron que, de repente, les faltaba el aire.

Apenas esperó a que las palmas de Rue tocaran la mesa. Le abrió las piernas con el pie, buscó la cinturilla de sus pantalones y se los bajó lo justo para poder hacer lo que tenía pensado. Se desabrochó el cinturón con el sonido de la hebilla resonando en la silenciosa habitación, se sacó la polla y apartó la ropa interior de Rue a un lado. Se balanceó, presionando contra los húmedos labios de su coño, casi rozando su cálida abertura, dispuesto a entrar y demostrarle que era su…

Estaba como una puta cabra.

En el pasillo, a escasos metros y con solo una puerta que ni siquiera estaba cerrada con llave de por medio, alguien comentaba qué planes tenía para el fin de semana. El pulgar de Eli rozó el clítoris de Rue.

Ella se estremeció.

—Hazlo. Por favor.

Él empezó a temblar por el esfuerzo de contenerse y se le nubló la visión por el deseo. Rue se echó hacia atrás y él tuvo que agarrarla de la cadera para evitar hundirse en su interior.

Joder.

Le rodeó el vientre con los brazos y la estrechó contra sí tan fuerte como pudo. Habría aceptado cualquier pretexto para soltarla, pero ella no mostró ningún tipo de resistencia, y cuando él enterró un quejido contra su cuello, ella le agarró el antebrazo con las manos y se aferró a él con la misma firmeza con la que él la sujetaba.

La rabia de Eli se disolvió hasta convertirse en una profunda resignación. No tenía derecho a estar resentido con ella por ser lo mejor y lo peor que le había pasado en la vida. Y si su corazón no lograba salir ileso de aquello, que así fuera.

Se separó de ella lentamente, sin mirarla a los ojos mientras le volvía a colocar la ropa. Luego él se subió los pantalones y, cuando hubo terminado, ella se apoyó en la mesa con un ligero temblor en las manos y lo miró de frente.

En el pasillo, la gente reía y se despedía.

—Eli. —*Si supieras lo que quiero de ti, Rue… No tienes ni idea, y quizá nunca la tengas*—. Lo siento.

A Eli casi se le escapa la risa.

—¿Por qué?

—Por querer preguntarle a Hark en vez de a ti. Es que… —hablaba en voz baja— era la opción más segura.

Él entrecerró los ojos y ella le dirigió una de sus miradas de «¿qué es lo que no entiendes?».

Así que enamorarse de alguien era esto. Una despiadada expansión de los sentidos. Catalogar meticulosa e involuntariamente la inclinación de la cabeza de una persona, la forma que adoptaba su mano al sostener una copa de vino, los pequeños matices de su mirada.

—Si crees que puedes confiar en él más de lo que puedes confiar en mí...

—Es precisamente porque no confío en él. —Le temblaban los labios—. Cualquier cosa que Hark me cuente sobre Florence, puedo decidir no creerla. En cambio, contigo... En cuanto me lo digas, no voy a poder huir de ello.

Eli iba a tener que hacerle daño. Y eso le fastidiaba más que cualquiera de las cosas que Florence había hecho.

Asintió y se cruzó de brazos con los dedos tamborileando contra el bíceps.

—Florence era nuestra tutora del doctorado.

Rue asintió.

—Eso ponía en la declaración.

—Minami estaba haciendo el posdoctorado. Hark y yo no fuimos a la UT para trabajar con ella, pero nuestro tutor se marchó sin previo aviso y ella aceptó hacerse cargo de nosotros. No nos conocíamos de vista. Si dice que no se acuerda de nosotros, es que está mintiendo de forma deliberada.

—¿Y luego Florence también os dejó tirados? ¿Por eso ahora buscáis venganza?

Dios, ojalá fuera eso.

—Luego nos robó nuestro trabajo.

Un lento parpadeo fue lo único que delató la sorpresa de Rue.

—No te referirás a la tecnología de fermentación. Eso fue idea suya.

—La tecnología de fermentación fue idea de Minami. La de Florence, por la que le dieron millones de dólares para que pudiese hacer pruebas, se estancó durante el primer año de subvención. Tuvo que cambiar de rumbo. Hark y yo necesitábamos un nuevo laboratorio en el que trabajar y nadie más tenía los fondos, la experiencia o, para ser sinceros, la voluntad de contratarnos. Florence era solo unos años mayor que nosotros, nunca había tenido doctorandos a su cargo, pero todos sabíamos que era una ingeniera con talento. Tuvimos que elegir entre trabajar con ella o abandonar el programa. No nos lo pensamos dos veces.

—¿Y qué pasó después?

—Durante dos años, fuimos tirando. Ya sabes cómo es la vida del estudiante de doctorado: a ratos está bien y a ratos está fatal. Quedaba mucho por hacer, pero la proteína que habíamos conseguido aislar era prometedora. Entonces conseguimos un gran avance.

—¿Florence era un miembro activo del grupo de investigación?

—Respuesta corta: sí. —Le dio un par de vueltas. Intentó exponer sus opiniones de la forma más justa posible. *Hay que ver lo que estoy dispuesto a hacer por ti, Rue*—. Puede que mi visión esté un poco sesgada, así que tendrás que comparar y contrastar lo que te diga con lo que Florence recuerde. Si no me falla la memoria, intelectualmente hablando, Minami lideraba el proyecto. Acudíamos a Florence cuando necesitábamos ayuda, pero ella solía estar ocupada. Nunca dejamos de pedirle consejo, pero, con el tiempo, nos limitamos a informarla cuando había progresos. Sus subvenciones cubrían los estipendios y el material. También tenía alquilado un laboratorio fuera del campus. Nos pareció extraño, pero nos dijo que alquilar laboratorios ya equipados era más barato que comprar equipamiento nuevo y que el instituto que nos financiaba se lo había recomendado. Pensamos que tenía sentido. Nosotros ya habíamos terminado las clases y no necesitábamos pasar por el campus. Ya sabes cómo es la universidad después de los exámenes finales: no hay una supervisión formal. Acabamos estando prácticamente aislados del resto del departamento. Ahí empezó la relación de codependencia entre nosotros —añadió con sequedad. No tenía ni idea de si su querida Rue, tan indescifrable y enigmática como siempre, le estaba creyendo.

—¿Qué pasó cuándo estuvo lista la tecnología?

—Logramos un gran avance a los dos años, antes del verano. Para entonces, éramos estudiantes externos, prácticamente no teníamos contacto con nadie de la UT. Nos dieron un mes de vacaciones en verano. Hark y yo fuimos de mochileros por Europa. Minami acababa de conocer a Sul. Cuando volvimos todo se había ido a la mierda. Al principio no conseguíamos ponernos en contacto con Florence. No respondía a los correos ni a las llamadas. Estábamos preocupados por ella, así que acudimos a nuestro jefe de departamento. Así descubrimos que Florence había dimitido y que había una disputa entre ella y la universidad para ver quién era el propietario legítimo de la tecnología. Se basaban en la Ley Bayh-Dole, aprobada en 1980. Mientras tanto, nosotros tres nos quedamos ahí como pasmarotes, preguntándonos qué coño estaba pasando.

—¿Qué dijo Florence cuando la volvisteis a ver? —preguntó Rue.

—Tú estabas presente.

—¿Qué quieres decir?

—La siguiente vez que vimos a Florence fue en Kline, el mes pasado. Florence se ha negado a reunirse con nosotros y a reconocer nuestra existencia durante la última década. Nunca tuvimos oportunidad de aclarar las cosas, lo que dificultó aún más que pasáramos página. Una vez, Minami la esperó en la entrada de su apartamento con la esperanza de poder hablar con ella. Fue sola porque pensó que Hark y yo quizá la habríamos intimidado.

—¿Y?

—Florence llamó a la policía.

Rue dio un leve respingo que un observador menos devoto quizá habría pasado por alto. En otros tiempos, puede que a Eli le hubiese procurado cierta felicidad contarle la verdad, ya que eso significaba quitarle algo a Florence. Ahora solo podía pensar en lo que le estaba quitando a la propia Rue.

—Por si sirve de algo, después de darle vueltas al asunto durante años, creo que en un principio Florence no planeaba excluirnos —añadió—. Hark no está de acuerdo.

—¿Por qué lo crees?

Se encogió de hombros.

—Pistas contextuales. ¿Optimismo ilusorio, quizá? Siempre decía que no le gustaba trabajar en la UT. La tecnología del biocombustible tenía potencial para comercializarse y ser su vía de escape, pero para eso necesitaba que la patente estuviese a su nombre. Y la única forma de quedársela era demostrando que no la había desarrollado con fondos federales. Por desgracia, nuestros estipendios constaban en el registro y estaban pagados con el dinero de las subvenciones.

—Ah.

—Tuvo que minimizar nuestra participación. Fuimos… un sacrificio necesario.

—¿Por qué no lo denunciasteis?

—Lo hicimos. Pero, aunque no lo parezca, hace diez años las cosas eran muy diferentes. Además, hacía tiempo que nadie nos veía pisar la UT. Había pocas pruebas de nuestra participación. Hasta donde la universidad sabía, podíamos habernos pasado esos veinticuatro meses jugando al pinball. Era nuestra palabra contra la suya, y la palabra de un doctorando valía muy poco. Entonces el caso se hizo público. —La atención pública se vio repentinamente fascinada por un tema tan poco interesante como los derechos de las patentes. Se habló de ello en los telediarios, se escribieron artículos de opinión en las revistas… Era imposible que a Rue se le hubiese pasado por alto todo aquello—. Una joven y encantadora investigadora intenta cambiar el mundo creando combustibles respetuosos con el medio ambiente, invierte su tiempo y su propio dinero y la Universidad de Texas quiere quitarle la patente. David contra Goliat. Una pesadilla para la imagen de la UT, así que optaron por correr un tupido velo. Y eso nos incluía a nosotros tres y el alboroto que estábamos armando, porque que putearan a una persona sonaba mal, pero que putearan a cuatro, peor aún. A Hark y a mí nos pidieron que dejáramos el doctorado. A Minami no le renovaron el contrato. No teníamos dinero. Hablamos con dos abogados, y ambos nos dijeron que no teníamos nada que hacer. Y entonces mi padre murió y esta mierda pasó a ser el menor de nuestros problemas.

Rue cerró brevemente los ojos.

—¿Conque todo esto —hizo un gesto vago que intentaba abarcar la sede de Harkness— es vuestra venganza por lo que os hizo Florence?

¿Que Harkness había empezado como un medio para hacer tanto daño a Florence como ella se lo había hecho a ellos? Sin duda. Pero se había transformado en algo totalmente distinto. A Eli le gustaba su trabajo actual. El mundo del capital de riesgo era un caos desastroso que arrasaba allá por donde pasaba, y estaba orgulloso de las prioridades que ellos, como empresa, se habían fijado. Se preocupaban por su cartera de clientes. Se centraban en la salud a largo plazo de las empresas. Marcaban la diferencia.

—Esta era la única forma que teníamos de recuperar lo que era nuestro. El padre de Hark está forrado, pero se negaba a apoyarle con cualquier empresa que no estuviera relacionada con temas financieros, y esto... Teníamos el capital inicial. Era la única forma de recuperar la tecnología. Si te soy sincero, Rue, las cosas no pintan bien para nosotros, y Florence está reteniendo documentos clave y haciéndonos la vida imposible, pero todavía tengo la esperanza de que podamos recuperar la patente. Han pasado años, y no es que nos hayamos tirado cada segundo de nuestras vidas odiándola, pero sí que hemos estado vigilando a Kline. Y cuando el préstamo salió a la venta… —Sacudió la cabeza ante su propia idiotez. Tantas palabras solo para decir—: Sí. Supongo que esto es nuestra venganza.

—¿Y qué es lo que…? —Pareció quedarse sin palabras durante un momento—. ¿Cuál es vuestro final feliz?

Qué pregunta tan capciosa.

—Kline no va bien. La tecnología debería haberse introducido en el mercado internacional hace años. La empresa se expandió demasiado rápido, carece de un enfoque claro y tenemos razones para sospechar que es insolvente. Florence se ha rodeado de personas que le dicen amén a todo en lugar de buscarse asesores competentes. Para nosotros, la situación ideal sería que Florence no pudiese pagar el préstamo. Tomaríamos el control de Kline y nombraríamos un consejo que realmente tuviese experiencia. No habría recortes de personal ni reducción de salarios. Solo una mejora en el ámbito científico.

—¿Y seríais los dueños de la patente?

—Y seríamos los dueños de la patente.

Ella desvió la mirada con el ceño fruncido. Por primera vez desde que había comenzado la conversación, Eli sabía con certeza cómo se sentía Rue.

Triste.

—Gracias por ser sincero, Eli. Te lo agradezco mucho, pero… Ahora tengo que irme. —Pasó junto a él, pero se detuvo y retrocedió un instante, el tiempo suficiente para ponerse de puntillas y darle un beso en los labios.

Eli iba a dejar que se marchara, pero, cuando ya había llegado a la puerta, dijo:

—Rue.

—¿Sí?

La miró fijamente a esos ojos grandes y claros.

—Nada —dijo en lugar de la verdad: algo. *Todo.*

Creyó percibir cierta vacilación en ella durante una fracción de segundo, pero debió de ser un efecto óptico. Aun así, una vez se hubo marchado, se quedó frente a esa puerta cerrada más tiempo del que se atrevía a admitir, esperando que volviera.

31

DECISIONES DIFÍCILES

RUE

Minami me estaba esperando en un banco del vestíbulo, en la planta baja, con las piernas cruzadas y bebiendo tranquilamente un poco de agua. No me llamó, pero me senté a su lado de todos modos.

—¿Te ha contado lo de Florence?

Asentí.

—Solo quería asegurarme. De no haberlo hecho él, lo habría hecho yo.

Estudié su cara bonita y relajada. Y el acero que se escondía debajo de su actitud tranquila.

—Eli y tú estáis muy unidos, ¿verdad?

—Ah, sí. Muchas veces acabo hasta el moño de Sul y Hark, pero Eli es mi mayor apoyo, por cursi que suene. ¿Te ha contado que el avance final de la patente fue idea suya? Estuvimos atascados durante siglos, hasta que él descubrió el último paso. Estaba tan orgulloso. —Sonrió—. Él era el pequeño de la casa. El más joven. Hark era melancólico y mundano, pero Eli era pura luz. Amable, divertido y un ligón de pies a cabeza. Se ha ido apagando con los años por sus problemas familiares, pero tú aún puedes ver esa chispa, ¿verdad?

Podía. La veía. Y no estaba segura de qué hacía alguien con esa chispa con alguien como yo.

—Siempre lo he adorado —continuó Minami—. Pero, Rue, en realidad eso da igual. No quería que supieras la verdad por Eli. Quería que la supieras por ti. —Se puso de pie. Me miró con expresión seria—. Tú y tu amiga deberíais andaros con cuidado con Florence. Ninguna de las dos merece pasar por lo que yo pasé.

Cuando llegué al aparcamiento de Kline, el sol brillaba en lo alto del cielo y Florence ya estaba fuera, sentada en uno de los bancos del lateral del edificio. No había duda de que estaba esperando a alguien.

—Hola, Rue —me saludó cuando me acerqué a ella. Su pelo lucía un color naranja ardiente y brillante bajo la luz del mediodía, un marcado contraste con su sonrisa melancólica—. Eli me ha enviado un correo electrónico.

Fruncí el ceño.

—¿En serio?

—Me ha contado que te ha dado su versión de lo ocurrido. Y que quizá yo querría darte la mía. —Soltó una leve risa que denotaba un cierto afecto por Eli, como si le cayera bien muy a su pesar—. ¿Sabes qué más me ha dicho?

Negué con la cabeza.

—Que cuando todo se fue al garete, diez años atrás, lo que más le dolió fue no lograr entender las acciones de alguien en quien confiaba. No quiere que te pase lo mismo y considera que debo darte una explicación. —Apretó los labios—. No me ha pedido que le dé una explicación a él. No me ha insultado. Ni siquiera ha sido pasivo-agresivo. Los tres, Minami, Hark y Eli, se han negado a hablar conmigo desde que compraron el préstamo. No ha habido ni una sola comunicación sin abogados de por medio. Y aquí tenemos a Eli Killgore. Saltándose la norma. Por ti.

Las palabras de Florence se quedaron flotando en el aire. Sentí que tenía el corazón lleno y a la vez triturado.

—¿Y? —pregunté. No me atrevía a sentarme a su lado.

—No estoy segura de lo que te ha dicho.

Solo con eso ya me pareció que estaba admitiendo muchas cosas, así que me mentalicé para lo que venía.

—Pues entonces cuéntame tu versión.

—De acuerdo. Yo... —Florence se pasó una mano por el pelo y soltó un profundo suspiro—. Entiéndeme, Rue. No todo es blanco o negro. Hay tonos de gris. A veces la gente tiene que tomar decisiones difíciles. El trabajo que tenía en la UT... Ese trabajo era horrible. Me di cuenta de que, a pesar de las becas y de mi esfuerzo, no me iban a ofrecer la titularidad. Ya les había ocurrido antes a personas más cualificadas que yo. Había un par de demandas y varias investigaciones en curso, todas iniciadas por mujeres que habían trabajado en ese departamento y a las que habían tratado de forma injusta. Y entonces...
—Se encogió de hombros—. Brock tuvo mucho que ver con este tema. Debería haber sabido que aquello no era buena señal, pero en ese momento nuestro matrimonio

no era el desastre en el que se convirtió más tarde, y estábamos esforzándonos para salvarlo. Queríamos tener un niño, aunque te cueste creerlo. Estábamos pensando en formas de dejar el mundo académico, considerando la posibilidad de mudarnos. Hablamos de ello durante meses. Al final, pasarnos a la rama de producción nos pareció lo más sensato. Yo tenía pensado buscarme un trabajo en algún equipo de investigación, pero... Rue, ¿quieres sentarte? —Entrecerró los ojos y se los tapó con la mano—. Tienes el sol justo detrás.

No me moví. Tenía los pies clavados en el suelo.

—¿Pero?

—Bueno, fue Brock quien sacó el tema. Me preguntó: «¿Qué pasa con el asunto ese sobre biocombustibles en el que has estado trabajando? ¿No puedes montar una empresa que esté relacionada?». Y yo... —Hizo una larga pausa—. Empecé a investigar cómo podía llevarlo a cabo.

Se me cayó el alma a los pies.

—Y no reconociste el mérito de los demás.

—Venga ya. —Se rio—. Hark y Eli nunca se habrían llevado ningún mérito. Solo eran estudiantes, joder. A ningún doctorando se le reconocen las ideas que ayuda a perfeccionar. Ellos solo se encargaban de hacer el trabajo sucio. ¿Se supone que debería haber compartido la patente con dos hombres únicamente porque me ayudaron con un par de ensayos? Por el amor de Dios. Sabía que saldrían adelante sin problema.

Sin embargo, Eli sí que había tenido problemas. Y sospechaba que Hark también.

—¿Y qué me dices de Minami?

—Ves, eso es… —Florence asintió lentamente—. Eso sí que me sabe mal, visto en retrospectiva. Me siento fatal por no haberla incluido en la patente. Pero no tenía otra opción. Ya sabes lo difícil que lo tenemos las mujeres en nuestro sector. Estaba en una situación espantosa y…

—Minami también es una mujer, y más júnior que tú en el sector académico —interrumpí con dureza. Dudaba mucho que la carrera de Minami hubiera sido tan privilegiada como la de Florence—. Y eso no es… Florence, que sea difícil no nos da carta blanca para engañar a otras personas y apropiarnos de su trabajo, y menos para joder a gente que lo tiene aún más complicado.

—Lo sé. Y me sentí fatal. ¿Por qué crees que me he pasado los años siguientes dejándome la piel en programas de mentoría, tratando de impulsar a las científicas noveles? Ha sido un intento por redimirme.

—La única manera correcta de redimirte es darle el reconocimiento a Minami.

—Rue, si yo no hubiera hecho lo que había que hacer, ¿sabes a quién habría pertenecido la patente? A mí no. Ni a Minami. Ni a Eli ni a Hark. La UT habría sido la propietaria.

—¿Y qué? —Parpadeé confundida—. ¿Crees que eso justifica que sacrificaras a todo el mundo para quedártela tú? Esa tecnología fue idea de Minami.

—¡Solo en parte! Yo la ayudé a refinarla. Puse mi experiencia a su disposición. Si no hubiera sido por mí, no habría pasado de las fases preliminares.

—Eli no opina lo mismo.

—Entonces está mintiendo. ¿De verdad le crees a él antes que a mí?

Es que tú me has mentido, quise decir. *¿Por qué me has mentido?* Pero la respuesta era obvia. E incluso si todo lo que Florence decía era cierto, incluso si su contribución era superior a la de los demás, ¿significaba eso que lo que había hecho era perdonable?

Estudié su cara. Era como si la viera de verdad por primera vez. Florence me aguantó la mirada y se echó a reír.

—¿Sabes qué parece esto?

Permanecí callada.

—Parece como si Eli y yo nos estuviésemos peleando por ti. —Seguía riéndose, pero yo no le veía la gracia. Y me sabía mal por Eli, pero...

—La persona por la que siento más indignación ahora mismo es Minami.

—Rue. Solo..., solo espero que seas capaz de ver las cosas desde mi punto de vista. Espero que te des cuenta de que tuve que tomar decisiones muy difíciles, y que me perdones.

—No soy yo la que te tiene que perdonar —le dije.

Me encaminé hacia el coche sin vacilar ni un segundo más y no me giré cuando la oí llamarme.

INTENTEMOS ARREGLARLO

RUE

—¿Y estás totalmente segura de que lo ha admitido? —preguntó Tisha por cuarta vez. Ya le había respondido a las tres primeras, pero, aun así, no la culpaba. Ni yo misma me lo creía, y eso que me había informado directamente de la fuente.

—Sí.

—¿No es que haya tenido una especie de…, no sé, derrame cerebral o algo? No estoy segura de que los trastornos psicóticos compartidos sean muy comunes hoy en día, pero tal vez Florence y Eli están pasando por uno ahora mismo, ¿no te parece? Quizá las cosas no han sido exactamente como Eli las pinta. Puede que se trate de un malentendido, que Florence no sea tan mentirosa, ladrona ni mala pécora como él quiere hacernos creer. O puede que los de Harkness no estén siendo muy imparciales y estén exagerando su contribución al proceso de creación de la tecnología. Quiero decir, ¿estás totalmente segura de que Florence…?

—¡¿Lo ha admitido!?— gritó Diego desde la cocina de Tisha. Luego vino y se apoyó contra el marco de la puerta. Iba sin camiseta. Era un empollón con gafas y buenos músculos que no podía ser más el tipo de Tisha. Se suponía que ella estaba trabajando desde casa, pero el kimono corto que llevaba puesto indicaba que los había interrumpido mientras estaban ocupados. Diego se había tomado mi inoportuna aparición como un campeón—. Rue, ¿podrías decirle a Tisha si estás total y absolutamente segura de que Florence lo ha admitido?

—Preferiría que no.

—Avísanos si cambias de opinión.

—Jamás.

—Entendido.

Hacía años que no me caía tan bien un novio de Tisha, y esperaba que la cosa fuera para largo. Incluso Bruce parecía encantado mientras se frotaba contra las pantorrillas de Diego y me lanzaba su repertorio de miradas escépticas.

—Vale, ya basta de haceros tan amiguitos y compincharos contra mí.

Diego y yo intercambiamos una última mirada de compinches antes de que él se fuera al dormitorio. Era un inmenso alivio estar con Tisha. Compartir la carga del descubrimiento del día. Esas últimas horas habían trastornado los últimos años de mi vida, pero Tisha estaba ahí, inmutable. Aguantando el tipo mientras todo lo demás se derrumbaba.

—Si Florence admitiera haber hecho eso, y *sí,* ya sé que así ha sido, entonces, bueno… —Se encogió de hombros—. Mira, yo la quiero. Tú también. Ha hecho mucho por nosotras y probablemente vamos a seguir queriéndola aunque la haya cagado. Al menos lo intentaremos. Pero esto no es poca cosa. Estamos hablando del sustento de una persona. De las esperanzas, los sueños y la carrera profesional de una persona. Tenemos que hacer algo.

—Lo sé. Pero ¿qué?

Se rascó la sien.

—Si Florence hubiese robado tu patente, ¿qué querrías que hiciera Minami?

Me noté la boca seca.

—Querría que me ayudara a arreglarlo. Incluso pasados diez años. Aunque ella no fuera la responsable, querría que estuviera de mi parte.

—De acuerdo. —Tisha asintió—. Pues entonces arreglemos todo esto.

—No tenemos pruebas. Si la UT corrió un tupido velo hace años…

—No ganaremos nada con denunciar. —Tisha se mordió el labio inferior—. Aunque no sé qué más podemos hacer. Puede que no seamos las más indicadas para averiguarlo.

Se me ocurrió una idea.

—No, no lo somos. —Exhalé una risa—. Pero ¿sabes quién sí lo es?

33

SIEMPRE DETRÁS DE TU FORTALEZA

RUE

El sol ya se estaba poniendo, pero me preocupaba que aún pudiera seguir en la oficina y que no encontrarlo en casa me obligara a reconsiderar lo que estaba a punto de hacer. Por suerte, vi a Eli en cuanto enfilé su calle.

Estaba abriendo la puerta principal, pero se dio la vuelta al oír mi coche. Con la luz del crepúsculo, vi como sus ojos se abrían de par en par. Luego se relajaron. Me bajé rápidamente, sin tomarme la molestia de serenarme antes, y me dirigí hacia él con la mano extendida.

Eli se quedó mirando mi palma abierta un buen rato.

—¿Qué es?

—Cógelo.

Agarró el USB.

—¿Qué hay dentro?

—Ya lo sabes.

Su expresión pasó de la confusión a la comprensión y después al asombro.

—No. —Negó con la cabeza y trató de devolvérmelo—. Rue, no te lo conté para que…

—Lo sé. Pero ella te arrebató algo que era tuyo. Y de Minami. Y de Hark.

—Rue.

—Y nosotras estamos de acuerdo en que no debería haberlo hecho.

—¿Nosotras?

—Tisha y yo.

Se quedó mirando el USB en silencio.

—Si Kline está incumpliendo los términos del contrato, Harkness tiene derecho a saberlo. No te estoy entregando ningún secreto. Estos son solo...

—¿Los documentos que nos debería haber entregado hace semanas?

Eso esperaba, al menos. Yo tenía acceso al despacho y al ordenador de Florence. También una sana ignorancia de lo que eran los informes financieros, pero para eso estaba Nyota.

Tras una breve vacilación, Eli se guardó el USB en el bolsillo.

—Gracias, Rue.

—De nada. —Respiré hondo—. ¿Puedo...?

Inclinó la cabeza.

Tragué saliva.

—Estos últimos días han sido... difíciles para mí. Si esta noche..., si te pido que me acojas y me dejes pasar la noche contigo sin mencionar una sola palabra sobre Florence o Kline, ¿crees que podrías...?

Eli abrió la puerta antes de que pudiera terminar la frase —una invitación inequívoca— y nuestras miradas, fijas la una en la otra, entablaron una conversación sin palabras de por medio.

¿Puedo confiar en ti, Eli?

Siempre.

Mi corazón dio un vuelco de alegría. Entré y…, de nuevo, fui atacada.

—Tiny, bájate —dijo Eli sin molestarse en ocultar la satisfacción que sentía por la forma en que las patas de su perro se apoyaban en mi vientre—. No pienso dejarla marchar en un buen rato. Ya tendréis tiempo de acurrucaros más tarde.

Tiny me lamió la barbilla y yo me estremecí.

—No me va mucho a mí lo de acurrucarme.

—Vaya, me pinchan y no sangro. —Se quitó las gafas y las dejó junto a una pila de cartas sin abrir. Ya no era el Eli de Harkness; ahora era el mío.

El mío.

Era un poco ridículo y totalmente patético pensar en él en esos términos, pero eso no evitó que me inundara el alivio.

—¿Es por vanidad? —le pregunté.

—¿El qué?

Cogió algo de una estantería y Tiny empezó a dar vueltas y saltitos a nuestro alrededor. Claramente estaba en medio de un episodio galvánico. ¿Todos los perros son tan descaradamente felices? La ciencia debería estudiar su sangre. Seguro que de ahí pueden salir buenos medicamentos.

—Las gafas. Solo las llevas en el trabajo. ¿Intentas alejarte un poco de la imagen de exjugador de hockey para acercarte a la de empollón?

—Solo las uso en el trabajo porque, según mi oftalmólogo, tengo la vista de un octogenario y necesito gafas para leer y mirar pantallas de ordenador.

—Ah.

—Pero gracias por decirme que parezco un atleta duro de mollera.

—No he dicho…

—Shh. Lo sé. Vamos. —Desenrolló una especie de cuerda plana. Eso era…

Ay, no.

—¿Dónde?

Enganchó la cuerda al collar de Tiny.

—A pasear a mi perro.

Di un paso atrás y él me siguió. Con cuidado, me agarró una de las manos y deslizó la correa alrededor de mi muñeca.

—Eli, no deberías dejarme a cargo de…

—Si quieres quedarte, tendrás que ganarte el sustento.

Sacudí la cabeza.

—Lo cierto es que no soy una persona a la que…

—¿Le gusten los animales? —Me miró como si nada de lo que podría haber dicho le hubiese sorprendido. Como si conociera no solo los contornos, sino también las partes enterradas y con matices de mí. Como mínimo, sabía que existían—. Vamos. —Su voz era amable pero inflexible, y no tuve elección.

Seguí los intereses indiscernibles de Tiny por toda la acera, sintiendo en mis dedos los tirones impetuosos de su correa. Había varios vecinos paseando a sus perros y muchos se detuvieron para intercambiar cumplidos (con Eli) y olisquearse vigorosamente el trasero (con Tiny).

—No es lo que tenía en mente cuando venía hacia aquí —murmuré mientras Tiny tiraba de mí por capricho. Eli parecía imperturbable y en ningún momento hizo ademán de quitarme la correa, ni siquiera cuando Tiny se soltó para perseguir a una ardilla, lo cual me obligó a correr tras él y representar lo que sin duda debió de parecer una exhibición digna de los *Looney Tunes*.

—No te preocupes, pienso follarte más tarde —respondió Eli cuando volví a ponerme a su lado y mientras saludaba con la cabeza a una anciana que iba paseando a un caniche cuyo parecido con ella resultaba perturbador. Miré a Tiny y luego a Eli. También se parecían: pelo castaño rizado y asalvajado. ¿Era algo habitual?—. Pero, ya que has sido tú quien ha venido, he pensado que podríamos hacer las cosas a mi manera.

—Siempre hacemos las cosas a tu manera.

—¿En serio?

No, y lo sabía perfectamente. Desde el principio, yo había sido la que había puesto límites, hecho peticiones y levantado muros. Probablemente porque, desde el principio, había sentido que él estaba dispuesto a sobrepasar esos límites. Eli había tenido un papel bien definido: respetar mis deseos, seguir mi liderazgo.

Sin embargo, tras esos últimos días, era obvio que quería más, aunque ese «más» fuera un concepto algo vago e indefinido. Lo cual era vaga e indefinidamente aterrador.

—No te preocupes, Rue. No voy a pedirte ninguna barbaridad como que patines conmigo o algo así. —Me miró con ternura y diversión, como si yo fuera una niña que aún creía que había duendes al final del arcoíris—. Jamás se me ocurriría pedirte algo tan burdo e inmoral como una cita.

Y, sin embargo, a mí me resultaba igual de inquietante. Cuando volvimos a su casa, se tomó un par de minutos para enviar los archivos a su equipo y luego me hizo sentar en un taburete mientras él preparaba algo con cuscús y verduras salteadas que olía a que picaba y que me hacía la boca agua.

—¿Este es el último de tus platos estrella?

—Sí. Voy a tener que aprender unos cuantos más si quiero seguir engatusándote para que vengas.

¿Quieres que venga? ¿Seguro que quieres tenerme por aquí?

—¿Dónde está Maya?

—De acampada.

—¿No tiene clases de verano?

Negó con la cabeza.

—Está de vacaciones. Se ha ido esta mañana.

Había ido a su casa porque no podía soportar estar sola con mis pensamientos, pero, con el cielo oscureciéndose, los sonidos rítmicos del cuchillo y las verduras chisporroteando en la sartén, mi mente volvió a Florence. A lo que había hecho. A la forma en que racionalizaba sus acciones, como si existiera una justificación válida para ese comportamiento. Seguro que, a lo largo de los años que hacía que la conocía, tuvo que dar alguna muestra de que era capaz de hacer algo así. Y a mí se me había pasado por alto.

—Relájate. —La voz de Eli me sobresaltó. Sus grandes manos me agarraron los hombros y sus pulgares se clavaron con firmeza en los nudos que tenía en las escápulas.

—Estoy relajada.

—Claro.

—Que sí.

—Rue. —Algo ligero y cálido me acarició la coronilla. Su nariz, tal vez—. Si has venido para no pensar en ese tema, deja de darle vueltas.

—Lo siento. Sé que no soy buena compañía. Debería ser más...

—¿Más?

—Participativa. Parlanchina. Sociable. Encantadora.

Dio la vuelta al taburete para mirarme a los ojos y luché contra el impulso de cogerle las manos y guiarlas para que volvieran a tocarme.

—¿En serio crees que deberías ser esas cosas?

Me encogí de hombros y él volvió a los fogones y mezcló las verduras con un ágil movimiento. Mi falta de adecuación social ya era de sobra conocida por todo el mundo, pero ¿y si Eli no comprendía hasta dónde llegaba? ¿Y si creía que me conocía, pero...?

—Eres suficiente, Rue. Y si no lo eres... no me importa. —Me quedé mirándole la espalda mientras seguía a lo suyo y observé cómo sus músculos se movían bajo la tela de algodón—. Ya te lo he dicho en otras ocasiones, pero me gustas de verdad. Eres graciosa, aunque te guste fingir que no. Eres leal, aunque a veces con la gente equivocada, pero sigue siendo una cualidad que aprecio, más aún después de lo que me pasó hace diez años. Tienes un gran sentido de la moral y sabes distinguir lo que está bien de lo que está mal. Eres prudente y prefieres callar antes que mentir, incluso a ti misma. —Empezó a emplatar la comida. En su perfecto perfil, vi un amago de sonrisa—. Y como bien hemos establecido ya, eres un portento en la cama que huele de maravilla.

Ese era el momento en el que a mí me tocaba reírme de la broma e ignorar el resto, pero el corazón me latía con fuerza en el pecho.

—No sé qué decir.

—Podrías devolverme el cumplido.

—¿Debería alabar tu sentido de la justicia y la moralidad?

—No me refería a *ese* cumplido.

—Ah. —Asentí—. Supongo que tú también eres un portento en la cama —dije en tono neutro, y mi corazón empezó a golpear cuando él soltó una risa profunda y sincera—. ¿No estás resentido conmigo?

—¿Por qué iba a estarlo?

—Si no fuera por lo que te quitaron, yo no tendría esta carrera laboral.

—La tendrías igualmente. —Llevó los dos platos a la mesa y esperó a que me uniera a él.

—Claro, pero estaría trabajando en otro sitio. Aun así, mi proyecto está financiado con algo que te quitaron a ti.

—No, no estoy resentido contigo por eso. Aunque parece que tú sí que estás resentida contigo misma. Y hemos acordado que esta noche no iba a girar en torno a eso. —Sin dejar de mirarme, Eli cogió un tenedor y empezó a comer—. ¿Vincent ha vuelto a dar señales de vida?

Parpadeé ante aquel cambio de tema tan brusco.

—No. He estado buscando abogados inmobiliarios, pero es verano. Algunos están de vacaciones, a otros no me los puedo permitir y otros no aceptan nuevos clientes. Quiero comprar su parte, y tengo algo de dinero guardado. Lo estaba ahorrando para poder pagar la entrada de una casa. O para cuando mi coche pase a mejor vida. O por si algún día necesito un riñón nuevo.

—Esas tres situaciones tienen costes muy diferentes, Rue.

—Esto no es un concurso para ver quién acierta el precio de las cosas, don Finanzas.

Eli sonrió.

—Come. Se te está enfriando.

Había dado por hecho que pasaríamos al sexo después de cenar y poner el lavavajillas, pero, para mi sorpresa y asombro, los miércoles por la noche existían los partidos de hockey. Cuando Eli entrelazó los dedos con los míos, me llevó al sofá y encendió la televisión, no supe cómo reaccionar, pero no protesté.

Sus brazos, que me abrazaban, me resultaban extraños y mundanos a partes iguales. En la incertidumbre de la noche, me dejé llevar por el camino que implicaba oponer menos resistencia y me hundí en su cuerpo. Estaba calentito. Olía bien. Al margen del sexo, nunca había tocado a nadie durante tanto rato, pero el contacto con él me resultaba relajante. En mi lista de actividades placenteras, «ver deportes de equipo» estaba más abajo que «arrancarle espinas a un cactus», pero, por algún motivo, estaba a gusto.

Muy a gusto.

Cuando Eli murmuró «menuda gilipollez» treinta segundos o cuarenta minutos más tarde, me quedé parpadeando, confundida. Hasta ese punto estaba relajada.

—¿Qué ha pasado?

—El árbitro ha pitado penalti.

—Ah.

—El jugador que tenía el disco ha saltado hacia un lado para evitar un golpe, apenas le han dado, y al defensa le han pitado por poner una zancadilla. Venga ya, joder. —Agitó la mano. Era encantador cuando estaba enfadado—. Los árbitros de esta temporada han sido una basura —murmuró. Sus ojos me miraron antes de centrarse de nuevo en el televisor. Luego volvieron a fijarse en mí—. ¿Qué significa esa cara? Si piensas que ese penalti es correcto, te juro por Dios que te echo de casa y vas a tener que dormir a la intemperie.

—Esta noche hace una temperatura muy agradable. Y no opino nada. No tengo ni idea de cuáles son las reglas.

Sonrió.

—No te preocupes, no pienso enseñártelas.

Lo miré perpleja.

—Te has criado entre pistas de hielo. Si te interesara, ya habrías aprendido todo lo que hay que saber sobre el hockey. No creo que sea necesario imponerte mis aficiones de mierda.

De repente, un sensación densa y pesada me empezó a presionar el esternón. Me escocían los ojos.

—¿No?

—Nah. Lo único que tienes que hacer es decirme que tengo razón y que el árbitro es un imbécil.

Me tragué el nudo de la garganta.

—Tienes razón y el árbitro es un imbécil.

—Se te da de miedo.

Intercambiamos una sonrisa. La fuerza primitiva y gravitacional que me empujaba hacia Eli no era nueva, pero esto era diferente. Un nuevo zumbido, enterrado en las profundidades, oculto bajo la frecuencia de la civilización, y era tanto, *tantísimo*, que no podía soportarlo.

—Eli.

—¿Sí?

Creía que a estas alturas ya me habría librado de ti. Creía que ya te habría expulsado de mi sistema. Pero es como si hubieras robado un pedacito de mí. Y temo que, cuando esto termine y vuelva a mi vida, mi forma haya cambiado. Solo un poco, pero lo suficiente como para que ya no encaje en mi solitario y anguloso agujero.

—No lo sé —respondí. No podía ser más sincera.

—¿No? —Se sentó y me evaluó con calma. No podía evitar tener la sensación de que ese hombre entendía algo fundamental, algo básico sobre nosotros que yo aún no lograba aceptar—. Creo que sí lo sabes, pero puede que me equivoque. —Tenía una media sonrisa conciliadora—. ¿Me equivoco, Rue?

Se me contrajo el pecho. Me había desnudado. Estaba a plena vista, incómoda.

—Creo —dije subiendo la mano por la entrepierna de sus pantalones— que llevamos demasiado rato hablando, y eso no es propio de nosotros.

Respiró de forma entrecortada cuando le metí la mano por la bragueta del pantalón. Se le puso dura al instante.

—Ah, ¿no? ¿Y qué es propio de nosotros?

No me ayudó, no se movió ni un centímetro, pero tardé muy poco en liberarle la polla. Cuando por fin la tuve en mi mano, cálida y enorme, me sentí menos frágil.

—Esto. —Me arrodillé entre sus piernas, me la metí en la boca y sentí que el mundo volvía a tener sentido.

Aquello era nuevo. No lo de hacer una mamada, sino el hecho de hacérsela a alguien con cuyo cuerpo me había familiarizado. Mi memoria muscular ya lo conocía, sabía dónde y cómo tocar para darle placer sin ni siquiera tener que concentrarme.

—Es preocupante lo mucho que me gusta tener la polla en tu boca —dijo, y luego soltó una palabrota, se estremeció y soltó otra más.

Tras resistirse durante unos valientes segundos, me pasó ambas manos por el pelo y empezó a empujar, moviéndome la cabeza al ritmo exacto que él quería. Yo ansiaba esto: volver a ser solo una boca y un cuerpo. Que me usara implicaba que dejaba de ser observada; y eso me ofrecía un preciado respiro respecto a aquello que se estaba forjando entre nosotros.

Lo hacía con tacto, porque así era él, pero también estaba empezando a perder el control. Gruñó. Me agarró más fuerte, sus muslos se tensaron, y estaba justo a punto de…, hasta que me detuvo.

—Buen intento —dijo medio riendo, medio jadeando. La acusación me encendió las mejillas—. Pero no va a funcionar. —Me cogió la barbilla entre los dedos y me obligó a darle un beso lento y profundo antes de llevarme arriba.

Por lo general, cuando estábamos así, llegaba un punto en el que el suelo se inclinaba y ambos volcábamos. El impulso era tan rápido y fuerte que nos olvidábamos de nosotros mismos y caíamos rodando en la cama. Sin embargo, esta vez fue lento, insoportable, y Eli era quien marcaba el ritmo. Se recreaba en cada centímetro de piel que descubría, lo marcaba con las manos y los ojos, celebraba todos los progresos con besos y rozando los dientes. Parecía una venganza, como si quisiera que se las pagara por haber intentado hacerle perder el control.

—No me hagas esperar tanto. —Tiré con impaciencia de su ropa, pero él me ignoró y se tomó su tiempo, incluso cuando se lo supliqué—. ¿Por qué eres así?

—Porque puedo —respondió, y no tuve más remedio que dejarme llevar por sus caricias, temblando de placer bajo sus manos lentas y minuciosas.

Había cambiado las sábanas. Quizá era raro fijarme en eso, pero no pude evitarlo. Las nuevas eran de un azul intenso y olían a suavizante. No entendí por qué me soltaba para quitarse el cinturón, pero se me aceleró el corazón cuando me agarró las muñecas, me las alzó por encima de la cabeza, me las ató y luego me amarró a la cama. Lo hizo lentamente, dándome tiempo suficiente para detenerlo si quería.

—¿Bien? —me preguntó en voz baja. La petición era simple: *Ahora mando yo. ¿De acuerdo?*

Asentí con impaciencia. Las esposas improvisadas estaban lo bastante sueltas como para liberarme si quería, pero no tenía intención de hacerlo, sobre todo porque eran lo que me anclaba al aquí y ahora.

—Vale, bien.

La última vez que habíamos hecho esto, me había excitado hasta casi matarme, y esperaba que volviera a hacer lo mismo. Pero esta vez sentí la punta húmeda de su polla sobre mis muslos, mi vientre, empujando contra mi abertura. Soltó un gruñido que sonaba a éxtasis y entonces se detuvo.

—Mierda. Te juro que no tardo nada en ponerme el condón.

Se frotó contra mí durante unos segundos más que se convirtieron en minutos, y luego, mientras iba soltando algunas blasfemias ahogadas, abrió el cajón de la mesita de noche.

Un momento después lo tenía dentro.

La sensación me llegó hasta la punta de los dedos de los pies. Lo grande que era, el ardor al ensancharlo todo a su paso. Jadeé por lo repentino que había sido, por lo increíblemente bien que me hacía sentir. El placer solía ser algo que me tenía que currar, algo para lo que tenía que esforzarme, pero esto me proporcionaba un disfrute agresivo e instantáneo que no llegaba a comprender.

Y Eli lo sabía.

—Venga ya, cariño. —Sonaba a que se estaba regodeando, aunque le faltaba el aire—. Ni siquiera la tienes toda dentro aún. —Me besó en los labios, un contacto ligero como una pluma que se volvió obsceno e intenso al segundo. Luego empujó un par de veces más y, de repente, estaba totalmente dentro, y los dos jadeamos en la boca del otro, descoordinados y congelados en el tiempo.

Eli agarró con fuerza las sábanas oscuras. Tiré del cinturón y descubrí que estar sujeta aumentaba mi placer. Cuando volvió a embestir, me recorrió una sensación de calor que casi me asusta.

—Madre mía. —Volvió a hacerlo y solté un gemido. Uno muy fuerte—. ¿Cómo lo haces para que me dé tanto placer?

—Es por la forma en la que estoy colocado. —Repitió el movimiento. La base de su miembro se restregó contra mí y me hizo estremecer—. Puedo estimularte el clítoris sin tocarlo. Creo que ese es el truco contigo.

Conoce mi cuerpo, pensé, *igual que yo conozco el suyo.*

—Es agradable. Es…, *joder.* —Volvió a moverse y sentí cómo me contraía a su alrededor—. Me gusta —exhalé.

Su gemido se convirtió en una suave carcajada.

—Lo sé, Rue. Lo noto.

En cuestión de minutos, estaba a punto de correrme. La presión, la fricción en todos los lugares donde tenía que haberla, su pecho rozándome los pezones… El calor se apoderó de mí, cerré los ojos y arqueé la espalda para evitarlo. *Un poco más,* pensé. Me sentía tan bien que quería que durara. Pero Eli me estaba hablando al oído, diciéndome lo hermosa que era, que amenazaba su tranquilidad, que a veces deseaba no haber mirado el móvil cuando le envié aquel primer mensaje, que le habría gustado tirarlo al otro lado de la habitación y habérselo ahorrado. El rumor grave de su voz y sus movimientos poco profundos… Estaba a punto de desmoronarme, en cualquier momento iba a…

Eli se quedó quieto.

Debajo de él, yo parecía una cuerda de guitarra destensada. Tenía el placer tan cerca y a la vez tan lejos.

—¿Bien? —me preguntó al oído.

Asentí. Mi coño estaba palpitando, hinchado alrededor de su polla.

—Mírame, Rue.

Incliné las caderas hacia él, intentando conseguir la fricción que necesitaba.

—He dicho que me mires.

Parpadeé. El rostro de Eli estaba justo encima del mío, atractivo y familiar. El sudor le goteaba por las sienes, humedeciendo su cabello oscuro. Todavía estaba aturdida y sobreestimulada por tenerlo dentro de mí, pero me quedé observando su expresión severa.

—Buena chica. —Me recompensó embistiendo con fuerza. Mis muslos se crisparon y solté un largo gemido—. Que hagas lo que te digo. ¿Sabes qué premio se les da a las chicas buenas? Yo creo que sí lo sabes.

La sangre me latía con fuerza en los oídos.

—Me alegro de que estés disfrutando. Al fin y al cabo, ese es el objetivo del sexo.

No entendí muy bien a qué se refería, pero él me dobló la rodilla con la palma de la mano y asentí de todos modos. Mi premio fue otro cambio de posición en el que su pubis entró en contacto con mi clítoris. Casi me hizo llegar al límite, pero no del todo, y el ruido que emití fue de pura frustración.

—Eso es exactamente lo que estamos haciendo. Solo sexo, ¿verdad? —me preguntó mientras me daba mordiscos por el cuello.

—Joder… Eli, por favor.

—Por favor, ¿qué? —Se movió para que sus manos se entrelazaran con las mías, y, de repente, estábamos aún más cerca. El fresco aroma de su sudor me inundó las fosas nasales. Su cuerpo era fuerte, pesado, y no quería que se detuviera—. Dime qué es lo que quieres, cariño.

—Quiero que te muevas. Por favor, hazlo.

Se movió, pero, en lugar de hacerlo ayudándose de la pelvis y restregándose, se limitó a meterla y luego sacarla, y esa era la diferencia entre el buen sexo y la más cruel de las decepciones.

—¿Así?

—Eli.

—¿No?

—Sabes que no. Solo…, *por favor*. —A duras penas me reconocía a mí misma. Estaba hecha un desastre por culpa de ese hombre. Y no quería que parase.

—Quieres que haga que te corras, ¿verdad?

Asentí con vehemencia.

—Claro que quieres. —Me dio un beso suave en la boca. Estaba atrapada debajo de él, completamente a su merced mientras se movía dentro de mí de la forma más obscena posible, y, aun así, su beso fue de lo más dulce—. Voy a hacer que te corras todas las veces que quieras, de todas las formas que quieras, pero antes tienes que hacer algo por mí. —Hablaba con un tono de voz tranquilo y decidido, pero sus músculos estaban tensos y no estaba más lejos de acabar que yo.

—¿El qué?

—Quiero que me mires a los ojos y me digas que esto es solo sexo.

Me quedé paralizada.

—¿Qué?

—Ya me has oído. —Su voz era amable. Noté otro beso contra mi mejilla—. Dime que lo único que hay entre nosotros es sexo y haré que te corras. —Se apoyó en los codos y dio un par de empujones superficiales y experimentales. Se le desencajó la cara por el placer y paró—. Solo tienes que decirlo.

—Eli.

—Vamos. —Me dedicó una mirada paciente—. Solo dilo.

—¿Por qué?

—¿Por qué no?

No estaba segura. Contraje mis músculos alrededor de su miembro, esperando que empezara a moverse de nuevo. Eli pareció abrumado y muy tentado por un momento, pero se recuperó después de morder la almohada y gruñir contra ella.

—De nuevo, buen intento —exhaló.

—Solo quiero que…

—¿Pare? Porque estas son tus dos únicas opciones. Paro ahora mismo o continúo después de que digas lo que tienes que decir.

Lo miré confundida, pero su rostro era inescrutable. La idea de que mi cuerpo dejara de estar en contacto con el suyo me parecía odiosa. Mi piel sentiría mucho frío sin su calor.

—¿Qué problema hay, Rue? —Sus dedos se enredaron con los míos, las palmas a ras las unas contra las otras. Sonaba casi… Cuanto más me veía dudar, más tierna se volvía su mirada. Su voz se redujo a un murmullo—. No puede ser una elección tan difícil, ¿no?

Claro que no. No lo era. Pero me había llevado al límite, y sin él dentro o encima de mí, nunca iba a poder alcanzar la cima. Me costaba pensar con claridad, hasta tal punto que la única respuesta posible en ese momento era ser sincera.

—No quiero decirlo —repliqué con voz ronca—. No quiero.

—Ah. —No parecía sorprendido—. Entonces, ¿paro? —Negué con la cabeza—. En ese caso, vamos a introducir una tercera opción. Explícame por qué. —Sus labios se curvaron en una sonrisa amable. Fuera lo que fuese aquel juego, me estaba ganando. Me daba cuenta incluso sin saber cuáles eran las reglas—. Si me explicas por qué no quieres decirlo, me pasaré el resto de la noche follándote. Voy a dedicar el resto de mi vida a hacer que te corras tan fuerte que los dos perderemos la cabeza.

—¿Por qué haces esto?

Se rio en silencio antes de darme otro beso, y esta vez fue lento e interminable, minucioso como solo Eli podía serlo. Me arqueé contra él, temblando. Pero entonces el beso terminó y no obtuve respuesta. En su lugar, Eli apoyó su frente contra la mía.

—Mi triste y preciosa Rue, tú siempre detrás de tu fortaleza.

Su tono era tan desgarrador que no pude seguir manteniendo los ojos abiertos. *Te odio,* pensé justo cuando una única lágrima me brotaba del ojo y descendía hasta la sien. *Como nunca antes he odiado a nadie.*

Me había dado tres opciones para elegir. Una era insoportable. La otra me parecía visceralmente mal. Y la última…, la última implicaba explicar algo que ni yo misma entendía.

Me obligué a abrir los ojos, encontré los de Eli y elegí una cuarta.

—No es solo sexo —dije. En el silencio de la habitación, mi voz sonaba como un cristal roto—. Pero no…, no sé por qué, y no…

El beso con el que me silenció fue nuclear. Durante unos largos segundos ambos nos convertimos en fieras, dos animales suspendidos en el tiempo, pausados. Solo estábamos Eli y yo, respirándonos mutuamente, intentando estar lo más cerca posible.

—No te preocupes, cariño —me susurró al oído—. Ya lo descubrirás. Yo te ayudaré, ¿vale?

Cuando empezó a moverse de nuevo dentro de mí, mi cuerpo se encendió con la fuerza de una bomba atómica. Y, menos de medio minuto después, me corrí tan fuerte que mi visión se oscureció.

34

TERRITORIO DESCONOCIDO

RUE

Me desperté al amanecer, acurrucada en el pecho de Eli. El sexo había durado horas, pero no recordaba cuándo había terminado ni en qué momento había tomado la decisión consciente de quedarme a dormir. Poco importaba: después de lo que había admitido aquella noche, ya no necesitaba hacer acrobacias mentales para justificar que durmiese en su casa.

Me liberé con cuidado y me puse los pantalones cortos mientras lo contemplaba. Estaba de lado, con el torso desnudo y solo medio cubierto por la sábana. Su pelo era una hermosa y caótica pesadilla. Pensé en acariciárselo con la mano, y el impulso fue tan difícil de resistir que tuve que obligarme a apartar la mirada.

Mi móvil me informó de que era pronto, lo bastante como para que todavía no fuera del todo de día, pero tenía un laboratorio reservado para esa mañana y no podía presentarme oliendo a sexo y a Eli. Con un último vistazo y la sensación imperiosa de que debía quedarme, bajé las escaleras.

En cuanto me alejé de Eli, un terror insidioso me invadió. Me dolía el estómago. Me pesaban los huesos. Algo denso se solidificó en mi pecho, y cuanto más me alejaba de ese dormitorio, más pesado se hacía.

Lo que él y yo teníamos no era solo sexo. Él lo sabía y yo también. Y ahora… ¿ahora qué? ¿Qué hacía la gente cuando reconocía que tenía algo, a *alguien,* que perder? ¿Qué se esperaba de mí? ¿Y si Eli decidía que no quería estar conmigo?

Era territorio desconocido, y me invadieron el miedo y las náuseas.

Cálmate, me dije respirando hondo. *Vete a casa. Date una puta ducha.*

Tiny me acompañó somnoliento hasta la puerta principal. Me miró con ojitos esperanzados y, antes de salir, casi sin darme cuenta, extendí la mano. Me costó tres intentos, pero conseguí darle una torpe palmadita en la cabeza y, para mi sorpresa, no salió del todo mal. Movió la cola con alegría y yo sonreí. Al final resultaría que había esperanza para mí.

No me fijé en el amanecer hasta que estuve en el coche. Hacía meses, quizá años, que no veía uno. La luz dorada me invitaba a volver a casa y bañaba la calle con un resplandor cálido y sutil. Me escocían los ojos, como si no pudieran contener las emociones de los últimos días. Habían sido muchas, y algunas muy confusas. Tuve que darme un golpe con el puño en el esternón antes de arrancar el coche.

Estaba a unos cinco minutos de casa cuando sonó el móvil.

El huso horario de Nueva York solo iba una hora por delante, pero Nyota era de esas personas devotas del «A quien madruga Dios le ayuda» y, a primera hora de la mañana, solía estar ya sentada en su despacho (o tambaleándose de vuelta a su piso después de una noche en la discoteca). Aun así, no recordaba la última vez que había recibido una llamada suya a una hora tan extraña.

—¿Tisha está bien? —le pregunté nada más contestar.

—Espero que sí. Más vale que no esté muerta, porque tengo cero tiempo para ir a esparcir sus cenizas a algún lugar importante y recóndito. Si hay que escalar una montaña o alquilar un barco, tendrás que encargarte tú.

—Por supuesto.

—Bien. Considera esto un acuerdo legalmente vinculante, porque pienso obligarte a cumplirlo. —Parecía muy satisfecha—. ¿Has podido darle esos informes a Harkness?

—Sí. Muy amable por tu parte llamar para comprobarlo a las... —miré el reloj del salpicadero— seis y cuarenta y dos de la mañana.

—Ya, pero no llamaba por eso. ¿Qué es ese ruido? ¿Estás conduciendo?

—Sí.

—Vale, bueno... —Hubo una pausa. Nyota suspiró y sentí un retortijón de alarma en el vientre—. Creo que deberías parar. Tengo algo muy importante que decirte, y es bastante jodido.

35

NO PUEDES TENER LAS DOS COSAS

ELI

Eli estaba tan aturdido que hasta su puto perro lo encontraba exasperante.

—Lo sé, lo sé. No es lo ideal —le dijo a Tiny durante su paseo matutino, y es que no podía evitar mirar todo el rato hacia atrás con expresión desolada, como preguntándose adónde había ido su nuevo ser humano favorito—. Volverá pronto.

Sin duda iba a intentar traerla de nuevo esa noche. Y tal vez no sería muy difícil, porque ella había reconocido que quería estar con él. Él lo sabía y Rue también. Juntos eran diferentes. Nunca antes les había pasado y nunca más les volvería a pasar, sospechaba Eli. La noche anterior, por fin, ella les había concedido una oportunidad, por pequeña que fuera.

—Confía en mí —le dijo a Tiny cuando vio que no dejaba de mirarlo con ojitos de cachorro—. Y ya está bien de tanto suspirar. No hay que perder la dignidad.

Tenía toda la mañana programada con reuniones fuera de la sede y salió indemne de todas ellas.

—¡Eli! ¿Cómo es que tienes mucho mejor aspecto que de costumbre? —le preguntó Anton cuando atravesó el vestíbulo de Harkness.

Eli consideró la posibilidad de despedirlo en el acto ante aquel insulto implícito, pero el papeleo habría retrasado su único y verdadero objetivo: mandarle un mensaje a Rue.

Al final tuvo que posponerlo de todos modos porque Hark le hizo un gesto impaciente a través de la ventana de cristal de una sala de reuniones.

—¿Qué tal si coges el puto teléfono de vez en cuando? —le preguntó antes de que Eli hubiera cerrado la puerta.

—He tenido reuniones.

—¿Y después de terminar las reuniones?

—Entonces solo lo cojo dependiendo de lo molesta que sea la persona que llama. ¿Estás realizando una encuesta sobre los hábitos de uso de los dispositivos electrónicos o tienes algo que decirme?

—Se trata de Kline —dijo Minami. Eli se fijó en ella y Sul por primera vez desde que había entrado. Vio que no tenían buena cara.

La tensión de la habitación acabó con su buen humor.

—¿Qué ha pasado?

—Los documentos que nos dio tu novia —dijo Hark. Un minuto antes, esas palabras le habrían hecho sonreír. Sin embargo, el tono de Hark no auguraba nada bueno—. Los abogados los han revisado.

—¿Ya?

—No les ha llevado mucho tiempo. Nos envió justo lo que necesitábamos.

Así de buena era su chica.

—¿Y?

La boca de Hark se curvó en una sonrisa.

—Florence está jodida, Eli. Está por debajo de los índices, los balances financieros que hemos auditado bien podrían haberse escrito con lápices de colores en el menú de un restaurante y se ha sacado quince planes de contingencia de la puta manga. Pero ¿sabes qué es lo mejor?

Eli negó con la cabeza.

—La cláusula de insolvencia. Si Kline es incapaz de cumplir con sus obligaciones económicas o de pagar la deuda, el prestamista tiene derecho a convertir la deuda en capital… o reclamar la propiedad.

—Eso ya lo sabíamos.

—Pero no sabíamos lo mal que estaba Kline. Y que ni de coña va a conseguir solvencia antes de que acabe el primer cuatrimestre.

—Eso significa el treinta de junio —dijo Eli, aunque no era necesario, ya que todos los presentes lo sabían.

—Menos de una semana, Eli. —Hark sonrió—. Ya lo tenemos. Ya casi es nuestro.

—Hay más —interrumpió Minami. Sonaba incomprensiblemente cautelosa. Eli sintió un hormigueo de alarma en el cuero cabelludo.

—¿Qué?

—Pues… —Su amiga se mordisqueó el interior de la mejilla—. Florence sabe que está metida en un buen lío. Puede que incluso sepa que Rue nos ha dado los informes. No lo sé, pero el caso es que es consciente de que su única opción es devolver el préstamo antes de que acabe el trimestre.

—Da igual —interrumpió Hark—. Es imposible que pueda reunir suficientes fondos.

—Cierto —coincidió Minami sin dejar de mirar a Eli—. Es imposible. Pero eso no impedirá que lo siga intentando, y, como ha agotado la mayoría de sus vías, la única forma que tiene de generar efectivo es vendiendo activos de la empresa.

Eli arrastró una silla y se sentó al lado de Hark, frente a ella.

—No puede vender la tecnología del biocombustible. Es la garantía del préstamo. Así que, si eso es lo que te preocupa...

—Eso no es lo que preocupa a Minami —dijo Sul, y el cosquilleo de Eli se agudizó. Reinaba un ambiente raro en la sala. A su lado, Hark rebosaba emoción. Los otros dos, sin embargo, parecían preocupados—. Hay otros activos con los que Florence está negociando.

—¿Por ejemplo?

—Proyectos paralelos. Como la patente de recubrimiento microbiano de Rue.

—No puede hacer eso. Ya lo hablé con Rue. Firmaron un acuerdo por escrito en el que se estipulaba que ella conservaría la propiedad intelectual de cualquier tecnología que... —se quedó callado a media frase. Las miradas de Minami y Sul eran imposibles de malinterpretar—. No. Es imposible. —Minami se limitó a asentir—. Firmaron un *contrato*.

—Que nunca llegó a ser ratificado por la junta.

Eli se pellizcó el puente de la nariz.

—Joder.

Pensó en Rue la noche anterior, en la última vez que se habían acostado. La forma en que se movía, lenta y grácil, contra él. Su risa ahogada mientras él enumeraba todo lo que le gustaba de ella, hasta el detalle más insignificante y bochornoso. Cómo se había dormido en sus brazos, serena y confiada.

Sintió náuseas.

—El contrato no vale más que el papel en el que está impreso —dijo Sul—. Florence puede vender la patente, y lo hará. Tiene un comprador.

La sala se sumió en un tenso silencio. Eli se inclinó hacia delante.

—¿Rue está al tanto de esto?

—Lo dudo. Se ve que no se molestó en consultarlo con un abogado ni en cuestionarse si todo aquello era verdad aun conociendo a Florence. No parece muy lista —soltó Hark. Eli giró la cabeza, dispuesto a mandar diez años de amistad a la mierda, pero cuando sus miradas se cruzaron, Hark puso cara de modestia—. Me recuerda a tres idiotas que conozco.

—¿Cómo sabemos lo del comprador?

—Por pura suerte —respondió Hark—. El comprador es NovaTech. Y el hermano de Hector Scotsville es el director técnico de la empresa. Me reuní con Hector esta mañana para repasar algunos temas de agrotecnología y, como sabe que estamos vinculados con Kline, me lo comentó pensando que me haría gracia la coincidencia.

—Joder.

—Florence lleva unas cuantas semanas negociando con los compuestos y las tecnologías de Kline. Según

Hector, la del recubrimiento microbiano no estaba encima de la mesa hasta hace muy poco.

—Quizá Florence sabe que Rue nos ha dado los informes —intervino Minami—. ¿Es posible que sea una especie de castigo?

—Sí, es posible. —Eli se pasó una mano por el pelo—. Tuvieron un... enfrentamiento. Eso podría haber convencido a Florence de seguir adelante con la venta. Pero ¿quién coño compra una patente que ni siquiera está registrada todavía? ¿Por qué la quiere NovaTech?

—Es una empresa de envasado —dijo Sul.

—O sea, que solo quieren deshacerse de la competencia.

Hark le dio una palmada en la espalda.

—Bingo.

Eli sacudió la cabeza. Qué día. Qué puto día. Había empezado tan bien. Menuda bofetada de realidad ver cómo se habían girado las tornas de repente.

—NovaTech va a comprar el trabajo en el que Rue lleva años investigando y luego lo destrozará para poder seguir vendiendo sus envases. Y todo porque Florence mintió a Rue con un contrato que nunca llegó a ser vinculante.

—Buen resumen. Es una putada por parte de Florence, pero es legal. Esa parece ser su especialidad —añadió Hark—. No va a conseguir recaudar fondos suficientes para recomprar el préstamo ni aunque encuentre un comprador para cada una de las tecnologías de las que dispone Kline. Pero la fecha límite se acerca, y va a ser divertido quedarnos sentados mientras vemos cómo lucha hasta el final para acabar montando un puesto de limonada con...

—No vamos a hacer eso —lo interrumpió Eli.

Hark se quedó anonadado.

—¿No vamos a...?

—No vamos a quedarnos sentados. No vamos a dejar que venda la patente de Rue. Una vez vendida, se acabó. Incluso si después conseguimos hacernos con Kline, ya no podremos revertir el trato.

Sul lo miró pensativo. Minami y Hark, en cambio, solo destilaban una combinación entre perplejidad y lástima.

—No creo que esté en nuestras manos detenerla —dijo ella con suavidad.

Eli se puso de pie.

—¿Y si ponemos las cartas sobre la mesa? Le decimos a Florence que tenemos los informes. Que sabemos que no ha cumplido. Podríamos intentar negociar con ella, ofrecerle más tiempo a cambio de que no venda la patente de Rue, por ejemplo.

—Espera un momento. —Hark también se puso en pie—. ¿Estás teniendo un ictus y se te ha pasado avisarnos?

Eli se lo quedó mirando.

—Porque parece que estás diciendo que deberíamos renunciar a nuestra ventaja estratégica, una ventaja que podría suponer hacernos con Kline en cuestión de semanas, para impedir la venta de la patente de Rue Siebert. Rue es una mujer muy maja, sin duda, pero también alguien a quien conocemos desde hace como cinco putos minutos, y me alegro de que acostarte con ella te esté sentando tan bien...

—Hark —lo amonestó Minami.

—... pero no tengo muy claro por qué el hecho de que a *ti* se te haya ido la olla con ella tenga que implicar que *nosotros* la debamos tener en cuenta a la hora de tomar decisiones que afectarán a unos planes por los que llevamos años trabajando.

—No lo haremos porque a mí se me haya ido la olla con ella —replicó Eli apretando los dientes—. Lo haremos porque es lo correcto.

—No es de nuestra puta incumbencia. —Hark se acercó un paso. Eli hizo lo mismo—. No le debemos nada a Rue Siebert. *Tú* no le debes nada a Rue Siebert. No me digas que, después del infierno que tuvimos que pasar, estás dispuesto a poner en peligro todo esto por ella. ¿Acaso le importas una mierda?

—Eso es irrelevante. Lo que Florence está a punto de hacerle es exactamente lo mismo que nos hizo a nosotros hace una década.

—¿Y qué? Por el amor de Dios, si tanto la quieres, cásate con ella. Hazla la madre de tus hijos. Cómprale una casa con treinta habitaciones y un laboratorio privado donde pueda jugar y desarrollar veinte patentes más. Lo que no puedes hacer es comprar su amor con nuestros sueños. —Hark había hablado bastante alto, pero en ese momento bajó la voz y puso un tono amenazador para decir—: No puedes tener las dos cosas, Eli. O te quedas con Kline o te quedas con la patente de Rue. ¿Cuál eliges?

36

LA HISTORIA MÁS TRÁGICA

RUE

Puede que la metralleta de preguntas que Tisha le estaba haciendo a Nyota y las consiguientes respuestas cortantes de esta en medio de aquella discusión entre hermanas fueran motivo suficiente para ponerme de los nervios. Sin embargo, esa escena tan familiar me aportaba paz, me anclaba a la realidad más que cualquier otra cosa desde la llamada que había recibido aquella mañana.

—Solo digo que no entiendo cómo un contrato que ha sido *firmado* por ambas partes puede *no* ser válido.

—Y yo solo digo que, igual que *yo* asumo mi falta de conocimientos en la materia y no voy a decirte que las pipetas hay que metérselas por el culo, *tú* podrías asumir que no has estudiado nunca derecho y, por tanto, tener ese mismo detalle conmigo.

—Ah, claaaaro, y si tanto entiendes de derecho, ¿por qué no te has dado cuenta de que el contrato de Florence no era vinculante hasta ahora?

—Pues porque, por mucho que te sorprenda, soy una abogada concursal que se dedica a esto y cuya principal fuente de ingresos proviene de cobrarle a gente rica cantidades obscenas de dinero por una cantidad ínfima de mi tiempo, no de revisar el puto contrato de la puta amiga de mi puta hermana. Te doy unos segundos para que lo proceses.

—Escucha, pedazo de…

—Me había olvidado por completo del contrato y había hecho sitio en mi cerebro para, no sé, cosas que necesito saber para ganar juicios, por ejemplo, hasta que Rue me contó lo que Florence les había hecho a los de Harkness. Ahí empecé a sospechar.

—¿Ha sido culpa mía? —pregunté en voz baja. Mi despacho se sumió en el silencio.

Las dos hermanas me miraron. Tisha, preocupada, y Nyota, inusitadamente dispuesta a renunciar a sus burlas habituales en favor de mostrar empatía.

—No —dijo con firmeza desde la pantalla del móvil—. Bueno, sí. Pero eras una joven universitaria, lo que a menudo se traduce en «terriblemente ignorante sobre cualquier tema que tenga un mínimo impacto real en la vida». Para ser sincera, es probable que sigas siendo así. Ignorante, me refiero. No joven. Las dos estáis decrépitas…

—¿Por qué te lo tomas tan bien? —la interrumpió Tisha frunciendo el ceño—. No es que esperara una reacción histriónica o que te echaras a llorar, pero esta muestra de resiliencia es insólita incluso para ti.

Me obligué a encogerme de hombros. Decir «porque les hizo lo mismo a Eli y Minami» me resultaba demasiado deprimente.

—Si te sirve de consuelo, como Florence sabía que no tenía derecho a otorgarte la propiedad de la patente, aún puedes demandarla según lo que gane la empresa con la venta —dijo Nyota en voz baja.

Pero a mí no me importaba el dinero, o me importaba lo mínimo que te puede importar cuando has crecido siendo pobre. Ya de niña sabía que la razón de mi infelicidad, del hambre y de la soledad no era la falta de dinero. El dinero era el intermediario, lo que se interponía entre mi miserable vida y la comida decente, la ropa, las oportunidades. Las oportunidades que me permitirían salir de casa y convertirme en otra persona.

Mi proyecto, sin embargo, había tenido un significado para mí. Lo había acunado y alimentado con la creencia de que podría ser importante para alguien algún día. Pero el contrato no era válido porque había confiado en la persona equivocada.

Qué tonta. Simplemente, qué tonta.

¿Era así como Eli se había sentido años atrás? ¿Esa aplastante combinación de vergüenza, resentimiento y resignación?

—¿Hay alguna forma, legal, a poder ser, de arreglar esto?

—Quizá… —Nyota hizo una mueca con los labios—. Lo más probable es que no, pero no soy la persona más indicada para aconsejarte. Estoy encantada de ayudar en lo que pueda, pero no estoy especializada en patentes. Puedo preguntarle a mi amigo Liam; él está mucho más al día, aunque acaba de tener un hijo y está de baja por paternidad. —Se rascó la cabeza, pensativa—. Supongo que podrías hablar con Florence con la esperanza de que haya sido un error. Quizá sea verdad que se olvidó de realizar el último trámite después de firmar el contrato y esté dispuesta a rectificar. Pero también es posible que, al enfrentarte a ella, le confirmes que la patente es suya, lo cual podría utilizar en su propio beneficio. Deberíamos pensarlo muy bien, porque un paso en falso podría... ¿Rue? ¿A dónde...? Tish, ¿a dónde coño va tu amiga?

Las voces de Nyota y Tisha se fueron desvaneciendo mientras salía del despacho y caminaba por el pasillo. Rara vez era impulsiva, pero ese día, desde luego, no tenía planeado cruzar Kline de esa forma ni acabar delante del despacho de Florence llamando a la puerta.

—Ahora no —oí que decía Florence desde dentro.

Abrí la puerta igualmente. Y cuando vi quién estaba sentado frente a ella, en la silla que yo había reclamado como mía desde hacía años, se me encogió el corazón.

—Rue —dijo Florence—, estoy en una reunión. Podrías por favor...

—¿Qué haces aquí? —le pregunté. No a Florence.

La sonrisa de Eli no se veía reflejada en sus ojos.

—Encantada de verla, doctora Siebert. Estoy de maravilla, gracias por preguntar. ¿Y usted?

—¿Qué haces aquí? —repetí.

—Estoy charlando con una vieja amiga.

Mis ojos se desviaron hacia Florence, que parecía tan serena como siempre salvo por su mano derecha, que apretaba tan fuerte un lápiz que me pregunté si ya estaría partido en dos.

—Eli, ¿qué haces...?

—¿Aquí? No te preocupes, ya me voy. —Se puso de pie. La sonrisa que le dedicó a Florence era despiadada, todo lo contrario de las que Rue había recibido en esos últimos días—. ¿Qué tal si me acompañas a la salida, Rue?

—Tengo que hablar con Florence.

—Por supuesto. Pero mejor después de ponernos al día. —Me apretó el codo—. Estoy seguro de que Florence estará aquí todo el día, a tu servicio.

Ella nos estaba mirando a los dos con el ceño fruncido. Esta situación social me resultaba completamente indescifrable.

—No entiendo qué está pasando —murmuré.

Esta vez, la sonrisa de Eli era más parecida a las suyas habituales: cálida y burlona. Solo para mí.

—No te preocupes —susurró con suavidad. Luego, se volvió hacia Florence—. Dime algo antes de esta noche.

Me puso una mano entre los omóplatos y me empujó para que saliera del despacho. Antes de que pudiera hacer más preguntas, me cogió de la mano y me guio hasta una sala de reuniones vacía. Una vez estuvimos dentro, no me soltó. Sus dedos me acariciaron la muñeca y se cerraron alrededor de mi brazo. Me miró fijamente, absorbiéndome, y un calor me inundó el pecho.

—Rue —dijo con apremio—, necesito saber para qué ibas a ver a Florence.

—¿Por qué?

—Porque te lo estoy preguntando.

—Yo… —Tragué saliva. Abrí la boca para explicárselo, pero entonces un terrible remolino de desconfianza se enroscó en mis entrañas. *Está con Harkness. Están a punto de hacerse con Kline. Están a punto de hacerse con tu paten-te*—. ¿Por qué quieres saberlo?

Entrecerró los ojos y se inclinó hacia mí.

—Porque estoy de tu lado. ¿No te parece razón suficiente?

Tras una pausa, asentí. Era verdad. Eli estaba de mi lado. Había demostrado ser un buen amigo una vez tras otra. Aunque asociarlo con esa palabra me resultara banal y a la vez demoledor.

¿Pero acaso Florence no había sido mi amiga también? Últimamente me había equivocado mucho. Estaba claro que mi historial a la hora de elegir en quién depositar mi confianza no era el mejor.

—Mi proyecto. El recubrimiento microbiano —le dije.

—La patente está a nombre de Florence.

Parpadeé.

—¿Cómo lo sabes? —Me sostuvo la mirada sin contestar, así que continué—: Quizá…, quizá sí tenía intención de ratificar el contrato ante la junta y se le olvidó. Puede que solo fuera un descuido. Hablaré con ella y…

—Venga ya, Rue. —Me apretó un poco el brazo, como si quisiera despertarme— Sabes que no fue así.

Tragué saliva.

—Es mi única opción, Eli. Tengo que pedirle a Florence que lo arregle y confiar en que lo haga.

—Escúchame con atención. Florence ha estado vendiendo activos de propiedad intelectual para reunir fondos y recomprar el préstamo. Y ya tiene un comprador para tu patente.

Se me hizo un nudo en la garganta. Así que ya estaba acabada.

—Necesito… Necesito hablar con Nyota. —Intenté marcharme, pero Eli no me soltó.

—No, tienes que escucharme. —Su tono era serio, pero también amable y tranquilizador. Eso no evitó que me entrara el pánico.

—Pero…, pero tengo que hacer algo.

—Ahora mismo, no. Ahora mismo, solo tienes que dejarlo estar.

—¿Dejarlo estar? —Parpadeé incrédula.

—Estoy en ello, Rue, y te prometo que voy a solucionarlo. Por ti. Voy a asegurarme de que conserves tu patente. A cambio, necesito que me prometas que no te enfrentarás a Florence todavía y que intentarás pasar desapercibida durante un par de días. Estoy con las negociaciones y es importante que confíes en mí.

Me entró más pánico.

—Pero… ¿en serio me estás pidiendo que espere sin hacer nada mientras existe la posibilidad de que ella venda mi patente?

—Sí. Porque no hay nada que puedas hacer.

—¿Pero tú sí puedes hacer algo?

—Así es.

Di un paso atrás y su mano se deslizó hasta mi codo.

—Eli, sabes lo mucho que esta tecnología significa para mí.

—Lo sé. Y tú sabes cuánto significaba para mí la tecnología del biocombustible.

Rebobiné.

—Espera. ¿Conque es eso? ¿Quieres que pase por lo mismo que tú? ¿Quieres mantener esta especie de ciclo de robos?

—Eso no es lo que… —Se pasó una mano por el pelo con frustración—. Voy a cuidar de ti. Estoy aquí para ayudarte.

Sin embargo, me sentía más mareada que después de un salto con giro doble. Todo iba muy rápido y yo me veía incapaz de seguir el ritmo. Lo único que podía procesar era el miedo a que me quitaran mi trabajo.

—Harkness es la razón por la que estoy en esta situación —señalé.

La expresión de Eli se endureció.

—No, *Florence* es la razón por la que estás en esta situación. Puede que Harkness lo haya precipitado todo, pero no te hablo en nombre de nadie más que de mí mismo. Eres la científica que yo nunca podría llegar a ser, y por eso te tengo un inmenso respeto, pero aquí el que entiende de tratos soy yo. Déjame negociar por ti. Déjame cuidar de ti.

Mi cerebro sopesó el revoltijo de posibilidades. Era Eli. Podía confiar en él, ¿verdad?

También confiabas en Florence.

—¿Cómo…? ¿Cómo sé que no lo dices únicamente porque Harkness también quiere quedarse con mi patente?

Por un segundo, me pareció que estaba al borde de la exasperación, pero vi un destello de compasión en su mirada.

—Sé cómo te sientes. Te estás preguntando cómo coño has acabado en esta situación. Por qué confiaste en una persona capaz de hacerte algo así. Te estás cuestionando todo lo que has hecho en los últimos años y preguntándote si hay algo malo en ti. Estás enfadada porque Florence era tu amiga y confiabas en que estaba ahí para darte algo más que un sueldo o un espacio en un laboratorio. Lo entiendo. Créeme, he pasado por lo mismo. —Me miró como si estuviéramos al borde de un precipicio y me hubiese pedido que le cogiera la mano—. Rue, necesito que te des cuenta de que yo no soy como ella.

—Eli, me… —Se me hizo un nudo en la garganta. Estaba confusa. Abrumada. Y él debió de notarlo, porque su voz se volvió aún más suave.

—Tú misma lo dijiste: lo nuestro no solo es sexo. —Su sonrisa era esperanzadora. Alentadora—. Estoy aquí para lo que necesites. Puedes confiar en mí.

¿Pero realmente podía? ¿*Debía* confiar en alguien? ¿Podía recordar alguna vez en mi vida en que un voto de confianza no hubiera terminado en decepción? ¿Por qué iba a ser diferente con Eli?

—¿Por qué quieres…? ¿Por qué quieres hacer esto por mí?

Al fin me soltó el brazo y, por una fracción de segundo, me pregunté si al final se había hartado de mí. Si hasta aquí había llegado. Pero no se prolongó más de lo que dura un latido, porque, un instante después, volvía a tenerlo cerca, con las manos acariciándome el rostro, los pulgares rozándome las mejillas y los ojos clavados en los míos.

—¿Tú por qué crees, Rue?

Parpadeé y dejé que su pregunta deambulara por mi cabeza, incapaz de dar con la respuesta que tenía delante. Me observó con paciencia, esperando una contestación, fuera cual fuera. Y, al ver que no llegaba, vi como algo se desvanecía en su mirada.

Se inclinó hacia mí y apoyó la frente en la mía. Aquella cercanía era celestial.

—¿Quieres que te cuente una historia, Rue?

Asentí al instante. Necesitaba algo, cualquier cosa que me ayudara a entender.

—Hark y Minami rompieron hace más de diez años, pero él nunca lo ha superado. Nunca. Yo no lograba entender por qué no pasaba página cuando era evidente que ella sí lo había hecho. «Yo jamás haría algo así», pensaba. Estaba segurísimo. Y entonces, Rue, te conocí. Llegaste y, como si nada, partiste mi vida en dos: el antes y el después de ti. —Esbozó una sonrisa. Por un momento pareció realmente feliz—. De todas las personas que he conocido, de las cosas que he deseado, de los lugares en los que he estado, ninguno me ha parecido tan necesario como tú. Porque te quiero. Te quiero de una forma que no creía ser capaz de sentir. Te quiero porque me has enseñado a enamorarme. Y no me arrepiento, Rue. No querría que fuese de otra manera. Aunque nunca llegues a corresponderme. Aunque nunca vuelvas a pensar en mí después de hoy. Aunque al final resulte que tenías razón y no seas capaz de amar.

Me soltó y volvimos a estar en el precipicio. Sin embargo, esta vez nuestras manos se habían soltado y yo estaba en caída libre. Ya estaba rota, o pronto lo estaría.

—¿No es esta la historia más trágica que has escuchado?

No fui capaz de articular palabra, pero dio igual. Eli abandonó la sala de reuniones después de asentir una única vez con la cabeza. Sentí que aquella era la despedida más profunda que había existido jamás. Me quedé inmóvil durante mucho, muchísimo tiempo, intentando que mi cuerpo recordara cómo respirar.

37

LOS AMIGOS QUE HEMOS IDO HACIENDO
POR EL CAMINO

ELI

Minami lo encontró sentado en una de las sillas mecedoras del porche trasero, las que Maya había comprado de segunda mano y restaurado el verano anterior, en el tiempo que tuvo entre que acabó la carrera y empezó el máster, cuando quiso encontrar un proyecto con el que despejar la mente. El sol estaba a punto de ponerse, el cielo era una mezcla de tonos azules, dorados y anaranjados, y Eli pensó que era una buena forma de poner punto final a aquel día tan largo, caótico y emotivo en el que tantas cosas habían llegado a su fin.

—¿No hace un calor horroroso para estar fuera?   le preguntó Minami.

Él levantó la botella y sonrió.

—La cerveza está fresquita y rica.

—Dios, qué envidia.

—Tómate una tú también.

—No puedo.

—Sí que puedes. Están en la nevera.

—No, Eli. No puedo.

Él frunció el ceño, confuso. Entonces cayó en la cuenta y se le salieron los ojos de las órbitas.

—Hostia puta.

—Sí.

—¿De verdad?

—Sí, sí.

—¿Cuándo te…? Cuando dijiste que estabas enferma, en realidad…

—No lo estaba. Bueno, estaba vomitando hasta la primera papilla, pero no por la razón que pensabas.

No lo creía posible, y menos después de esas últimas horas, pero empezó a reír de felicidad. Se levantó y le dio un enorme abrazo a Minami.

—Madre mía. Guau.

—Estamos muy contentos —dijo ella contra su camiseta.

—No me extraña. —Él sacudió la cabeza, asombrado—. Vais a ser unos padres fantásticos. E insoportables.

—Lo sé. Y tú vas a ser un tío increíble que la va a mimar demasiado y que va a socavar nuestra autoridad.

La. Era imposible que Minami ya lo supiera, pero a Eli le gustaba la idea de que fuera una niña.

—No me conformaría con menos. —Se echó hacia atrás. Contempló su sonrisa y sus ojos brillantes—. Deberíamos celebrarlo. ¿Te apetece una cerveza fría?

—Que te den. —Minami se dejó caer en la silla, suspirando de placer mientras se hundía en los cojines.

—Creo que Maya tiene cerveza sin alcohol en algún lado.

—Ah. ¿Tienes helado de vainilla?

—Podría ser.

—Daría a mi primogénita por un batido con helado de vainilla.

—Nah. —Eli le hizo un gesto con la mano—. Te la puedes quedar.

Cinco minutos después volvió con el primer batido de helado que preparaba desde hacía más de dos décadas. Minami lo aceptó con una sonrisa y, mientras él acercaba otra silla, le preguntó:

—¿Tienes idea de lo cabreado que está Hark?

—¿Por lo del bebé?

—Uy, no, aún no lo sabe.

—¿El plan es no contárselo hasta que estés de parto en los baños mixtos de Harkness?

—Solo si entra mientras el bebé está asomando la cabecita. Me refería a lo cabreado que está por el trato que hemos hecho con Florence.

Eli exhaló.

—Apostaría que está afilando los cuchillos de cocina.

—Y estarías en lo cierto.

Eli dio el primer sorbo de la cerveza que se acababa de abrir. El ambiente de trabajo iba a ser una mierda durante un tiempo.

—Por desgracia, no lo expresa —continuó Minami—. Ojalá se enfadara un poco conmigo. O me insultara. O me dijera que soy una traidora, que le he despojado de su única razón de vivir, que me merezco que Florence me quitara lo que me quitó. Ya sabes, las típicas mierdas dramáticas y exageradas que siempre suelta cuando se enfada y su acento se vuelve ininteligible.

—Ya, me suena —contestó él.

—Pero, en vez de eso, ahora se dedica a mirarnos con mala cara. Y a ser exageradamente educado. Como cuando le dije que Sul y yo íbamos a casarnos. Esperaba una reacción explosiva y lo único que me encontré fue una tostadora de cuatrocientos pavos.

—¿Qué coño…? —Eli arqueó una ceja—. ¿Es que lleva diamantes incrustados?

—No. Se parece a la tostadora de veinticinco dólares que tenía cuando iba a la universidad.

—Puto capitalismo. —Resopló—. No te preocupes, esta vez no ha sido cosa tuya. He sido yo quien ha priorizado a Rue antes que a Kline. Es conmigo con quien está cabreado.

—Ya, pero mi voto ha sido decisivo. Me he puesto de tu parte. —Aspiró una cantidad impresionante de helado con la pajita—. ¿Cómo sabías que te apoyaría, por cierto?

El caso es que no lo sabía. No tenía ni idea de qué iba a pasar cuando Hark les pidió que sometieran el asunto a votación. Lo que sí sabía era que Rue iba a perder algo que significaba mucho para ella, y no estaba dispuesto a aceptarlo sin luchar.

—¿Sabes lo que pienso? —le dijo a Minami.

—¿Qué?

—Que lo que ha estado a punto de ocurrirle a Rue es tan parecido a lo que Florence nos hizo a nosotros que tampoco tengo claro si él lo habría permitido. Intenta interpretar el papel de imbécil, pero… no creo que hubiese sido capaz de vivir con eso.

—¿Crees que ha contado con que nosotros desestimaríamos sus argumentos? —Eli se encogió de hombros—. Uf. Qué cabrón.

—No tengo pruebas.

—Pues qué *presunto* cabrón.

Eli se echó a reír y se hizo un silencio cómodo que las cigarras y el sonido de la pajita al chupar se encargaron de llenar. Hasta que ella preguntó en voz baja:

—¿Tenemos trato?

Él asintió.

—Los abogados lo están redactando.

—Cuéntame.

—Florence no venderá la patente ni ningún otro activo de la empresa. La patente será de Rue. A cambio, condonaremos el préstamo y nos quedaremos con el sesenta por ciento de las acciones de Kline. Los demás inversores se quedarán con el treinta y cinco.

—¿Y ella…?

—Se queda con el cinco por ciento. Que es un cinco por ciento más de lo que se merece. Y le permitimos que siga siendo la directora general. También ocuparemos tres de los cinco puestos que forman el consejo y tendremos derecho a mandar observadores cuando este se reúna. Y, como bonificación extra, le he concedido algo más.

—¿El qué?

—No voy a rayarle el coche.

—Muy generoso por tu parte.

—¿Verdad? —Suspiró, preguntándose por el dolor vacío que sentía en el pecho, resistiendo el impulso de masajearse el esternón, de pensar en Rue. Sabía lo que quería de ella desde hacía tiempo, pero verbalizarlo había precipitado los sentimientos y amplificado la forma en que su cuerpo entero la deseaba—. Puede que solo sea un idiota.

—Es probable. ¿Cómo ha sido lo de hablar con Florence cara a cara?

Eli recordó cómo le había sacado los colores al decirle que tenía los informes y la amargura y resignación que mostraba mientras aclaraban los detalles del trato.

—Había intentado imaginarme cómo sería. Qué le diría cuando finalmente volviera a hablar con ella.

—En plan, ¿le habías dado vueltas mientras tenías la típica conversación interna de cuarenta minutos que todos tenemos en la ducha?

Eli la miró desconcertado.

—¿Cuánto tiempo duran tus duchas, Minami?

—Lo normal, déjame.

—Bueno, mientras tenía conversaciones internas respetuosas con el medio ambiente y lejos de la ducha, sí, pensaba en ello. Decidí que quería contarle lo mierdosa que había sido mi vida después de lo que hizo. Explicarle lo de mis padres, lo de Maya. Que tuve que aceptar dos trabajos donde me pagaban el salario mínimo literalmente tres días después de que todo se fuera a la mierda y la completa humillación que supuso fracasar en la única cosa que me importaba. Tenía pensado coger cada momento de miseria, ira y desesperación que los tres habíamos vivido en los diez últimos años, restregárselos por la cara y preguntarle…

—¿No te parece digno de película?

Eli se rio.

—Algo así. Hark y yo hemos hablado de esto varias veces, casi siempre estando borrachos. Siempre me decía que quería hacérselo pagar. Que se sintiese como una tonta por lo que nos había hecho. Y una parte de mí lo entiende, pero la mayor parte solo...

—Solo quiere que ella comprenda el daño que causó. Y puede que recibir una buena disculpa.

—¿Cómo lo has sabido?

—Te conozco, Eli. Eres una persona tan poco mezquina que me da hasta repelús —respondió mientras ponía los ojos en blanco de forma teatral—. Ahora en serio, deberías aprender aunque fuera un poquito.

—No sé. Es que cuando estaba allí, con Florence..., me dio pena. Bastante, además. —Miró los ojos oscuros de Minami. Su cara redondeada, familiar y querida. La inclinación de su barbilla, expectante—. Está sola en este lío en que se ha metido. Ella ha sido siempre su peor enemiga. Si juegas sucio, tus victorias nunca son limpias. Si no hubiera estado negociando con la patente de Rue, podríamos haberla echado de Kline. Nada de un cinco por ciento, nada de mantener el puesto. Pero ni siquiera estoy seguro de que eso importe, porque todo lo que posee se ha construido sobre mentiras, y no ha cambiado. Pero nosotros sí. Y nos hemos apoyado mutuamente.

—Bueno, Hark es probable que necesite un par de semanas para calmarse antes de que podamos estar en la misma habitación sin que nos mire mal.

—Puede que hasta un mes. Pero la cuestión es que todo lo que Florence tiene se lo pueden quitar. Mientras que nosotros hemos construido algo que…

—Por favor, no digas que el verdadero beneficio de la tecnología del biocombustible han sido los amigos que hemos ido haciendo por el camino.

Eli dejó la cerveza sobre la mesita de cristal y la miró fijamente.

—Minami, voy a tener que pedirte que salgas de mi porche y te vayas a la mierda.

Ella dejó escapar un sonido que Eli solo podría haber descrito como un bramido.

—Sul dice que soy graciosa.

—Sul está más untado que una tostada de *foie gras*.

—¿No se supone que el *foie gras* no debe untarse?

—¿Puede?

—McKenzie lo sabría.

—Sí, ella lo sabría.

—Le mandaré un mensaje. Además, no está untado, es que mis ocurrencias son muy graciosas.

—Nunca lo he visto reír.

—Y esa es la razón por la que está enamorado de mí y no de ti. Yo le hago reír. En la intimidad de nuestro hogar.

Eli negó con la cabeza. Rue también le hacía reír. Le hacía desear hacer cosas indecibles por pasar un minuto más con ella. Le hacía ansiar ese silencio cómodo que había entre ellos. Rue le hacía pararse a pensar y, sobre todo, le hacía sentir un anhelo del que no se creía capaz, y quería pasarse el resto de su vida catalogando los motivos por los que ella no debería haber sido la adecuada para él y, sin embargo, se las había arreglado para ser perfecta.

Rue lo había destripado y obligado a renacer. Y si no quería quedarse con el producto resultante de eso...

Pues bueno. A Eli le tocaba aceptarlo.

—Si me lo hubieras preguntado hace dos semanas, te habría dicho que el único final feliz para nuestra historia era con Florence fuera de Kline. Pero ahora... —Los labios de Minami se curvaron en una pequeña sonrisa. A Eli, su perfil le resultaba tan familiar como el de su hermana—. Controlamos el consejo y la tecnología. Creo que al final ha sido lo mejor.

—¿Tú crees?

—Creamos Harkness por venganza y dejamos que el rencor nos alimentara. Ojo, no me malinterpretes; no me arrepiento para nada de este complot que empezamos hace dos mandatos políticos. Pero el caso es que hemos logrado mucho más y...

—¿Hemos ido haciendo amigos por el camino?

Minami le dio un puñetazo en el brazo.

—Hemos ganado mucho dinero. Trabajamos con científicos increíbles y les ayudamos a desarrollar cosas impresionantes. Y vale, sí, nos tenemos los unos a los otros. Quizá no sea como lo habíamos imaginado, pero está bien así. —Los ojos le brillaron con suspicacia—. Y ahora tienes a Rue.

Eli miró hacia el sol que se hundía entre los sicomoros.

—Si es que Rue algún día está lista o dispuesta a que la tengan.

—Todos tenemos nuestras mierdas. Es solo cuestión de tiempo.

Eli no dijo nada y se permitió sentir el nudo en la garganta, el dolor que le producía no saber cuándo volvería a verla o *si* volvería a verla siquiera. Él había dado el paso y el silencio con el que ella respondió había sido alto y claro. También su mirada de sorpresa al decirle que la quería. Por desgracia, la línea entre «lo nuestro no es solo sexo» y «quiero que seas mi pareja» era más ancha que el mar de los Sargazos.

—No sé.

Minami extendió el brazo y le cogió la mano.

—Lo siento.

—Ya. Y yo.

—Te juro que no pretendo ser condescendiente…

—Empezamos bien.

—… pero sé que todo esto de estar locamente enamorado es nuevo para ti, así que voy a compartir contigo un poco de sabiduría. ¿Preparado?

—Adelante.

—Nadie se muere por tener el corazón roto.

A él se le escapó una breve carcajada.

—Es bueno saberlo, porque duele que flipas. —Respiró hondo—. Quiero hacer una cosa más por ella, pero no estoy seguro de que la acepte si viene de mí.

La mirada de Minami era de preocupación.

—Creo que ya has hecho bastante, Eli. ¿No deberías conservar un poquito de dignidad? —Estaba de broma, pero Eli le respondió muy en serio.

—Prefiero que ella esté bien antes que mantener mi dignidad.

—Santo cielo. —Minami lo miró atónita—. Pensándolo mejor, puede que tú sí te mueras por tener el corazón roto. —Apuró lo que le quedaba de bebida y dejó el vaso sobre la mesa—. Venga, dispara. ¿Qué necesitas que haga por ti esta mujer fatigada, estresada y embarazada?

38

TODOS LLEVAMOS UNA MOCHILA
A NUESTRAS ESPALDAS

RUE

Le entregué la carta de renuncia a Florence en persona, un día después de que los abogados de Kline me enviaran un contrato ratificado por la junta que me otorgaba la plena propiedad de mi patente provisional; un día después de descubrir a qué había renunciado Eli a cambio.

No le debía una confrontación a Florence. Sin embargo, recordé lo que Eli me había dicho acerca de que ellos no tuvieron la oportunidad de aclarar las cosas. Tenía la confianza en mi capacidad para juzgar a las personas por los suelos, pero, si había alguien de quien me podía fiar, era de Eli. Ahora lo sabía, y también lo supe antes de que él hiciera posible que ese contrato estuviese en mis manos.

La había cagado. Y mucho. No obstante, había un momento y un lugar adecuados para mostrarse vulnerable, y una reunión con Florence Kline no era lo ideal.

—¿Sabes ya lo que vas a hacer ahora? —me preguntó sentada en su mesa, con la vista fija en un punto indefinido de mi frente. Estaba pálida. El cansancio le había marcado unas arrugas en los labios y le había oscurecido las ojeras.

—De momento tengo entrevistas. La semana que viene. —Había concertado cuatro después de ponerme en contacto con conocidos de la universidad, con el que fue mi tutor durante el doctorado y con una agencia de contratación. No me gustaban los cambios, y dejar un trabajo para empezar en otro sitio nunca me iba a resultar fácil, pero era inevitable.

—Bien. —Florence asintió—. ¿Necesitas referencias?

—He puesto el contacto de otra persona.

Hizo una mueca de dolor que duró solo una milésima de segundo.

—Claro. —Se frotó la sien con la palma de la mano—. ¿Estoy en lo cierto si doy por hecho que Tisha seguirá tu ejemplo?

Lo estaba.

—Tendrás que preguntárselo a ella.

Florence suspiró.

—Rue, no tenía otra opción. Tú fuiste quien les dio los informes y me pusiste en la situación de tener que vender…

No tenía intención de escuchar sus excusas, así que me puse de pie.

—Gracias por todo —le dije, y era un agradecimiento sincero—. Voy a seguir trabajando. ¿Se lo comunicarás tú misma a Recursos Humanos o prefieres que lo haga yo?

—Yo me encargo. —Sus labios se apretaron en una fina línea—. Si te sirve de algo, lo siento de verdad, Rue.

Ellos me importaban y no les habría hecho daño si no hubiese sido absolutamente necesario. Y tú también me importas, lo creas o no.

—Lo creo. Lo que ocurre es que te importas más tú, y estás en todo tu derecho. Igual que yo estoy en mi derecho de preferir no tener a mi lado a alguien dispuesta a hacerme daño solo para salir adelante.

Su mirada se endureció.

—Entonces te quedarás sola, Rue.

Me encogí de hombros y me marché, pensando que se equivocaba. Pensando en Eli.

Almorcé con Tisha y acordamos no mencionar a Florence ni una sola vez. Llevábamos días analizando cada señal de alerta, cada indicio que pasamos por alto, cada paso en falso, y estábamos agotadas. Dos horas más tarde, mientras terminaba un informe para Matt, recibí un correo electrónico del departamento de Recursos Humanos de Kline comunicándome que estaba despedida y que mi cese sería efectivo a partir de la semana siguiente.

Dado que ha sido destituida de su puesto, tiene derecho a una indemnización por despido equivalente a un mes de salario por cada año trabajado.

Me senté en la silla y miré el calendario que me había regalado Tisha. Por primera vez desde que me había enterado de lo que Florence había hecho, dejé que una pizca de tristeza se infiltrara en mi rabia. Había perdido a una amiga cuando, de por sí, tenía muy pocas.

Tú también me importas, Florence.

Salí de mi despacho a las cinco en punto. En el aparcamiento, mientras buscaba las gafas de sol dentro del bolso, oí que alguien me llamaba. Minami estaba apoyada en el parachoques de un Volkswagen Escarabajo verde, y mi única reacción al verla fue pensar: *Eli.*

Eli, Eli, Eli.

Fue como una ráfaga de fuego que me recorrió las venas, una sacudida que me recordó lo que llevaba casi una semana intentando asimilar. Me empezaron a temblar las manos y me las metí en los bolsillos traseros de los vaqueros.

—Hola. —Minami sonrió—. ¿Cómo estás?

Tardé un momento en calmarme lo suficiente como para contestar:

—Bien. ¿Y tú?

—¡Bien! No voy a robarte mucho tiempo, solo quería darte esto. —Me tendió un documento en un portafolios de plástico. Lo acepté, pero debió de ver la confusión en mi cara, porque me explicó—: Es un contrato que detalla el plan de pagos para la otra mitad de tu casa. ¿Casa? Era una casa, ¿no? Ahora no me acuerdo. En fin, el caso es que les pedimos a nuestros abogados que se pusiesen en contacto con tu... ¿hermano? También se me ha olvidado.

Me notaba los latidos del corazón en la garganta.

—¿Esto qué significa?

—Bueno, nada si no lo firmas. Pero nuestro equipo jurídico ha hecho de mediador, ha contratado estimadores y ha procurado llegar a un acuerdo para poder pagar la cuantía a plazos. Lo mismo que habrías acabado haciendo tú en algún momento.

—¿Cómo?

Se encogió de hombros, como si la jurisprudencia inmobiliaria le resultara tan oscura como la nigromancia.

—Tenemos muy buenos abogados. Y además están en nómina. Ya puestos, mejor aprovecharlos. Esto te ahorrará tiempo y dinero. Y no, Eli no me ha contado la historia que hay detrás de todo. No sé nada de tus asuntos.

—¿Ha sido él quien te ha pedido que hicieras esto?

Era una pregunta tonta, pero Minami no lo recalcó.

—No quería ponerte en una posición incómoda, que pensaras que le debes algo o que te sintieses presionada a… ¿salir con él? ¿Ir juntos a clubs de intercambio de parejas? No tengo muy claro en qué consiste lo vuestro.

Fruncí el ceño al pensar que, si Eli creía que era el tipo de persona que accedería a salir con alguien por presión, quizá no me conocía. Minami se rio.

—¿Qué? —pregunté.

—Nada. Es que añadió algo así como: «No es que sea de las que se dejan presionar para hacer cosas que no quieren», y tu cara me dice que probablemente tenía razón. —Se rio un poco más y agitó la mano.

—Sé lo que habéis hecho —le dije.

—¿Lo que hemos hecho?

—Harkness. Lo de perdonar la deuda del préstamo. Ha sido un intercambio por mi patente, ¿verdad? Habéis dejado que Florence conserve su puesto de directora general. Habéis renunciado a la ventaja que teníais para que yo pudiera conservar mi patente.

—Bueno, sí. Pero también… —Minami suspiró—. Nos hemos hecho con la junta directiva. Y hemos podido zanjar esa historia horrible que pasó hace diez años. Hemos conseguido pasar página, y puede que no haya salido todo tal como pensábamos, pero se ha hecho lo que se ha podido. Ahora todos podemos seguir con nuestras vidas y con eso es más que suficiente.

—En ese caso, te doy las gracias. —Miré el contrato, que era probablemente la única forma de pasar página que tendría con Vince. Una cuerda floja, sin duda. Aunque quizá así podría seguir con mi vida—. Y gracias por esto también.

—De nada. Diles a los abogados si te parece bien y así podrán ultimar los detalles.

Asentí y cerré los ojos mientras pensaba en Eli pidiendo a sus abogados que hicieran aquello. Me lo imaginé hablando por teléfono a deshora, sentado en la mesa de la cocina con Tiny acurrucado a sus pies: «Tengo una... amiga que creo que necesita ayuda». Eli preocupándose. Eli preocupándose lo suficiente para...

—¿Estás bien? —me preguntó Minami.

—Sí. ¿Él está...?

—¿Eli? —Dudó—. No está pasando por su mejor momento, pero se recuperará. No te lo cuento para que te sientas mal; sé lo que se siente cuando alguien que te importa está enamorado de ti y no puedes corresponderle. Es una faena, te sientes culpable y...

—No es eso —solté. Fue tan poco propio de mí que esas palabras salieran de mi boca sin autorización previa que casi ni me reconocí la voz—. No es eso lo que pasa —añadí aparentando estar más tranquila. Por dentro, en cambio, sentía un calor ardiente, repentino y petrificante.

Minami ladeó la cabeza.

—¿No te sientes culpable?

Tragué saliva.

—No es que no… le corresponda.

—Ah. —Minami miró a su alrededor, perpleja. Acarició su vientre plano varias veces—. ¿Quieres hablar de ello?

Ni yo misma lograba entender el pánico que se había apoderado de mí cuando Eli me había dicho que me quería. La certeza aplastante e inmediata de que, si me dejaba llevar por lo que me estaba ofreciendo, sin duda le decepcionaría. Y luego, cuando salió de la sala de reuniones, el sentimiento de pérdida se me había clavado en las entrañas. Había metido la pata hasta el fondo, y lo sabía, pero los cómos y los porqués de aquella expiación eran algo que aún estaba analizando. Mientras tanto, mi interior estaba sensible y magullado, como un tirón muscular.

—Lo cierto es que no.

Minami rio aliviada.

—Vale. Bueno, en ese caso… —Se encogió de hombros y se acercó a la puerta del coche, pero se detuvo antes de entrar, como si se le hubiera ocurrido un dato crucial—. No tengo ni idea de lo que pasa entre vosotros dos. Y a ti te conozco muy poquito, así que puede que me equivoque, pero si lo que te ha llevado a dejar a Eli no ha sido la falta de interés, sino más bien que te preocupa, digamos… —hizo un gesto incoherente, como si fuera una pintora muy entusiasta— no ser lo bastante buena para él o no considerarte capaz de ofrecerle nada que merezca la pena o, simplemente, tienes miedo de que embarcarte en una relación con él pueda ser demasiado complicado, creo que quizá deberías llamarlo. Todos llevamos una mochila a nuestras espaldas, pero Eli no es de los que echa en cara esas cosas a los demás. Aunque, por mi parte, sería mejor que lo vuestro no funcionara.

Parpadeé.

—¿En serio?

—Me encanta el nombre de Rue. Soy una gran fan de *Los juegos del hambre*. —Se señaló el abdomen—. Si es una niña, que sé que lo es, estoy considerando seriamente llamarla así. —Miré el vientre de Minami. ¿Estaba…?—. Pero, claro, si acabas formando parte de la vida de Eli, igual sería demasiado confuso, así que… —Me dedicó una sonrisa radiante y se subió al coche, murmurando—: Hay que ver lo altruista que soy. —Me hizo un breve saludo con la mano al pasar con el coche y yo la observé mientras se marchaba. Dejé que sus palabras resonaran en mi cabeza hasta bien entrada la noche.

39

HECHOS EL UNO PARA EL OTRO O ALGO ASÍ

ELI

Lo primero que pensó cuando entró en la pista vacía y con poca iluminación fue: *Joder.*

Porque, de hecho, la pista no estaba vacía. Lo que significaba que el viaje hasta ahí había sido en vano.

Suspiró y se detuvo en el pasillo, con los patines colgados al hombro. Comprobó el mensaje que Dave le había enviado ese mismo día.

Hoy no hay entrenamiento. Alec y yo estamos fuera, pero no dudes en ir a la pista si te apetece.

Excepto que las luces de la pista estaban claramente encendidas y el roce metálico de las cuchillas contra el hielo era claramente audible. Cuando terminó de recorrer el pasillo, la vio.

Era ella.

Deslizándose suavemente con la clase de elegancia etérea que solo alcanzan las personas que se han pasado media vida sobre el hielo. Dando vueltas por la pista en bucle. Se detuvo nada más verlo y se lo quedó mirando. Sus ojos parecían oscuros bajo la tenue luz, sus suaves curvas se habían convertido en ángulos agudos por culpa de las sombras y la ropa negra como el carbón contrastaba con su rostro pálido.

Eli sabía reconocer una encerrona cuando la veía, igual que conocía el valor de una retirada estratégica. Y, sin embargo, acortó la distancia entre ellos hasta que lo único que los separaba era una delgada barrera de plexiglás. Y el millón de cosas que necesitaba que ella le diera y que quizá nunca estaría dispuesta a darle.

—¿De qué va esto? —le preguntó.

Hacía más de una semana que no sabía nada de Rue y ese silencio tras su última conversación había sido respuesta suficiente. Ella no era culpable de no querer lo mismo que él. De hecho, en parte era ese tipo de cosas las que le habían enamorado: el caos, la inquebrantable sinceridad. Aun así, necesitaba algo de espacio para aceptar cómo sería el resto de su vida.

—Rue, ¿qué pasa? —insistió un poco impaciente.

—¿Te apetece patinar?

Él alzó una ceja, pero la expresión de ella permaneció como la de una esfinge.

—¿Esto ha sido idea de Dave?

—No. Pero sí que le he pedido que te mandara un mensaje.

—¿Por qué?

—Por favor, Eli. ¿Te puedes poner los patines y venir conmigo? —Parecía tranquila, pero era la vez que más rápido la había oído hablar.

—Creía que habíamos acordado que en lo nuestro no encajaba lo de patinar juntos.

—Por favor —repitió ella con suavidad. Porque todo, absolutamente todo en ella era suave, incluso su dura coraza, y, en lugar de darle la respuesta que debería haberle dado, «Rue, haré cualquier cosa que me pidas, pero, por favor, ten compasión porque no sé si podré aguantar esto mucho más», se quitó los zapatos y se enfundó los patines. No se molestó en ocultar la tensión de sus músculos al entrar a la pista.

Estaba en el hielo, el que había sido su primer hogar. Frente a la mujer que quería, cuya respuesta cuando le había declarado su amor había sido... nada. Nada de nada. Por mucho que esperara que ella le hubiese llevado hasta allí para decirle que sí le correspondía, lo más probable era que...

Mierda. Sabía la razón por la que lo había hecho ir hasta ahí. Iba a pasarse los próximos veinte minutos mostrándole su gratitud por haberla ayudado a arreglar la situación con la patente.

Si le ofrecía una mamada de agradecimiento, iba a ponerse a llorar como un puto crío.

—De nada —se adelantó.

Rue lo miró confundida en medio del silencio que él acababa de cortar.

—Para eso estamos aquí, ¿no? Para que me des las gracias por lo de la patente.

Ella se mordió el labio inferior y Eli habría dado todo su dinero a cambio del derecho a separárselo de los dientes con el pulgar.

—Supongo que debería hacerlo, sí. ¿Podemos…?
—Señaló el hielo.

Claro, ¿por qué no? Si se ponían a patinar el uno al lado del otro, Eli no tendría que mirarla a la cara mientras le decía lo mucho que apreciaba su ayuda.

—Debería haberte mandado un mensaje. No era mi intención tenderte una emboscada. —Ya se estaban moviendo al unísono. Como si estuvieran hechos el uno para el otro o algo así—. Pero me dijiste que te gustaba la idea de patinar juntos y…, y pensé que apreciarías el gesto.

—¿Sí? —Eli negó con la cabeza—. No tengo muy claro que tú y yo seamos el tipo de gente a la que le conmueven los grandes gestos, Rue.

—Y, aun así, has hecho muchos por mí.

—¿Eso crees?

—Uno tras otro. —Rue se rio en silencio—. Prácticamente me has dejado sin opciones. No sé qué hacer para devolvértelos, no se me ocurre nada ni remotamente parecido a recuperar mi posesión más preciada. Me has destinado al fracaso.

Aquello era agradable. Maravilloso, incluso. Sin embargo, gratitud era lo último que Eli quería de ella.

—Te lo agradezco, Rue. De verdad. Pero no lo hice para escuchar lo agradecida que estás por…

—Bueno, es que me has ayudado mucho. Pero ahora que ya lo sabes, podemos saltarnos esa parte y pasar al siguiente tema.

Joder, menos mal.

—¿Cuál es?

—Una disculpa. —Su voz era límpida. Eli se sorprendió cuando ella se dio la vuelta y se puso delante de él, patinando de espaldas, como si el contacto visual fuera crucial para lo que estaba a punto de decir—. Me pediste que confiara en ti y yo te traté como si fueras alguien que en cualquier momento me iba a traicionar. A pesar de que siempre has sido sincero conmigo, mi comportamiento nunca lo ha reflejado, así que lo siento, Eli.

La disculpa era, si cabe, más deprimente que el agradecimiento.

—Rue, acababas de enterarte de lo de Florence. Creo que era de esperar cierta falta de fe en la humanidad, al menos de forma temporal. —Esbozó una sonrisa tranquilizadora y se detuvo con un movimiento preciso. Ella hizo lo propio unos pocos metros más adelante—. Si no te importa, me voy a ir a casa a…

—Me importa.

Eli ladeó la cabeza.

—¿Perdón?

—Que sí me importa. Tengo más cosas que decir. —Eli sintió una ráfaga de esperanza cálida y tentativa, hasta que ella añadió—: Sobre lo que has hecho por mí con lo de mi hermano.

Necesitaba dejar de engañarse a sí mismo de una vez.

—Eso han sido los abogados, pero con gusto transmitiré tu agradecimiento. Espero que te vaya…

—Para. —Lo agarró de la manga de la camiseta y tiró de él. Eli sintió sus nudillos rozándole la piel y notó la misma electricidad de siempre—. Por favor, Eli. Déjame hablar. Dame cinco minutos.

Sonaba más vulnerable que nunca y estaba tan guapa que los pulmones de Eli tenían que luchar por retener el aire y… qué coño. Puede que estar cerca de ella le provocase un dolor agudo, pero, al parecer, decirle que no a alguien a quien quieres no era tarea fácil. Podía darle cinco minutos del resto de su vida. Podía darle *cualquier cosa*.

—Por supuesto. —Empezó a patinar de nuevo.

Ella también, esta vez a su lado.

—Yo… —Se quedó callada. Hubo un par de intentos fallidos de empezar una frase, lo cual no era propio de la Rue que él conocía. Y entonces, cuando Eli estaba a punto de pincharla con el dedo para ver si reaccionaba, preguntó—: ¿Puedo contarte una historia?

—Puedes contarme lo que quieras, Rue.

Ella asintió.

—Antes pensaba que los finales podían ser felices o tristes. Que las historias podían ser felices o tristes. Que las *personas* podían ser felices o tristes. Y creía que mi final, mi historia, yo, siempre nos decantaríamos hacia lo segundo.

Le entraron ganas de estrecharla entre sus brazos, pero la dejó continuar.

—Y entonces te conocí. E hiciste que, por primera vez, me preguntara si había algún fallo en aquel razonamiento. Quizá la gente puede ser feliz y triste a la vez. Quizá las historias son confusas y complicadas. Quizá los finales no siempre incluyen soluciones que lo cierran todo con un lacito bonito. Pero eso no significa que tengan que ser tragedias.

—Me alegro de que pienses así. —Y era cierto. Puede que Rue hubiera socavado su paz mental, pero Eli seguía queriendo que ella conservara la suya. Un defecto más que añadir a la humillante experiencia de enamorarse, supuso. Aquello era una distracción, una putada, un camino hacia la autodestrucción. Dulce e insoportable al mismo tiempo.

—Pero tú dijiste que sí lo éramos. —Su expresión era solemne y seria, tan propia de Rue que él lo sintió en sus adentros.

—Lo siento, me he perdido.

—En Kline. En la sala de reuniones. —Tragó saliva—. Dijiste que lo nuestro era trágico.

Ah, que ahora tocaba repasar y diseccionar su declaración de amor fallida.

—No era mi intención decir…

—Y quiero que sepas que no tiene por qué ser así. Las tragedias tienen finales tristes, pero la nuestra no tiene por qué ser así. Ni siquiera tenemos que tener un final.

El paso de Eli sobre el hielo se mantuvo firme mientras las palabras penetraban en su lóbulo frontal.

—No tenemos que tener un final —repitió lentamente, reacio a dejar que la esperanza impregnara esas palabras con significados que no tenían—. La última vez que hablamos, Rue, pensé que quizá ni siquiera habíamos empezado.

—Y siento haberte hecho creer eso. Me parece… —Negó con la cabeza mientras seguía patinando con esa postura impecable y esa gracia ganada a pulso—. Me parece que el sexo es en gran parte el culpable de los problemas que tenemos.

—¿El sexo?

—Sí.

Eli soltó una carcajada.

—Rue, si hay algo que nunca ha sido un problema entre nosotros, es el sexo.

—Eso no es lo que… Es bueno. Y me encantaría tener más. —Se mordió el labio—. Pero eclipsa las otras cosas que quiero hacer contigo. Hablar. Escuchar. Estar cerca de ti, sin más. Es tan nuevo para mí esto de anhelar la presencia de alguien. Querer hablarte de mis cosas. Comer contigo. Platos que tú hayas cocinado, a poder ser.

La sangre rugió esperanzada en los oídos de Eli.

—Así que estás buscando a alguien que te cocine y te salga barato —murmuró para acallar la sensación. Rue le estaba dando muy poco. Él le había dicho que la quería y ella estaba admitiendo que disfrutaba de su compañía.

Puede que Eli no tuviese dignidad, pero iba a aceptar lo que le ofrecía.

—En realidad sé cocinar satisfactoriamente bien si…

Con un impulso de sus patines, Eli le cerró el paso y se encaró con ella. Rue casi chocó contra él y tuvo que aferrarse a sus bíceps para mantener el equilibrio.

Así, tan cerca, él podía contar cuántas pestañas tenía. Observar sus labios temblorosos mientras los apretaba.

—¿Qué es lo que quieres, Rue? —le preguntó.

—Intento verbalizarlo, pero no se me da muy bien.

—No me digas. —Las pálidas mejillas de Rue se sonrojaron—. Di lo que quieras decir y hazlo ya —le ordenó—. Tienes dos minutos.

Ella perdió treinta segundos mirando a su alrededor, buscando quién coño sabe qué, y a Eli empezó a hacérsele un nudo en el estómago por el temor a que, una vez más, hubiera interpretado demasiadas cosas en tan poco. Sin embargo, al final respiró hondo y habló con un tono sólido y seguro:

—Pensaba que nunca podría ser feliz. Pero contigo, Eli... Nunca me había sentido como me siento contigo. Jamás. Y creo que por eso he tardado tanto en poder describirlo con palabras.

Eli notaba los latidos del corazón en la garganta.

—¿Qué palabras?

—Segura —respondió ella.

Él se obligó a guardar silencio.

—Y aceptada.

Más silencio. Le costó más esta vez.

—Y suficiente.

Ahí ya no pudo soportarlo.

—Rue. Siempre has sido más que suficiente.

Ella apartó la mirada. Levantó el dorso de la mano para limpiarse la mejilla.

—Y algo más. Algo para lo que no tenía vocabulario. Estaba creciendo entre nosotros y no sabía cómo llamarlo. Incluso cuando por fin pude imaginar la vida como algo compartido. Incluso cuando empecé a confiar en ti. Incluso cuando mi mente pasó a estar ocupada por ti a todas horas. Nunca había existido en mi vida alguien como tú, y pasé mucho tiempo sin encontrar la palabra.

—¿Qué palabra?

—Amor.

El mundo se detuvo. Dio un vuelco. Luego volvió a su estado original, pero más radiante. Más nítido. Más dulce.

Perfecto.

—Si todavía deseas que te quiera, creo de verdad que puedo hacerlo. Porque ya lo hago —añadió Rue. Dos lágrimas recorrieron sus pómulos—. Y, si ya no lo deseas, supongo que me tocará quererte de todos modos. Pero si pudieses darme otra oportunidad...

—Madre mía. —Quería reírse. Quería levantarla en brazos y dar vueltas con ella. Quería pedirle que se casara con él en ese mismo momento, antes de que cambiara de opinión.

Ella apretó la mandíbula.

—¿Eso es un no a lo de darme una segunda oportunidad?

—Por Dios, eres tan... —Eli negó con la cabeza y luego le rodeó el rostro con las manos y se inclinó para estar más cerca. Respiró su aroma—. Te quiero, Rue. *Tú* eres la única oportunidad que existe.

A ella le brillaron los ojos.

—¿Sí?

—Sí.

Eli experimentó una felicidad profunda, de las que te hacen sentir un calorcito en el pecho, como si ella le hubiese sacado el puñal del corazón y lo hubiese vuelto a guardar en el cajón. Todavía tenía el poder de destruirlo. Sospechaba que siempre lo tendría.

Así que solo podía esperar que tuviese compasión.

—¿Esto significa que vamos a estar juntos? —preguntó ella con solemnidad. Le costó formular esa última pa-

470

labra. Eli no pudo evitar presionarle el labio inferior con el pulgar.

—Significa que… —*Que eres mía,* gritó su parte más incivilizada. *Que pienso llevarte conmigo y acaparar toda tu atención*—. Voy a ser abierto contigo, porque no siempre lo he sido y me parece un error. ¿De acuerdo?

Ella asintió.

—Significa que voy a meterme en esto pensando que no va a haber un final. ¿Entiendes lo que quiero decir?

Rue volvió a asentir.

—Y voy a… Voy a querer verte todos los días. Aprenderé a cocinar más platos, te prepararé tápers y te dejaré notas bonitas dentro. Te preguntaré si quieres dormir en tu casa o en la mía y siempre daré por hecho que vamos a pasar la noche juntos. Pensaré en ti todo el puto rato. Contaré con que seré yo quien se encargue de regarte las plantas cuando estés fuera de la ciudad. Te cogeré de la mano en público. Te besaré en público. Te organizaré fiestas sorpresa con la ayuda de tu amiga. Te enviaré cien mensajes al día para compartir las tonterías que crea que te harán gracia. Voy a ser empalagoso de cojones, Rue. ¿Podrás soportarlo? ¿Podrás soportarme como novio? —La palabra «novio» se quedaba tan corta como lo de «estar juntos». *Por ahora,* se dijo a sí mismo. *Por un rato.*

—Se me da fatal responder a los mensajes.

—Ya.

—Y no me gustan las fiestas sorpresa.

—Lo sé.

—Pero el resto… —Rue sonrió contra su pulgar—. Sí, por favor.

Eli se inclinó hacia su oído.

—Pienso hacerte las mayores guarradas que puedas imaginar.

A ella se le cortó la respiración.

—Tienes un apetito sexual ridículamente exagerado.

—Tú también.

—Yo también.

Él se apartó, y entonces ella le dio un besito contra el pulgar. Su mirada era seria mientras le advertía:

—Nunca será fácil estar conmigo, Eli.

Él lo sabía. Y le encantaba. Su mayor deseo era conocer cada centímetro de ella, la chica de sus sueños, siempre tan complicada y temperamental.

Se inclinó para besarla, pero antes dijo:

—Creo que existen peores destinos.

EPÍLOGO

UN AÑO DESPUÉS

Mi voz estaba amortiguada por la almohada, por mis propios dientes apretados, pero detesté lo aguda y desesperada que sonaba igualmente al decir:

—Lo odio.

—¿En serio? —Eli permaneció inmóvil dentro de mí, pero su palma recorrió toda mi columna vertebral, calmando mis temblores. No servía de nada, ya que su otra mano estaba ocupada sujetándome las muñecas contra el colchón—. Porque a mí me gusta.

Claro que le gustaba.

Él sí se había corrido.

Dos veces.

Dentro de mí y donde le había dado la gana.

Yo, sin embargo, no. Llevábamos horas y estaba hecha un desastre, temblorosa e insatisfecha. A veces se ponía así, prepotente y dominante, y yo no podía...

Gemí contra la almohada.

—¿De verdad no te lo estás pasando bien? —susurró, esta vez contra mi oído.

—No —mentí.

—Pobrecita mía. —Chasqueó la lengua y a mí me entraron ganas de matarlo. En cuanto me soltara. Y me dejara correrme—. ¿Y a qué se debe?

Tú qué crees.

—¿Me estoy pasando, Rue? —Me acarició la curva del cuello y el movimiento hizo que me penetrara más profundo. Me sentía hinchada y usada, y eso me daba tanto placer que podría haberme puesto a llorar. De hecho, tenía los ojos llorosos—. ¿Brócoli, cariño?

—¡No! *No.* Es que…

—¿Qué?

Empecé a restregar el culo contra su pierna, y el gruñido de placer que soltó terminó con él agarrándome de la cadera para que me estuviese quieta. Imbécil.

—¿Por qué te restriegas contra mí? —Me dio un beso en el hombro—. Ambos sabemos que no puedes correrte en esta posición.

—¿Entonces por qué no me dejas *moverme?*

—Porque yo sí puedo correrme en esta posición. Y estoy intentando reservarme para ti.

Emití un lloriqueo que era mitad súplica y todo frustración.

—Por favor. Necesito que…

—Sé exactamente lo que necesitas. —Me mordió el lóbulo durante un breve instante—. No tienes que decírmelo —añadió en tono burlón—. Vamos, Rue. La duda ofende.

—Entonces por qué no lo...

—Porque me lo estoy pasando bien. ¿Quieres que pare? Solo di las palabras.

Podría haberlo hecho. Podría haberle dicho que pusiera fin a esto. Lo había hecho otras veces, cuando había sentido que no podía más, que me iba a salir de mi propio cuerpo de tanto retorcerme, y él había parado sin hacer preguntas. Me permití contemplar la posibilidad: Eli dándome la vuelta, haciendo que me corriera con su boca, meciéndome en sus brazos durante un buen rato, hasta que lo apartara o me quedara dormida, lo que ocurriera primero.

No obstante, por mucho que odiara estar así, me gustaba demasiado como para renunciar a ello. ¿Y por qué iba a pedirle que parara cuando tenía otras formas de conseguir lo que quería? Un poco sucias. Quizá se podrían tachar de manipulación. Pero eran ingeniosas. Sabía exactamente lo que esas palabras le provocarían, así que las murmuré contra la almohada en mi propio beneficio.

Eli se quedó inmóvil.

Apoyó la frente entre mis omóplatos.

Me preguntó:

—¿Qué acabas de decir?

Esta vez levanté la cabeza y enuncié claramente:

—Te quiero.

Eso lo cambió todo. Sentí cómo se estremecía dentro de mí. Me apretó más fuerte la cadera. Inspiró hondo y se le entrecortó la respiración. La excitación estaba latente en su interior. Habían pasado doce meses y esas palabras aún no se habían desgastado.

—Vale, ¿sabes qué? —Negué con la cabeza contra la almohada, temblando—. Creo que he terminado de jugar. Quiero mirarte. Vamos a… —Me soltó las muñecas. Me dio la vuelta. Fue un poco abrumador lo rápido que cambió todo.

Clavó su mirada en mis ojos.

Sus besos empezaron a ser más intensos.

Me agarró de la cintura para atraerme hacia sí.

En cuestión de segundos estaba en mi interior otra vez, implacablemente profundo, pero la sensación era muy distinta a la de antes. Esta vez, ninguno de los dos tenía donde esconderse. De esta manera yo sí que podía…

—Hola —me dijo con una sonrisa que fui físicamente incapaz de devolverle.

Así que le respondí:

—Hola.

Y entonces él se empezó a mover dentro de mí y a susurrarme cosas dulces al oído. Me dijo lo perfecta que era, lo mucho que le gustaba, lo incomprensible que le resultaba el alcance de mi belleza y que sabía, *perfectamente además,* lo que había hecho, pero que siempre iba a dejar que me saliera con la mía porque le gustaba mucho oírlo. Y entonces sus dedos encontraron mi clítoris y ahí acabó todo. Esta vez era yo la que se corría, y él se quedó quieto, luego empezó a gemir y se derrumbó conmigo. Otra vez.

—¿En qué estás pensando? —me preguntó al cabo de un rato, con el sudor enfriándose sobre nuestra piel y su corazón latiendo bajo mi oreja.

Sentí que mis labios formaban una sonrisa.

—Que esta ha sido una muy buena manera de empezar las vacaciones.

Quizá mi vida había cambiado, pero yo no. Lo cual no era un problema, porque Eli parecía estar encantado con mi forma de ser, y con eso me bastaba.

Siempre que me había imaginado teniendo una relación, visualizaba una agotadora serie de convenciones sociales, apariencias que mantener y cháchara que no estaba segura de ser capaz de aguantar ni siquiera bajo coacción. Eli, como era de esperar, tenía pocas exigencias al respecto. Aceptaba mis silencios y mantenía largas conversaciones conmigo cuando yo quería. Me daba espacio, pero me volvía a atraer hacia sí si veía que me alejaba. Me tomaba el pelo, sobre todo después de que yo le tomara el pelo a él.

Estar con Eli también había significado otras cosas, como una aceptación incondicional en su grupo de amigos y una relación cada vez más estrecha con su hermana y un perro. La gente me resultaba agobiante desde antes de enamorarme, y seguía costándome desenvolverme en muchas situaciones interpersonales. Como había dicho Tisha: «No hace falta que disfrutes socializando solo porque disfrutes estando con Eli. Le gustas tanto que dudo que le importe». Después de eso, todo había encajado.

(No obstante, tenía que admitir que Tiny cada vez me caía mejor).

(Básicamente, estaba dispuesta a dar la vida por aquella bestia, y yo no era propensa a exagerar).

Así que no, no había cambiado, pero mi vida ahora tenía un poco más de luz. Y con eso también me bastaba.

—La terraza necesita un par de arreglos —me dijo Eli desde el porche de la cabaña mientras yo le ponía la correa a Tiny y dejaba que me lamiera la mejilla como la pusilánime en la que me había convertido. El poder de los perros era impresionante—. Quizá me pueda encargar yo mismo.

No esperaba sentir una profunda sensación de conexión nada más pisar la cabaña de mi padre, y había acertado, pero ahora era propietaria y me sentía bien al poseer algo que otra persona había querido que fuese mío. Me encantaba la sensación de estar aislada del mundo, el aire fresco, el paisaje boscoso. *Además, hay cobertura,* pensé cuando sonó una notificación del móvil.

—¿Es Tisha? —preguntó Eli—. ¿Más preguntas sobre tus instrucciones totalmente claras y razonables sobre los cuarenta y tres pasos que hay que seguir para cuidar de las niñas?

Se refería a mis plantas.

—No. —Le enseñé la notificación y resopló.

—Venga ya.

—¿Qué?

—Tienes que desinstalarte esa aplicación.

—Es donde nos conocimos. Tiene valor sentimental.

—Claro, porque tú eres tan sentimental… —Me dio un empujón mientras andábamos por el camino que llevaba a las rutas de senderismo que habíamos planeado explorar.

—¿Y tú? ¿Ya la tienes desinstalada?

—Eliminé el perfil después de la primera noche que te quedaste a dormir en mi casa.

Lo miré, sintiendo esa calidez acogedora que siempre notaba cuando lo tenía cerca.

—Es de mal gusto y ya está muy trillado.

—¿El qué?

—Alardear de que te diste cuenta antes que yo.

Se rio y me abrazó.

—No creo que esté muy trillado. De hecho, creo que no te lo recuerdo lo suficiente.

A nuestro alrededor, todo era salvaje. Los árboles moteados por el sol, el sonido de las pequeñas criaturas haciendo su vida, las exploraciones entusiastas de Tiny.

—Si volvemos a venir este invierno —me dijo Eli al cabo de una hora, cuando nos paramos para hacer un descanso—, quizá podamos patinar en el estanque. —Se agachó para atarse los cordones de los zapatos y yo miré el agua con una pequeña sonrisa en los labios.

Este invierno.

—¿Estás pensando en las innumerables formas en que podríamos morir? —preguntó desde detrás de mí.

—Sí. —Podíamos intentarlo, pero antes tendríamos que perforar el hielo para comprobar la profundidad. Necesitábamos al menos trece centímetros para…

—Oye, Rue.

—Dime —respondí distraída.

—Ya que estamos aquí…

—¿Sí?

—Me preguntaba…

Me di la vuelta. Seguía atándose los zapatos con la cabeza gacha.

—¿Qué opinas del matrimonio?

Levantó la vista. Me miró a los ojos. Sus palabras flotaron en mi mente durante unos segundos sin ser procesadas. Y entonces caí en el significado de lo que me estaba preguntando. De repente, me sentía acalorada.

—¿Qué has dicho?

—Matrimonio. ¿Te gustaría casarte algún día?

Abrí la boca. Y abierta se quedó.

—Conmigo, quiero decir. Debería haberlo especificado.

Sentí mi pulso hasta en las yemas de los dedos. Mi cuerpo, mi cerebro, toda yo era latidos.

—Me… ¿Es así como se declara la gente? —Era una pregunta genuina.

—No estoy seguro. —Eli se encogió de hombros—. Es mi primera vez.

—No lo es. Has estado prometido.

—¿En serio?

—La he conocido. Es muy amable. Nos hizo la cena y…

—Ah, sí, ahora que lo dices… Bueno, ese compromiso surgió un día que nos miramos y decidimos que era lógico dar el siguiente paso y casarnos. No llegó a haber una propuesta de matrimonio.

—Entiendo.

«¿Te gustaría casarte algún día?»

Había preguntado eso, ¿verdad?

—¿No deberías…? —Se me sonrojaron las mejillas. Estaba mareada—. ¿No deberías hincar la rodilla?

Se miró a sí mismo. De hecho, estaba de rodillas. Sobre una rodilla. Y yo también lo estaba viendo. Pero es que estaba… aturdida. Eso era.

—¿Y tener un anillo? —añadí.

—Madre mía, Rue. —Tenía una sonrisa alegre—. Muy tradicional te me pones para ser alguien que me deja atarla a la cama y meterle *plugs* por más de un agujero cada pocos días.

—No es eso. —Respiré hondo. Intenté pensarlo con calma—. Es que no me parece buena idea hacerlo de manera impulsiva. No puedes declararte por capricho en medio de un paseo. Creo que deberías pensarlo con detenimiento. Asegurarte de que es lo que quieres de verdad.

Puso los ojos en blanco, suspiró y se sacó algo del bolsillo. Era un...

Ahogué un grito.

—¿Mejor ahora?

—¿Cuándo lo has...?

—Hace unos once meses y tres semanas.

Se me iban a salir los ojos de las órbitas.

—Eso es de estar mal de la cabeza.

—Lo sé. Eso te pasa por preguntar. —Me sonrió.

A mí me temblaban las manos. Y el resto del cuerpo también. ¿De verdad estaba...?

—¿Y todo esto no será porque te gusta mucho la cabaña? ¿Y mi patente?

—Sí, Rue. Te pido que te cases conmigo porque Texas es un estado con régimen de gananciales y quiero poseer la mitad de tus cosas. Acabas de destapar mi gran estafa. ¿Te vas a desmayar?

—Tal vez —contesté totalmente en serio.

—Entonces aléjate de ese precipicio, por favor.

Di un paso adelante, y ahí estábamos. Había hecho la pregunta. Yo la había oído y entendido. Lo único que faltaba era mi respuesta.

—Si no estás preparada, no pasa nada. Esto no es un ultimátum. —Su mirada, su voz y su sonrisa eran suaves. No parecía nervioso ni asustado, y pensé que este hombre… sabía cómo funcionaba mi corazón tan bien como yo—. Llevo un tiempo con ganas de pedírtelo, por eso lo he hecho. Pero puedo intentarlo de nuevo dentro de unos meses.

—No.

—¿No quieres que vuelva a intentarlo?

Negué con la cabeza.

—No te molestes, no tendría sentido. Ya lo he decidido y no cambiaré de opinión.

Era un truco barato y cualquier otra persona habría caído, pero Eli… Eli entendió lo que querían decir mis palabras, sonrió, me cogió la mano y me puso el anillo en el dedo. No se levantó, sino que enterró la cara en mi vientre, acurrucándose contra mí.

Le pasé la mano por el pelo, miré los árboles, olí la tierra y le dije:

—Estaba tan equivocada.

—¿Sobre qué? —preguntó contra mi camiseta. Eso significaba que probablemente no veía mi sonrisa, una lástima, la verdad.

—Sobre si mi historia algún día llegaría a ser feliz.

AGRADECIMIENTOS

A Thao Le, mi agente, y a todos los demás miembros de SDLA. A Sarah Blumenstock, mi editora, así como al resto del equipo de Berkley Romance (Liz Sellers, Kristin Cipolla y su cipollina, Tara O'Connor, Bridget O'Toole, Kim-Salina I) y a todos aquellos que en los distintos departamentos de PRH han trabajado para dar forma a este libro y ponerlo en manos de los lectores. A Lilith por la ilustración de la portada, que ha quedado perfecta. A Katie Shepard por ayudarme con los temas financieros. A Margaret Wigging y, por supuesto, a Jen por ayudarme a hacer de este lío un lío un poco menos lioso. A mis editores de otros países. A los libreros, bibliotecarios y todos los lectores que alguna vez han cogido un ejemplar de alguno de mis libros o han clicado en uno de mis *fanfics*. A mis amigos autores y a mis amigos no autores. A mi familia, incluidos mis gatos, mis ciervos, mis mapaches, mis zorros y mi única zarigüeya. Os quiero a todos.

Ali Hazelwood es autora de múltiples publicaciones... por desgracia, de artículos sobre neurología revisados por pares, en los que nadie se da besos y en los que el para siempre no es siempre feliz. Nacida en Italia, vivió en Alemania y Japón antes de trasladarse a Estados Unidos para doctorarse en neurociencia. Cuando Ali no está trabajando, se dedica a correr, hacer ganchillo, comer cake pops y ver películas de ciencia ficción con sus dos jefes supremos felinos (y su algo menos felino marido).

Sus novelas *La hipótesis del amor*, *La química del amor*, *La teoría del amor* y *Jaque mate al amor* (Contraluz Editorial) han sido éxitos de venta mundiales.

También disponible en TuBolsillo su novela más vampírica y licántropa: *Novia*.

Más de **ALI HAZELWOOD,** autora bestseller del New York Times

Caída libre, en la que un nadador de competición y una saltadora de trampolín experta se adentran en aguas prohibidas en este ardiente romance universitario.

Del odio al amor, una colección de apasionantes novelas cortas en el mundo de las ciencias protagonizadas por un trío de ingenieras de armas tomar y sus amores insoportables, ¡con un capítulo extra especial!

Jaque mate al amor, una romcom en la que los caminos de dos rivales del ajedrez se cruzan en una competición donde acabarán jugándose el corazón.

La teoría del amor, comedia romántica en la que dos físicos rivales chocan en una vorágine de disputas académicas y relaciones falsas.

La química del amor, una comedia romántica situada en la NASA en la que una científica se ve obligada a trabajar en un proyecto junto a su archienemigo... con resultados explosivos.

La hipótesis del amor, una relación falsa entre dos científicos que se topa con la irresistible fuerza de la atracción.